1

ESSAYER UNE FOIS DE PLUS

Bill

~~Manille,~~
Chère Manille,

Tu sais, c'est la huitième fois q[illegible] ecrire en dix mois. C'est peu, j'en ai bien conscience, m[illegible]st tellement plus difficile que ce que j'avais imaginé. Toi, tu aurais déjà noirci ce carnet de mots. Tu y aurais mis ces smileys horribles que tu glissais partout et tu en aurais rempli la marge, faute de place. Quant à moi, je n'arrête pas de raturer, puis de recommencer. Je t'entends rire d'ici. Je dois être la seule personne au monde à merder dès la première ligne. Il faut croire que je suis un cas désespéré. Peu importe le nombre de fois où je m'assieds à ce foutu bureau, le résultat est identique. Je ne réussis jamais à terminer. Je ne sais pas ce qui cloche avec moi. Je ne sais pas pourquoi je m'obstine à persévérer. Tu me connais. Me confier n'a jamais fait partie de mes points forts, même quand il s'agissait de m'ouvrir à toi. Alors, imagine-moi en train d'essayer de remplir ces fichues lignes…

Je ne suis pas doué avec les mots, et quand ils ont envie de sortir, ils restent là, coincés au fond de ma gorge. Au point de me filer la nausée. Voilà sûrement la raison pour laquelle je suis planté devant cette feuille à 5 h du matin, au lieu de dormir. Tant de souvenirs tournent en boucle dans mon crâne. Tant d'images de toi que j'en perds le sommeil.

Je bute sur ce dernier mot tandis que ma vision se floute. J'ai les yeux qui brûlent et cela n'a rien à voir avec l'émotion. Je frotte mes paupières, rejette la tête en arrière en poussant un long soupir. Mon quota de sommeil avoisine les quatre heures par nuit, ces derniers temps. C'est usant. Plus les jours passent et plus j'ai l'impression de devenir un véritable zombie. Assez vivant pour accomplir les tâches du quotidien, mais complètement vide à l'intérieur. Il doit exister chez les êtres humains une espèce de mode de survie, un état de veille qui leur permet de vaquer à leurs occupations alors qu'ils sont épuisés. C'est la seule explication logique que j'ai trouvée au fait que je parvienne encore à sortir de mon lit chaque matin.

Et moi qui pensais que le temps arrangerait les choses...

Un léger aboiement me fait tourner la tête. Kiwi, mon labrador, essaie d'attirer mon attention depuis son panier. Il agite la queue lorsque mon regard se pose sur lui. Je crois qu'il se demande ce que je fous. D'ordinaire, même quand je n'arrive pas à dormir, je reste allongé dans mon pieu jusqu'à ce que mon réveil sonne. Il doit sentir à quel point je redoute cette journée.

J'ai un mauvais pressentiment.

Je me lève pour aller le caresser, abandonnant derrière moi mon carnet grand ouvert. De toute évidence, je n'écrirai rien de plus aujourd'hui. Autant me faire une raison. Je zigzague entre la vingtaine de cartons empilés les uns sur les autres. Ça fait des mois que j'ai emménagé dans cet immense duplex au cœur de

Seattle et je n'ai toujours pas trouvé la motivation nécessaire pour les déballer. Tant pis, ça attendra encore un peu, je ne suis plus à un mois près, de toute façon.

Mon chien aboie plus fort quand je passe à côté de sa laisse. Amusé, je remue la tête.

— Désolé, mon pote, mais ce n'est pas l'heure de la promenade.

J'attrape mon portable au fond de ma poche, puis je m'assieds par terre, à côté de son panier. Kiwi me lance un regard à fendre le cœur. Je m'efforce de l'ignorer en pianotant sur mon clavier. Il chouine une nouvelle fois, de ce genre de lamentations à attendrir les cœurs les plus endurcis. Il n'y a pas à dire, Kiwi est vraiment doué à ce petit jeu, mais je ne craquerai pas. Après autant de mois passés à ses côtés, j'ai appris à résister.

— Hé, pas la peine d'insister, mon vieux. J'ai pas assez dormi cette nuit, il pleut des cordes et la patinoire n'ouvre pas avant une heure et demie. Qu'est-ce que tu veux que j'aille faire dehors ? On est mieux au chaud.

Il se renfrogne, enfonce sa tête entre ses coussins, à la manière d'un humain boudeur. On dirait ma sœur quand elle fait la tronche. S'il commence à imiter Charlie, c'est le signe qu'il passe trop de temps avec elle. Je caresse ses poils pour le réconforter, puis je décide de faire un tour sur internet pour m'occuper. Je tape rapidement le nom des équipes qui m'intéressent sur le moteur de recherche. Hier, les Predators ont affronté les Panthers… et visiblement, ces derniers se sont fait bouffer. Nous sommes fin septembre et le tournoi préparatoire de la ligue de hockey se termine d'ici une dizaine de jours. Pour l'instant, ce ne sont que de simples matchs amicaux dans le but de jauger le niveau des équipes adverses, de faire des pronostics et de sélectionner les meilleurs joueurs pour la saison officielle.

Mais dès la mi-octobre, on passera aux choses sérieuses. Et je ne sais pas si je suis prêt pour ça.

En vérité, si ma première année auprès des Krakens a été géniale, la seconde n'a pas été des plus brillantes, pour ne pas dire nulle à chier. Même si Weston, mon meilleur ami et futur beau-frère, m'assure qu'il a déjà vu pire – ce qui est peu rassurant venant de lui –, j'ai du mal à le croire.

En parlant de West, je lui envoie un rapide message pour lui dire que j'avais raison. L'équipe venue tout droit de Floride s'est fait démolir avec un joli 5-0. Je joins le lien de la page internet à mon texto, suivi d'un beau doigt d'honneur pour le narguer.

Moi : Alors, qu'est-ce que j'avais dit ? Tu me dois cinquante dollars.

Je ne m'attends pas à ce qu'il me réponde à 5 h 30 du matin, alors je poursuis mon tour des réseaux sociaux. J'ignore une fois de plus le SMS de ma mère qui me demande mon programme pour Thanksgiving. C'est dans plus de deux mois et, entre nous, je n'ai pas la moindre idée de ce que je compte faire. Pour l'instant, j'ai d'autres sujets de préoccupation en tête. Comme cette case rouge qui clignote dans mon agenda. Le ventre noué, je clique dessus à contrecœur :

Lundi – Rencontre avec Jake Rodriguez.

Je confirme. Cette journée s'annonce horrible.

Je décolle les yeux de mon écran, balaie mon salon d'un regard blasé, puis j'examine à nouveau ce qui y est inscrit en rêvant de m'être trompé de jour. Les Krakens, l'équipe de hockey professionnelle pour laquelle je joue depuis plus de deux ans, participe à un nouveau projet. Elle a pour désir de suivre de près quelques étudiants hockeyeurs prometteurs, de leur assurer toute l'aide dont ils auront besoin jusqu'à la fin de leurs études. Ça permettrait aux recruteurs de garder un œil sur les petits prodiges du hockey qu'ils ont repérés, tout en essayant de gagner leur loyauté en vue d'un futur contrat. Cette année est l'année du test. Il n'y a qu'un seul étudiant dans l'État de Washington à avoir le droit à ce suivi rapproché.

Ce projet ne me concerne pas vraiment de prime abord, mais Oliver, notre coach, a tenu à me confier cette précieuse mission. Pourquoi à moi et pas à l'un de mes coéquipiers ? C'est exactement la question que je me pose depuis des semaines. Il m'a fait comprendre que ce serait bien que je m'investisse plus auprès des Krakens... à défaut de briller sur la glace. Enfin, il ne l'a pas dit ouvertement, mais pour moi le message était clair. Il faut que je me bouge. D'autant plus que Jake vient de rejoindre les Huskies de l'université de Washington, une équipe dans laquelle j'ai moi-même joué lorsque j'étais étudiant.

En réalité, ce n'est pas vraiment le fait de m'occuper de ce gamin qui m'emmerde. Le problème, c'est que si je n'y arrive pas, je risque de décevoir Oliver. Quand on sait que sa place est en danger, on ne peut pas se permettre de dire merde à son entraîneur. Alors, me voilà, à me préparer à rencontrer ce type dans l'espoir de rattraper tous ces matchs pendant lesquels je n'ai pas assuré. Autant dire qu'il y en a un bon paquet. De ce que j'ai entendu au sujet de Jake, c'est un petit prodige sur tous les terrains. Le genre de génie à sauter des classes et à maîtriser chaque nouveau domaine en un claquement de doigts. J'espère qu'il ne fait pas partie de ces joueurs prétentieux et arrogants que je déteste, sinon on ne va pas s'entendre, lui et moi. Et surtout, il a intérêt à se donner à fond parce que ma carrière repose actuellement sur sa réussite.

Dans ma main crispée, mon téléphone se met à vibrer.

Weston : Putain. Mais tu ne dors jamais ? L'entraînement débute dans plus d'une heure. Tu fais chier à envoyer des messages aussi tôt.

Son message me fait sourire. Je l'imagine, la tête dans le cul, en train de râler.

Moi : Tu ne connais pas le mode silencieux, Ducon ?

Je m'attends à une réplique bien cinglante de sa part, mais l'écran ne s'allume pas. West ne répond plus. Il a sûrement enfoui sa tête sous l'oreiller en râlant, ce qui ne m'étonnerait même pas. Déçu, je repose mon portable, les sens aux aguets. Pas un bruit ne vient parasiter la quiétude de la nuit, si ce n'est le ronflement de Kiwi qui s'est endormi. La boule au ventre, je me penche en avant pour attraper la télécommande posée sur la table basse. J'appuie au hasard sur un chiffre, la télé s'allume sur une chaîne d'actualités. La présentatrice évoque la présence de pesticides dans je ne sais quel coin du pays pendant que je détourne la tête. Je me contrefiche de ce qu'elle raconte, c'est juste plus fort que moi, j'ai besoin de ce bruit de fond. J'observe un long moment ce salon meublé d'étagères toutes neuves, alignées le long de murs blancs et impersonnels. Des décorations jamais accrochées posées sur le sol. Des surfaces lisses sur lesquelles rien ne traîne. Une pièce emplie de vide et d'un putain de silence omniprésent à me glacer le sang.

Dans la vie, je n'ai jamais eu peur de grand-chose, mais ce silence-là, cette absence… Depuis que Manille est partie, je n'ai pas encore trouvé comment l'appréhender.

Au bout de quelques minutes à observer la pièce, je me force à me lever. J'enfile rapidement un jogging, prépare mon sac à dos, puis je file m'asperger le visage d'eau.

Faut que je me bouge. Il y a des matins où on sait d'avance que notre journée sera pourrie, mais ce n'est pas une excuse pour rester prostré chez soi. Manille n'était pas du genre à baisser les bras, elle. Je lui dois bien ça.

La peau couverte de gouttelettes d'eau, je scrute mon reflet avec attention. Des mèches blondies par le soleil de cet été me retombent sur le front. Mes yeux marron sont cernés, mes joues creusées font paraître ma mâchoire plus saillante que d'ordinaire. De l'extérieur, j'ai juste l'air un peu fatigué, mais en vérité, à l'intérieur...

Je souffle un bon coup avant de fixer mes pupilles dans le miroir.

Tu vas y arriver. Oliver compte sur toi. Les Krakens comptent sur toi. Il te reste une chance de prouver que tu as ta place dans l'équipe, alors ne les déçois pas. Et puis, ce n'est pas un gamin de première année qui va faire la loi, non ? C'est à toi de lui montrer comment marche le monde du sport. Pas l'inverse.

2

MENTEUSE

Cassie

Aux grands maux, les grands remèdes.

Armée d'un parapluie trouvé près du tapis de mon voisin de palier, j'approche de l'entrée. L'air redoutable, je toise l'épaisse planche de bois de mon plus mauvais regard. Je suis d'une humeur de merde. Je n'avais, à aucun moment, imaginé devoir me battre avec une porte fermée à clé de si bon matin. Clé que je ne possède pas, cela va de soi. Ce serait bien trop facile, sinon. « Pourquoi faire simple quand on peut faire compliqué ? » devrait être ma devise. J'ai bien un trousseau au fond de ma poche portant le même numéro, mais rien ne fonctionne.

J'avais prévu de commencer ma journée d'une tout autre manière. Sérieusement, qui a envie de forcer l'entrée de l'appartement de sa grand-mère alors que le soleil se lève à peine ? Personne. Heureusement, *abuelita*[1] n'en saura jamais

[1] Abuelita : surnom affectueux pour une grand-mère en espagnol. Mamie.

rien. Et ce qu'elle ignore ne peut pas la blesser, non ? Elle aurait été furieuse d'apprendre que j'essaie de pénétrer chez elle par effraction. Mais je n'ai pas le choix. La seule chose positive dans toute cette galère, c'est qu'il ne semble plus y avoir d'intrus à l'intérieur. On dirait qu'ils ne sont pas revenus ces deux derniers jours. Le scénario aurait pu être bien pire.

J'en ai la boule au ventre quand j'y pense.

J'assène un premier coup à la porte en ruminant ma malchance. C'est ça ou passer la nuit dehors.

Rah ! Fait chier. J'ai besoin de rentrer chez moi, ne serait-ce que pour récupérer mes affaires.

Je frappe une seconde fois et la planche ne bouge pas d'un pouce. Même pas un minuscule craquement ou une infime fêlure. Rien. Je réitère mon assaut, me fracasse l'épaule contre le chambranle au passage, mais le morceau de bois résiste.

— Stupide porte ! Il faudra bien que tu t'ouvres à un moment donné, même si je dois y aller à coups de hache.

Comme la force ne fonctionne pas, je change de méthode. J'enfonce l'extrémité métallique du parapluie le long de l'encadrement avant de jeter un regard paniqué derrière moi. Mon palpitant décolle aussitôt. Je crois que j'ai entendu quelqu'un entrer dans le hall de l'immeuble. Stressée, je me penche par-dessus la rambarde pour vérifier. Je retiens ma respiration, mon arme de fortune serrée entre mes mains. Il y a bien une personne qui monte les escaliers. Je tends l'oreille, prête à prendre la fuite si nécessaire. Une chose est certaine, les pas sont trop légers pour être ceux de Diego ou du mec que j'ai croisé l'autre jour.

Au même instant, mon téléphone se met à vibrer au fond de ma poche. Je sursaute de plus belle avant d'éteindre l'alarme et de jeter un coup d'œil à l'heure. Déjà 7 h 45 ? *Et merde.* Je viens de passer quarante-cinq minutes à tenter d'enfoncer cette saleté de porte et la situation ne s'est pas du tout améliorée.

— Tiens, mais c'est la petite Rodriguez. Tu es bien matinale.

La conscience loin d'être tranquille, je planque le parapluie dans mon dos. J'adresse un sourire poli à la voisine du dessus et même le meilleur joueur de poker du coin n'y verrait que du feu. J'ai toujours été douée pour mentir. C'est presque inné, chez moi. J'imagine que ça doit être de famille. Quand il s'agit de sauver sa peau, un Rodriguez est capable du pire. Que celui qui n'a jamais usé de ce fabuleux talent me jette la première pierre. Si ça peut m'éviter de me retrouver avec les flics sur le dos, je suis prête à tout.

Tout.

— Bonjour, Madame Walter. Vous avez sorti Boby ?

J'adresse un regard faussement attendri au vieux lévrier qu'elle traîne partout avec elle depuis plus de dix ans. J'adore les chiens, pourtant le courant n'est jamais passé avec celui-ci.

— Oui, une heure de promenade matin et soir, comme d'habitude. Des nouvelles de Térésa ? Est-ce qu'elle est rentrée de son voyage ?

— Oh, ma grand-mère se porte à merveille, mais il faut croire qu'elle a pris goût au soleil. Elle reviendra sûrement pour Thanksgiving, assuré-je.

C'est un mensonge éhonté quand on sait qu'*abuelita* vit en maison de retraite médicalisée depuis près de quatre mois. Mais il est hors de question que la nouvelle s'ébruite. Chez les Rodriguez, on a beaucoup de secrets à protéger.

— Qu'elle en profite ! Tu lui donneras mon bonjour à l'occasion.

— Avec plaisir.

— Et, au fait, peux-tu demander à Jake de baisser sa musique ? Je comprends qu'il soit jeune, mais hier soir, son boucan ne s'est arrêté qu'à minuit passé.

Les traits tendus, je manque de laisser l'émotion fissurer mon masque d'actrice. J'acquiesce pendant que l'horreur gagne l'entièreté de mon corps. C'est pire que ce que je craignais, en fait. Madame Walter disparaît au palier supérieur et, les mains moites, je me retourne vers la porte de l'appartement 1b. Appartement dans lequel je vis depuis toujours et auquel je ne peux désormais plus accéder.

Une vague de frissons descend le long de mon échine, répandant angoisse et doutes sur son trajet. Cette fois, c'est certain. Je suis dans la merde jusqu'au cou... Mon petit frère n'a pas dormi ici hier soir puisqu'il était avec moi à l'hôtel.

Mon téléphone se remet à vibrer. Je désactive l'alarme pour de bon, puis je m'enjoins au calme. Procédons par étape, réagir sous le coup de la peur n'est jamais bon. J'appelle Jake sur son portable. Après plusieurs sonneries, sa voix ensommeillée marmonne quelque chose d'inaudible dans le haut-parleur.

— Mmmhh... Qu'est-ce qu'il y a ?

— Je veux que tu lèves ton cul de ce lit. Tu vas rater la plus belle chance de ta vie.

Mon cœur bat encore si fort que j'ai du mal à m'exprimer avec calme. J'inspire un grand coup pendant que les neurones de mon frère se connectent.

— Pourquoi, il est quelle heure ?

— Tu le fais exprès ? C'est la troisième fois que je t'appelle, ce matin ! On a rendez-vous dans vingt minutes, idiot. Tu devrais déjà être prêt.

— Oh, je suis large. C'est bon, je gère. La patinoire de l'université est à dix minutes à pied.

— Ouais, bah bouge-toi. On se rejoint dans le hall.

Mon petit frère me raccroche au nez et je contemple l'écran noir de mon téléphone, les narines frémissantes. *Pff. Le respect se perd.* Je range l'appareil au fond de la poche de mon short en jean, puis je balance le parapluie – légèrement tordu – sur le tapis des voisins. Lasse, je détaille une dernière fois ma porte d'entrée. À quel moment est-ce que je me suis dit que je pourrais régler ce problème en moins d'une heure ? J'ai été trop confiante. Il ne me reste plus qu'à investir dans une boîte à outils avant de revenir ou à vendre un rein pour payer un serrurier.

Je commence à descendre les escaliers et une idée folle me traverse l'esprit. Et si j'escaladais la façade ? Jake a raison, après tout. L'université de Washington ne se situe qu'à quelques minutes. J'ai encore le temps pour une dernière tentative. Si ça fonctionne, j'économiserai au moins l'argent des outils.

Je rejoins la petite cour intérieure au pas de course, puis j'essaie de repérer où poser mes pieds. L'appartement d'*abuelita* se trouve au premier étage. Ça ne devrait pas être trop dur d'atteindre la fenêtre de la cuisine. Comme une idée de génie ne vient jamais seule, je décide de déplacer la benne à ordures. Le couvercle émet un grincement sonore lorsque je me hisse dessus, mais il tient bon. Après quelques efforts, j'agrippe enfin la balustrade du bout des doigts. Je jubile. D'ici, j'arrive à distinguer l'intérieur du salon sans difficulté. Il n'y a personne. Toutes les lumières sont éteintes et une lueur d'espoir se profile à l'horizon.

L'intrus semble bel et bien parti.

Je me hisse sur la pointe des pieds afin de mieux voir, quand soudain ma chaussure ripe sur le métal de la poubelle. Je glisse de tout mon long sur le couvercle, tente de m'accrocher à quelque chose pour finir par m'éclater le genou sur le béton. Je serre les dents pour ne pas jurer, mais putain, ce que j'ai mal ! J'essuie la poussière sur mes jambes et me relève tant bien que mal, la rage au ventre. J'hésite à réitérer l'expérience, cependant, vu l'heure, je décide d'abandonner pour ce matin. La chance n'est pas de mon côté, de toute façon.

Pas le temps de m'apitoyer sur mon sort, je repars aussi vite. Je ne laisserai plus rien gâcher l'avenir de mon frère. Il me reste cinq minutes pour le rejoindre. Ignorant les picotements de ma peau entaillée, j'accélère et je finis par atteindre ma destination pile à l'heure. Je ne raterais pour rien au monde un jour comme celui-ci. C'est la consécration de ces centaines d'heures passées à entraîner Jake au hockey.

Essoufflée, je pousse la double porte en verre de la patinoire de l'U-Dub[2]. Je connais cet endroit par cœur, bien qu'il se soit écoulé plusieurs mois depuis la dernière fois que j'y ai mis les pieds. Si ce n'était pas pour mon frère, je n'y serais jamais retournée de mon plein gré. J'examine le hall désert, perplexe. Ce lieu me rend nostalgique. Je chasse ce sentiment de déception sorti de nulle part pour me concentrer sur l'unique raison de ma présence ici : assister à la rencontre entre Jake et le membre des Krakens qui l'épaulera durant ses débuts chez les Huskies, l'équipe de hockey de l'université. C'est une espèce de nouveau partenariat mis en place pour la première fois cette année. Un joueur professionnel est censé parrainer Jake, le motiver et le conseiller, et s'il se montre à la hauteur, il se verra proposer un contrat. J'ignore encore qui sera chargé de superviser ses entraînements, mais je ne devrais plus tarder à le savoir.

Quoi qu'il en soit... Jake n'est pas à notre point de rendez-vous. Inquiète, je rejoins les gradins dans l'espoir de le trouver là-bas. Je n'y aperçois personne à part deux patineuses qui s'échauffent dans un coin. Je reviens sur mes pas, soudain stressée. Et s'il ne s'était pas réveillé ? Non, impossible. Pas le jour où on lui offre une voie toute tracée pour réaliser son rêve. Je patiente quelques minutes à l'entrée, tournant en rond telle une lionne en cage, puis

---

[2] U-Dub : surnom de l'université de Washington à Seattle.

je décide de poursuivre ma recherche dans les couloirs. Jake est peut-être parti à la rencontre de son parrain ?

Mon attention rivée sur mon téléphone dans l'espoir qu'il sonne, j'atteins les bureaux en quelques enjambées. Je m'arrête au son de voix graves que je ne connais pas. Deux hommes discutent d'une manière animée sans que je les voie. Curieuse, je longe les différentes salles, puis quelque chose me percute le crâne de plein fouet. Et par quelque chose, je ne parle pas du torse d'un mec sexy, mais de la crosse que ce con tient, tendue droit devant lui. Je repousse d'un coup de main le manche en composite qui a failli m'éborgner, prête à égorger le responsable de ce manque de vigilance.

— Hé, ta mère ne t'a pas appris à regarder devant toi ? lancé-je à l'inconnu avant de lever le menton vers lui.

Mes yeux s'écarquillent en même temps que ma bouche s'entrouvre. J'ai toujours été une grande fan des Krakens de Seattle, mais je n'ai jamais envisagé de me retrouver face à leur vice-capitaine. Et j'avais encore moins imaginé que notre rencontre aurait lieu dans les couloirs de l'université. Les sourcils haussés et le visage fermé, le célèbre Bill Croft se dresse devant moi en chair et en os. Et il a l'air beaucoup – beaucoup – plus impressionnant dans la réalité que sur le poster collé sur le mur de ma chambre. Il fait bien une tête et demie de plus que moi, je ne serais pas étonnée qu'il mesure dans les un mètre quatre-vingt-dix. Mes yeux remontent jusqu'au regard blasé que ses iris dorés me jettent.

— Je te ferai remarquer que c'est toi qui es sortie de nulle part, réplique-t-il, sarcastique. C'est ce qui arrive quand on marche le nez collé à l'écran de son téléphone.

— Je... je...

Encore surprise, j'en perds ma repartie. *Merde.* De tous les joueurs pros de son équipe, Bill est bien le dernier que je pensais rencontrer ici. Il incline la tête et ses cheveux blonds retombent sur son front barré d'un pli d'exaspération. Je me suis toujours considérée comme assez grande, mais face à lui, je me sens minuscule. Son regard descend de mon crâne à mes pieds en marquant une pause sur la blessure de mon genou. Quand je réalise qu'un filet de sang dégouline sur mon tibia, je tente de cacher ma jambe derrière l'autre, mais c'est trop tard. Rien n'échappe à l'œil perçant de Bill Croft.

— Une nouvelle preuve de ton imprudence ? me demande-t-il avec malice.

— Non, juste la preuve que j'ai de mauvaises idées, sifflé-je.

Derrière lui, un homme brun s'avance à son tour. Pas besoin d'être une experte dans le domaine pour reconnaître Weston Parker, le numéro 22. De ce que je sais, ils sont toujours fourrés ensemble tous les deux. Ils ne sont pas binômes pour rien. Après tout, les ailiers fonctionnent par paire.

— Salut, t'es venue t'entraîner ? me lance Weston d'un ton amical.

Je remue la tête.

— Non, je cherche quelqu'un.

— Ça tombe bien, nous aussi.

— Jake Rodriguez, ça te dit quelque chose ? me demande Bill. On avait rendez-vous avec lui il y a dix minutes déjà. Impossible de le trouver.

— Ah. Parce qu'il n'est pas là ?

L'angoisse doit commencer à se lire sur mon visage parce que les sourcils du blond se soulèvent d'une manière suspicieuse.

— Tu le connais ?

Je blêmis en entendant sa question. Si je lui réponds oui, il me demandera à tous les coups pourquoi il n'est pas arrivé... Et je n'en sais rien !

— Euh... plus ou moins. Mais, c'est étrange parce que je l'ai vu il y a dix minutes à peine.

— Vraiment ? Dans quel coin ?

— Dans le hall. Il me semble qu'il avait perdu quelque chose.

Je me mords l'intérieur des joues. Je ne peux rien y faire. Quand il s'agit de sauver les fesses de mon petit frère, je suis une menteuse invétérée.

— Je vais voir s'il est revenu dans les parages, déclare Weston.

Bill acquiesce avant de se joindre à lui. Dès qu'ils s'éloignent, je dégaine mon téléphone pour appeler Jake. Il décroche aussitôt.

— T'es où ? l'engueulé-je sans préambule.

Au son de sa respiration hachée, je comprends sans mal qu'il est en pleine course.

— Putain, je suis en retard.

— Ça, je l'avais remarqué, crétin. T'as intérêt à te magner. Les joueurs des Krakens t'attendent.

— J'arrive, je me suis rendormi.

Je me retiens de lever les yeux au ciel. Ça ne m'étonne même pas de lui. Jake a beau être plus intelligent que la moyenne, il a une fâcheuse tendance à se laisser vivre. Il a de la chance que je sois constamment sur son dos, sinon j'ignore ce qu'il serait advenu de lui.

— Fais vite, je vais essayer de gagner du temps.

Je raccroche, puis me mets en quête des deux joueurs professionnels. Je rejoins le hall, mais les deux hommes ne s'y trouvent plus. Ils sont forcément dans le coin. J'entrouvre la porte donnant sur les gradins et j'y découvre Bill qui revient vers moi.

— T'es sûre d'avoir aperçu Jake ? m'interroge-t-il.

— Absolument. Il vient même de passer à l'instant. Il se dirigeait vers les vestiaires.

— Sérieux ?

Blasé, Bill renverse son crâne en arrière. Ce jeu de cache-cache commence à lui taper sur le système et je vois mal comment le faire patienter davantage. Ce serait quand même dommage que le parrainage tombe à l'eau parce que Jake a un peu la tête dans les nuages. Le hockeyeur professionnel pousse un long soupir et finit par reprendre le chemin du hall à contrecœur. Weston qui revient du parking l'interpelle au même instant, un grand sourire aux lèvres.

— Hé, regarde qui j'ai trouvé dehors ! Jake Rodriguez.

Le vice-capitaine des Krakens pivote vers l'entrée et je manque d'avoir une crise cardiaque. Son coéquipier vient de faire son apparition… avec mon frère.

— Je te jure que je n'ai jamais vu personne courir si vite de toute ma vie, se marre Weston. Si ce mec est aussi rapide sur terre que sur la glace, j'ai hâte de le voir à l'œuvre.

Un frisson désagréable recouvre ma peau quand je remarque le regard appuyé que Bill me jette. Les bras croisés sur son torse, la mâchoire contractée, il plisse les yeux en me dévisageant.

— Je croyais qu'il était parti vers les vestiaires ?

J'esquisse un grand sourire, papillonne des cils.

— J'ai dû le confondre avec quelqu'un d'autre.

Jake pose ses paumes sur ses genoux le temps de reprendre son souffle avant de se redresser.

— Désolé, je suis à la bourre, articule-t-il entre deux bouffées d'air. Panne de réveil.

— Ça arrive à tout le monde, le rassure Weston. Tiens, voilà ton parrain.

— Bill Croft, se présente le blond, la main tendue devant lui.

Jake s'empresse de la saisir. À ses pupilles pétillantes, j'en déduis qu'il est content du choix du coach. Oliver lui avait promis un tuteur à l'écoute et rigoureux et de ce que j'en sais, Bill a plutôt bonne réputation.

— Et donc, t'as fini par retrouver ce que tu as perdu ? lui lance ce dernier.

Les mains enfoncées dans ses poches, Bill sonde le regard de mon frère à la recherche de la vérité. Je me fige en entendant sa question. Je tente de faire comprendre à Jake qu'il doit jouer le jeu, mais rien n'y fait. Rodriguez Junior vient de briser tous mes efforts d'une unique réponse.

— Hein ? Mais, j'ai rien perdu, moi.

Je manque de m'étouffer.

Quel con ! Je me débrouille pour que les Krakens ne se barrent pas et c'est comme ça qu'il me remercie ?

— Mais si, tes clés, Jake ! Tu les as retrouvées ?

Jake croise enfin mon regard et je m'efforce de lui faire passer le message. Je lui fais les gros yeux tout en le menaçant intérieurement des pires représailles et ça finit par fonctionner.

— Hein ? Euh, ah oui ! Les clés...

West rit. Bill un peu moins. Son visage demeure impassible et je fais de mon mieux pour ignorer ses iris perçants dardés sur moi. Son expression sévère ne laisse aucun doute : il sait qu'il a été trompé depuis le début. Je me tourne vers lui, feignant l'innocence. Si je reste discrète, ils auront oublié mon petit mensonge d'ici une poignée de minutes. J'en mets ma main à couper.

— Alors, les gars, maintenant que les présentations sont faites, on passe à la partie intéressante ? Comment va se dérouler ce parrainage ? Oliver nous a déjà fait signer l'accord, annoncé-je.

— Tu la connais ? demande Bill à mon frère.

— Bah ouais. C'est ma sœur, Cassie.

Leurs trois regards se posent naturellement vers moi et celui du vice-capitaine est loin d'être amical. *Oups.*

— Qu'est-ce qu'il y a ?

— T'es étudiante ici ? m'interroge Weston.

— Oui. C'est ma troisième année sur le campus.

— Donc vous avez trois ans de différence ? s'étonne-t-il.

Mon frère a beau être plus jeune que moi, il me dépasse de plusieurs centimètres.

— Presque quatre, en fait. On ne dirait pas avec sa carrure, mais Jake n'a que dix-sept ans. Il a sauté deux classes.

Weston, amusé, lance un regard admiratif à Jake.

— Mais qu'est-ce qu'ils foutent dans vos biberons, maintenant ?

Après quelques phrases bateau échangées dans le hall et une meilleure ambiance générale, Bill finit par nous guider vers le bureau de Malcolm, le coach des Huskies. Il veut s'y entretenir avec Jake pour apprendre à le connaître. Il ouvre la marche, quelques mètres devant nous, et je fais de mon mieux pour rester à distance, contrairement à mon frère. D'ordinaire, ce dernier se montre peu bavard, mais aujourd'hui, il semble avoir mille questions à poser.

— Est-ce que j'aurai le droit d'assister à vos matchs ? D'aller dans les coulisses ? J'ai toujours rêvé de découvrir les vestiaires des pros, c'est vrai que vous avez des douches perso ? Ah, et est-ce que je pourrai rencontrer le reste de l'équipe ?

Bill se retourne vers nous et, pour la première fois, je le vois sourire.

— Bien sûr. Tu viendras à autant de matchs que tu veux. Je serai ton référent principal durant l'année, mais tu pourras être amené à bosser avec tous les joueurs. Tout le monde a ses points forts, ainsi que ses faiblesses, et chacun aura quelque chose à t'apprendre.

— Mais on est d'accord, même si tu rencontres nos coéquipiers, on reste les deux meilleurs hockeyeurs qui existent, fanfaronne Weston.

— Ça va de soi, acquiesce Jake en tapant dans le poing de Weston.

— Alors on va bien s'entendre. Tant que tu respecteras mes règles, tout se passera bien, lui assure Bill.

— Et sinon ? osé-je demander.

C'est plus fort que moi. Je ne peux m'empêcher d'intervenir si je sens que Jake n'est pas en sécurité. Bill ralentit le pas pendant que Weston et mon frère entrent dans le bureau. Il s'arrête à mon niveau, son regard dédaigneux vissé sur moi.

— Sinon, il aura droit au méchant Bill.

Loin d'être impressionnée, j'incline la tête sur le côté. Qu'est-ce qu'il entend par là ? Qu'il va punir Jake comme un vulgaire gamin ? Qu'il essaie seulement de toucher à un de ses cheveux, ce con !

— J'avais cru comprendre que le but de cet accord était d'apporter du soutien à Jake pour qu'il s'améliore au hockey et gagne en sérénité. Je ne savais pas qu'il risquait de se faire engueuler s'il n'y arrivait pas.

— Il y a des règles implicites et explicites dans tout contrat. Le respect et la confiance réciproque sont primordiaux pour que ça fonctionne. C'est la base de toute relation.

— Je ne prétends pas le contraire.

— Ah ouais ? Parce qu'on dirait que tu ne connais pas le principe de la confiance. Pourquoi avoir menti à propos du retard de Jake ? Tu as conscience que c'est plutôt nul comme première impression ?

— Penses-en ce que tu veux. C'est avec mon frère que tu vas bosser, pas avec moi, répliqué-je sans me démonter.

Bill se met à rire, l'air détaché. Il prend appui contre l'encadrement de la porte et se penche pour que je sois la seule à entendre ce qu'il dit.

— Cassie, c'est ça ? Sache que je déteste être pris pour un con...

Un large sourire étire le coin de ses lèvres, cependant ses iris sont loin de communiquer la même joie.

— ... et pourtant, j'ai l'impression que tu continues de le faire exprès.

Son regard se plante dans le mien et j'ai soudain la désagréable sensation qu'il a la capacité de lire en moi comme dans un livre ouvert. Je me redresse pour me donner plus d'aplomb, mais le célèbre Bill Croft n'en a pas terminé avec moi.

— Je ne le dirai qu'une seule fois, histoire que ce soit clair pour tout le monde. Quand Jake est avec moi, il respecte mes règles. J'attends de lui qu'il soit ponctuel, assidu, et surtout honnête avec moi. Et si les membres de sa famille l'incitent à faire le contraire, ça ne fonctionnera pas. Compris ?

Il me dévisage sans malveillance, pourtant son ton tranchant me prouve que ce n'est qu'un masque. Hébétée par ce revirement de situation, je hoche la tête alors qu'il commence à refermer la porte en me laissant sur le seuil. Au dernier moment, il me balance un paquet de mouchoirs tout droit sorti de sa poche.

— Pour ton genou.

Et je me retrouve seule dans le couloir comme une idiote.

3

LE DÉBUT DES EMMERDES

Bill
Quatre jours plus tard

— Attends, s'étonne West alors qu'il avance, les sourcils froncés. T'es sûr de ce que tu dis ?

Son sac d'entraînement posé négligemment sur son épaule, il marque un arrêt en plein milieu des jardins de l'U-Dub. Quand il prend conscience de ce que je viens de lui annoncer, il me dévisage, l'air choqué. Je n'arrive pas à réprimer mon sourire. Je savais que cette nouvelle le rendrait dingue.

— Jimmerde fait toujours partie des Huskies ? répète-t-il, abasourdi. Tu déconnes...

— Pas du tout. Malcolm a envoyé la liste actualisée des joueurs à Oliver. J'ai pu la lire dans son bureau. Jimmy est bel et bien présent dans l'équipe.

— Arrête... Mais, il n'a pas réussi à valider ses cours, depuis le temps ? Comment est-ce qu'il peut encore étudier ici ?

— Je ne crois pas qu'il ait redoublé. Il était plus jeune que nous et il me semble qu'il a changé de filière en cours de route ou un truc comme ça.

— Ouais, bah une chose est sûre, il ne m'a pas manqué.

— À moi non plus, je te rassure. Heureusement qu'il reste des membres sympas qu'on connaît encore. Comme Joshua, Georges et Liam.

— Sérieux ? Et Joshua est toujours gardien ?

— Il semblerait, mais c'est sa dernière année. J'ai entendu dire que les Blackhawks ont un œil sur lui. Il signera sûrement bientôt un contrat avec eux.

Weston, nostalgique, lève la tête pour embrasser du regard la façade de la patinoire universitaire qui se dresse devant nous, celle où notre amitié a débuté. Ce même endroit où nous avons rencontré Jake il y a quatre jours.

— J'ai l'impression que ça fait des décennies qu'on a quitté les Huskies alors que ça ne fait que deux ans.

— Ouaip. Le temps file à une vitesse folle.

Mes pommettes se soulèvent toutes seules en entrant à l'intérieur du bâtiment. J'ai beau avoir foulé ce sol lundi dernier, l'effet est toujours le même. Ça fait du bien de revenir dans cet endroit chargé de souvenirs.

— Tu crois que Malcolm sera là, aujourd'hui ? me demande West en passant la porte à son tour. Ça fait des semaines que je ne l'ai pas croisé.

— Non, je ne pense pas. Il m'a appelé hier pour qu'on se mette d'accord sur les créneaux d'utilisation de la patinoire. Pour ce qui est du travail en solo de Jake, il préfère que ce soit en matinée. Ah, et il aimerait beaucoup qu'on passe de temps en temps pendant les entraînements des Huskies. Ça ferait plaisir à ses joueurs d'échanger avec nous.

— Il n'a pas peur que notre présence génère de la jalousie au sein de son équipe ? Vis-à-vis de Jake ?

— Aucune idée, mais j'avoue y avoir pensé.

— Faudra faire gaffe à ce que ce parrainage ne lui apporte pas de problèmes. D'ailleurs, en parlant de lui, Cruse m'a raconté un truc étonnant.

Je souris de plus belle. Weston n'a pas assisté au premier essai du jeune Rodriguez sur la glace du Kraken Iceplex[3], avant-hier, mais certains de nos coéquipiers étaient là. Je sais déjà ce que West s'apprête à me dire et je ne peux pas m'empêcher de le taquiner un peu.

— C'est pour ça que t'as insisté pour m'accompagner aujourd'hui ? J'en étais sûr.

— Alors, c'est vrai ce qu'on raconte ?

L'air mystérieux, je ris sans répondre à sa question et ses yeux s'ouvrent grand.

— Merde alors. Ce gamin est un monstre ! s'exclame-t-il. Atteindre les vingt miles[4] par heure alors qu'il n'a que dix-sept ans... Ce n'est pas humain.

Weston Parker a toujours été le plus rapide de tous les hockeyeurs que j'ai rencontrés. Et j'en ai croisé un bon paquet depuis que j'ai appris à patiner. Ça me fait rire de le voir craindre de perdre son titre. Jake a beau avoir du potentiel, il est loin de l'égaler sur la glace.

— Qu'est-ce que t'as ? me moqué-je. T'as peur qu'il devienne le prochain Red Falcon ?

— Qu'il essaie un peu. Il a encore quatre miles de retard et quelques années de boulot devant lui.

L'air frais me picote familièrement le nez lorsque je pousse la porte menant à la patinoire. Devant nous, une coursive longe le terrain recouvert de glace. Quelques personnes, sûrement des

---

[3] Kraken Iceplex : patinoire de Seattle dans laquelle les Krakens s'entraînent.

[4] Vingt miles par heure : environ 32 km/h.

étudiants, s'échauffent dans un coin pendant que d'autres discutent au pied des gradins. En une poignée de secondes, leurs regards convergent vers nous et le mot « Kraken » vole jusqu'à mes oreilles.

Ce qui est drôle quand vous devenez hockeyeur professionnel, c'est que peu importe l'endroit où vous vous rendez, il y a toujours quelqu'un qui vous reconnaît. Au supermarché, à la piscine, dans la rue... comme à la patinoire de l'université de Washington. Quel que soit le lieu, j'ai droit aux sourires amicaux de parfaits inconnus. Les mains enfoncées dans les poches de mon jogging, j'avance tête baissée. Je feins de ne pas remarquer les regards curieux dirigés sur nous. Avec le temps, je me suis habitué à cette espèce d'excitation dans mon sillage. J'ai toujours été populaire. Plus jeune, j'étais – en toute modestie – le meilleur joueur de hockey de mon lycée. Ensuite, je suis devenu étudiant ici et on m'a élu capitaine des Huskies. Puis, me voilà désormais ailier chez les Krakens. Durant toutes ces années, j'ai vu beaucoup de gens graviter autour de moi, juste à cause de cette notoriété.

Une rouquine sur notre gauche semble nous avoir reconnus. J'entends nos noms circuler au sein de son petit groupe et j'échange un regard complice avec West. Il s'est fait à cette célébrité locale tout comme moi. Après deux ans à passer régulièrement à la télévision ainsi que dans les magazines sportifs, j'imagine que c'est normal. N'empêche, je ne comprends pas toujours l'intérêt qu'on nous porte. On joue au hockey, on n'est pas magiciens.

Je m'éloigne de quelques pas des étudiants jusqu'à me trouver près des bancs situés au bord du terrain. Je tourne sur moi-même et je suis forcé de constater que Jake n'est pas là.

— Super, marmonné-je. Troisième rendez-vous et troisième fois qu'il est à la bourre. Je lui avais pourtant dit que je le voulais à 9 h précises ici, en tenue et prêt à s'entraîner. Il a cours juste après, ce qui ne nous laisse pas beaucoup de temps.

West m'imite. Il se met à chercher parmi la quinzaine d'étudiants autour de nous.

— Il n'est peut-être pas là, mais sa sœur est bien présente, elle, m'indique-t-il.

Je m'empresse de tourner la tête dans la même direction que lui. À mi-hauteur des gradins, une brune, la peau mate, a le nez plongé dans un bouquin. Concentrée sur sa lecture, elle range une de ses longues mèches derrière son oreille.

Un soupir s'échappe de mes lèvres, ce qui étonne West.

— Et moi qui espérais qu'elle ne viendrait pas.

— Ah. À ce point-là ?

— Ouais, je ne sais pas pourquoi, mais je ne la sens pas. Elle s'est pointée au Kraken Iceplex et elle n'a pas arrêté de commenter les conseils que je donnais à son frère. C'est plus fort qu'elle, elle critique tout ce que je dis. Vu comme c'est parti, j'ai l'impression qu'elle compte venir à chacun de mes rendez-vous avec Jake.

West se contente de m'écouter tout en l'observant.

— Je n'ai pas envie de me coltiner la casse-couilles de service pendant toute l'année. Je te jure, elle passe son temps à me surveiller comme si elle n'avait pas la moindre estime pour moi. Ça fait plus de dix ans que je joue au hockey, je sais quand même ce que je fais.

— Tu crois que c'est le genre de grande sœur hyper protectrice envers son précieux petit frère ?

— Exactement !

— Ça me rappelle quelqu'un, pas toi ?

Weston rit. Je le dévisage, dépité.

— Si je m'étais comporté avec Charlie comme Cassie le fait avec Jake, tu ne sortirais sûrement pas avec elle.

Il se marre, puis m'assène une tape amicale sur l'épaule.

— Alors, je m'estime chanceux que tu ne sois pas comme Cassie Casse-couilles. Vois le côté positif. Jake a une grande sœur qui prend soin de lui. C'est rare de nos jours, non ?

— Mouais...

— Peut-être qu'elle a peur que le méchant Bill bouffe son précieux petit frère tout cru ?

Au même moment, comme si elle nous avait entendus parler d'elle, la brune relève la tête de son livre. Ses iris fusent directement dans notre direction pour se poser sur moi. Impassible, la jeune femme me fixe une courte seconde avant que son regard ne dévie. Le soulagement vient détendre son visage crispé, puis un sourire apparaît sur ses lèvres. Elle remballe aussitôt ses affaires dans son sac à bandoulière et commence à descendre les marches.

— Je suis là ! annonce une voix dans mon dos.

Je pivote sur mes pieds pour faire face à un Jake en tenue, essoufflé, mais ravi. Il a beau être à la bourre, au moins il a le mérite d'être de bonne humeur. Je lui tape dans le poing et je l'accueille sur une note positive qui le fait sourire.

— Dix minutes de retard, tu t'améliores.

— D'ici la fin de l'année, je finirai par être en avance, raille-t-il.

— J'y compte bien.

— Il a surtout intérêt à être à l'heure à la prochaine séance s'il ne tient pas à avoir de gros problèmes, cingle une voix féminine juste derrière moi.

Pas besoin de me retourner pour savoir de qui il s'agit. Seule Cassie Rodriguez parvient à m'agacer d'une unique phrase. C'est viscéral et ce, depuis notre première rencontre, je crois. Je ne supporte pas cette manie qu'elle a d'être partout, tout le temps. Par politesse, je la salue d'un bref hochement de tête avant de me concentrer sur son frère.

— On va essayer d'être efficaces, aujourd'hui. Je voulais te faire bosser ton point fort et ton point faible en même temps. La vitesse et l'agilité. J'ai remarqué pendant ta dernière séance que tu pouvais accélérer de manière spectaculaire, mais si c'est pour louper le palet en fin de course, ça ne sert pas à grand-chose. Alors, je te propose de te mettre au fond de la patinoire pour remonter à pleine allure jusqu'à ce point.

Du bout de l'index, je désigne la ligne bleue visible à travers la couche de glace.

— Weston te fera une passe quand tu arriveras à l'extrémité et ton but sera de marquer sans ralentir. Ça marche ?

— On m'a dit que tu étais super rapide. Je suis venu exprès pour te voir à l'œuvre, commente mon coéquipier. J'ai juste besoin de quelques minutes pour enfiler mes patins et mon casque et je suis tout à toi.

— Profites-en pour t'échauffer, Jake, ajoute Cassie.

Je me retiens de lever les yeux au ciel. C'est exactement ce que j'allais dire, mais c'était à moi de prononcer cette phrase, pas à elle. Plutôt que de me lancer dans une conversation dont je n'ai pas envie, je passe l'éponge et file m'asseoir sur la rambarde pendant que Jake s'exécute. Comme si la poisse avait décidé de me poursuivre, Cassie s'installe sur le banc à un mètre de moi.

Si on fait abstraction de ses cris d'encouragement, le premier quart d'heure de cohabitation se déroule relativement bien. Cependant, un élément imprévu finit par me faire serrer les dents. Son téléphone se met à sonner. Cela n'aurait rien d'énervant si ce cirque s'arrêtait à un moment donné, mais ce n'est pas le cas. La mélodie jouée au piano ne s'interrompt jamais. J'attends patiemment qu'elle décroche, ce qu'elle ne fait pas. Au contraire, elle continue de fixer son frère en plein exercice.

— Cassie, ton téléphone, lui lancé-je en espérant qu'elle se bouge.

En réaction, elle se penche, observe l'écran de son portable posé sur le banc, et coupe la musique. L'espace de dix secondes, je souffle enfin. Puis la sonnerie recommence et ça finit par m'obséder.

— Tu comptes répondre, un de ces jours ?

Elle m'adresse un sourire forcé et déclare le plus naturellement du monde :

— Non.

Ni plus ni moins.

J'essaie de faire abstraction de la bande musicale de *Inception* qui s'échappe de son appareil à chaque nouvel appel. J'ai beau adorer ce morceau, à cet instant précis, il me sort par les yeux. Je ne sais pas comment Cassie fait pour ignorer cette mélodie entêtante, mais moi ça commence sérieusement à me gaver.

— Si tu n'as pas l'intention de répondre, est-ce que ça te dérangerait au moins de baisser le volume ?

La jeune femme, visiblement sur les nerfs, obtempère. Néanmoins, la personne qui tente de la joindre n'a aucune envie de laisser tomber. Les vibrations de son appareil se répercutent dans le bois, créant une espèce de vrombissement insupportable. Mon cerveau a décidé de faire une fixette sur ce bruit au point de ne penser qu'à ça.

— C'est quoi ton problème ? Ça déconcentre tout le monde, y compris ton frère.

— Jake ne l'entend pas, de là où il est.

— Mais moi, si.

La brune m'adresse un regard nonchalant avant de se remettre à scruter la glace devant elle. Mes yeux font l'aller-retour entre son visage insolent et son putain de portable. Si ça ne tenait qu'à moi, je l'aurais déjà balancé à la poubelle après l'avoir écrasé à coups de patin.

— Dernière chance, Cassie.

— Je ne toucherai pas à ce téléphone.

— Comme tu veux.

Je me laisse glisser sur le sol et j'avale la distance qui nous sépare en deux enjambées. J'attrape son portable, puis j'appuie sur l'écran pendant que son visage pâlit.

— Qu'est-ce que...

Trop tard. Je recule d'un pas pour être hors de sa portée et je décroche.

— Désolé, mais Cassie se trouve actuellement à la patinoire où le téléphone est interdit. Merci de la rappeler ultérieurement.

Fier de mon culot, je lui balance son smartphone sur les genoux avec le même regard las que celui qu'elle m'a jeté un instant plus tôt. Je l'avais prévenue, elle n'avait qu'à m'écouter. L'esprit enfin libre, je retourne m'asseoir sur la rambarde d'où je crie quelques encouragements à Jake. Au bout de quelques secondes, je tourne la tête vers sa sœur avec prudence. Les traits horrifiés, elle ne prononce plus un mot. Du moins, c'est ce que je crois jusqu'à ce que j'aperçoive ses lèvres bouger.

— Non, non, non..., chuchote-t-elle avant de relever le nez vers moi, furieuse. Tu ne pouvais pas te mêler de tes affaires ?

Je choisis de l'ignorer, même si je l'entends jurer dans mon dos. Elle finit par attraper son sac et se met à courir en direction d'un petit local à proximité. Je la regarde faire sans comprendre. Je connais cette patinoire comme ma poche, cette salle ne donne sur rien. J'en ai la certitude. Dans le temps, il s'agissait d'un vulgaire placard à balais et je ne serais pas étonné que ce soit toujours le cas. Les minutes passent. Comme je ne la vois pas revenir, je me force à aller voir ce qu'elle fiche. De toute façon, Jake est entre de bonnes mains. Weston et lui n'ont pas besoin de mon aide.

Lorsque j'approche, je remarque que la porte est entrouverte. Cassie, nerveuse, m'observe depuis l'intérieur de la minuscule pièce.

— Qu'est-ce que tu fous ? lui demandé-je.

— Je me planque, ça ne se voit pas ?

Un rire s'échappe de mes lèvres malgré moi. *Elle est sérieuse ?* Je pousse le battant afin de mieux distinguer son visage et il semblerait qu'elle ne plaisante pas. Quelque chose dans sa posture m'indique qu'elle a vraiment peur.

— Y a un problème ?

— Tu vois le type à la veste en cuir qui vient d'entrer ? Il me cherche.

Je me tourne pour vérifier de qui elle parle. Trop concentré sur l'entraînement, je n'avais pas remarqué l'arrivée d'un mec métis au crâne rasé et tatoué. Sa carrure est assez imposante, je ne serais pas surpris que ce soit un sportif, lui aussi.

— Mais ne le regarde pas ! chuchote Cassie en me tirant par le bras pour que j'entre dans le local à mon tour.

Je lance un dernier coup d'œil au nouveau venu qui observe les environs, l'air peu commode. Il paraît effectivement être en train de chercher quelqu'un.

— Qu'est-ce que tu lui as fait ? ricané-je.

— Qu'est-ce qu'il m'a fait, tu veux dire ! Ça fait des jours que je fais la morte pour qu'il me laisse tranquille.

Cassie se penche en avant pour regarder par l'interstice avant de reculer en vitesse.

— Oh merde. Cache-moi, je crois qu'il m'a vue.

— Sûrement pas.

— Je te signale que c'est toi qui lui as balancé l'endroit où me trouver au téléphone.

— Comment je pouvais savoir ? Tu n'avais qu'à éteindre ton portable comme le ferait n'importe quelle personne normale.

Une lueur furtive brille dans ses yeux alors qu'elle s'accroche à mon bras, suppliante.

— Tu pourrais m'aider à...

Je connais ce regard, c'est la promesse d'un nombre considérable d'emmerdes à venir.

— Nope. C'est mort.

— Mais t'as même pas écouté ce que j'avais à dire !

Cassie m'implore à nouveau et je décide de fuir en vitesse.

— Désolé, mais au cas où tu ne l'aurais pas remarqué, je bosse, là.

Ses iris d'un vert étonnant s'assombrissent et elle lâche finalement prise. Elle se mordille nerveusement les lèvres, puis semble se résigner à son sort. Je me détourne d'elle, de peur que son regard empli de détresse me fasse culpabiliser. Lorsque je sors enfin de la minuscule pièce, Weston me cherche, l'air de se demander ce que je fiche. Jake, lui, est trop concentré sur son palet pour voir ce qui se trame dans son dos. Je m'apprête à retourner à ma place quand l'homme à la veste en cuir se dirige vers le placard à son tour. Mes pieds s'immobilisent d'eux-mêmes et je pousse un long soupir, certain de prendre la mauvaise décision.

Fait chier. Je ne devrais pas m'en mêler… Mais putain, si un mec harcelait ma petite sœur, je n'hésiterais pas une seconde à lui filer un coup de main. Alors pourquoi ce serait différent avec Cassie ? C'est quand même fou qu'il y ait encore des hommes aussi insistants de nos jours.

Je rebrousse chemin tandis que West patine dans ma direction. Je ne m'arrête qu'une fois à proximité de l'inconnu.

— Je peux t'aider ? lui lancé-je.

Ce dernier affiche un sourire loin d'être avenant. Ça commence bien.

— M'aider ? se moque-t-il. Ouais, tu peux. Demande à Cassie de sortir de sa cachette.

Je tique. Est-ce que ce mec est le petit ami de la sœur de Jake ? Si c'était le cas, elle ne ferait pas son possible pour l'éviter, non ?

— Et pourquoi je ferais ça ? Quand une nana refuse de répondre à nos appels, c'est qu'elle n'est pas intéressée. Je crois que le message est clair. Elle a dit stop.

— C'est donc toi que j'ai eu au téléphone ?

L'homme avance d'un pas, une expression volontairement intimidante sur ses joues mal rasées. Une alarme se déclenche en moi. L'aura que dégage ce mec est dangereuse. Il se redresse de toute sa stature, me surplombant de quelques centimètres et un sourire s'affiche malgré moi sur mes lèvres. *Petit joueur... S'il croit que ça m'effraie.* Je l'imite au point que nos fronts se touchent presque. Dans le milieu du hockey, on a l'habitude des confrontations et je n'ai jamais reculé devant l'une d'elles. Aujourd'hui ne fera pas exception à la règle.

— Elle a dit stop ou tu as dit stop ? siffle-t-il.

— Quelle différence ?

Il s'écarte finalement pour s'adresser à Cassie.

— Il va falloir qu'on parle, *Amor*. Tu ne vas pas pouvoir me fuir éternellement.

Je me retourne et constate que la sœur de Jake est sortie de sa cachette. Son sac de cours plaqué contre sa poitrine comme pour se protéger à distance, elle nous observe avec méfiance. Weston, lui, ne perd pas une seconde pour me rejoindre. Il a dû sentir le conflit arriver, car il vient se placer à mes côtés sans poser la moindre question. Après quelques secondes, Jake déboule à son tour.

— Casse-toi, Diego, lui lance-t-il, en s'immisçant entre West et moi. Il n'y a rien pour toi, ici.

L'inconnu rit plus fort, comme si les paroles du jeune Rodriguez glissaient sur lui comme de l'eau. Il nous détaille tous les trois, dressés entre Cassie et lui, tel un véritable mur, et il ne semble même pas impressionné. Le comportement de ce genre de branleur a le don de me révolter. Je lui repousse l'épaule pour le forcer à reculer.

— Cassie ne veut pas de toi ici. Barre-toi. T'attends quoi ? Mon poing dans ta gueule ?

Le petit ami de Cassie, ou peu importe qui il est, se décale d'un pas sur le côté pour parler à celle qui se trouve désormais à une dizaine de mètres derrière nous.

— Ne t'inquiète pas, on va bientôt se revoir. Quant à toi... chuchote-t-il en s'adressant à moi. Si tu te mets encore entre elle et moi, t'es dans la merde.

Sur ces mots, Diego opère un demi-tour et quitte la patinoire. Je le suis jusqu'à la porte pour être certain qu'il s'en aille, puis je rebrousse chemin. Sur le trajet de retour, une jeune femme rousse que je ne connais pas m'interpelle. Étonné, je m'arrête pour écouter ce qu'elle a à me dire. C'est une des filles qui étaient assises en bas des gradins à mon arrivée.

— Bill Croft, c'est ça ? J'ai entendu ce qu'il s'est passé avec Diego. Si tu veux mon avis, tu es en train de t'attirer de gros ennuis. Cassie n'a pas très bonne réputation par ici et tu viens d'envoyer balader son dealer.

— Son dealer ? répété-je, abasourdi.

— C'est un mec qui traîne souvent sur le campus. Tu ferais mieux de l'éviter.

Ces dernières phrases résonnent encore dans mon crâne lorsque je reprends ma place près de Cassie. Elle est déjà assise sur le banc au moment où je m'installe sur la rambarde. Elle me gratifie d'un simple merci sans plus d'explications, avant de reporter son attention sur Jake qui attend mon signal pour se remettre au travail. Je détourne mon regard d'elle en vitesse, pourtant je n'arrive pas à les chasser de mes pensées, elle et ses yeux emplis de détresse. Le genre de détresse qu'on éprouve quand on se sent seul au monde. Le genre de détresse que je ne connais que trop bien.

Alors que je fixe la glace, je ne peux m'empêcher de me demander comment la sœur de Jake a pu se retrouver dans cette situation. Est-ce que ses problèmes finiront par retomber sur son frère, puis sur moi par ricochet ? Après tout, je ne sais rien de la famille Rodriguez, et il serait peut-être temps que je me mette en quête de réponses. J'en viens à la réflexion que j'avais raison depuis le début. J'ai la certitude que cette fille va me donner du fil à retordre dans les semaines à venir. Pire encore, je sens que les emmerdes ne vont pas tarder à me tomber dessus.

Parce que j'ai la conviction que, d'une manière ou d'une autre, je vais finir par m'en mêler.

4

FABRIQUER SA PROPRE CHANCE

Cassie

Les mains tremblantes, je détaille le contenu de mon porte-monnaie. Il est quasi vide. J'en ai le cœur serré et je suis en colère contre moi-même. On est mal. Vraiment mal. Et je n'ai encore trouvé aucun plan B. Je n'aurais jamais cru que mes économies s'épuiseraient si vite. À ce rythme, je serai à sec d'ici la fin de la semaine. Toute ma paie de septembre y est passée et la prochaine n'arrivera que dans vingt-cinq jours. Je n'ai plus d'autre choix que de régler ce problème une bonne fois pour toutes, quitte à employer la force. Je détaille la trousse à outils que j'ai achetée à la quincaillerie du coin ainsi que la perceuse sans fil qui m'a coûté une fortune. J'espère que ce sera suffisant.

Un bruit en provenance de la salle de bains me fait sursauter. Je referme en vitesse ma besace et planque le tout dans mon sac de cours. Jake ne va pas tarder à sortir. La dernière chose dont j'ai envie ce matin, c'est d'alerter mon petit frère sur la situation merdique dans laquelle nous nous trouvons. Je lui ai assuré que le problème était en voie de résolution, ce qui est on ne peut plus faux. Assise sur le matelas ultra dur de notre chambre d'hôtel bas de gamme, je plonge mon visage entre mes mains, puis je pousse un long soupir. C'est mon rôle d'aînée de veiller à sa sécurité ainsi qu'à son confort... et j'ai complètement foiré.

Je dois réussir à déverrouiller cette porte ce matin, coûte que coûte. Je retourne surveiller l'appartement de ma grand-mère tous les jours et, chaque fois que je m'y pointe, j'ai la joie de découvrir quelqu'un à l'intérieur. J'espère avoir plus de succès aujourd'hui. *Abuelita*, du temps où elle se souvenait encore de moi, répétait souvent qu'on fabrique notre propre chance. C'est ce que je m'apprête à faire : je vais prendre le taureau par les cornes et lui botter le cul.

— Tu te rappelles que tu as rendez-vous avec Bill à 8 h précises ? demandé-je à Jake à travers la fine cloison de la salle de bains.

— Ouais, c'est bon. Je gère, grommelle-t-il.

— La dernière fois que tu as prononcé cette phrase, tu es arrivé en retard. Je dois sortir pour régler un truc. Je ne suis pas sûre d'être à l'heure à ton entraînement.

Mon frère entrouvre la porte et passe sa tête encore humide par l'interstice. Un nuage de vapeur s'échappe de la pièce par la même occasion, il agite sa main pour le dissiper.

— Il n'est que 7 h 30 du mat, tu vas où ?

— Je vais tenter de réparer la... la fuite d'eau. On ne peut pas rester à l'hôtel indéfiniment. Imagine qu'ils se mettent à nous facturer le temps que tu passes sous la douche ? On serait ruinés.

Je lui adresse un sourire détendu pour essayer de paraître sereine, mais ce n'est pas gagné. J'ai l'espoir, un court instant, que ma petite blague a fait mouche, pourtant le regard lourd qu'il me jette me fait comprendre que c'est mort. Jake n'est pas dupe. Il pousse la porte d'un coup de pied, son jogging en guise de seul vêtement.

— Putain, Cassie, je n'ai plus dix ans. Ton histoire de dégât des eaux ça fonctionne peut-être avec les autres, mais pas avec moi. Les mecs des Devasco sont toujours chez nous ?

— J'espère que non.

Jake remue la tête, énervé.

— Je te jure que si Diego se pointe une nouvelle fois à la patinoire, je le démolis.

— Tu ne démoliras personne, tu m'entends ? Tu pourrais te faire renvoyer si une bagarre éclate sur le campus et on n'a pas besoin d'emmerdes supplémentaires. Je peux t'assurer qu'on dormira chez nous, ce soir. Avec ou sans l'aide de Diego. Tout ce que tu as à faire, c'est te concentrer sur le hockey... et surtout être à l'heure. Tu peux le faire ?

Il soupire, essuie les gouttes d'eau qui tombent de ses cheveux bruns, coupés court.

— Tu m'as réveillé une heure à l'avance, ça devrait aller, réplique-t-il avec ironie. C'est Bill qui ne va pas en croire ses yeux.

À l'entendre prononcer le nom de son parrain, je grimace.

— Si tu pouvais éviter d'être à la bourre tous les jours, ça m'arrangerait. Bill semble ravi de me reprocher chacun de tes gestes de travers.

— Pourquoi t'es toujours sur tes gardes avec lui ? C'est un mec sympa et posé. L'opposé de Diego.

Le parallèle m'arrache un rire narquois. Ils n'ont absolument rien en commun. Autant comparer l'eau et le feu. Les marshmallows et les tacos épicés. La droiture personnifiée avec le danger.

— Raison de plus pour se méfier. Les gens calmes comme lui sont les plus redoutables. Quand leur colère explose, plus rien ne peut les stopper.

— Peut-être que si tu arrêtais de le chercher, il se montrerait plus agréable avec toi.

— C'est lui qui trouve toujours quelque chose à redire.

— S'il te plaît, Cassie, fais un effort. Ça ne fait même pas une semaine que le parrainage a débuté et tu te l'es déjà mis à dos.

— Je vais essayer.

— C'est une promesse ? Je tiens à ce parrainage.

— Une promesse de Rodriguez, soupiré-je, à contrecœur.

Je m'apprête à riposter que c'est Bill qui est toujours sur la défensive, mais je me retiens de le faire, au risque de nous lancer dans un débat sans fin. Au lieu de ça, je me dirige vers le minuscule placard qui nous sert de coin cuisine.

— Et n'oublie pas que tu enchaînes avec l'entraînement des Huskies juste après. T'as déjeuné quelque chose, au moins ?

Je dépose un paquet de gâteaux ainsi qu'un fruit sur la table sans attendre sa réponse, puis je récupère mon sac qui pèse une tonne.

— Bon, j'y vais. On se retrouve tout à l'heure.

— Tu n'as pas cours, ce matin ?

— Même quand je ne suis pas présente en amphi, je rends toujours mes devoirs à l'heure. Question de principe, répliqué-je d'un simple haussement d'épaules. Tu devrais prendre exemple sur moi.

Lorsque je passe la porte d'entrée, mes pensées sont rivées sur un tout autre problème que mes études. J'ai tellement hâte d'en finir que je suis dans la rue en quelques pas. Mon téléphone à la main, je remonte l'avenue sans réussir à chasser l'angoisse qui m'enserre la gorge quand je découvre le nombre d'appels en absence. Diego a encore essayé de me joindre une bonne dizaine de fois durant la nuit. Son comportement commence sérieusement à me peser. Il m'avait prévenue qu'il ne me lâcherait pas. De toute façon, je refuse de lui adresser la parole. Après tout, si j'ai été expulsée de chez moi, c'est à cause de cet enfoiré.

J'aurais préféré ne jamais croiser la route de ce connard.

Un frisson recouvre ma peau lorsque j'y repense. À fricoter avec des mecs de son genre, on finit par se retrouver avec des squatteurs dans son salon. Et ces inconnus ont un différend avec Diego. Ils ont débarqué par surprise chez moi un beau matin et m'ont jetée dehors pendant que Jake était en cours. J'espérais que ce malentendu ne durerait qu'un ou deux jours, le temps que Diego règle ce problème, mais tant que je ne lui rembourse pas ma propre dette, il ne lèvera pas le petit doigt.

Au fond, j'ai toujours su que je ne pouvais compter que sur moi-même. On ne peut faire confiance à personne dans ce monde. C'est un peu l'histoire du serpent qui se mord la queue. C'est un cercle infernal d'emmerdes incessantes qui ne semble avoir ni début ni fin.

Dix jours expulsé de chez soi, ça commence à faire long.

Arrivée devant l'immeuble dans lequel j'habite depuis que je suis en âge d'avoir des souvenirs, je fonce immédiatement dans l'arrière-cour. Je répète le même manège que la veille, à la différence près que j'ai appris à me montrer plus prudente. Je grimpe sur la poubelle, assure mes appuis, avant de scruter l'intérieur de mon appartement. Bonne nouvelle, les lumières sont éteintes. Les lieux ont l'air déserts. Armée de mes outils de fortune et bien plus confiante que les autres matins, je cours pour rejoindre mon palier.

Je sors de mon sac le kit parfait de l'apprentie cambrioleuse et je me mets au travail. Jamais je n'aurais cru qu'un jour je réaliserais les mêmes gestes que mon géniteur. Du fond de sa cellule de prison, il serait ravi de savoir que sa fille chérie marche dans ses pas. Pour ma défense, si je ne me fais pas justice moi-même, personne ne viendra à mon secours. Ce n'est pas comme mon père qui a choisi le banditisme de manière volontaire et réfléchie.

Après une longue minute passée l'oreille collée à la porte d'entrée de l'appartement 1b, j'attrape deux tiges en fer pour essayer de bidouiller la serrure. Je tourne dans tous les sens ces trucs censés soulever je ne sais quel ressort à l'intérieur du cylindre, mais ça ne fonctionne pas. J'ai dû louper une étape. Je recommence, persévère un moment avant d'abandonner. Je ne suis franchement pas douée pour le crochetage. J'ai bien regardé un ou deux tutos sur le sujet, c'est beaucoup plus dur à reproduire que ce que j'imaginais. Je ne parviendrai jamais à passer par la porte.

On fabrique sa propre chance, Cassie.

Loin de baisser les bras, je décide de rebrousser chemin pour essayer de forcer la fenêtre. Il paraît qu'un simple tournevis à tête plate suffit. Je dépose mon sac de cours par terre, puis je me hisse une nouvelle fois sur la poubelle pour me mettre à l'œuvre. Rapidement, mon travail porte ses fruits. Un bruit sourd me confirme que j'ai réussi mon coup. Légèrement de travers, la fenêtre sort peu à peu de ses gonds. Euphorique, je glisse ma main par le fin interstice et je parviens à atteindre la poignée pour l'ouvrir totalement. Je souris, à défaut de pouvoir hurler ma joie. Que soit béni le créateur de ce tuto « Trois méthodes pour entrer chez soi quand on a perdu les clés ». Il vient de me sauver !

Je m'accroche à la balustrade, passe une première jambe à l'intérieur de ma cuisine et enfin la seconde. J'effectue un premier tour de l'appartement sur la pointe des pieds pour vérifier que je n'y ferai pas de mauvaises rencontres, puis je souffle un bon coup. J'y suis parvenue, finalement !

Mon premier réflexe est de récupérer un jeu de clés, malheureusement il n'y en a aucun. Les mecs qui m'ont fichue dehors ne sont pas si bêtes. Ils ont dû les emporter avec eux. Et s'ils sont en possession de ce fameux trousseau, je ne vois pas comment je pourrais les empêcher d'entrer à nouveau. Ce n'est pas une perceuse que j'aurais dû acheter, mais des planches à clouer pour condamner l'issue. Mes émotions jouent aux montagnes russes aujourd'hui, je passe de la joie au désespoir en l'espace d'une seconde. Je pousse un long soupir avant de placer une chaise derrière la porte pour bloquer la poignée. J'ai vu ça dans un film, une fois. J'ignore si c'est efficace, mais ce sera toujours mieux que de ne rien faire. De toute façon, tant que l'endroit ne sera pas sécurisé, je ne pourrai pas m'éterniser ici. Pour l'instant, la priorité est de récupérer le fric que je planque sous mon matelas ainsi que quelques affaires.

Je traverse le salon en évitant de regarder de trop près le bordel inhabituel qui y règne. Ça me fend le cœur de voir nos photos de famille brisées sur le sol et les meubles renversés. Je ramasse un des sacs d'entraînement de Jake et j'y fourre tout ce que je juge utile d'emporter. Des vêtements, des paires de chaussures, mon chargeur de téléphone et quelques trucs qui traînent dans la salle de bains. Je finis mon tour express par ma chambre. En passant le seuil, un mauvais pressentiment me fait douter de trouver ce pour quoi je suis venue. Tout semble déjà avoir été fouillé dans les moindres recoins. Sans grand espoir, je m'accroupis près de mon matelas et je me mets à chercher, en vain. La rage au ventre, je ravale les larmes qui me montent aux yeux. Mon portefeuille de secours n'est plus là. Je regarde dans les tiroirs à proximité quand soudain, j'entends des clés tinter. Je me redresse aussitôt, la respiration en suspens.

Oh non.

Je bondis sur mes pieds, le cœur tambourinant dans la poitrine.

Non, non, non.

Le gros sac de Jake me ralentit, mais il est hors de question que je l'abandonne derrière moi. Je le traîne jusqu'au salon pendant que quelqu'un essaie d'ouvrir la porte sans y parvenir. Par je ne sais quel miracle, mon stratagème minable fonctionne. La chaise tient le coup. Un homme crie sur le palier qu'il va descendre celui qui se trouve dans l'appart. Je cours en direction de la fenêtre. *Je n'ai pas envie de crever ici, merde !* Je balance mon fardeau sur le sol, puis j'enjambe la balustrade.

Ensuite, c'est le trou noir.

Tout ce dont j'ai conscience, c'est d'arriver à la patinoire de l'université les membres tremblants et les mains parcourues de spasmes nerveux. J'ignore les regards étranges qu'on me lance quand j'entre dans le bâtiment. J'ai encore les images de ce mec qui se jette sur moi pour m'empêcher de fuir et le poignet qui brûle à l'endroit où ses doigts se sont accrochés. Je n'arrête pas de me demander ce qu'il se serait passé s'il avait réussi à me retenir. Est-ce que la bande des Devasco m'aurait utilisée en pensant faire chanter Diego ?

Je n'en sais rien. Je renifle en essayant de ravaler toutes les émotions qui m'étranglent. Une seule vérité tourne en boucle dans ma tête. Une réalité avec laquelle je dois désormais composer : je n'ai plus d'argent. Plus de maison. Et aucun moyen de subvenir aux besoins de mon frère. Mon petit job de serveuse ne suffira pas. Même si je vends mes affaires, on gagnera peut-être un ou deux jours, pas plus.

Je ne sais pas comment je fais pour poser un pied devant l'autre, mais j'y arrive tant bien que mal. Je longe la glace où les Huskies s'entraînent déjà, puis je file m'installer au premier rang des gradins, comme je le fais depuis le mois de septembre. Malcolm, le coach de mon frère, discute avec Weston et Bill. Il s'arrête pour me saluer et les deux membres des Krakens font de même. Je baragouine quelque chose d'inaudible, un sourire factice sur les lèvres, puis je m'assieds à ma place habituelle avec l'énorme sac de Jake.

Aujourd'hui, je n'arrive pas à me concentrer sur le jeu. Ce qu'il s'est produit durant cette dernière heure me ronge de l'intérieur et la culpabilité me détruit à petit feu.

Si Jake n'avait pas croisé la route de Diego... Si je n'avais pas conclu un accord avec lui... Si...

Les larmes menacent de couler. Je les refoule au loin, relevant le menton, juste pour prétendre que tout va pour le mieux. Quelques rangs derrière moi, des nanas que je fréquentais encore il y a quelques mois chuchotent en m'observant. J'ai du mal à croire que je suis passée de la fille à qui tout réussit... à ça.

— Hé, Wolfy, ça va ? m'interpelle Jimmy en patinant dans ma direction.

Le rouquin aux yeux bleus s'accoude à la rambarde en s'adressant à moi. Je tire un peu plus fort sur les commissures de mes lèvres pour ne pas avoir l'air abattue.

— Matinée pourrie, mais je tiens le coup. Et toi ?

— Ça peut aller. Dis-moi, j'ai une question à te poser. Tu peux approcher ?

Étonnée par sa requête, je me lève pour le rejoindre. Mes jambes tremblent encore, mais elles réagissent de mieux en mieux. On a l'habitude de discuter, Jimmy et moi. Je le connaissais déjà avant que mon frère intègre l'université, pourtant il n'a jamais demandé à me parler en privé. Je descends les trois marches qui me séparent du sol, puis j'avance jusqu'à lui sous le regard attentif de Bill Croft, à trois mètres de là. Je tique un instant sur leur comportement étrange. Il règne ici une ambiance tendue qui me rend mal à l'aise. Pourquoi est-ce que tout le monde m'épie comme ça ?

— Il y a un problème ? lancé-je au coéquipier de mon frère.

— Peut-être. Je ne sais pas trop... Cassie, je t'apprécie bien et je pense que c'est important que je te confie un truc.

Je m'attends à une énième tentative de drague de sa part, ce ne serait pas la première fois en trois ans, mais c'est une tout autre phrase qui se forme sur ses lèvres.

— Tu connais bien Bill Croft ?

Je n'arrive pas à cacher ma surprise. Je ne pensais pas que sa question concernerait l'ailier des Krakens. Je réfléchis rapidement pour en conclure que Jimmy a sûrement des interrogations sur le parrainage de mon frère. Ça ne peut être que ça.

— Hein ? Euh, non, pas vraiment. Je l'ai rencontré la semaine dernière. Pourquoi ?

— Ah ouais ? C'est étrange...

— Comment ça ?

— Je ne devrais pas te le dire, mais ça fait une demi-heure que je l'entends questionner tout le monde à ton sujet.

— À mon sujet ? T'es sûr qu'il ne se renseigne pas sur Jake, plutôt ?

— Oh non. Je t'assure que c'est bien de toi qu'il s'agit.

Je fronce les sourcils, soudain inquiète. Mon pouls se met à accélérer.

— Et je peux savoir ce qu'il demande ?

Il s'avance pour me murmurer la réponse et mon cœur loupe un battement. Un léger vertige fait tourner la pièce tandis que je pivote vers Bill. Ce dernier continue de m'observer comme s'il devinait sans difficulté ce que Jimmy vient de me dire à l'oreille. Immobile comme une statue, le prince de glace me toise sans ressentir le moindre remords. Je déglutis, ravale ma fierté avec toute la douleur que ça me cause.

— C'est quoi ton problème, Croft ? soufflé-je au prix d'un grand effort.

Dans mon dos, Jimmy éclate de rire lorsqu'il me voit faire face à Bill. Il connaît mon caractère impulsif et s'attend sûrement à une confrontation explosive, cependant je réagis à peine. Au lieu de ça, une larme s'accroche au ras de mes cils. J'ai beau la refouler avec force, je n'y parviens pas. La déception et l'amertume me broient le cœur.

C'en est trop pour moi.

Alors, j'abandonne mes efforts pour la retenir. Je la laisse dévaler ma peau, s'écraser par terre. Je la laisse briser mon masque de fille courageuse et entêtée pour la première fois depuis des semaines, peut-être des mois. J'ai toujours été une battante, prête à prendre les armes afin de défendre les causes qui me sont chères. Je passe souvent pour une rebelle, à constamment me révolter et à dénoncer les injustices. Mais aujourd'hui, je n'en ai tout simplement pas la force.

Je me sens juste éreintée. Épuisée de mener une guerre que je ne pourrai jamais gagner.

Et Bill vient de me donner le coup de grâce. On dit toujours que la glace est un endroit impitoyable, mais les coulisses de ce monde sont encore plus cruelles. J'en sais quelque chose.

Je pourrais lui répondre qu'il se trompe sur toute la ligne. Je pourrais me défendre, mais j'ai fait une promesse à Jake. Il mérite cet avenir radieux qui lui tend les bras et je ne serai pas celle qui lui arrachera ce futur dont il rêve tant.

Pour la première fois de ma vie, je dépose les armes avant même de les avoir dégainées. Même si ça me blesse, même si ça me coûte...

Je recule avant d'opérer un demi-tour. J'attrape mes affaires, puis je me dirige vers la sortie.

— Cassie ? m'interpelle Bill lorsque je passe près de lui.

Mais je ne m'arrête pas. Je garde le silence et je fais ce qu'il y a de mieux à faire quand je ne me sens pas la bienvenue, je m'en vais.

5

RED HOT CHILI PEPPERS

Cassie

Il y a deux choses que j'aime par-dessus tout dans la vie : les pâtes chinoises et les pizzas. Et lorsque j'ai une journée aussi pourrie que celle qui vient de s'écouler, rien ne peut plus égayer mon existence que d'engloutir un de ces deux plats. Voilà pourquoi, quand le coach de Jake m'a proposé de me joindre à l'équipe pour une sortie cohésion improvisée, je n'ai pas pu refuser. Comment dire non à une pâte si fine et croustillante recouverte de mozzarella et de pepperoni ? *C'est im-po-ssible.*

Une douce odeur de fromage fondu flotte dans le restaurant qui borde le campus. Ce soir, la plupart des membres des Huskies ont répondu présent. Après les deux entraînements du jour en vue de leur prochain match, les joueurs étaient affamés et ils ne sont pas les seuls. J'ai le ventre qui gargouille tellement qu'on dirait qu'un zombie y a élu domicile. J'ai la dalle, et vous savez ce qu'on dit d'une femme qui a faim ? Elle est insupportable. Avec un porte-monnaie aussi vide que le mien, j'ai tendance à sauter les repas, mais je ne raterai celui-ci sous aucun prétexte.

Jake et Dimitri, un des défenseurs de l'équipe de mon frère, distribuent les pizzas déjà cuites. On avait prévu de manger à la patinoire, tous ensemble, mais il s'est mis à pleuvoir des cordes, dehors. Malcolm a décidé qu'on resterait finalement au restau. Tant pis pour l'option « à emporter ». Peu m'importe l'endroit tant que je peux me remplir l'estomac. Heureuse, je hume le délicieux fumet qui s'échappe de mon carton lorsque la porte d'entrée s'ouvre. Mon visage prend, à peu de chose près, la couleur d'une pâte qui manquerait de cuisson.

Aussi stoïque qu'un roc, aussi fier qu'un paon, Bill Croft franchit le seuil de la pizzeria d'un pas décidé. Durant une demi-seconde, j'ai l'espoir que ce ne soit qu'une malheureuse coïncidence. Or, ma vie est suffisamment pourrie en ce moment pour que je sache d'avance que ce n'est pas le cas. À mon grand désarroi, Malcolm se lève pour accueillir son ancien joueur phare. Je me penche vers mon frère dont le sourire atteint presque ses oreilles.

— C'était prévu qu'il vienne ?

— Ouais, j'ai demandé à Malcolm s'il pouvait se joindre à nous. Je me suis dit que ce serait sympa de partager des moments avec lui en dehors du hockey.

Je me retiens de laisser mes émotions transparaître, mais j'en ai les dents qui grincent. Pour ma part, croiser Bill trois fois par semaine me paraît tout à fait suffisant.

— Tu aurais pu me prévenir, lui soufflé-je, l'air abattu.

— Ah, je croyais l'avoir fait.

Jake se lève pour rejoindre son parrain pendant que Jimmy, sur ma gauche, roule des yeux en secouant la tête. Assis sur la banquette, juste à côté de moi, il pousse un soupir en apercevant le joueur des Krakens. À la tronche qu'il tire, je sais exactement ce qu'il ressent. J'intercepte son regard déprimé en validant son discours intérieur. Ni lui ni moi n'avons besoin de nous exprimer. Bill vient de nous gâcher la soirée en l'espace de quelques secondes. Si je n'avais pas si faim, j'en aurais presque l'appétit coupé. J'ignore ce que l'ailier des Krakens a fait à Jimmy pour que ce dernier ne l'apprécie pas, mais après ce que Bill a dit à mon sujet à la patinoire ce matin, je n'ai aucune envie de lui parler.

Le célèbre hockeyeur attire tous les regards. Il salue tout le monde d'un bonsoir collectif, puis Jake et lui reviennent vers nous. Mon corps se tend à mesure qu'il approche. J'ouvre aussitôt le couvercle de ma pizza pour ne plus le voir. Hélas, le destin a décidé de se foutre de ma gueule, aujourd'hui encore, car Bill vient s'asseoir à la seule place vacante. Soit, face à moi.

— Alors, qu'est-ce que ça a donné, l'entraînement de ce soir ? s'enquiert-il auprès des coéquipiers de mon frère.

Jake s'empresse de lui raconter le moindre exercice que Malcolm leur a imposé et j'en profite pour relâcher la pression. Tant que Bill sera occupé, il ne s'intéressera pas à moi.

— Les rollmops[5] étaient marrants, commente Joshua, assis à une table de nous.

— C'est vrai que c'était drôle. Le seul truc que je reproche, c'est que la séance était trop courte. Si ça ne tenait qu'à moi, je passerais des heures à jouer au hockey, plaisante Jake.

— Quand j'étais gamin, ma mère était obligée de venir sur la glace pour me forcer à sortir de la patinoire. Je te laisse imaginer la scène, commente Bill.

— Et comment ça se finissait ?

— Mal. Elle me traînait par les pieds pendant que je hurlais à la mort. Ta mère n'a jamais fait pareil avec toi ?

---

[5] Rollmops : exercice durant lequel deux équipes se font face sur leur ligne bleue. Le but est de pousser le seau hors du cercle central du côté adverse en utilisant des palets.

Je vois le visage de mon frère s'illuminer au lieu de se renfrogner. Il a toujours eu cette capacité inouïe à tout positiver.

— Je ne l'ai jamais connue. Elle est morte à ma naissance, mais je me souviens que Cassie, elle, venait me chasser à coups de crosse.

Des rires fusent autour de nous et je suis tentée de me laisser aller à la bonne humeur ambiante, moi aussi. Je me rappelle toutes ces fois où j'ai dû chausser mes patins pour le sortir du terrain par la peau des fesses. Désormais, je ne m'y risquerais plus. Jake me dépasse d'une tête et demie. J'esquisse un sourire que je ravale aussitôt. Les yeux couleur ambre de Bill sont braqués sur moi et je déteste ça. Je détourne le visage pour me concentrer sur mon carton et ne plus avoir cette impression horrible que le moindre de mes gestes est passé au crible.

Je relève à nouveau le couvercle pour me cacher derrière. Quand j'y pense, c'est un comble. Je suis assise devant la meilleure pizza de la ville. Mon ventre crie famine et je n'ose même pas me servir une part. Mon intuition me souffle que rester immobile est le moyen le plus sûr de ne pas attirer l'attention. Je me sens comme une proie qui fait la morte pour échapper au méchant loup aux crocs acérés.

Heureusement pour moi, Malcolm crée la diversion idéale. Il approche de nous avec la pizza de Bill à la main.

— Une Napolitaine, c'est bien ce que tu m'avais dit ? lui demande-t-il.

— Ouaip. C'est parfait, merci.

En retournant sur ses pas, le coach des Huskies marque un arrêt près de moi.

— Tu n'as pas encore touché à ton repas, Cassie. Tu n'es pas malade, au moins ?

— Non, tout va bien. J'attendais juste que tout le monde soit servi.

Je lui adresse un sourire factice pour le rassurer, puis je m'empresse de me planquer à nouveau derrière le carton. Ça m'embête de mentir à Malcolm après tous les efforts qu'il fait pour nous aider, Jake et moi, mais je ne me vois pas lui dire que j'ai le ventre noué à cause du mec qui se tient à un mètre de moi.

La réputation de Wolfy la Terreur tomberait à l'eau.

— Et sinon, Cassie, comment s'est passée ta journée ?

Et merde. Je savais que je n'aurais pas dû bouger...

Je grimace malgré moi lorsque Bill se rappelle mon existence. Je relève la tête vers lui en essayant de paraître aussi sereine que possible. Les commissures de ses lèvres se soulèvent légèrement et j'en viens à me demander si sa question n'est pas ironique. J'hésite à lui balancer qu'il a en partie gâché ma matinée, mais je refuse d'entamer une discussion avec lui. Je prends déjà sur moi pour ne pas sortir de cette pièce en courant. Si on aborde les sujets fâcheux, je risque de lui jeter mon précieux pepperoni à la figure. Et on m'a toujours appris à ne pas gaspiller la nourriture.

— Ma journée ? Pas trop mal.

Le visage serein pour n'alarmer personne, je plante mon regard dans le sien. J'ai l'air calme, pourtant c'est un tout autre dialogue qui se joue en mon for intérieur.

Je suis fauchée, un inconnu m'a chassée de chez moi, je dois de l'argent à Diego et tu me fais passer pour une junkie auprès de tous les étudiants du campus. Connard ! Et tu oses me demander si je vais bien ?

Je relève encore le couvercle de ma boîte pour clore la discussion – si on peut parler de discussion. Personne d'autre que Jimmy ne peut me voir. Le rouquin m'adresse un regard complice auquel je réponds par un soupir muet. Durant une courte minute, j'ai l'espoir que Bill va m'oublier, mais il n'en a pas terminé avec moi.

— Hé, Cassie...

Oh non.

— ... On n'a pas eu beaucoup l'occasion d'échanger ensemble durant cette première semaine de parrainage. Si on est amenés à se croiser régulièrement le reste de l'année, autant faire connaissance. Qu'est-ce que tu fais de beau quand tu n'es pas en cours ? À part suivre Jake à tous ses entraînements, je veux dire. Tu dois bien avoir des passions, toi aussi, non ?

Passion... ce mot me cause un pincement au cœur.

C'est dingue comme Bill sait choisir ses sujets de conversation. On dirait qu'il fait son possible pour me contrarier.

— Ouch, mauvaise idée, lui indique mon frère pour le dissuader de continuer.

Je grimace, puis j'abaisse mon carton pour qu'ils comprennent d'un simple regard que je refuse d'aborder ce sujet épineux. Pour une fois, Jake n'a pas de difficulté à saisir le message. Il connaît les choix cornéliens que j'ai dû faire pour subvenir à nos besoins. Bill, en revanche, l'ignore, et il n'est pas prêt à se satisfaire de cette réponse. Au contraire, les paroles de Rodriguez Junior semblent attiser sa curiosité. Il me fixe avec un sourcil levé.

— Pourquoi ?

— Il n'y a rien d'intéressant à raconter à ce propos, expliqué-je.

— Ah oui ? J'ai pourtant l'impression du contraire.

— C'est un sujet clos, c'est tout.

— Tu t'aventures sur un terrain glissant, mon vieux, commente Jimmy. Si j'étais toi, je laisserais tomber.

Bill lève la main pour interrompre le rouquin avant de revenir à la charge.

— Pas de hobbies, alors ? Pas d'inscription en club ? insiste-t-il. J'ai cru entendre dire que tu faisais partie d'une équipe de l'université, il y a encore quelques mois.

Mes poils se hérissent sur mes bras quand j'aperçois l'ombre d'un sourire sur les joues de l'ailier des Krakens. *Le con !* Il le fait exprès. Il sait quelque chose et il compte bien me cuisiner jusqu'à ce que je crache le morceau.

— En quoi est-ce important ? On se fiche de ce que je fais en dehors des cours. Le principal, c'est que je sois disponible pour soutenir mon frère, répliqué-je en papillonnant des cils.

— Tu n'as pas tort. J'ai une petite sœur qui venait presque tous les jours m'encourager à la patinoire. Jimmy la connaît bien. Fut un temps, il n'arrêtait pas de la draguer, explique Bill, moqueur.

— Très drôle, marmonne le rouquin. Le plus marrant dans l'histoire, c'est qu'elle a fini par coucher avec Weston dans les vestiaires, sous ton nez, et tu n'y as vu que du feu.

Ouch ! Ça, ça a dû piquer.

Les mâchoires de Bill se crispent et je manque d'exploser de rire.

Bien envoyé, Jimmy.

— T'as une sœur ? s'étonne Jake qui ne remarque même pas le malaise ambiant. Quel âge elle a ?

— Vingt-trois.

— Ah, à peine deux ans de plus que Cassie, alors. C'est presque pareil.

Jimmy se marre.

— Sauf qu'elles n'ont rien en commun. Cassie a un caractère bien plus... piquant.

— Ma sœur, Charlie, est beaucoup plus calme, rétorque Bill en riant. Cassie, elle, semble avoir un don inné pour s'attirer des emmerdes.

Sa manière de prononcer ce dernier mot m'irrite. Peut-être que si ce con n'avait pas répondu à *mon* téléphone, les *emmerdes*, comme il dit, ne me seraient pas tombées dessus.

— Je suis ravie de voir que mon existence te passionne autant, raillé-je.

— Qu'est-ce que tu veux ? Ce n'est pas tous les jours que je suis amené à croiser quelqu'un d'aussi intéressant que toi. Je suis venu à l'U-Dub à quatre reprises et je ne me suis pas ennuyé une seule fois.

Je fais appel à toute ma force intérieure pour ne pas lui envoyer ma pizza en pleine face.

— Ce qui est dingue, c'est que tu as l'air d'en savoir plus que moi sur ma propre vie, lâché-je malgré moi.

Je sens l'agacement affluer dans mes veines. Au lieu de continuer sur cette lancée, ce qui ne pourrait que mal finir, je trouve une excuse pour me tirer d'ici.

— J'ai besoin de plus de sauce pimentée.

Je me lève d'un bond, puis je rejoins le comptoir au fond de la pièce d'un pas vif. Bordel, à ce stade, il va me falloir une énorme – énorme – dose d'épices pour noyer mon envie de l'étrangler.

Je tâche de calmer mes pulsions meurtrières une fois loin du groupe. Je m'accorde quelques minutes de solitude, le dos collé au mur, puis j'inspire un grand coup. *Ne lui prête pas attention.*

Bien décidée à retourner manger ma pizza avec ou sans Bill dans les parages, je pars récupérer ce que j'étais venue chercher initialement. Je tends le bras pour atteindre le pot rempli de petits sachets rouges situé sur une étagère en hauteur. Au même moment, une main plus imposante que la mienne s'en empare. La foutue main de l'ailier des Krakens.

— Mais qu'est-ce que tu me veux, à la fin ? me lamenté-je.

Dans un geste théâtral, je renverse ma tête en arrière pendant qu'il s'accoude sur le comptoir.

— Rien. J'ai juste une envie soudaine de... piquant.

— Bah voyons. T'aimes le piment, toi ?

— C'est une nouvelle passion. Ça vient de me tomber dessus d'un coup. Pourquoi, tu en voulais ?

— Plus maintenant...

Je tente de lui fausser compagnie et il esquisse un pas sur le côté pour me barrer la route. Il ne manquait plus que ça. Je relève la tête vers Bill qui semble ravi de m'emmerder.

— Laisse-moi tranquille, Croft.

En réponse, il se met à me reluquer des pieds à la tête. L'air moqueur qu'il revêt me donne envie de lui vider l'un de ces sachets au *chili peppers* dans les yeux, puis de lui faire bouffer le plastique.

— C'est quoi ton problème ? continué-je. Tu viens vérifier que je ne suis pas en train de planquer de la coke dans le pot ?

Bill se retient de rire, ce qui a le don de m'énerver encore plus.

— Je suis sérieuse. Je ne trouve pas ça drôle.

— Si, c'est même hilarant. Tu ressembles pas mal à Weston quand j'y pense. T'es aussi bornée et impulsive que lui. Ce petit côté rentre-dedans doit en faire craquer plus d'un. Je suis sûr que Jimmy est à tes pieds.

Je lève un sourcil dans sa direction.

— Ne me dis pas que tu as traversé tout le restaurant pour me parler de Jimmy... Ce serait une sacrée perte de temps. Pourquoi est-ce que tu me suis ? Tu t'es déjà lassé de répandre des ragots sur moi ?

— Des ragots ? s'étonne-t-il.

— Oui, tu sais, c'est quand quelqu'un raconte n'importe quoi dans ton dos. Comme lorsque tu me traites de junkie auprès des étudiants qui fréquentent la patinoire.

Mon ton se veut incisif, mais Bill réagit à peine.

— Ce n'est pas moi qui ai utilisé ce terme. Je me suis juste renseigné sur toi. Qu'est-ce qu'il y a de mal à ça ?

— J’en ai marre de jouer aux devinettes. Explique-moi une bonne fois pour toutes pourquoi tu agis comme ça. C’est Jake que tu parraines. Ma vie privée ne te concerne pas.

— Si je tiens à mener à bien ma mission auprès de ton frère, c’est normal que j’essaie de comprendre dans quel milieu il évolue. J’ai voulu savoir ce que les autres étudiants pensaient de vous, mais ils avaient tous envie de parler de toi. Intéressant, non ?

L’épaule appuyée contre le pilier du comptoir, Bill me dévisage avec un sérieux déconcertant. Il me fixe avec cet air présomptueux qui m’insupporte plus que tout. Comme si je n’avais aucun secret pour lui. Comme s’il connaissait toute ma vie de A à Z, alors qu’il n’en a eu qu’un infime aperçu.

— Crache le morceau, Croft.

— Tu veux vraiment savoir ?

— J’espère au moins que c’est divertissant.

Il croise les bras sur son torse, tel un mastodonte de glace, prêt à décocher ses accusations avec un demi-sourire aux lèvres.

— Sûre ?

— Je peux encaisser.

Les poings serrés au fond de mes poches, j’anticipe la brûlure acide de ses propos à venir. Je sais d’avance que ça va faire mal.

— On dit de toi que tu es peu fiable, colérique et grande gueule. Tu traînes avec des dealers et tu as été virée d’un club de l’université à cause de tes absences répétées et de tes problèmes de comportement. Tu peux comprendre que ça a de quoi inquiéter.

Une fois sa tirade terminée, j’éclate de rire malgré moi. Les gens sont extraordinaires. Laissez planer quelques doutes à votre sujet, attendez quelques semaines et on vous inventera une vie dont vous n’aviez même pas conscience.

— Du coup, tu valides ?

— Sûrement pas.

Bill, peu convaincu, plisse les yeux.

— Ces rumeurs ne sortent pas de nulle part. Il doit bien y avoir une part de vrai, non ?

— Ah, parce que ma version de l'histoire t'importe, maintenant ? Désolée de te décevoir, Croft, mais ce n'est qu'un ramassis de mensonges.

— Et c'est tout ? Tu ne me donneras pas plus d'explications ?

— Pour quoi faire ? Tu t'es déjà fait ta propre idée.

Sur ces mots, j'arrache les sauces des mains de Bill. Le cœur empli d'injustice et de colère, je lui adresse un sourire forcé dont j'ai le secret, puis je fonce m'asseoir à ma place sans me retourner. J'ai toujours méprisé les ragots, mais il fallait bien s'y attendre. J'ai arrêté de fréquenter la patinoire plusieurs mois avant le *summer break*. J'ai abandonné mon équipe du jour au lendemain, sans explication. Certains membres n'ont jamais digéré mon départ. Beaucoup de questions sont restées sans réponse. J'ai été naïve et je ne peux m'en prendre qu'à moi-même. J'aurais dû me douter que mon retour dans les parages ferait jaser...

6

SAVE ME FROM MYSELF

Bill

Dehors, les voitures commencent à éteindre leurs phares. Une lueur orangée perce à l'horizon, diffusant un halo chaleureux sur les bâtiments alentour. J'ai toujours aimé ce moment précis de la journée, quand la ville s'éveille. Cet instant n'appartient ni à la nuit ni au jour, il est comme hors du temps. Alors que mes pieds frappent le bitume en un rythme régulier, personne n'est en mesure de me rattraper. Rien ne peut m'atteindre, ici. Ni les souvenirs ni les remords.

J'adresse un rapide coup d'œil à mon fidèle compagnon de course. C'est devenu notre rituel quotidien au cours de ces derniers mois et, d'après sa manière de sauter de joie, j'en déduis que Kiwi l'apprécie tout autant que moi. De ma main libre, j'ajuste le casque qui menace de glisser de mon crâne, puis je hausse le volume pour couvrir le bruit des premières voitures. Les paroles de Save Me, de NURKO et Kyle Hume, résonnent à fond dans mes oreilles. Une chanson aussi mélancolique que mon humeur matinale.

Et le paysage, encore plongé dans une semi-obscurité, colle à la perfection à ce que je ressens maintenant. Ici, je ne détonne pas. Cœur noir sur fond noir. Avenir brisé sur bitume défoncé. Pas la peine de faire semblant, de sourire et de prétendre que je vais bien. Je n'ai pas de coach à impressionner, pas de proches à rassurer. Personne à persuader que je me suis remis de la mort de Manille. Parce qu'elle est là, la vérité. Manille me manque à chaque coucher de lune et à chaque lever de soleil. Pour elle, chaque début de journée représentait une nouvelle opportunité, une chance d'aller de l'avant. Mais pour moi, le temps s'est figé au moment où elle a fermé les yeux.

Kiwi se met à tirer sur sa laisse. Je le force à se calmer alors que nous approchons du Kraken Iceplex. Il a pris l'habitude de m'accompagner à mes entraînements matinaux, cependant c'est rare qu'il soit aussi excité.

— Qu'est-ce que t'as, mon vieux ? T'as vu Weston ?

Il aboie alors que je ralentis la cadence en apercevant l'entrée du complexe sportif. Pas de West dans les parages. À la place, je remarque une silhouette familière adossée au mur, près de la porte. Je fronce les sourcils de peur d'avoir oublié un truc important. Je décroche mon portable de la poche fixée à mon biceps et je vérifie rapidement mes rendez-vous. Il n'y a pas d'erreur. Jake n'était pas censé être présent aujourd'hui. Je marche jusqu'à lui, me demandant s'il est venu assister à l'entraînement des Krakens. Si c'est le cas, il est en avance de trente minutes.

— T'es tombé du lit ?

En réponse à ma question, il se décolle de la paroi en haussant les épaules. Quand je m'approche, son visage me paraît moins joyeux que d'ordinaire. C'est peut-être parce que ce n'est pas un lève-tôt. Je ne serais pas étonné que sa sœur l'ait obligé à venir ici.

— Ça fait longtemps que t'es là ?

— Quelques minutes.

— Entre. Tu n'as qu'à t'installer dans les gradins en m'attendant.

Mais Jake reste immobile, à me fixer comme s'il était surpris par ma proposition.

— Qu'est-ce qu'il y a ? Tu n'es pas venu voir l'entraînement ?

— Si, si. Évidemment, mais... Enfin, non. Rien.

Sa phrase m'arrache un sourire, mais Jake, lui, ne rit toujours pas. Au contraire, bien que les commissures de ses lèvres s'étirent, ses yeux demeurent tristes. Il hésite à franchir le seuil de la porte, puis s'exécute finalement. J'attribue son manque de réactivité à la fatigue, supposant qu'il n'est pas encore bien réveillé et je passe à autre chose.

— Il me faut un moment pour me changer, mais tu n'auras qu'à garder Kiwi le temps que je revienne. Si tu veux qu'il reste calme, caresse-le sous le cou.

Je lui tends la laisse de mon chien, qui prend un malin plaisir à renifler ses pieds. Jake sourit, mais lui qui a le rire facile n'émet pas le moindre bruit. Il paraissait plus joyeux, hier à la pizzeria. Je les observe un instant, tous les deux, et le joueur des Huskies me semble soudain... éteint. J'ai toujours été nul pour percer les gens à jour. Ça, c'était la spécialité de Manille, pas la mienne. La preuve, il m'a fallu deux mois pour me rendre compte que mon meilleur ami sortait avec ma sœur en cachette alors que ça se produisait sous mes yeux...

Et aujourd'hui, j'ai cette même sensation étrange de passer à côté d'un élément important.

— T'es venu seul, ce matin ? lui demandé-je en empruntant le couloir qui mène aux gradins.

— Ouais, Cassie est occupée.

— OK.

J'acquiesce, puis je rejoins les vestiaires où quelques-uns de mes coéquipiers se trouvent déjà. Je les salue d'un coup sur le poing avant de me changer à mon tour. Nous sommes début octobre, la nouvelle saison de hockey commence dans une quinzaine de jours. Je dois me concentrer sur mes performances sur le terrain, non sur l'absence de Cassie Rodriguez et les rumeurs folles qui courent à son sujet. Prêt à me donner à fond, je m'enferme dans ma bulle pour toute la durée de l'entraînement au point de ne pas voir le temps passer. Lorsque la séance se termine, Jake n'est plus là. Il a laissé Kiwi à Oliver avant de se volatiliser. Ça ne fait qu'une grosse semaine que je le connais, pourtant je sais déjà que ce comportement ne lui ressemble pas.

La journée passe plutôt rapidement et il est presque 20 h quand je débarque à nouveau devant le Kraken Iceplex pour notre session de travail hors glace. Je me range sur le parking avec la vieille voiture de Charlie, la mienne est au garage pour un problème d'amortisseurs. Cette fois, Kiwi est resté à l'appart. Il m'arrive souvent d'aller boire un verre avec mes coéquipiers en fin de séance, alors mon chien ne m'accompagne jamais le soir. Je sors mon sac du coffre, puis je remarque un appel en absence sur mon portable. C'est Jake. Je tente de le joindre en marchant vers les vestiaires, mais il ne répond pas. L'entraînement démarre assez vite, mais l'impression désagréable d'avoir loupé une information capitale ne me quitte pas une minute.

Comme je le disais, je n'ai jamais été doué pour comprendre les gens. Je passe toujours pour le mec sympa qui essaie de régler les problèmes des autres, mais ce n'est que du vent. Je ne suis même pas foutu de gérer les miens. Si c'était le cas, cela fait longtemps que j'aurais réussi à défaire mes cartons.

Quand je ressors du complexe sportif, j'ai du mal à me concentrer sur la route. J'ai beau me creuser la tête, je ne comprends pas ce que j'ai raté. Ce n'est qu'au moment de pénétrer dans le parking souterrain de mon immeuble que Jake me recontacte enfin. Je décroche dans la seconde.

— Allô ?

— Ouais, c'est Jake. Je... je ne sais pas si je fais bien de t'appeler.

J'attends quelques secondes qu'il poursuive, mais au lieu de ça, il cesse de parler. Il se met à soupirer, comme s'il était en train de commettre la pire connerie au monde.

— Y a un truc qui ne va pas ? Je t'ai senti ailleurs, aujourd'hui.

— Putain, Cassie me tuera quand elle apprendra que je t'ai appelé.

— Elle n'est pas obligée de le savoir. Où est-ce que tu es ? Tu es rentré chez toi ?

— Non, on est au *Jack's diner*, au nord de l'université. Je crois que j'ai... besoin d'aide.

Je bloque sur le « on », puis sur la fin de sa phrase. Je n'ai même pas encore accepté de le rejoindre que déjà, mon pied écrase l'accélérateur.

— Ne bouge pas, j'arrive. Tu m'expliqueras quand je serai là.

Je vois très bien où se trouve cet établissement, je passais souvent devant lorsque j'étais étudiant. De chez moi, il me faut moins de cinq minutes pour accéder au pont menant à l'université. La bonne nouvelle, c'est qu'à 22 h, il n'y a plus d'embouteillages dans cette zone. Je finis par me garer sur le minuscule parking de ce petit restaurant au style des années cinquante. Carrelage noir et blanc en damier, canapés en cuir rouge et serveuses sur des patins à roulettes. Je détaille la devanture depuis l'intérieur de ma voiture, perplexe.

Pourquoi est-ce que Jake m'a fait venir ici ?

Il pleut à torrents, ce soir. Je scrute le ciel dans l'espoir d'une éclaircie, mais il ne fait jamais très beau à Seattle en automne.

Tant pis, je vais devoir courir. Il n'y a que quinze mètres entre ma caisse et la porte vitrée, pourtant je suis déjà trempé jusqu'aux os quand je débarque sur l'épais tapis de l'entrée. La bonne nouvelle, c'est qu'il me suffit d'un regard pour trouver Jake. En même temps, ce n'est pas compliqué, il est le seul client présent. À côté de lui, une jeune femme portant l'uniforme bleu turquoise de l'enseigne semble dormir sur la table.

— Bonsoir, vous venez pour dîner ? me demande la serveuse debout derrière le comptoir.

— Il est avec nous, Lynn, lui lance Jake depuis le coin le plus isolé de la salle.

Elle acquiesce et je marche vers lui, les mains enfoncées dans mes poches. Mon regard dévie vers la fille avachie contre la vitre. Le « on » dont il parlait, je suppose. Ce n'est qu'une fois à proximité que je reconnais Cassie, cachée sous ses longs cheveux noirs détachés. Drôle d'endroit pour faire la sieste. Mon regard s'immobilise sur elle avant de dévier sur son frère. Il pousse la chaise à côté de lui d'un coup de pied pour que je m'y asseye.

— Alors, en quoi est-ce que je peux être utile ? lui demandé-je en m'installant près de lui.

Au son de ma voix, les yeux de Cassie s'ouvrent comme deux billes. Les joues plus roses que d'ordinaire, elle décolle son visage de la vitre pour se recoiffer en vitesse.

— Ta présence n'était pas nécessaire, Croft, objecte-t-elle, la langue pâteuse.

Ses gestes désordonnés, ses pupilles brillantes, son intonation... Tous ces petits détails commencent à me mettre la puce à l'oreille. Cassie est saoule et, visiblement, elle est loin d'être ravie de me voir. J'imagine que c'est de bonne guerre, pourtant je n'irai nulle part avant de découvrir pourquoi Jake m'a contacté. N'ayant pas la moindre envie de bouger de mon siège, je croise mes bras derrière mon crâne et attends qu'elle poursuive. Ce qui est fou avec cette fille, c'est que même somnolente, elle déborde d'énergie.

— Pourquoi tu l'as appelé ? grogne-t-elle à l'attention de son frère, comme si je ne pouvais pas l'entendre.

Jake se tourne vers moi, l'air désespéré.

— Elle vient de finir de bosser. Ils ont fêté l'anniversaire de sa collègue et je crois qu'elle a trop forcé sur la boisson. Je ne savais pas quoi faire alors...

— La ramener chez vous serait un bon début, non ?

— C'est là que ça devient compliqué, réplique-t-il.

Cassie soupire de tout son saoul. Elle lève la main pour couper la parole à son frère. Sa façon de se redresser avec maladresse serait presque drôle si Jake n'avait pas l'air de vivre un véritable supplice.

— Je gèèère, Jake. Pas besoin de ton parrain pour régler notre problème.

— Arrête, tu ne gères rien du tout, riposte-t-il. Regarde-nous, on n'a même pas d'endroit où dormir ce soir.

— Pardon ?

J'écarquille les yeux et Cassie fixe durement son frère en retour avant de nier.

— Mais non. C'est loin d'être aussi grave.

— Bah tiens donc..., réplique-t-il en remuant la tête. Si ce n'est pas important, tu n'as qu'à expliquer à Bill pourquoi on n'a pas accès à notre appart.

Mes iris font l'aller-retour entre Jake et sa sœur et j'en viens à me dire qu'une fois de plus j'avais raison. Les Rodriguez sont des aimants à emmerdes. Reste à savoir ce qu'ils ont encore fichu.

— Vous comptez cracher le morceau à un moment donné ou on passe la nuit ici ? m'agacé-je.

— Bon, OK. On a un dégât des eaux. Du genre, un énorme – énorme – dégât des eaux, décrit Cassie en écartant ses mains de plus en plus loin. On ne peut plus vivre chez nous depuis des jours, mais on va s'en sortir.

Je lève un sourcil, soudain curieux.

— Et vous dormez où, en attendant que le problème soit réglé ?

Jake se redresse sur sa chaise, mal à l'aise.

— La première fois qu'on s'est rencontrés, dans le bureau de Malcolm, tu m'as bien dit que je pouvais te joindre pour n'importe quelle raison et à n'importe quel moment, non ?

J'acquiesce malgré moi. Je me souviens effectivement avoir déclaré quelque chose comme ça, mais je ne pensais pas qu'il ferait appel à moi quelques jours plus tard.

— On dort à l'hôtel depuis presque deux semaines et on ne peut plus y rester parce que toute la paie de Cassie y est passée.

Jake prononce sa phrase d'un unique souffle et je cligne bêtement des yeux quand il termine de parler.

— Je ne comprends pas. Pourquoi est-ce que vous payez l'hôtel ? Vous avez bien une assurance qui prend tout en charge, non ?

Cassie remue la tête, Jake l'imite.

— OK. Pas d'assurance. Mais vous avez bien de la famille ou des amis chez qui aller ?

— Si on avait quelque part où loger, est-ce que tu crois que mon crétin de frère t'aurait fait venir ? rétorque-t-elle avant de s'adresser à Jake. Tu vois, c'était une mauvaise idée de faire appel à lui. Je t'ai répété au moins vingt fois de ne pas le contacter.

Je lève les mains en signe de reddition.

— Hé, tout doux ! J'essaie juste d'aider, moi. Je note. Pas de famille ni d'amis. Mais du coup qui paie vos études, votre loyer... votre bouffe ?

— Jake a obtenu une bourse pour couvrir ses frais universitaires et pour ma part, c'est notre grand-mère qui a tout financé. Et pas la peine de nous dire d'aller la rejoindre, elle est en maison de retraite et on vit dans son appart. Enfin, on y habitait jusqu'à... la fuite.

Jake se prend la tête entre les mains. Je me laisse retomber contre le dossier de ma chaise tandis que la serveuse dépose trois cafés devant nous.

Je la remercie rapidement pendant que Cassie souffle pour faire refroidir sa tasse.

— Tu aurais dû trouver un moyen de récupérer nos économies, l'accuse Jake.

— Est-ce que c'est ma faute si mes billets ont disparu ? rétorque-t-elle avec lassitude.

— Disparu ? répété-je sans comprendre.

— Ouais. Ma fortune... a pris la flotte.

Je me frotte le crâne en l'entendant me répondre. Elle est sérieuse, là ?

— Attends, t'as gardé tout ton fric chez toi ? Pourquoi tu ne l'as pas mis à la banque ?

— Pas confiance.

— Ouais, mais elles existent pour que ce genre de problème ne t'arrive pas.

— C'est bon ? T'as fini de me faire la morale, toi aussi ?

Cassie me fixe, blasée. Pour ne pas raviver les braises de colère qui crépitent encore dans ses yeux, je change de sujet. Dans son état, elle serait capable de m'envoyer sa tasse brûlante en pleine face. Et je n'ai pas prévu de mourir aujourd'hui.

Je m'accoude à la table, plus sérieux que jamais.

— Du coup, niveau finance, vous en êtes où ?

— Le néant absolu. Ma prochaine paie n'arrivera que fin octobre.

— Et d'ici combien de temps la fuite sera réparée ?

— Une semaine, peut-être deux. Qui sait ? Quand les... voisins se seront décidés.

Cassie plonge à nouveau son visage fatigué entre ses bras pendant que Jake fixe ses pieds. Magnifique. Si je comprends bien, les Rodriguez sont dans une impasse. J'essaie de réfléchir aux différentes possibilités qui se présentent à eux… et toutes les options sont merdiques. Même s'ils réclamaient une bourse d'urgence, elle ne serait pas accordée avant plusieurs jours. Je pourrais peut-être demander à Frank de les héberger ? Non. Je ne peux pas lui imposer la présence de deux inconnus et Weston et Charlie n'ont qu'un trois-pièces bien trop petit pour accueillir deux personnes. Je finis par relever la tête vers eux. Je ne suis pas certain d'être la solution idéale à leur problème, mais à une heure aussi tardive, je ne vois pas quoi faire d'autre. Je ne peux pas les laisser passer la nuit dehors. Quel genre d'humain ferait ça ?

Et puis… je n'ai pas envie qu'Oliver me reproche d'avoir abandonné son petit protégé à la rue. Le but est de gagner des points auprès de mon entraîneur, pas d'en perdre.

— Je peux vous héberger le temps qu'on trouve une solution plus appropriée à votre problème, proposé-je.

— Sérieux ? m'interroge le jeune Rodriguez.

Son regard pétille à tel point que j'ai l'impression de lui annoncer que je suis le père Noël en chair et en os.

— Je n'ai qu'une parole. On peut charger vos affaires dans la voiture dès que vous êtes prêts.

Suspicieuse, Cassie relève la tête. Les paupières plissées, elle paraît beaucoup moins emballée que son frère.

— On m'a appris que rien n'est gratuit dans la vie. Pourquoi tu ferais ça pour nous ?

Jake se lève sans prêter attention aux paroles de sa sœur.

— Fais comme moi, ignore-la. File-moi les clés, je me charge de mettre nos affaires dans le coffre.

— Tu veux un coup de main ?

— Tu rigoles ou quoi ? Tu proposes de nous loger. Je ne vais pas en plus te faire jouer les bagagistes.

— Ça me va. Tu n'auras pas de mal à trouver ma caisse, c'est la seule sur le parking.

Je lui donne mon trousseau et il disparaît avec les deux premiers sacs. Pendant ce temps, Cassie continue de me fixer. Je sens à son regard rendu brillant par l'alcool qu'elle n'en a pas fini avec moi.

— Pourquoi, Croft ? siffle-t-elle. Et ne me réponds pas que c'est par bonté d'âme, tu ne me supportes pas.

— Tu vois une autre solution ? Je ne force la main à personne, mais sache qu'il n'y a pas que des sales cons comme ton ex sur terre.

— C'est drôle parce qu'il y a l'air d'y avoir pas mal de sales cons colporteurs de ragots dans le coin.

Sa réplique m'arrache un sourire.

— Je te l'ai déjà dit, je ne suis à l'origine d'aucune rumeur, je pose des questions. C'est différent. J'ai entendu des choses sur toi, et je me suis renseigné. Point barre.

Elle croise les mains sous son menton, incline sa tête sur le côté. Sa longue chevelure glisse dans un même mouvement, laissant apparaître un petit tatouage dans le creux de son oreille.

— Que veux-tu, tu sembles être un sujet de conversation inépuisable, Cassie Rodriguez.

— Je déteste qu'on salisse mon nom sans chercher à connaître la vérité. Si tu as quelque chose à me reprocher, aie au moins la décence de m'en parler directement, dorénavant.

Un sourire aux lèvres, j'attends qu'elle finisse de déblatérer. D'une certaine manière, je trouve la situation presque amusante. Elle s'exprime à grand renfort de gestes quand elle est ivre, ce qui rend drôles même ses *punchlines* les plus incisives.

Elle se lève d'un bond, ses bras en appui sur la table.

— Si ton but est de me gâcher la vie, tu t'attaques à la mauvaise personne. Je suis coriace.

J'éclate de rire au moment où son index fait un aller-retour entre son corps et le mien. Cette femme est incroyable. Il ne manquerait plus qu'elle veuille se battre avec moi pour que je me roule par terre en me tenant le bide.

— Pourquoi tu te marres ? Je suis on ne peut plus sérieuse.

— Je rigole parce que j'essaie de sauver les fesses d'une fille saoule, insupportable, qui ne survivrait pas une nuit entière dans les rues malfamées de Seattle, et j'arrive quand même à passer pour le méchant.

Je rejoins Jake près de l'entrée. Je lui donne le dernier sac en lui disant de nous attendre dans la voiture le temps que je paie les cafés, puis je marche d'un pas tranquille jusqu'au comptoir. Sa sœur m'imite en tanguant. Je dois me retenir de sourire au risque de me faire agresser.

— Je viens régler pour notre table, annoncé-je à la serveuse d'une cinquantaine d'années.

— Pas la peine, c'est la maison qui offre. Ce n'est pas tous les jours que Cassie nous ramène des clients si mignons.

Je la remercie pour son geste pendant que ma nouvelle colocataire râle en levant les yeux au ciel.

— N'importe quoi, Lynn.

Son ton demeure piquant, mais il ne sonne plus si hargneux. J'évite de lui en faire la remarque pour ne pas relancer de débat. Pour l'instant, il faut que je ramène tout ce petit monde à bon port. Je traverse le parking au pas de course et, grâce aux trombes d'eau qui tombent à l'extérieur, Cassie consent à entrer dans la voiture-épave de Charlie sans trop de difficulté. Sur le chemin, les disputes ont laissé place à l'épuisement de la journée. J'aperçois les paupières de la brune qui se ferment à plusieurs reprises dans le rétroviseur central, mais elle refuse de céder à la fatigue. Je réprime un sourire, cette fille est vraiment butée. Elle lutte toujours contre le sommeil quand j'entre dans mon parking souterrain. Jake, lui, a assez d'énergie pour émettre un sifflement admiratif en détaillant l'immeuble dans lequel je vis. Il ne cesse de s'émerveiller lorsqu'on s'engouffre dans l'ascenseur.

— Ça gagne si bien que ça, un hockeyeur professionnel ?

— Tout dépend des contrats que tu parviens à négocier, lui lancé-je en appuyant sur le bouton. Il faut prendre en compte les sponsors, les publicités dans lesquelles tu apparais, les apparitions aux soirées. Je ne suis pas le mieux loti, mais je m'en sors pas mal.

En moins d'une minute, nous arrivons au onzième étage.

— Je vous préviens, j'ai encore plein de cartons qui traînent un peu partout. Il va falloir fouiller pour vous trouver des draps.

Mais je parle dans le vide. Tout ce qui intéresse Jake pour l'instant, c'est la vue imprenable sur le lac Union et les gratte-ciel de l'hypercentre. Il se fiche complètement de l'organisation et abandonne ses sacs à l'entrée du salon pour courir jusqu'à la large baie vitrée. Kiwi, lui, nous fixe depuis son panier. Intrigué par l'arrivée imprévue de nos invités, il sort son museau de sa couverture.

— Hé, mais t'as l'air plus sympa que ton maître, toi ! s'exclame Cassie dès qu'elle l'aperçoit.

Elle s'élance vers lui dans une démarche bancale et manque de tomber à mi-chemin. Elle se rattrape sur le dossier du canapé, puis s'y assied finalement pendant que Kiwi vient à sa rencontre. En quelques minutes, la voilà qui a totalement apprivoisé mon animal de compagnie.

Quel vendu celui-là...

Je me détourne d'eux pour fouiller les cartons. J'y récupère de quoi faire leur lit et je mets Jake à contribution. Quand je reviens dans le salon, Cassie s'est endormie et mon labrador est couché sur elle. Je lève les yeux au ciel avant de réprimander mon chien.

— Depuis quand tu grimpes sur le canapé, toi ? Tu sais que c'est interdit. Allez, descends.

J'attrape le plaid plié sur un coussin. Je le place sur Cassie pendant que Kiwi se lamente. Hors de question que je cède. Ce n'est pas parce qu'on a des invités qu'on va changer notre mode de vie. Et puis, c'est l'histoire de quelques jours. J'ignore ses gémissements. J'ajuste la position de la couverture et la voix de Jake me fait sursauter.

— Cassie a la faculté de s'endormir en une microseconde. Je n'ai jamais compris comment elle faisait.

Le jeune hockeyeur m'observe depuis le seuil du salon.

— Tu viens d'emménager ? me demande-t-il au bout d'un court instant.

— Ouais, on peut dire ça. Je n'ai pas encore pris le temps de défaire mes cartons.

Jake se tient à l'entrée de la pièce et j'ai soudain l'impression qu'il n'ose pas approcher.

— Fais comme chez toi, lui lancé-je. Les toilettes se trouvent au fond du couloir et il y a une salle de bains dans chaque chambre. Il y a à manger dans les placards et le frigo. N'hésite pas à te servir, je viens de faire les courses. Ah, et pendant que j'y pense, vous vous levez à quelle heure, demain ?

— Je ne sais pas, 7 h, 7 h 30.

— D'accord. Je devrais déjà être réveillé. Est-ce tu as besoin d'autre chose ? Une couette supplémentaire peut-être ?

Il secoue la tête, hésitant.

— Qu'est-ce qu'il y a ?

— Rien, je voulais juste te remercier. Peu de personnes auraient proposé de nous héberger. On ne se connaît pas depuis très longtemps, tu aurais pu nous laisser au restaurant.

— C’est normal. Je t’ai donné ma parole, non ?

— Ouais, c’est vrai, mais c’est rare de tomber sur des mecs comme toi.

Reconnaissant, il me salue d’un geste de la tête, puis il s’en va. Je rejoins ma chambre pour m’y enfermer à mon tour. Le dos collé à la porte, je tends l’oreille. J’écoute le bruit que fait Jake en déballant ses affaires. Ça a quelque chose de rassurant.

C’est étrange quand j’y pense. Il n’est pas encore minuit et pourtant, je suis éclaté. Je n’ai même pas faim. En fait, j’ai juste envie de dormir, ce qui ne m’arrive jamais. Alors que la situation de Jake et Cassie est vraiment nulle, je me mets à sourire tout seul, presque comme soulagé.

Depuis la mort de Manille, j’ai fini par détester le silence et la solitude de mon appart au point de ne plus pouvoir passer une nuit sans allumer la télé. Et ce soir, pour la première fois en onze mois, je sens que le sommeil vient sans effort. Et putain, c’est con, mais ça fait un bien fou.

7

NE JAMAIS DIRE JAMAIS

Cassie

Je gémis dans un demi-sommeil. Un poids pèse sur mon ventre, m'empêchant de bouger. Je grogne de plus belle.

Pourquoi est-ce que je ne peux jamais dormir tranquillement ?

— Jake, fiche-moi la paix, ronchonné-je.

Je ne parviens pas à me retourner. Je suis coincée sous cette espèce de masse lourde, chaude... et humide ? Je repousse du plat de la main ce qui ressemble à une grosse peluche, puis je me souviens que je n'en ai plus depuis l'âge de dix ans. *Qu'est-ce que...?* J'ouvre les paupières avant de crier. Une énorme boule de poils marron se trouve à trois centimètres de mon visage et cette chose a un épais filet de bave qui pendouille de sa gueule béante.

Je me redresse en vitesse, gesticulant dans tous les sens pour éloigner ce truc vivant de moi. Mon dos percute les coussins d'un canapé bleu foncé et j'entends quelqu'un se marrer au-dessus de ma tête. Jake, penché dans ma direction, me fixe d'un air moqueur. Mon regard fait des va-et-vient entre l'énorme chien que je ne connais pas et le sourire bien trop grand de mon frère. Déboussolée, je me frotte le crâne. J'ai l'impression de m'être pris un mur en pleine poire. Rien n'a de sens.

— Pitié, ne me dis pas que tu as recueilli un énième animal perdu.

— Ce n'est pas le mien, c'est celui de Bill.

Bill ?

Je m'assieds dans une position plus correcte, de façon à pouvoir penser avec plus de lucidité. J'attire le plaid gris sur mes genoux, puis je tente d'analyser la situation. Enfin, c'est ce que j'essaie de faire, mais mon idiot de frère continue de ricaner.

— Qu'est-ce que t'as ? lâché-je finalement.

— Ça fait quoi de se faire border par le célèbre Bill Croft en personne ?

— Qu'est-ce que tu racontes ?

En réponse, il joue des sourcils, ce qui a le don de me hérisser les poils de bon matin. Je repousse sa face loin de moi, mais il n'arrête pas pour autant. Il se marre de plus belle et j'imagine sans peine la tronche que je dois faire quand le doute s'immisce dans mes souvenirs. Après tout, je ne me rappelle plus tous les détails de la soirée.

— Non, impossible. Tu déconnes.

— Pas du tout. Je l'ai vu te couvrir avec délicatesse avant de déposer un baiser sur ton front. Alors, c'est le grand amour ?

— T'es sérieux ?

Cette fois, ma mâchoire se décroche presque. Il a fait ça ? Mais pourquoi je ne m'en souviens pas ?

— Qu'est-ce que tu crois qu'on fait chez lui ?

Chez lui ?

Les mots mettent une poignée de secondes avant d'atteindre ma cervelle ramollie. Quand je réalise enfin ce que dit mon frère, je tourne la tête, affolée. *Qu'est-ce que je fous là ?* Ce canapé n'est pas le mien. Je n'ai jamais vu cette immense baie vitrée et, putain, il y a un maillot des Krakens, floqué du numéro 11, sur le dos de la chaise en face de moi. Le maillot de Bill. Un frisson d'horreur remonte le long de ma colonne vertébrale. Bill Croft et moi ? *Jamais.*

Alors qu'une bonne dizaine de scénarios farfelus me traversent l'esprit, un coussin vient s'écraser sur mon visage. Je l'écarte d'un coup de main, prête à étrangler son expéditeur.

— Jacob Rodriguez ! Tu fais ch...

Un deuxième fuse dans la pièce et finit sa course en plein dans ma face.

— Arrête de prendre tes rêves pour des réalités, Ca-ssio-pée, articule-t-il. Reviens sur terre. C'était loin d'être un moment aussi glorieux que tu le penses. Tu étais bourrée. Bill t'a juste balancé une couverture par pitié et Kiwi s'est fait un malin plaisir de baver dessus.

Un air de dégoût sur le visage, il pointe du doigt l'énorme flaque qui mouille une grosse partie du tissu et je réprime un haut-le-cœur. Je n'ai donc pas rêvé. Il y avait bel et bien un truc chaud et humide sur mon ventre.

Kiwi, ravi qu'on mentionne son nom, remue la queue. Je le caresse tout en soupirant.

— T'as de la chance d'avoir une bonne bouille, toi. Je te pardonne à condition que tu arrêtes de foutre ta salive partout sur moi. Je ne sais pas ce que t'apprend ton maître mais c'est dégueu. Compris ? D'ailleurs... il est où, ton maître ?

J'interroge mon frère du regard. Affublé d'un vieux jogging et d'un t-shirt trop grand pour lui, il se lève pour admirer la vue imprenable sur le lac.

— Il est déjà parti. Il avait un entraînement. Tiens, attrape.

Il me balance un objet métallique. J'ai tout juste le temps d'esquiver le trousseau de clés pour qu'il ne me percute pas le crâne et un long râle d'exaspération s'échappe de mes lèvres.

— La prochaine fois, préviens avant de me jeter un truc au visage.

— Bah alors, où sont passés les réflexes exceptionnels de Wolfy la Terreur ? Tu ternis ta réputation.

— Très drôle. Tu rigoleras moins quand je me lèverai de ce canapé.

Ignorant mes menaces, Jake poursuit sur sa lancée.

— Bill m'a filé ses clés de secours. Il te fera faire un double dans la journée.

— Sérieux ? Donc il compte vraiment nous héberger ? Ça non plus, je ne l'ai pas rêvé ?

— On dirait bien.

— Mais pourquoi ?

Jake hausse les épaules. Je crois qu'il est aussi étonné que moi par la tournure qu'a prise la situation. Je me lève du canapé pour rejoindre mon frère près de l'immense fenêtre. Un grand piano droit est placé contre le mur à mi-chemin. J'en frôle les touches blanches avant de me mettre à regarder dehors. Je ne me souviens pas avoir déjà vu un panorama si magnifique. C'est serein. Quelques bateaux naviguent sur le lac à plusieurs centaines de mètres tandis que le soleil encore bas dans le ciel se reflète dans l'eau.

Et puis, ça fait tilt dans ma tête.

— Merde, quelle heure il est ?

Par réflexe, je cherche mon portable dans mes poches, sans succès. Je cours fouiller le canapé, puis je me retourne vers mon frère, horrifiée.

— Je crois que j'ai perdu mon téléphone.

— Relax, je l'ai mis en charge dans ta chambre.

— Ma chambre ? répété-je, surprise.

— La pièce au fond du couloir à droite.

Jake me précède jusqu'à arriver à destination et nous débarquons dans une salle quasi vide qui fait à elle seule la moitié de l'appartement d'*abuelita*. Un grand lit est placé au milieu, entouré d'une dizaine de cartons encore fermés et de cadres neufs posés sur le sol.

— Tu crois que Bill vient d'emménager ?

— C'est ce qu'il m'a dit, hier. Tu sais, on lui doit une fière chandelle. On a failli dormir dehors.

— C'est pas faux.

Je m'assieds sur *mon* matelas – je vais avoir du mal à m'y faire – et j'attrape mon téléphone en éludant le problème, comme toujours. J'ai suffisamment honte de moi pour ne pas avoir envie d'évoquer le sujet.

— Bill a l'air d'un gars bien. Je n'aime pas lui cacher la vérité. Peut-être qu'on devrait lui dire...

— Lui dire quoi ? Que tu t'es attiré les foudres d'une personne peu fréquentable et qu'on en subit maintenant les conséquences ? Hors de question. Tu penses au parrainage, à ta carrière ? Et puis, on ne lui ment pas vraiment. On évite juste de lui raconter toute la vérité.

— Très drôle. Je ne vois pas la différence.

— Mieux vaut que Bill reste loin de nos problèmes.

Jake me répond quelque chose que je n'entends pas. Je ne l'écoute déjà plus. Trois appels en absence ainsi que deux SMS viennent d'apparaître sur mon écran. Il n'en faut pas plus pour qu'un nœud se forme dans mon estomac. Je clique dessus avec une certaine appréhension.

Diego : Tic tac. L'heure tourne, Amor. Si tu veux que tout rentre dans l'ordre, tu sais quoi faire.

Diego : Un jour, tu seras dans mes draps.

Dégoûtée, je m'empresse de supprimer les messages, puis je jette un coup d'œil à l'heure.

— Jake, tu as cours dans vingt-cinq minutes !

— Ça passe facile.

— Sauf qu'il va nous falloir au moins dix minutes de plus que d'habitude pour rejoindre l'université. Je ne sais même pas quel bus prendre.

Son visage se crispe et je comprends qu'il n'avait pas du tout réfléchi au problème du trajet. Il court se préparer dans sa chambre. Je pousse un court soupir avant de m'activer moi aussi. Quand on est étudiant athlète, dépendant d'une bourse, on ne peut pas se permettre de rater un cours ou d'avoir une mauvaise note. C'est le meilleur moyen de se voir supprimer cette aide qui nous est vitale et d'être privé du droit de jouer au hockey.

Et avec moi à ses côtés, cela n'arrivera jamais à Jake.

Pourquoi est-ce que c'est si compliqué ?

Je me prends le crâne entre les doigts, réprimant un énième râle de frustration. Ça fait plus de deux heures que je suis assise à ce bureau et je n'y comprends rien. Qui a bien pu écrire ce fichu cours d'économie appliquée ? Je maudis ses parents et ses grands-parents. Sérieux, ça ne veut rien dire. L'auteur devait être bourré quand il a bossé sur ce texte. Je reprends ma lecture en plein milieu, essayant de donner du sens à quelque chose de visiblement incohérent. J'ai l'impression d'être une archéologue en train de traduire une putain de langue morte. En fait, je maudis aussi ses ancêtres depuis les hommes préhistoriques jusqu'à maintenant.

Je souffle un bon coup et tente de me reconcentrer.

« ... Comment l'émergence rapide de la technologie a redéfini les marchés, perturbant les anciennes structures et créant de nouvelles opportunités. »

Si le professeur Phineas me fout une mauvaise note, je jure que je lui balance mon manuel à la figure. Le devoir est à rendre dans quelques jours et les concepts économiques me gavent au plus haut point. Je fixe les trois graphiques de la page, espérant une révélation divine, quand soudain mon téléphone se met à vibrer. Je l'attrape en vitesse pour que ma voisine de table cesse de me lancer des regards peu aimables, mais il est trop tard. Elle pointe l'affiche rappelant les règles de la BU du doigt, comme si je ne savais pas lire. Je lui réponds par un sourire tout aussi peu courtois qui signifie à peu de chose près : « va te faire voir, sorcière ». Ce n'est pas le bon moment pour m'énerver.

Je pose mon portable sur mes genoux. Un numéro inconnu apparaît sur mon écran. Comme chaque fois, et ce depuis des semaines, j'hésite. Et si c'est encore Diego qui essaie de me mettre la pression ? Il change si souvent de ligne que je ne sais jamais si c'est lui que j'aurai au bout du fil. Dans le doute, j'accepte quand même l'appel et je manque d'avoir une crise cardiaque quand une voix familière soupire dans le haut-parleur.

— Eh ben, j'ai cru que tu ne décrocherais jamais.

— Bill ? m'étonné-je avant de chuchoter. Co-comment est-ce que tu as eu mon numéro ?

Je me racle aussitôt la gorge pour essayer de retrouver une intonation normale, et la fille en face de moi lève les yeux au ciel.

— Il était inscrit dans le dossier de Jake. Je l'avais enregistré au cas où, j'ai bien fait.

— OK... Et qu'est-ce que je peux faire pour toi ? Je suis à la bibliothèque là, je ne peux pas vraiment parler.

Quelques étudiants me font signe de me taire, à grand renfort de « chut ». Je me mets à murmurer du bout des lèvres pour éviter de me faire virer de la salle.

— Jake ne se trouve pas à la patinoire. Tu ne saurais pas où il est ?

J'éloigne le téléphone de ma joue pour vérifier l'heure. Je n'avais pas vu qu'il était déjà midi. Je sens que je vais bosser sur ce fichu devoir toute la journée.

— Il doit être dans le coin. On est arrivés ensemble sur le campus ce matin.

— Peut-être, mais il n'est pas présent à notre rendez-vous. Je viens de passer plus de vingt minutes à m'équiper et je n'ai pas que ça à foutre. Si ton frère ne tient pas à ce parrainage, il n'a qu'à le dire.

Quelqu'un me balance une boulette de papier. Je la déplie de ma main libre et y découvre un beau « ferme-la » écrit dessus qui me fait grincer des dents. Entre ce devoir sans fin, les regards mauvais de ma voisine de table et l'agacement perceptible du joueur des Krakens, la patience commence à me faire défaut. Si je ne raccroche pas en vitesse, je vais finir lapidée à coups de boulettes de papier. Après ce que Bill a fait pour nous, je n'ai pas envie de paraître malpolie, mais il n'est clairement pas ma priorité du moment.

— Comme tu peux le voir, je ne suis pas toujours sur le dos de mon frère. Il a peut-être oublié qu'il avait cours, j'en sais rien. Je te suis reconnaissante de tout ce que tu fais, mais là, j'ai plus important à faire.

— Tu ne te débarrasseras pas de moi comme ça, commence-t-il.

— Désolée. C'est une question de vie ou de mort.

Je lui raccroche au nez et je range aussitôt mon téléphone au fond de mon sac. Au bruit sourd qui s'en échappe, je sais que Bill essaie de me rappeler. Je ne répondrai pas. Je reporte mes yeux sur mon cours, bien décidée à ne plus me laisser distraire. Au bout d'une dizaine de minutes, un silence studieux finit par retomber sur la bibliothèque universitaire. Je poursuis ma lecture laborieuse de « L'impact des innovations technologiques sur les modèles économiques traditionnels ». Je réussis tant bien que mal à écrire un court paragraphe quand soudain, un bras vient s'abattre sur ma feuille. Un gant noir, une coudière en partie recouverte par un large maillot bleu turquoise. Je tourne la tête en vitesse en jurant, mais ma voix reste coincée dans ma gorge nouée. *Putain de merde !* Je relève mes yeux ébahis vers Bill Croft, penché au-dessus de moi dans sa tenue aux couleurs des Krakens. Il ne manque plus que le casque et les patins pour que l'équipement soit complet. Piégée entre la table et son torse, je m'éloigne autant que possible... soit de dix minuscules centimètres à peine. Les épaulières lui donnent l'air plus massif que d'ordinaire, bien plus intimidant aussi. Je déglutis avec difficulté tandis qu'il me surplombe.

— Surprise ! s'exclame-t-il.

— Qu-qu'est-ce que tu fous ici ?

Je tente de parler en chuchotant, mais mon cœur bat si fort que j'ai du mal à gérer les émotions insufflées dans ma voix. De toute façon, c'est fichu pour la discrétion. Derrière lui, une dizaine d'étudiants se sont levés de leur siège pour le prendre en photo. Je m'empresse de me retourner pour me cacher. Je ne suis pas timide, cependant je n'ai pas spécialement envie que mon visage tourne sur les réseaux sociaux de tout le campus.

— Je te l'ai dit, tu ne te débarrasseras pas de moi si facilement, susurre-t-il avec fierté.

Déterminé à m'emmerder jusqu'au bout, Bill positionne ses deux bras de part et d'autre de mon corps, puis il se penche vers moi jusqu'à ce que sa bouche soit à hauteur de mon oreille. Un frisson étrange parcourt ma nuque quand son souffle s'y attarde et que son plastron vient frôler mes omoplates.

— Je te signale que je bosse, là, grogné-je en ignorant la présence de ses lèvres près de ma peau.

— Et moi, tu crois que je fais quoi ? Tu penses que ça m'amuse de courir dans tout le campus avec cet attirail sur le dos pour trouver ton frère ?

Je retiens ma respiration alors que mon cœur fait une embardée. Pourquoi est-ce qu'il se tient si près de moi ? Je me demande ce qui peut bien lui passer par la tête. Il y a plein d'étudiants derrière lui, appareils photo dégainés pour immortaliser ce moment. Mais Bill n'en a apparemment rien à carrer.

— Si tu veux que Jake continue à bénéficier de l'appui des Krakens, c'est aussi ton problème.

— Ouais, bah, je dois gérer un autre problème du nom de « devoir d'économie appliquée » et je n'y comprends rien. Donc tu m'excuseras...

Il m'arrache la feuille des mains pour lire l'intitulé du texte à étudier, puis il se met à rire.

— Le professeur Phineas donne toujours les mêmes devoirs. Il n'a pas changé en deux ans.

Je tends le bras pour récupérer mon travail, mais Bill le tient hors de portée. Pour détourner son attention, je désigne d'un geste discret de la tête le groupe de curieux dont les yeux sont braqués sur nous.

— Tu devrais reculer si tu ne veux pas faire la une du journal étudiant de demain avec en gros titre : la star des Krakens crée une émeute dans la BU.

— Oh, c'est ce qui te dérange ?

Au lieu de m'écouter et de s'éloigner, il s'assied sur la table pour qu'on nous voie ensemble. Je récupère ma feuille dans sa main et cache mon visage derrière.

— Tu fais chier, Croft ! Mon devoir est tout froissé !

— T'as écrit trois lignes, tu recommenceras. Je te filerai ma copie si tu m'aides à trouver Jake. Je dois toujours avoir la mienne quelque part dans un carton. Et puis, je pense que tu me dois bien ça, non ? Je vous ai rendu service, hier. C'est donnant-donnant.

Un râle de frustration se fraye un chemin entre mes lèvres, pourtant j'obtempère. De toute façon, Bill vient de ficher en l'air tous mes efforts de concentration. Ça me rend folle de l'admettre, mais je n'ai pas d'autre choix que d'obéir gentiment. On ne peut pas dire non à quelqu'un qui nous héberge et qui, en plus, propose de nous filer les réponses à un devoir incompréhensible.

Je range mes affaires pendant qu'il m'observe avec un petit sourire satisfait. Je me retiens de lever les yeux au ciel en traversant la bibliothèque. Est-ce que j'avais vraiment besoin d'être aperçue en sa compagnie devant tout le campus ? Absolument pas.

Une fois dehors, la première chose que je fais, c'est de dégainer mon téléphone pour appeler Jake. Si je le vois, je jure que je l'étripe. Je sélectionne son nom parmi mes rares contacts, mais malheureusement, je n'ai pas plus de succès que Bill.

— Je tombe sur son répondeur. Jake n'a peut-être plus de batterie ? Si ça se trouve, il t'attend bien sagement à la patinoire et tu es venu me chercher pour rien.

— Eh bien, on va aller vérifier ça ensemble.

Il sourit en prononçant ce dernier mot. Il sait tout aussi bien que moi que ça ne m'enchante pas de me joindre à lui. Les bras croisés sur ma poitrine, je traverse les jardins de l'U-Dub en sa compagnie et il suffit d'une minuscule poignée de minutes pour que la rumeur de sa présence se répande sur le campus. Je peux les comprendre, ce n'est pas tous les jours qu'un joueur des Krakens se trimballe dans les parages avec sa tenue officielle. Si je n'étais pas en train de marcher à ses côtés, je ferais sûrement partie de ces étudiants venus le prendre en photo. Je tâche de mettre un peu plus de distance entre nous, histoire de ne pas apparaître sur les clichés de parfaits inconnus, mais chaque fois que je ralentis, Bill m'imite. Je me demande même s'il ne le fait pas exprès.

— Tu peux me tenir ça ?

Se fichant éperdument des gens autour de lui, il me file ses gants pour avoir les mains libres pendant qu'il pianote sur son téléphone. Ce n'est qu'à ce moment que je réalise que je n'avais pas encore eu l'occasion de le voir dans son équipement de mes propres yeux. À part à la télé. Depuis le début du parrainage, il ne fait que conseiller Jake, mais il n'est jamais allé lui-même sur la glace. Une chose est certaine, cette tenue lui donne vraiment l'air plus charismatique.

Je me racle la gorge pour faire comprendre à Bill qu'on doit bouger. Il y a presque une vingtaine de personnes derrière nous, désormais. À force de le voir régulièrement, j'en avais fini par oublier qu'il était célèbre. Il ne manquerait plus que la nouvelle de notre récente colocation s'ébruite pour me gâcher en totalité ma journée. Comment se faire détester sur un campus en trois étapes ? C'est simple. Un, cumuler les problèmes personnels et voir sa réputation ruinée. Deux, apparaître sur des photos avec l'un des sportifs les plus en vogue de la ville dans une position embarrassante. Trois, habiter avec ce fameux hockeyeur.

— Tu avais prévu de t'exercer avec Jake, aujourd'hui ? lui lancé-je pour relancer la conversation.

— Ouais, mais je n'aurai jamais le temps de lui montrer ce que je voulais. Je vais demander à Malcolm si je peux participer à l'entraînement collectif des Huskies. Tu comptais assister à la séance ?

— Non, j'ai cours dans vingt minutes. Je t'accompagne, puis je repars.

Dommage. C'est le mot qui me traverse l'esprit au moment où je termine ma phrase. Non pas que j'apprécie la présence de Bill au point de ressentir l'envie irrépressible de rester près de lui, c'est juste que je n'ai jamais eu la chance de voir un joueur professionnel en action. En vrai, j'entends. J'ai l'impression de passer à côté d'une occasion en or et c'est frustrant.

Lorsque nous approchons de la patinoire, j'aperçois Jake qui nous attend devant, les mains au fond de ses poches. Il discute avec George et Jimmy près de l'entrée. Son regard se transforme peu à peu en surprise quand il nous aperçoit. Il vient à notre rencontre.

— Pourquoi tu te marres, toi ? Ça fait un moment qu'on essaie de t'appeler, lui lance Bill avec humour.

— Vraiment ? J'ai oublié mon téléphone chez toi.

Je remue la tête, dépitée. *Ce gamin n'apprendra donc jamais ?*

— Je t'ai attendu ici pendant vingt minutes et tu n'étais pas là.

— Désolé, je devais finir un truc urgent avant.

Bill acquiesce avant de soupirer.

— Rejoins-moi à l'intérieur, je vais voir si Malcolm est arrivé.

Il s'éloigne de quelques pas pour saluer Georges et j'en profite pour m'entretenir avec mon frère. Je le sens bien trop détendu pour le croire sur parole.

— Avoue que tu avais zappé ton entraînement avec Bill.

— Pas du tout, riposte-t-il, outré. J'étais juste à la BU pour finir un devoir. C'est bien toi qui insistes pour que j'aie de bonnes notes, non ?

— À la BU ? Tu te fiches de moi ? J'y ai passé les deux dernières heures et tu n'y étais pas.

— Ah ouais ? C'est marrant. On y était en même temps et on ne s'est pas croisés. C'est con. Bon, j'y vais. Je vais finir par être en retard.

Je reste bête pendant que Jake s'éloigne en sifflotant. Je ne sais pas ce qu'il me cache, mais je n'aime pas ça. La dernière fois qu'il a agi de cette manière, j'ai découvert qu'il devait du fric à une bande de dealers.

Je le rattrape avec un mauvais pressentiment.

— Où est-ce que tu étais, Jake ? Cette chance avec les Krakens ne se présentera qu'une fois dans ta vie.

— Pourquoi t'es aussi suspicieuse, Cassie ? J'étais dans le coin.

Ses commissures s'étirent en un sourire qui sonne faux. Je connais bien Jake, mais ce regard fuyant, lui, je ne l'ai jamais vu. Je sens qu'il ne joue pas franc-jeu avec moi. Mes mains se mettent à trembler légèrement. Je les cache dans mon dos, les doigts croisés comme pour conjurer un mauvais sort.

— Il y a quelque chose que je dois savoir ? Tu as fait une connerie ?

— Non, bien sûr que non.

— Ne me dis pas que tu as contacté Diego ? Ou alors c'est lui qui te fait encore du chantage ? Il t'a appelé, c'est ça ?

Jake bloque un instant sur mes paroles, puis il se met à rire en se passant la main dans les cheveux.

— Et comment il aurait fait ? J'ai oublié mon téléphone, tu t'en souviens ?

Sur ces mots, il me tourne le dos et s'en va. La boule au ventre, je regarde mon portable avec l'impression qu'une catastrophe imminente est sur le point de se produire. Jake ne m'a jamais menti volontairement, pourtant il vient de le faire avec une facilité déconcertante concernant ses prétendues révisions à la BU. Et s'il me cachait quelque chose au sujet de Diego ? S'il se remet à fréquenter des mecs dans son genre, je n'ose pas imaginer la galère dans laquelle il se retrouvera. Je ne peux pas le laisser ruiner sa carrière. L'index tremblant et la peur au ventre, j'appuie sur le nom de Diego pour lui envoyer un message vocal.

— On a un accord, toi et moi. Tu as juré de me donner du temps et de ne pas mêler Jake à tout ça. Si tu brises ta promesse, t'es un homme mort.

Il me rappelle aussitôt et je raccroche pour ne pas avoir à lui parler directement. Un message vocal de sa part arrive dans la minute qui suit.

— Ce n'est pas moi qui veux voir Jake, *Amor*. C'est lui qui cherche constamment à me joindre. Qu'est-ce que j'y peux si ton frère a ça dans le sang ?

Je soupire en rebroussant chemin vers les amphis. J'ai l'impression que ce type ne nous laissera jamais tranquilles. Si j'avais su tous les problèmes qu'il allait nous causer, je serais allée voir les flics dès le début. Maintenant, il est trop tard. Jake pourrait être impliqué dans une histoire qui nous dépasse. C'est comme une malédiction qui revient sans cesse nous hanter. Chez les Rodriguez, on a beau fuir la rue de toutes nos forces, c'est elle qui vient à nous. Inutile de nous cacher, elle sait toujours comment nous retrouver.

8

TOUCHÉ COULÉ

Cassie

La patinoire est déserte. Il n'y a pas un bruit, pas une ombre si ce n'est la mienne qui s'étire au centre du terrain. J'avance mon pied avec prudence sur la glace et la lame sous mon patin en fend délicatement la surface encore intacte. Je ferme les yeux pour ancrer cette sensation au plus profond de mon âme. J'entends mon cœur battre fort. Très fort, comme si la vie s'insufflait à nouveau en lui après des jours de paralysie.

Ce que ça m'avait manqué.

Une crosse à la main, je me dirige vers le palet. L'air frais qui frappe mes joues se transforme peu à peu en un vent glacial. J'accélère. De plus en plus vite, de plus en plus fort. Je traverse la surface de jeu dans sa longueur avant de déraper et de repartir en sens inverse avec la rondelle au bout de mon bâton. L'adrénaline monte en flèche, tout comme ce sentiment de bonheur dont je me suis moi-même privée depuis tellement de mois. Le manche serré entre mes mains, je fonce vers la cage de but opposée. D'un geste rapide et précis, je propulse mon projectile pile en son centre et je lève les bras en signe de victoire. Personne n'est présent pour applaudir, pourtant je jubile. Après presque six mois d'arrêt et deux ou trois entraînements par-ci, par-là, je n'ai pas perdu en niveau.

Je refais le même exercice quatre fois d'affilée, jusqu'à ne plus avoir de souffle, puis je ralentis. Je détaille les projecteurs au-dessus de moi ainsi que les gradins vides avec nostalgie. J'aimais vraiment ça, jouer au hockey devant des spectateurs. Les cris de joie, cette ambiance unique... Je serre mes poings dans mes gants avec la boule au ventre. Il n'y a que lorsque je suis seule que je m'autorise à l'admettre. Avoir une passion qui me fait vibrer à ce point sans pouvoir la vivre à fond, ça me déchire le cœur.

L'horloge accrochée au mur affiche 7 h 55. J'inspire doucement pour calmer le tambourinement de mon sang contre mes tympans. Il ne me reste qu'une poignée de minutes, quelques instants de sérénité, avant l'ouverture officielle de la patinoire. J'ai pu négocier avec Fernando, le technicien qui s'occupe du surfaçage de la glace, pour qu'il me laisse entrer plus tôt. Il sera bientôt l'heure de rendre cet espace aux membres des différents clubs. Clubs dont je ne fais plus partie. Je glisse vers le portique d'accès au terrain, puis je dépose le palet ainsi que la crosse avec les affaires de Jake que j'ai emportées avec moi. Il ne devrait pas tarder. Il est censé venir accompagné de Bill et Weston.

Je commence à délacer mes chaussures lorsque les premiers Huskies pénètrent dans l'enceinte. Aucun d'eux n'est surpris de me voir. Depuis le temps que je fréquente cet endroit, je fais partie du paysage. Bill ne s'en souvient sûrement pas, mais j'ai rejoint l'équipe féminine de hockey de l'université durant sa dernière année en tant qu'étudiant.

— Hé, Wolfy a sorti les patins, ce matin ! Ça faisait un bail. Est-ce qu'il va se mettre à neiger dès le début du mois d'octobre ? me lance Jimmy en déboulant près du banc sur lequel je suis assise.

Je tourne la tête vers lui et je remarque la présence de Jake et de Weston dans son sillage. Bill arrive juste derrière. Malgré leurs sourires apparents, je les sens tendus tous autant qu'ils sont. Les deux joueurs des Krakens ont emporté leur équipement au grand complet, aujourd'hui. Leur coach, Oliver, a prévu d'assister à l'entraînement de l'équipe universitaire et tout le monde sait que lorsqu'un professionnel se pointe à ce genre de séance, il ne fait pas que regarder. Il prend des notes. Il a le pouvoir de changer l'avenir de l'un des étudiants ici présents d'un simple coup de téléphone.

Je salue Weston pendant que Bill vient se planter à côté de lui. Il m'adresse un discret signe de la tête auquel je réponds en vitesse. Cela fait déjà trois nuits que nous dormons chez lui. On pourrait croire que nos liens ont bénéficié de cette proximité, mais c'est loin d'être le cas. En réalité, je m'efforce de passer le minimum de temps possible dans son appart. Je déteste avoir la sensation d'être un poids pour quelqu'un. Je me lève tôt, je rentre quand tout le monde est couché, ce qui fait que je le vois peu. Dans notre famille, on a toujours appris à se débrouiller seul. Dépendre de Bill et de sa générosité, c'est perturbant.

— Alors, cette petite virée en solitaire sur la glace ? s'enquiert Jimmy.

— Comme son nom l'indique, elle était... solitaire. Ça manquait de piquant, si tu vois ce que je veux dire. Avec des adversaires, ce serait mieux.

— Je suis disponible quand tu en as envie, Trésor. Tu as mon numéro.

À son sourire en coin, je comprends sans peine le double sens de sa phrase. Si j'ai appris un truc après trois années à croiser Jimmy de manière régulière, c'est qu'il ne faut surtout pas entrer dans son jeu. À moins de vouloir l'avoir sur le dos non-stop.

J'enfile mes baskets, attrape mes patins, puis me lève pour m'éloigner de lui.

— Loin de moi l'idée d'interférer avec votre entraînement. En plus, le coach des Krakens arrive, ce n'est pas le bon jour.

— Ce n'est pas le bon jour pour faire quoi ? me questionne Bill, derrière moi.

Je sursaute quand je découvre qu'il se trouve à moins d'un mètre de moi.

— Pour rien…, éludé-je.

J'observe les deux ailiers, l'un après l'autre, persuadée qu'ils se tenaient côte à côte il y a encore quelques secondes. Le célèbre Croft penche la tête sur le côté et quelques mèches blondes glissent négligemment sur son front. Je bloque un instant sur l'air hyper sexy que ça lui donne avant de me reprendre. Ce n'est ni l'endroit ni le moment pour ce genre de pensées. Et c'est encore moins la personne adéquate.

— Ce n'est pas le bon jour pour affronter Wolfy la Terreur sur la glace, intervient Jimmy.

Comme s'il réalisait seulement maintenant la raison de ma présence ici, Bill hausse les sourcils.

— Tu sais patiner ?

— Oh, crois-moi, elle fait bien plus que ça, réplique le rouquin avant de venir placer son bras autour de mes épaules. Elle surpasse bon nombre de hockeyeurs du club.

Je me retiens de rouler des yeux. Je m'apprête à répondre qu'il exagère, mais Bill, par sa simple expression moqueuse, me donne envie de lui faire ravaler son sourire.

— Qu'est-ce qu'il y a ? Ça te paraît irréaliste qu'une femme sache jouer ? rétorqué-je.

— Au contraire, ça ne me pose aucun problème. J'ai juste du mal à t'imaginer réussir à suivre les directives de quelqu'un.

— Alors tu ne croiras jamais que c'est Cassie qui m'a tout appris, explique mon frère.

Soudain, le regard que Bill braque sur moi se change en surprise. Un sourire admiratif étire sa bouche.

— Je comprends mieux pourquoi tu me reprends toujours quand je parle à Jake.

— Sérieux, t'as jamais entendu parler de Wolfy ? lâche Jimmy. Elle faisait pourtant déjà partie du club, il y a trois ans.

— Wolfy ? marmonne Weston en réfléchissant à son tour. Ça me dit quelque chose.

Le brun pivote vers son pote avec un grand sourire.

— Est-ce que ça ne mériterait pas un petit un contre un pour la tester ? lance-t-il à Bill.

Weston est tellement content de son idée que, l'espace d'un instant, j'ai peur qu'il réussisse à convaincre Bill. Heureusement, le numéro 11 des Krakens a la tête sur les épaules, lui. Il réfute sa proposition après avoir jeté un regard en direction des bureaux.

— À un autre moment. Oliver et Malcolm vont arriver et on n'est pas encore équipés.

Je valide ses propos avant de m'éloigner pour rejoindre les gradins où une quinzaine d'étudiantes ont déjà élu domicile. C'est fou comme les groupies sont de plus en plus nombreuses depuis l'apparition de Bill en tenue sur le campus. Je ne suis même pas sûre que l'une de ces nanas connaisse les règles du jeu. Tout ce qui les intéresse, ce sont les hockeyeurs, pas le sport. Et plus particulièrement, la crème de la crème : les Krakens. Dommage pour elles, il me semble que Weston est pris. Mais en y réfléchissant de plus près, je ne crois pas que Bill ait une copine, sinon il ne nous aurait pas proposé de nous héberger, mon frère et moi. Quelle fille saine d'esprit accepterait que son mec cohabite avec une autre femme ?

Un groupe d'étudiantes glousse au passage des deux joueurs professionnels devant les gradins. En mon for intérieur, je ris jaune. Que l'une de ces pseudo-fans essaie de draguer Bill ! C'est un vrai prince de glace qui ne laisse jamais entrevoir ses émotions. Elles se heurteraient à un véritable mur. Entre nous, je rêve d'assister au râteau du siècle avec la rousse, cette pimbêche de Kylie, une cheerleader.

Quand les Huskies font enfin leur entrée au complet sur le terrain, les tribunes sont déjà bien remplies. Je ne sais pas qui a propagé la rumeur concernant la présence des deux Krakens et de leur coach, mais les curieux ont afflué en nombre. Voyons les choses positivement, jamais un entraînement ne s'est déroulé dans une aussi bonne ambiance. Des cris d'encouragements résonnent dans tous les coins, il y a même des olas improvisées. Oliver et Malcolm, de leur côté, semblent passer un moment agréable. Ils sont positionnés près de la rambarde pendant que Weston et Bill gèrent chacun un groupe de joueurs. Ils commencent par des exercices classiques de contrôle de palets et d'équilibre. Je souris en voyant Bill sermonner Jake qui jongle avec sa rondelle au bout de sa crosse au lieu d'écouter. Ce dernier finit par arrêter son cirque et son parrain part échanger quelques mots avec son coach. Une minute plus tard, voilà le numéro 11 des Krakens qui sort du terrain. Il dépose ses gants et son bâton près de Oliver, puis il prend la direction des vestiaires. Je le suis du regard jusqu'à tomber sur une personne que je ne pensais jamais croiser ici.

Mon pouls s'agite alors que je tente de me fondre dans le décor. Je me laisse glisser au fond de mon siège, puis je sors un de mes livres de cours pour me cacher derrière. Pour une fois, ce n'est pas Diego, mais son fidèle bras droit, Jonas, qui débarque à la patinoire. Qu'est-ce qu'il fiche ici ? Je ne l'ai jamais vu traîner dans cette zone et je ne serais pas étonnée d'apprendre qu'on l'envoie m'espionner. Diego m'avait mise en garde dès le début :

j'aurai un rappel quotidien jusqu'à ce que je le rembourse ou que je cède à sa demande. Au début, je ne l'avais pas cru... maintenant si. Entre nous, comment veut-il que j'oublie une dette de cinq mille dollars ?

Jonas n'est pas connu pour être le plus diplomate de la bande des Rojas. Il grimpe les escaliers, examine les gradins et je m'empresse de rassembler mes affaires. Je refuse de me retrouver près de lui. Je descends les marches menant à l'entrée des tribunes pour éviter de le croiser. Hélas, il me remarque et m'interpelle. Je ne ralentis pas. Au contraire, je fonce droit devant moi en espérant qu'il ne me suivra pas. Qu'est-ce qu'il croit ? Que je me trimballe avec des milliers de dollars dans les poches ? Et puis, j'ai été claire avec son chef. Je ne lui filerai pas un centime tant qu'il y aura des inconnus dans mon appart. Cette mauvaise surprise ne faisait pas partie du deal. Si je n'avais pas dû payer l'hôtel, j'aurais déjà commencé à le rembourser.

Je longe la patinoire avant de pénétrer dans le couloir menant aux vestiaires. Bill, qui marche devant moi d'un pas plus lent, se retourne en m'entendant débarquer à toute vitesse.

— Hé, Croft ! le hélé-je.

— Qu'est-ce que tu fous ? Je suis en plein entr...

Mais je ne lui laisse pas le temps de finir sa phrase. Je le contourne pour venir me planquer derrière lui avant d'oser un coup d'œil sous son bras. Son coach, debout à l'entrée du couloir, nous dévisage tous les deux, puis se détourne comme si de rien n'était.

— Cassie, gronde Bill. Ce n'est pas le moment de jouer à cache-cache. Je bosse, là.

— Je te demande juste une minute. Un pote de Diego me suit.

— Un pote de ton ex ?

Je ne cherche pas à rectifier ses paroles. Moins Bill en saura, mieux il se portera. À la place, je valide ses propos et le hockeyeur soupire. Je m'apprête à répliquer qu'il ignore à quel point c'est usant de se faire harceler, cependant l'apparition de Jonas au même instant me force à changer mes plans. Si ce type croit que je sors avec Bill, il n'osera peut-être pas approcher. Après tout, à côté du vice-capitaine des Krakens, Jonas paraît bien moins menaçant.

— Bill, rends-moi un service s'il te plaît. Enlace-moi.

— Tu rêves, là.

Un rire léger fuite de ses lèvres. *Super*. Il ne me prend pas du tout au sérieux.

— Ce n'est pas une blague. Pose ta main sur mon épaule. Vite.

— T'es complètement barge.

Je m'agace à mon tour. Jonas nous regarde, c'est le moment idéal et Bill met trop de temps à réagir.

— Si tu veux retrouver la tranquillité de ton appart un de ces jours, pose ta fichue main sur mon épaule.

Il hésite, puis obtempère sans entrain. Au bout d'une courte seconde, il retire ses doigts de mon t-shirt. Je retiens sa paume prisonnière et, bien décidée à avoir le dernier mot, je la plaque sur ma clavicule. Cette fois, il ne se défile pas.

— Quel est le rapport entre ton appart et Diego ?

— Je... euh... Diego a détruit la tuyauterie dans un accès de colère.

Déstabilisée, j'invente un mensonge à l'arrache, puis je me mords les joues quand je réalise à quel point ça ne colle pas avec la version initiale.

— Je croyais que la fuite provenait du voisin du dessus ? réplique-t-il du tac au tac.

Merde.

Bill me dévisage d'un air méfiant. Je comprends ses réticences, mais là, j'ai vraiment besoin qu'il me file un coup de main. Pas qu'il joue à l'inspecteur Columbo.

— Au lieu de poser des questions, fais un effort. On dirait que tu as peur de m'approcher.

— C'est bien le cas, je te rassure. Je suis mort de trouille, ironise-t-il.

— On n'est pas sortis de l'auberge si tu n'es même pas capable de faire semblant.

D'un coup sec, sa main vient presser le creux de mes reins, juste pour le plaisir de me contredire. Il me colle à lui et sa bouche trouve naturellement mon oreille.

— T'es chiante, Cassie Rodriguez. Quelqu'un te l'a déjà dit ?

Mon cœur oublie de battre une seconde, comme lorsque Bill s'est approché un peu trop près à la bibliothèque. Un soupir d'exaspération s'échappe de ses lèvres. L'air tiède de son souffle caresse ma nuque pendant que ses doigts frôlent le bas de mon dos dénudé. Je feins de ne pas voir les frissons qui recouvrent ma peau, mais Bill, lui, les remarque sans peine. Ses iris dorés s'attardent sur ma poitrine pressée contre son torse avant de croiser mon regard avec une certaine curiosité. Il m'étudie avec ce visage fermé, presque sévère, qui le caractérise tant, et j'en viens à me demander pourquoi il paraît toujours si sérieux. Il est tellement plus beau quand il lui arrive de sourire.

— Et maintenant ? T'es contente ?

— Très. Ce n'était pas si compliqué, non ?

Je penche la tête pour vérifier que le poisson a mordu à l'hameçon. Jonas n'a pas raté une miette du spectacle croustillant que je lui ai servi. Consciente qu'il nous espionne toujours, je prends grand soin d'articuler ma phrase de révérence.

— On se retrouve plus tard, bébé.

Bill se retourne pour regarder dans la même direction que moi. Il relâche aussitôt sa prise et repousse mon épaule aussi loin de lui que possible, comme si ma peau était faite d'acide. Son coach est réapparu juste derrière Jonas. Les bras croisés sur son torse, Oliver secoue la tête. Il n'a pas l'air satisfait du tout. Mécontent, il rappelle son joueur auprès de lui. Il n'en faut pas plus aux muscles de Bill pour se crisper.

— Fait chier, siffle-t-il à voix basse. Mon coach nous a vus. C'est la dernière fois que je te file un coup de main, Cassie. Je te l'ai déjà dit. Je suis là pour le boulot, pas pour t'aider à fuir ton ex.

L'ailier des Krakens ne m'adresse pas un regard. Très contrarié, il s'en va en me laissant sur le carreau. Jonas, lui, m'attend de pied ferme. Je ne compte pas lui donner l'occasion de m'approcher. Ils sont tous gravement atteints dans cette bande, il n'y en a pas un pour rattraper l'autre. Plutôt que de retourner dans les gradins, ce qui m'obligerait à passer près de lui, je m'enfonce dans le couloir. Je marche quelques mètres avant de trouver refuge dans le bureau désert de Malcolm. Je m'y planque de longues minutes, peut-être un quart d'heure, puis... Bill Croft apparaît dans l'encadrement de la porte.

— Tu peux sortir de ta cachette, le pote de Diego n'est plus dans l'enceinte de la patinoire, m'indique-t-il sans autre explication.

Soulagée et troublée à la fois, je pousse un soupir. Bill s'est assuré que Jonas a quitté les lieux, je ne sais pas comment le prendre. Les paupières plissées et le pouls agité, je détaille le hockeyeur un long moment. Au lieu de repartir, il demeure immobile, son regard braqué sur moi. Je sais que j'ai merdé tout à l'heure en lui mentant une nouvelle fois. Bill était furieux, pourtant je n'arrive pas à lire l'émotion qui s'affiche sur son visage en cet instant. Colère ? Frustration ? Déception ? Aucune idée. J'hésite à prendre la parole, puis je me résous à laisser tomber. Bill a le droit de m'en vouloir, je ne peux pas le lui reprocher.

— « On se retrouve plus tard... *bébé* » ? lâche-t-il soudain. Est-ce que j'ai une gueule à me faire appeler comme ça ?

Son ton sonne mi-moqueur, mi-irrité, comme s'il ne savait pas lui-même s'il devait en rire ou non. Je tranche à sa place.

Après tout, ce n'était rien de plus qu'un petit mot de deux syllabes, censé me sortir d'une situation délicate.

— Je trouve que ça te va à la perfection.

Il réfléchit une seconde avant de secouer la tête.

— Pas moi. Tout semble être un jeu pour toi. Est-ce que tu réalises que tes actes ont des conséquences ?

— Tu es trop sérieux, ironisé-je.

— Tu as l'air de prendre plaisir à me tourner en ridicule devant mon propre entraîneur. Tu sais que je pourrais être viré des Krakens si Oliver considère que je ne suis pas fiable ?

Quand je prends conscience de ce qu'il me dit, je me mets à bégayer malgré moi.

— Je... je n'ai jamais voulu que, que...

— Mon coach m'a trouvé dans un couloir en train d'enlacer la grande sœur de son petit protégé au lieu de faire mon boulot. De quoi j'ai l'air, moi ?

Une colère sourde et légitime fait vibrer la voix de Bill. Il tente de la refouler, pourtant je la sens enfler en lui. Je n'avais pas réalisé la gravité de la situation et, désormais, une pointe de culpabilité vient entailler ma fierté. Je ne réponds rien et Bill finit par se passer la main dans ses cheveux blonds.

— Bon, est-ce que tu vas au moins m'expliquer le problème avec Diego ? Pourquoi est-ce qu'il t'emmerde comme ça ?

— Parce qu'il m'aime trop ?

— Et la vérité, sinon ?

Ma tentative de dédramatisation tombe à l'eau. Je finis par hausser les épaules. Qu'est-ce qu'il veut que je lui dise ? Que Jake s'est retrouvé malgré lui dans une situation peu recommandable, que j'ai accepté de rembourser sa dette à sa place. Et que, pour couronner le tout, une bande rivale a cru que je sortais avec Diego et ils ont décidé de squatter mon appart pour l'emmerder ? *Comme si je pouvais lui en parler...* Alors, pour ne pas aborder ce sujet sensible, je fais ce que je sais faire de mieux. J'évite la vérité et je tourne autour du pot.

— Je ne comprends pas ce que tu insinues.

Bill avance, l'air soudain grave. Ses pupilles glissent de mes yeux à ma bouche et mon sourire s'évanouit aussitôt. De son index, il me soulève le menton pour observer mon visage de plus près.

— Oh que si, tu le sais, mais tu ne veux juste pas me le dire.

— Parce qu'il n'y a rien à ajouter.

Son pouce vient presser ma lèvre inférieure plus fort, me faisant louper une respiration.

— Pourquoi est-ce que j'ai l'impression que chaque mot que tu prononces est un putain de mensonge ?

Sa phrase m'arrache une grimace que je dissimule aussitôt. *Touché, coulé, comme on dit.* Il n'y a que la vérité qui blesse, mais je refuse d'admettre qu'il a raison. Après tout, ne dit-on pas qu'il ne faut jamais montrer ses faiblesses à ses adversaires ? Au lieu de m'avouer vaincue, je le toise sans répondre. C'est moi tout craché. Je n'ai jamais su reconnaître mes défaites, aussi douloureuses soient-elles. Je fais partie de ces filles qui continuent à hurler leur colère sans se rendre compte qu'il n'y a plus personne en face depuis longtemps. Le genre de fille qui refuse de baisser les yeux par pure fierté, alors qu'elle a déjà perdu toute dignité.

Bill m'accule dans l'angle de la pièce jusqu'à ce que mon dos frôle le mur. Coincée, je relève la tête pour ne pas détourner le regard. Si ses iris pouvaient lancer des éclairs, il ne resterait plus grand-chose de moi à l'heure qu'il est. C'est un combat d'ego qui se joue ici. Un duel pour savoir qui craquera le premier ou qui conservera ses secrets le plus longtemps possible.

Centimètre après centimètre, le vice-capitaine des Krakens grignote le moindre espace entre nous. La distance entre nos corps s'amenuise, mais sa colère, elle, ne cesse de grandir. L'air se raréfie peu à peu. Bill est si proche, désormais, que nous en sommes à respirer le même oxygène empli de tension. Tout mon être pulse d'un étrange mélange de crainte et... de fébrilité. La langue au coin de la bouche, Bill s'humecte les lèvres avant que sa voix ne vienne gronder près de ma joue.

– Ne me mêle plus jamais à tes histoires, Cassie. Si t'es dans la merde, débrouille-toi toute seule. Je t'héberge déjà, je ne vais pas en plus gérer ton petit copain, compris ?

– Ce n'est pas mon petit copain.

– C'est pareil. Je n'en ai plus rien à foutre dorénavant.

Sa bouche est si proche de la mienne que lorsqu'il recule subitement, j'en ressens le manque. Un vide glaçant remplace l'espace laissé vacant. Bill s'éloigne d'un pas pressé, comme si j'étais repoussante. Sur mes lèvres qui brûlent d'envie, il ne reste plus que le goût d'une amère déception.

À quoi est-ce que je m'attendais ? Le célèbre Bill Croft n'en a rien à cirer de la petite Rodriguez et de ses problèmes ridicules.

J'incline la tête, m'oblige à me taire, mais c'est plus fort que moi. Le silence n'a jamais été mon fort, surtout quand mon interlocuteur se montre aussi insensible. Un sourire insolent s'affiche malgré moi sur mon visage. Sans le savoir, Bill vient de décocher une flèche en plein milieu de mon cœur. Je refuse de le reconnaître à voix haute, mais mon ego saigne.

Et quand on me fait mal, j'ai toujours appris à frapper plus fort.

Blessée, je riposte aussitôt en crachant le venin qui me brûle la gorge.

– De toute façon, de quoi tu as peur, Croft ? Vu comme tu étais coincé, personne ne croira un seul instant qu'on forme un couple. Et puis, qui aurait envie de sortir avec un mec qui montre les crocs dès qu'on essaie de l'approcher ? Les loups solitaires, ce n'est pas mon truc. Plutôt mourir qu'être ta petite amie.

9

PERTE DE CONTRÔLE

Cassie

Mon sac sur l'épaule, je traverse les jardins de l'université d'un pas rapide. Je suis à la bourre. L'entraînement de Jake a déjà commencé depuis une quinzaine de minutes et je suis dégoûtée d'avoir raté le début. J'ai deux hypothèses au sujet de la poisse qui me poursuit. Soit le professeur Phineas a une dent contre moi, soit j'ai un mauvais karma. Entre ses devoirs sans fin et ses cours à rallonge, je ne m'en sors plus. Je suis sûre que son seul kiff est de faire souffrir ses étudiants en les privant de tout ce qui ressemble de près ou de loin à une vie sociale. Je dois une fière chandelle à Bill quand j'y pense. Sans son aide, j'aurais échoué à mon dernier DM. Malheureusement, je suis mal placée pour lui demander un nouveau coup de main.

Une boule de culpabilité se met à peser dans mon estomac. Bill et moi, nous ne nous sommes plus parlé depuis cet incident dans le bureau de Malcolm. Enfin, pour être exact, *il* ne m'a plus adressé la parole. Je n'ai jamais été le genre de fille à entamer la conversation avec facilité, et jusque-là, Bill n'avait aucun problème à faire le premier pas.

Il s'est passé cinq jours depuis que je me suis servie de lui pour fuir Jonas. Cinq jours durant lesquels le parrain de mon frère n'a pas prononcé le moindre mot à mon égard.

— Je ne m'attendais plus à te voir, Cassie, m'interpelle une voix grave à quelques mètres de moi. Où est-ce que tu vas ? Tu as l'air bien pressée.

Perdue dans mes pensées, je n'avais pas remarqué la silhouette massive sur ma droite. Un frisson désagréable recouvre ma peau quand je me retourne. Jonas, le bras droit de Diego, est adossé au mur de la patinoire. Les bras croisés sur son t-shirt noir et une cigarette à la bouche, il m'adresse un sourire dépourvu de bienveillance.

— Qu'est-ce que tu me veux ? lâché-je, soudain anxieuse.

Le seul fait de le trouver sur mon chemin m'angoisse. Si Jonas se déplace, c'est rarement par plaisir.

— Ne fais pas celle qui l'ignore. Ça fait un mois, aujourd'hui.

— Quoi ? Impossible.

— Si.

Déjà ? Il doit faire erreur. Je calcule en vitesse dans ma tête pour vérifier qu'il dit vrai et il se met à avancer dans ma direction en même temps. Le stress monte au fur et à mesure qu'il approche, au point de m'empêcher de réfléchir correctement.

Nous sommes le... le mercredi...

Les mains tremblantes, je sors mon téléphone de ma poche afin d'y lire la date du jour. Mercredi 10 octobre ? *Oh non.*

Je relève le nez vers Jonas dont le sourire s'est étiré en une grimace effrayante, et je m'éloigne de lui par réflexe.

— La moitié du temps est écoulée, Diego veut te parler.

— Pour quoi faire ? Il me reste encore un mois. Tu l'as dit toi-même.

— Fais pas chier, Cassie. Soit tu me suis gentiment, soit je t'y emmène de force.

Son ton sec me fait flipper. Malgré mon envie de me liquéfier sur place, j'essaie de garder la tête haute. C'est comme avec les chiens, paraît-il, il ne faut pas qu'ils perçoivent notre peur.

— On... on ne peut pas faire ça plus tard ? Ton chef n'a qu'à m'appeler.

— Pour que tu ne décroches pas, comme d'habitude ? Il y en a pour cinq minutes. Il t'attend juste derrière.

Je ne le sens pas. Pourquoi le leader des Rojas voudrait-il me voir là-bas alors qu'il connaît par cœur le chemin de la patinoire ? Soudain suspicieuse, je plisse les paupières.

— Si ton chef est à côté, pourquoi est-ce qu'il ne se déplace pas jusqu'ici ? Je peux l'attendre ici si c'est...

— Je ne crois pas que tu sois en position de négocier, me coupe-t-il.

L'homme aux cheveux bruns se rapproche davantage. Mes yeux sont rivés sur le moindre de ses mouvements. Je sais ce qu'on dit de Jonas, les rumeurs sur lui vont bon train sur le campus. Je connais ses penchants pour les jolies filles et sa notion douteuse du consentement. Je dois rester loin de lui.

— Je n'ai pas tout mon temps, gronde-t-il. Magne-toi, Cassie.

Je secoue la tête en reculant plus vite. Il n'est pas question que je le suive. Jonas avale la distance qui nous sépare et je me mets à courir pour l'éviter. Une alarme silencieuse s'active en mon for intérieur, mais il est trop tard, désormais. La main d'un deuxième homme que je n'avais pas vu arriver se referme sur mon avant-bras. Ma tentative de fuite s'arrête aussi vite qu'elle a commencé. Je serre les dents, déçue de ne pas avoir senti le vent tourner plus tôt.

Mon corps est parcouru d'une effroyable sensation de déjà-vu. Des doigts puissants écrasent mes os. Je pourrais essayer de me libérer, mais à la place, je cesse de lutter. La première fois que Diego est venu me trouver, le jour où il a appris que j'étais la sœur de Jake, me revient en mémoire. J'ai voulu m'enfuir, ce soir-là, mais ça n'a fait qu'aggraver la situation. Sa bande a fini par me tomber dessus un peu plus tard et ils se sont vengés sur mon frère. Quand je pense au visage tuméfié de Jake, j'en ai le tournis. Il vaut mieux réfléchir à deux fois avant de pousser à bout des mecs comme eux.

Le deuxième homme, celui avec une queue-de-cheval, me fait signe d'avancer. Je pose un pied devant l'autre avec la sensation d'un nœud grandissant dans mon estomac. Je n'ai pas envie de me retrouver à l'arrière de ce bâtiment avec eux, mais je déteste encore plus l'idée qu'ils s'en prennent au seul membre de ma famille qu'il me reste. J'essaie de calmer les palpitations de mon cœur en relativisant. Après tout, il ne s'agit que d'une simple discussion de cinq minutes...

Et ça ne fonctionne pas.

Nous contournons la patinoire par la droite, le côté par lequel aucun étudiant ne passe jamais, et je commence à sentir le coup fourré arriver. J'ai une vague idée de ce dont Diego et ses acolytes sont capables, ce qui me fait d'autant plus redouter ce tête-à-tête. Au milieu d'une petite cour bitumée, deux hommes m'attendent. Le plus grand, celui à la peau mate, a les bras croisés sur sa veste en cuir. Ses traits se détendent dès qu'il m'aperçoit tandis que les miens se crispent.

– *Amor*, quel plaisir de te voir ! m'accueille Diego de sa voix rocailleuse.

Tout mon corps se contracte lorsque je me retrouve face à lui. Les trois mecs qui nous accompagnent resserrent leur cercle autour de moi et je me sens faite comme un rat. Il n'y a pas pire sensation que de savoir qu'il n'y a aucune issue. Le chef de bande lève la main dans ma direction. J'ai un mouvement de recul, mais mes pieds restent figés. Il n'y a pas d'échappatoire, ici. Il n'y a que ces quatre hommes et moi au milieu.

— On t'a cherchée partout, ces derniers jours. Tu te planquais où ? On ne te voit plus rôder autour de chez ta grand-mère. Tu nous fuis, *Amor* ?

Mes muscles se mettent à trembler malgré moi, ce qui fait rire les trois autres gars baraqués. Je tente de garder la tête haute. J'évite de penser à ce qui pourrait mal tourner. Or, mon imagination s'en charge à ma place. Des images de scènes que je refuse de vivre s'imposent dans mon esprit. Je n'ai pas peur de Diego... C'est pire que ça, il me terrifie. Qui sait ce qu'il pourrait bien me faire ici, à l'abri des regards ?

— Ne me touche pas, soufflé-je.

— Oh, mais c'est qu'elle mord en plus !

Les idiots qui l'accompagnent se mettent à rire de plus belle. Le chef de bande se rapproche pour coller son corps au mien. N'y tenant plus, je m'éloigne pour maintenir une distance de sécurité entre nous et je me heurte à Jonas, planté derrière moi. Je tente de l'éviter, mais il m'immobilise en appuyant ses mains sur mes épaules.

— J'adore quand les femmes se montrent farouches. Ça m'excite, me murmure Jonas pendant que son leader approche.

La joie de Diego se lit sur son visage. Il lève le menton, fier de l'angoisse qu'il découvre dans mon regard.

— Bon, passons aux choses sérieuses. La moitié du temps est écoulé, *Amor*.

— Je ne paierai rien tant que mon appart sera squatté.

— Je me fous de tes problèmes. Ça ne faisait pas partie du deal, cingle-t-il.

— Parce que l'arrivée des Devasco, ça faisait partie de notre accord, peut-être ? C'est ta faute s'ils se sont introduits chez moi.

— Règle ta dette, et peut-être que je me chargerai de cette bande.

— Peut-être ? répété-je, dévastée. Mais... tu avais promis.

— À quel moment est-ce que je t'ai dit ça ?

Je lâche un rire nerveux avant de fermer les yeux. Je le savais. Ne faites jamais confiance à ce genre de mecs, ils sont incapables de tenir leur parole.

— Si tu étais à moi, peut-être que j'aurais envie de t'aider..., me susurre-t-il.

Il me caresse la joue de sa main gauche pendant que la droite continue de descendre. Encore. Et encore. À son contact, je me sens suffoquer.

Je vais m'en sortir.

Mes bras coincés dans mon dos, je croise les doigts pendant que Diego fait courir son index sur ma nuque. Tel un serment silencieux auquel je me raccroche désespérément, je me répète cette phrase en boucle jusqu'à ce qu'elle occupe toutes mes pensées. Jusqu'à ce que je parvienne à contrôler les soubresauts de mon corps transi de peur. Jusqu'à ce que j'arrive à rester de marbre quand il se met à presser mes fesses.

Je m'en sors toujours.

— Tu n'as plus qu'un mois, souffle-t-il près de mon oreille. Pas un jour de plus. Et si tu n'es pas capable de me payer...

Il approche sa bouche de la commissure de mes lèvres et, d'un coup de langue, il me lèche la joue. Je retiens un haut-le-cœur alors que des larmes me brûlent les yeux.

Peu importe ce que ça me coûte, je vais me relever et me barrer d'ici.

— ... je viendrai prendre ce que tu m'as promis.

Jonas finit par me lâcher. Je bloque un instant sur le sourire vicelard du chef des Rojas, j'ai la certitude qu'il ne plaisante pas. Je ramasse mon sac tombé sur le sol, puis je m'empresse de m'éloigner des quatre hommes. Quand je relève enfin la tête, j'aperçois Kylie, la cheerleader avec qui je me suis déjà disputée un nombre incalculable de fois. Elle m'observe avec dégoût depuis un coin peu fréquenté du parking. Je me recompose une expression sereine en vitesse alors que mon cœur frappe si fort dans ma cage thoracique que j'ai l'impression qu'il s'apprête à en sortir.

Le temps d'atteindre la porte de la patinoire, Kylie n'est plus là. Au lieu de rejoindre mon frère, je prends la direction des toilettes pour me laver le visage. Je veux effacer chaque trace de Diego sur mon corps. Je me frotte frénétiquement les joues de longues minutes dans l'espoir que la sensation horrible de ses doigts étrangers s'estompe... mais rien ne peut les faire disparaître. Les deux mains accrochées à la vasque du lavabo, je tente de tenir le coup.

Une autre fille entre dans les toilettes. Fidèle à moi-même, je marche la tête haute jusqu'à la sortie et je m'empresse de fuir la pièce. J'ai l'impression que chaque personne qui pose son regard sur moi peut deviner ce qu'il s'est passé avec les Rojas. Comme si mon accord avec cette bande était gravé sur mon front au fer rouge. « Voilà la fille qui a accepté de coucher avec Diego si elle ne rassemblait pas les cinq mille dollars de dette de son frère en deux mois ».

Je réprime un frisson en y repensant. Jamais je ne le laisserai faire. Jamais je ne l'autoriserai à poser ses mains infâmes sur moi. J'en mourrais si une telle chose devait arriver.

Le cœur lourd, je prends la direction des gradins avec l'espoir de me caler discrètement dans un coin. Quand j'approche de l'étendue de glace, je découvre Jake, Weston et Bill en plein entraînement. Comme à son habitude, ce dernier se tient en appui sur la balustrade alors que mon frère patine à l'autre bout du terrain. Les yeux de Bill me trouvent dès que je franchis la porte qui sépare la patinoire du hall. Puis il détourne aussitôt la tête, de la même manière qu'il le fait depuis cinq longs jours.

Je détaille les gradins avec l'impression que tout le monde ici est déjà au courant de ce qu'a aperçu Kylie. Il y a une quinzaine d'étudiants à tout casser, dont la cheerleader qui discute avec ses copines à dix mètres du vice-capitaine des Krakens. Tête baissée, je passe près de son groupe sans m'arrêter lorsque j'entends chuchoter.

— Traînée, siffle-t-elle dès que je suis à sa portée.

Mes pieds s'immobilisent malgré moi. Je devrais poursuivre ma route et laisser couler, mais je n'arrive pas à me raisonner. Mon bon sens s'est fait la malle en compagnie de ma dignité.

— Pardon ?

Ma voix n'est plus qu'un filet d'air à peine audible. Un simple chuchotement qui capte pourtant l'intérêt de tous ceux qui nous observent.

— Tu as très bien entendu, ajoute-t-elle avec un mépris palpable.

— C'est quoi ton problème, Kylie ?

Je la dévisage de longues secondes pendant lesquelles j'essaie de me convaincre de partir d'ici. Les nerfs à fleur de peau, je sais que la situation peut déraper en un clin d'œil et je me suis déjà trop donnée en spectacle. C'est exactement ce qu'elle cherche, me faire sortir de mes gonds. Et elle a conscience qu'il suffit d'une simple réplique de travers pour que tout dégénère. Je crains peut-être Diego et ses hommes, mais la rouquine, elle, ne m'a jamais fait peur. Elle peut essayer de me rabaisser autant qu'elle le souhaite, je me sens déjà plus bas que terre. Cette fille à papa a la belle vie. Elle ignore ce que ça fait, de perdre le contrôle de son existence. Elle n'a jamais lutté comme je le fais pour garder la tête hors de l'eau.

La rousse décoche un sourire en direction de ses copines avant de m'adresser un regard moqueur.

— C'est toi, mon problème. Quand je te vois, j'ai une soudaine envie de gerber. Ça te plaît d'être entourée de mecs à longueur de journée ?

— Qu'est-ce qu'il y a, t'es jalouse ? répliqué-je avec virulence.

— Je vise bien plus haut que les racailles avec qui tu traînes.

— Oh, tu parles des Krakens ? Je vois bien comment tu baves devant eux. C'est tellement flagrant que ça en est ridicule, lui craché-je avant de reprendre ma route.

J'ai à peine le temps d'esquisser deux pas que sa voix claque dans mon dos.

— Et si je partageais avec Bill la scène que j'ai aperçue sur le parking, il en penserait quoi, à ton avis ?

Mon regard se pose sur le numéro 11 des Krakens qui nous observe de loin et mon cœur se serre quand je prends conscience du mal que ça me causerait. Bill a beau ne plus m'adresser la parole, je sais que c'est une bonne personne. Meilleure que moi sur bien des points, en tout cas. S'il venait à apprendre qu'il a raison à mon sujet depuis le début, que je ne suis pas digne de confiance, s'il se mettait à me dévisager avec écœurement, je ne le supporterais pas.

— Tu n'oserais pas, soufflé-je.

Ma phrase n'est qu'une supplique inutile. Kylie sourit, puis tourne les talons.

— Empêche-moi de le faire alors.

Elle marche en direction du banc des joueurs. Mon sang se glace dans mes veines. Mon cœur s'arrête de battre une fraction de seconde, puis tout accélère. Par je ne sais quel réflexe primitif, je la rattrape par l'épaule alors qu'elle se met à crier. Comme hors de mon propre corps, j'entends sa voix qui résonne à mes oreilles.

— Hé, Bill, tu sais que Cassie couche avec tout le campus ?

Et tout s'enchaîne dans ma tête. Des flashs de mon frère renvoyé pour ses liens avec des dealers, la déception de Bill, la bouche de Diego sur la mienne. Le dégoût. La honte. L'injustice...

La colère.

Ma main fend l'air pour s'accrocher aux tresses rousses qui encadrent le visage de Kylie. Ses doigts quant à eux essaient d'atteindre mes joues. Tout se passe si vite que je ne suis plus vraiment sûre de qui a frappé la première. Une chose est certaine néanmoins, les coups pleuvent. Maintenant que j'ai commencé, je suis incapable d'arrêter. Incapable de me maîtriser parce que, putain... J'en veux à la terre entière.

Blessée au plus profond de moi-même, je me noie dans un océan de rage. J'ai envie de faire souffrir tout le monde. Qu'ils puissent percevoir, ne serait-ce qu'une infime seconde, l'étendue de ma détresse. Qu'ils puissent comprendre que je n'ai rien demandé de tout ça.

Alors que des images floues se succèdent devant mes yeux embués par la haine, une masse bleu turquoise s'immobilise en face de moi. Des bras puissants viennent m'éloigner de ma cible et, l'instant d'après, on m'assied de force sur le banc des joueurs.

Je tremble de tout mon corps, d'un mélange de rage et de désespoir, lorsque le regard sombre du vice-capitaine des Krakens plonge dans le mien. Dans les profondeurs des abysses qui m'ont engloutie, je me retrouve confrontée à deux iris mordorés impassibles et sévères. Mon premier réflexe est de tourner la tête pour les fuir, mais les doigts fermes de Bill maintiennent mon visage en place. Tout ce que je peux faire, c'est garder les yeux baissés.

Tandis que je lutte encore pour reprendre une respiration normale, l'homme agenouillé devant moi examine la griffure près de ma mâchoire. Il m'ausculte une longue minute sans prononcer un mot, ce qui fait grandir le malaise entre nous. J'aimerais qu'il me parle, qu'il assure ne rien avoir entendu, mais ce n'est plus une simple distance qui nous sépare à présent. C'est un océan tumultueux que ce prince de glace si parfait refuse de traverser.

La colère et la douleur brillent dans les yeux de Bill depuis notre dernière altercation. Chaque fois que je croise son regard, je suis confrontée à mes propres défauts. Mon impulsivité, mes mensonges. Une première larme, puis une seconde s'accrochent à mes cils. Bill essuie la goutte qui dévale ma peau du bout de son pouce. Nous nous dévisageons l'un et l'autre dans un silence absolu, puis son regard dévie vers mon sac, grand ouvert sur le sol. Je ne sais pas à quel moment je l'ai balancé par terre, mais mes patins ainsi que plusieurs classeurs se trouvent désormais éparpillés autour de moi. Il lâche mon menton le temps de retirer son casque. Il le pose à côté de moi avant de se relever.

— Tu veux évacuer ta colère ? Enfile tes patins.

10

TOMBER ET SE RELEVER

Cassie

— Tu veux évacuer ta colère ? Enfile tes patins.

Le ton de Bill n'a rien d'un conseil. C'est un ordre ferme auquel j'obéis sans broncher. Les larmes aux yeux et d'une manière presque robotique, je tends la main vers mon sac pour changer de chaussures. Tout ce que je désire en cet instant, c'est disparaître. Partir loin d'ici, quelque part où il n'y aurait pas vingt personnes en train de guetter ma prochaine action. Chaque étudiant présent a le regard braqué sur nous, je donnerais n'importe quoi pour que leur attention soit rivée sur autre chose que moi. Je ferme mes paupières, une courte seconde, et avec la hargne qui m'anime, je commande à mes émotions de se contenir. Même si ça me paraît insurmontable, je refuse de devenir l'attraction du jour. Pas après ce que Diego m'a fait subir. Je m'attache les cheveux, je redresse le menton avant de croiser les yeux de mon frère. Je feins de ne pas remarquer l'inquiétude qui déforme ses traits. Depuis que j'ai la charge de Jake, je ne lui ai jamais montré mes faiblesses. Je me suis évertuée à le protéger des soucis de la vie, jour après jour. De l'Alzheimer de notre grand-mère à nos problèmes d'argent, j'ai tout enduré en silence. Je ne me suis pas effondrée une seule fois devant lui avant aujourd'hui, et le fait qu'il me voie dans cet état renforce mon impression d'être la plus minable des grandes sœurs.

Et je refuse de lui donner cette image.

Tombe sept fois, relève-toi huit. C'était le dicton préféré de ma mère et c'est devenu le mien par la force des choses.

Je ravale une nouvelle salve de larmes prêtes à s'échapper. Un silence de plomb s'est abattu sur la patinoire. Bill, vêtu de sa tenue complète de hockeyeur, glisse jusqu'au centre de la glace et je ne tarde pas à le rejoindre. Je ne me suis équipée que du strict minimum : des genouillères, des coudières, le plastron que je trimballe avec moi depuis ce matin en raison de mon entraînement en solo. J'ai le choix entre enfiler mon casque ou celui aux couleurs des Krakens, et la décision est vite prise quand j'imagine Kylie fulminer. Je me lève pour rejoindre le numéro 11. Et même si je meurs d'envie de vérifier qu'elle est bien en train de crever de jalousie, je ne m'autorise pas à tourner la tête. Mes jambes tremblent tellement que je suis à peu près certaine de me vautrer en cours de route, ce qui ne ferait qu'ajouter à la honte qui m'enserre déjà la gorge.

J'approche du portique permettant de rejoindre la surface de jeu. Un sourire amusé aux lèvres, Weston m'y attend en compagnie de mon frère qui me tend sa crosse.

— Tu veux un conseil ? me demande le coéquipier de Bill.

— Si ça peut m'éviter de me ridiculiser davantage...

— La technique de Bill est parfaite. Tu ne l'auras jamais sur ce terrain-là. En revanche, si tu détournes son attention, il y a une chance que tu puisses récupérer le palet.

— Pourquoi ça me paraît mal barré ?

— Mais non, ça va bien se passer.

Je suis loin d'être aussi confiante. Avant de vouloir remporter ce match, il faudrait déjà que je survive aux prochaines minutes, ce qui n'est en rien garanti. West m'encourage à avancer. Je devine à sa joie qu'il va enfin assister au un contre un qu'il attendait tant. Peu rassurée, je pose un pied devant l'autre tel un gladiateur prêt à se sacrifier dans l'arène pour laver son honneur.

J'ai beau patiner depuis mes dix ans, j'ai soudain l'impression d'être une débutante. La boule au ventre, je rejoins mon adversaire au milieu du terrain, là où il a placé la rondelle en caoutchouc. Il se dresse de toute sa stature et j'ai la certitude que je vais en baver. Dans un autre contexte, j'aurais adoré ce duel improvisé contre lui, mais aujourd'hui, je ne suis plus sûre de rien.

— Celui qui marque le plus de buts en dix minutes gagne, me lance-t-il. Prête ?

Prête ? Non, je suis loin de l'être, mais Bill se fout de mon accord. Il se positionne face à moi, à côté de la ligne centrale, puis il entame son compte à rebours. Je resserre mes mains moites autour du manche de la crosse de Jake, le stress me picote le bout des doigts.

— 3… 2… 1…

Il frappe le palet avec une telle puissance qu'un courant d'air vient balayer mes joues. Surprise, je reste sur place, alors qu'il file sur ma gauche à la vitesse d'une fusée. Il me faut une bonne seconde pour réaliser que le jeu a déjà commencé. Encore engourdie par mon trop-plein d'émotions, je pousse fort sur mon patin pour rattraper le retard que j'ai sur lui. Trois mètres, dans ce sport, c'est un véritable gouffre. J'ai beau me déplacer aussi vite que possible, le hockeyeur professionnel ne cesse de me devancer. Je me fatigue à lui courir après, alors je change de technique. Je me plante entre ma cage et lui pour l'empêcher de marquer.

— J'ignorais que tu jouais en défense, raille Bill. Allez, Rodriguez. Ne sois pas lâche. Viens chercher le palet. Montre-moi ce que tu sais faire.

Il a la possibilité de tirer, mais ne le fait pas. À la place, il s'éloigne du but pour me forcer à sortir de la zone. Le voir tourner autour du pot m'agace profondément.

— Pourquoi tu ne te donnes pas à fond ? Tu avais l'occasion d'envoyer le palet dans le filet.

— Ça ne m'intéresse pas de gagner si tu te contentes du minimum d'efforts.

Son air supérieur me donne envie de lui faire bouffer ce fichu projectile avec lequel il jongle du bout de sa crosse. Je jure que si je le récupère enfin, je le lui enfonce au fond de la gorge jusqu'à ce qu'il s'étouffe avec. Il me croit si mauvaise qu'il a pitié de moi ? Gonflée à bloc, j'accélère. Je vais lui prouver que je ne suis pas la catastrophe ambulante qu'il pense que je suis. Ma fierté bafouée a un besoin imminent de reconnaissance.

Hélas, ce n'est pas si simple. Il manie son bâton comme une extension naturelle de lui-même. De mon côté, je rame plus que je patine. J'avais déjà conscience de mon manque d'entraînement, mais comment être à la hauteur quand son adversaire passe sa vie à s'exercer ? C'en est presque injuste. Mon agilité légendaire n'est d'aucune utilité face à lui. La silhouette athlétique de Bill se déplace avec une assurance déconcertante. Sa façon de manier le palet n'a nul autre pareil. Son aisance sur la glace défie presque les lois de la gravité. Il est bien plus lourd que moi, bien plus imposant, ce qui ne l'empêche pas d'être le plus rapide de nous deux. Bill Croft est sans nul doute l'adversaire le plus impressionnant que j'aie rencontré, pourtant je ne compte pas le laisser remporter cette partie.

Je le talonne et je ne lâche rien. Mes poumons brûlent, mes muscles sont à deux doigts de la crampe, mais je le collerai jusqu'à ce qu'il abdique. Le joueur des Krakens est décidé à garder son palet ? Il ne connaît pas la ténacité de Cassie Rodriguez.

À chaque nouvelle tentative pour lui voler la rondelle, il me percute pour me faire dévier de ma trajectoire. Chaque fois que j'accélère, Bill fait de même. Il me rend coup pour coup sans modérer sa force. J'en viens à me demander s'il ne cherche pas juste à m'épuiser. Pourtant, malgré l'avantage apparent du hockeyeur, et contrairement à ce que je croyais au début de notre affrontement, il est évident qu'il ne me sous-estime pas. Je le vois à son regard qui ne me quitte pas une seconde, comme s'il guettait un revirement de situation.

Mes sens sont plus éveillés que jamais, désormais, et sans m'en rendre vraiment compte, j'entre dans son jeu. Je traque la moindre faiblesse de sa part, essayant de percer sa défense.

Rapidement, je me retrouve coincée entre l'impitoyable Bill et le Plexiglas de protection. Il s'évertue à appliquer une pression constante sur mon corps pour me pousser à l'erreur. Dans l'attente d'une faille en fin de virage, je fixe la crosse de mon adversaire pour lui voler le palet. Je suis avec attention la rondelle noire qui zigzague sur la glace lorsque Bill dérape par surprise. Il change de direction d'une manière si brusque que je n'ai pas le temps d'ajuster ma trajectoire. Prise au dépourvu, je m'écrase contre la paroi avec une telle violence que le bruit sourd du choc fait siffler mes oreilles une longue seconde. *Fait chier.* Lorsque je reprends mes esprits, Bill se trouve à cinq mètres de moi. En appui sur sa crosse, il se contente de m'observer lutter pour m'asseoir. Il demeure muet de longues secondes avant d'intervenir.

— Quand on tombe, on se relève, Cassie. Et on repart à l'attaque, compris ? Même si c'est douloureux.

Ses mots font louper un battement à mon cœur. Il n'avait plus prononcé mon nom depuis notre dispute, et je suis reconnaissante qu'il le fasse. Je hoche la tête, puis me redresse tant bien que mal. Les mains sur les genoux, le temps de reprendre mon souffle, je vois Bill qui contourne le filet pour récupérer le palet, puis il me rejoint.

— Pense à ne pas bloquer ta respiration quand tu patines. Si tu joues en apnée, tu as plus de chance de mourir que de marquer.

— Très... drôle, articulé-je, la poitrine en feu.

— Si tu es capable de répondre, c'est que tu as assez d'énergie pour continuer. Palet au centre. On recommence.

Je pousse un long soupir en rebroussant chemin. J'ai mal partout, mais j'adore cette sensation. Je me sens vivante et entière. J'accepte de jouer une nouvelle manche alors que mes mollets tirent. Si Bill s'attend à ce que j'abandonne, il se trompe.

— Allez, Wolfy ! Ne te laisse pas impressionner, m'encourage Jake depuis le bord de la patinoire.

Je lui adresse un discret signe de la main et je me reconcentre sur l'ailier des Krakens. Derrière les quelques mèches blondes qui barrent le front de mon adversaire, je perçois l'excitation dans son regard. Bill apprécie ce tête-à-tête autant que moi, si ce n'est plus. La compétition le fait vibrer, ça se voit. Pourtant, malgré son apparente supériorité, il m'offre des occasions de briller. C'est étrange, mais il semble savourer chacune de mes petites victoires. Quand il dévie de sa trajectoire par ma faute, quand je détourne sa défense, ses yeux pétillent.

Le top départ est à nouveau donné. Chacun de mes mouvements est suivi de près par les siens dans une danse au corps à corps plus rude que je ne l'avais imaginée au départ. Bill ne me ménage pas, au contraire. Il attaque coup sur coup. C'est un combat d'endurance, d'agilité et d'anticipation.

Le numéro 11 laisse échapper un sourire espiègle après que j'ai réussi à lui faire lâcher le palet. C'est le premier signe de joie que je vois apparaître sur son visage depuis des jours. La flopée de papillons qui en résulte réchauffe le creux de mon ventre. Déstabilisée, je manque de chuter une nouvelle fois. Bill en profite pour filer et il s'arrête avant d'atteindre le filet. Il rebrousse chemin sans même essayer de marquer.

— On recommence. Palet au centre.

Je rejoins sa position. Mon pouls s'emballe. Peu à peu, le match prend une autre dimension. Personne, en dehors de nous deux, ne peut deviner ce qu'il se passe en réalité sur la glace. Ce n'est pas un duel et encore moins une guerre qui nous oppose. Je ne le comprends que maintenant. C'est une trêve, un accord de paix. C'est un pardon que Bill m'octroie. Il m'offre une échappatoire à toute cette colère qui me dévore de l'intérieur et dont j'avais tant besoin. Il me permet de me relever avec dignité quand Kylie et ses copines rêvent de me voir plus bas que terre.

Dans un ultime effort, je réussis à déjouer sa vigilance à la dernière minute. Alors qu'il prend de la vitesse, je dégage la rondelle dans la direction opposée et je m'élance à la poursuite du palet. Bill me colle de près, mais j'ai une seconde d'avance sur lui. Il me percute pour me faire chuter, j'ai tout juste le temps de frapper un grand coup de crosse. Je m'écroule sous le poids de Bill pendant que mon projectile heurte les mailles du filet.

Le regard hypnotique de Bill s'arrime au mien. Durant de longues secondes, rien n'existe en dehors de notre bulle éphémère. Un sourire victorieux illumine mon visage, rapidement suivi d'une grimace de douleur. Le poids de Bill me coupe la respiration. Quand il s'en rend compte, il se pousse aussitôt en se laissant glisser sur le côté.

— J'ai marqué, déclaré-je, la voix éraillée par le manque d'air.

— J'ai vu ça. Joli but, réplique-t-il, admiratif. Ça va, la tête ? Tu aurais pu t'assommer.

L'adrénaline pulse partout dans tout mon corps, j'en ai le tournis. Les battements anarchiques de mon cœur résonnent contre mes tympans, si bien que je ne comprends pas tout ce qu'il me dit. Tout ce dont j'ai conscience, c'est que Bill a les yeux braqués sur moi. Pour la première fois, j'ai l'impression qu'il est enfin capable de voir la véritable moi, et je dois avouer que j'aime beaucoup cette sensation.

Mon adversaire retire le casque que lui a prêté Weston. Il balaie les mèches humides qui lui barrent le front, puis il se remet debout sur ses patins. Il me tend la main pour m'aider à me relever et je me laisse faire comme si tout avait toujours été aussi simple entre nous deux.

— Et maintenant, t'as encore envie de te battre ?

Trop d'émotions se mêlent dans ma poitrine pour que j'arrive à lui répondre. Comme je conserve le silence, il réduit davantage la distance qui nous sépare.

— Si tu n'es pas sûre de toi, on peut recommencer la séance depuis le début, propose-t-il.

Sa phrase m'arrache un léger rire. Je suis claquée, incapable de patiner une seconde de plus, pourtant je me verrais bien poursuivre ce petit tête-à-tête, juste pour le plaisir de l'avoir à mes côtés.

Plus doux que d'ordinaire, plus prudent surtout, Bill approche ses mains de mes joues. Il époussette les débris de glace qui se sont accrochés à mes cheveux, puis il incline son visage pour m'observer de plus près.

— Pas de douleurs ?

Le souffle encore court, je secoue la tête pendant que Jake nous interpelle d'un sifflement sonore.

— Hé, qu'est-ce que vous foutez ? Je vais être à la bourre.

— Personne ne t'oblige à nous attendre, lui lance Bill en réponse.

— J'ai cours juste après, moi. Vous avez fini de vous rouler une pelle ou il vous faut plus de temps ?

Quel gamin !

Jake et Weston se tapent dans le poing. Ils se marrent sur le banc des joueurs, à une quinzaine de mètres de nous, pendant que Bill remue la tête en riant. J'avais déjà envie de disparaître six pieds sous terre avant notre match. Désormais, c'est pire.

— Je crois que ton frère est jaloux de ne pas avoir toute mon attention, se moque Bill en se tournant vers moi.

— Il n'est pas le seul, si tu veux mon avis. Kylie ne supporte pas que tu m'adresses la parole.

— Ah ouais ?

Un sourire énigmatique s'affiche sur son visage. J'en viens à me demander s'il est heureux d'apprendre que la cheerleader le désire. J'éprouve un pincement au cœur à l'idée que cette attirance puisse être réciproque et il ne m'en faut pas plus pour me braquer.

— Tu ne m'as pas répondu. Est-ce que tu es toujours en colère ? m'interroge-t-il.

Son regard harponne le mien avec une telle puissance que j'en perds mes mots. Ma respiration déjà hachée ne s'apaise pas. Au contraire, plus Bill se tient près de moi, moins j'arrive à contrôler le rythme de mon cœur. Il bat si fort, si vite que j'ai la certitude que toute la patinoire peut l'entendre.

— Cassie ?

Mes yeux glissent sur sa bouche qui prononce mon nom d'une manière captivante. Les joues rosies par le froid et les émotions qui s'entrechoquent dans ma poitrine, je cille.

Qu'est-ce que ce mec est en train de me faire ?

— No-non... et toi ? Tu m'en veux encore ?

Les commissures de ses lèvres s'étirent et l'envolée de papillons dans mon ventre me fait frémir de la tête aux pieds.

— Non plus. Mais il faut que tu comprennes que je ne te lâcherai qu'une fois que tu m'auras dit la vérité au sujet de Diego. Toute la vérité.

— Tu es conscient que tu vas t'attirer de gros problèmes ? soufflé-je.

— Peu importe. Je veux t'aider.

L'ombre d'un sourire se dessine enfin sur mon visage et son regard s'illumine.

— C'est mieux comme ça. Je sais que tu es une battante.

Je dois avoir pris un trop gros coup à la tête parce que plus rien n'a de sens. J'ai l'impression que mon cerveau m'envoie des informations incohérentes. Mes membres se remettent à frissonner. Cela n'a plus rien à voir avec la peur. C'est le désir ardent qui s'éveille en moi qui en est la cause. Alors que Bill se penche pour me retirer le casque qu'il m'a prêté, je suis captivée par ses fossettes qui se creusent, sa bouche qui s'étire en un sourire en coin. Je déglutis avec difficulté pendant qu'il déclipse la sangle sous mon menton. Ses doigts sur ma nuque sont un véritable supplice. Je me force à ne pas réagir au contact de sa peau, mais je galère. Si, de l'extérieur, je demeure de marbre, c'est le foutoir à l'intérieur. Le vice-capitaine des Krakens rejoint Weston sans avoir la plus petite idée du chaos qu'il vient d'engendrer en moi.

Je reste là, à fixer son dos qui s'éloigne, pendant que je prends conscience de ce qui m'arrive.

J'ai envie... merde.

Je crois que j'ai envie d'embrasser Bill Croft.

11

VINGT CENTIMÈTRES

Bill

Le seuil de mon appartement à peine franchi, je suis agressé par un parfum entêtant. Des notes de cèdre ? Inutile de m'interroger sur leur provenance. Je sais déjà que Jake a inondé la salle de bains avec mon propre déodorant. Je peux suivre son parcours rien qu'à l'odeur tellement ça me picote le nez. Je traverse le salon, Kiwi sur mes talons. Il faut aérer la pièce avant que quelqu'un ne crève d'asphyxie.

— T'as encore vidé ma bombe de déo ? me moqué-je en apercevant le coupable allongé, torse nu, sur le canapé. Tu espères choper des filles chez Frank ? Désolé de te décevoir, mais il n'y aura personne de ton âge, là-bas.

Il ricane dans sa barbe, puis élude ma question en secouant la tête.

C'est drôle, Jake ne parle jamais de la gent féminine, comme si le sujet le gênait. Il paraît presque timide. Sur ce plan-là, il n'y a pas à dire, il est beaucoup plus discret que sa sœur, ce qui n'est pas pour me déplaire.

Il se décolle des coussins pour me rejoindre près de la baie vitrée.

— C'est la tempête dehors, constate-t-il. Tu es quand même allé courir ? C'est courageux.

— Il fallait bien que je sorte Kiwi. Et puis, la pluie ne m'a jamais dérangé.

J'ai toujours aimé le mauvais temps, mais je dois admettre que la météo est vraiment merdique, aujourd'hui. Je dégouline des pieds à la tête. J'attrape la serviette que j'avais posée sur la chaise avant de partir et me retourne vers le jeune Rodriguez.

— Quand tu es joueur pro, tu ne peux pas faire l'impasse sur l'entraînement. Qu'il pleuve ou qu'il vente, tu dois te bouger. D'ailleurs, tu étais où, hier soir ? Je t'ai attendu au Kraken Iceplex. Ce n'était pas une séance obligatoire, mais je croyais que tu serais présent. J'ai essayé de t'appeler, tu n'as jamais répondu.

— Désolé. J'étais claqué. Je me suis posé un instant sur mon lit et je me suis endormi.

J'acquiesce sans trop savoir quoi en penser. Il pourrait dire la vérité... ou il pourrait mentir comme sa sœur. Et si c'était une tare familiale ? Lorsque je suis rentré, Jake pionçait déjà. Il était peut-être épuisé, mais je peine à lui faire confiance. Nous n'avons que trois séances hebdomadaires et il arrive à en rater une par semaine, quand il n'est pas en retard. On dirait qu'il se contente du minimum d'efforts. Comment ne pas croire qu'il le fait exprès ? Son manque d'assiduité fait peur à voir. Je ne sais pas comment il s'y prend, mais à ce rythme, aucune équipe ne voudra jamais signer avec lui.

— Bon, je file me doucher et on y va, lancé-je en rejoignant la salle à manger. West ne devrait pas tarder à arriver.

— Pas de problème.

J'adresse un regard furtif au couloir qui mène aux chambres. Aucun son ne s'en échappe. Est-ce que Cassie est réveillée ? Je les ai prévenus qu'on avait rendez-vous chez Frank à midi et aucun des deux Rodriguez n'a l'air de se bouger le cul. Ça a de quoi me taper sur le système.

— Tu sais si ta sœur est prête ? demandé-je à Jake, de loin.

Il hausse les épaules avant de se remettre à pianoter sur son téléphone. C'est bien ma veine. Il me reste une quinzaine de minutes pour me préparer et gérer les Rodriguez. Je sens bien qu'on va être en retard et je déteste ça.

Je remonte le couloir avec une légère appréhension. Depuis notre un contre un, il y a quatre jours, j'ai l'impression que Cassie m'évite. J'ai du mal à la comprendre. Si quelqu'un doit faire la gueule, c'est moi. Je me souviens encore de la phrase qu'elle m'a sortie. Ses mots n'arrêtent pas de me titiller chaque fois que je la croise. *Plutôt mourir qu'être ma petite amie ?* Ça me reste en travers de la gorge. Elle n'a pas idée de ce qu'elle raconte... De toute façon, elle et moi, ça n'arrivera jamais. Manille demeurera l'unique femme que j'aimerai. La seule fois où je me suis autorisé à coucher avec une autre fille, après une soirée trop arrosée, n'a pas été assez satisfaisante pour que je réitère l'expérience.

J'agite le crâne pour chasser ces pensées intrusives. En vain. Cassie est tenace. Quel que soit l'endroit où elle décide d'apparaître, elle y reste, comme une saleté de chewing-gum collé à la semelle d'une basket. Plus j'y réfléchis, plus je me dis que c'est difficile de deviner ce que cette nana a en tête. Je l'ai vue pleurer, puis rire aux éclats la minute d'après. Elle est si changeante. Tout comme avec son frère, il m'est impossible de savoir si ce qu'elle me raconte est vrai ou non. Je déteste qu'on me mente et je ne suis pas idiot. Quelque chose cloche à propos de son histoire de fuite d'eau. Toute personne sensée aurait déjà résolu le problème. Pourtant, je n'ai pas l'impression que les Rodriguez sont si pressés de rentrer chez eux.

Ajoutons à ça qu'elle me trouve coincé du cul...

Je ralentis en passant devant la chambre de Cassie. Sa porte est entrouverte et un mouvement attire mon attention à l'intérieur de la pièce. Une silhouette bouge derrière son lit. Enfin... un morceau de fesses parfaitement moulées dans un slim noir serait plus exact. Je détourne le regard en vitesse avant de me racler la gorge.

— T'es prête à partir ?

Une voix étouffée me parvient, mais je ne comprends rien à ce qu'elle marmonne. Planté sur le seuil de sa chambre, j'hésite à entrer. Il n'arrive jamais rien de bon quand je me retrouve seul avec elle. À défaut de la rejoindre, je passe la tête par l'entrebâillement pour voir ce qu'elle fiche.

— Il y a un problème ?

— Non, tout va parfaitement bien, râle-t-elle, l'avant du corps sous le sommier.

— Qu'est-ce que tu cherches, là-dessous ? On part dans quelques minutes.

— Je crois que mon téléphone est tombé, mais je ne le retrouve pas.

J'avance et je m'agenouille près de son matelas. Un délicat parfum sucré s'échappe de ses draps défaits, l'oreiller est en vrac sur le parquet tout comme quelques-uns de ses vêtements. Vu le bazar qui règne dans cette pièce, je me demande comment elle fait pour vivre là-dedans. Il y en a partout. Des livres, des stylos, des bouteilles d'eau... Je scrute le ras du sol et croise le regard étonné de Cassie de l'autre côté du lit.

— Qu'est-ce que tu fais ? m'interroge-t-elle.

— Je t'aide, Einstein. C'est le foutoir ici, mais ton téléphone n'a pas l'air d'être là.

Je me relève afin d'examiner les alentours pendant que Cassie se baisse à nouveau pour vérifier le parquet. Mes yeux dévient sans le vouloir sur la courbe parfaite que forment ses fesses. L'automne s'est installé sur la ville, pourtant elle n'a toujours pas abandonné ses *crop tops* estivaux. J'imagine que c'est sa tenue préférée. Elle en porte souvent et celui qu'elle revêt aujourd'hui, le rouge, laisse visible une grande partie de son dos. Mon regard s'attarde de trop longues secondes sur sa peau mate, puis sur sa majestueuse chute de reins...

Putain. N'importe quoi.

Évidemment, il me suffit de me dire qu'elle ne m'attire pas pour que je me mette à fantasmer ! Je me ressaisis au moment précis où Cassie se redresse. Son corps ne devrait pas m'intriguer comme il le fait. Nos derniers tête-à-tête ont laissé des séquelles inattendues sur ma personne. Jouer avec Cassie, c'est jouer avec le feu. On finit par avoir... chaud.

— Il y a vraiment des fringues partout, soupiré-je. Comment tu fais pour t'y retrouver ?

— Quand tu as accepté de nous héberger, je ne savais pas qu'il y aurait une inspection des lieux.

Elle se baisse à nouveau. Pour m'occuper l'esprit – et surtout ne pas avoir l'air d'un sale pervers –, je me remets en quête de son portable. Il règne dans cette chambre un bordel sans nom alors qu'elle ne loge ici que depuis un peu moins de deux semaines. Je vire quelques cahiers de son matelas, puis je secoue ses draps. Quelque chose de sombre s'envole dans les airs avant de retomber dans un coin avec un bruit sourd. Une fraction de seconde plus tard, l'objet se met à vibrer.

Oups.

Je grimace à l'idée d'avoir explosé son téléphone sans le vouloir. Alors que Cassie me dévisage avec un regard loin d'être amical, je tâtonne à l'aveugle derrière sa table de chevet. Je passe la main entre le mur et le meuble, puis je finis par en extirper ce que j'ai fait tomber. Et la forme n'a rien à voir avec celle d'un portable. Mon cœur manque de lâcher quand je réalise ce que je tiens serré entre mes doigts. Je balance aussitôt l'objet en question. Il fuse une nouvelle fois dans la pièce avant d'atterrir à mi-chemin entre Cassie et moi. Je bloque un instant sur le truc qui se tortille sur le matelas et mon cerveau bugue.

Le truc qui se tortille.

Putain de merde.

Un ange passe alors que nous fixons tous les deux le sex-toy d'au moins vingt centimètres de long. Le visage de Cassie prend à peu de chose près la teinte de son t-shirt. Les yeux écarquillés, elle se penche en avant pour récupérer son jouet avant de se décomposer.

— Je... Je... Ce n'est pas ce que tu crois, crie-t-elle d'une voix aiguë.

Un sourcil levé, je détaille l'objet en silicone qu'elle tient fermement entre ses deux mains.

— C'est exactement ce que je crois.

Cassie le serre contre sa poitrine, comme si ce simple geste suffisait à le cacher, mais l'appareil continue sa danse hypnotique entre ses seins. Je dois fournir un effort de concentration considérable pour chasser les pensées lubriques qui me traversent l'esprit et un, encore plus grand, pour garder mon sérieux.

Je savais que je n'aurais pas dû entrer dans cette chambre.

— Merde ! Tu... tu peux éteindre ce truc ?

Elle appuie sur le bouton *off*, puis elle le planque derrière son dos. Malheureusement, le mal est fait. C'est trop tard. J'ai l'image de ses joues rouges associées à un énorme godemichet qui se dandine.

— Vingt centimètres, soufflé-je d'un ton entre l'admiration et l'effroi.

— Pitié, murmure-t-elle en se cachant derrière ses mains. Sors de cette chambre et oublie ce que tu viens de voir.

— Impossible. Je crois que c'est gravé dans ma mémoire pour l'éternité.

— N'enfonce pas le couteau, Bill. Au cas où tu ne l'aurais pas remarqué, j'ai envie de mourir, là.

— Je suis juste réaliste.

Elle braque son regard antipathique sur moi et je hausse les épaules avec un début de sourire.

— Il va falloir te faire à l'idée que même si je quitte cette pièce, je ne suis pas près d'oublier qu'il y avait une énorme bite en plastique dans ton lit.

— Roh, c'est bon… Ça n'a rien d'exceptionnel. Et si tu n'étais pas entré sans y être invité, tout ça ne se serait jamais produit ! lâche-t-elle, scandalisée.

— Tu n'avais qu'à la ranger ailleurs !

Soudain, je suis frappé par une révélation fracassante. Ce sextoy n'est pas arrivé ici tout seul. S'il se trouvait sous ses draps, c'est qu'elle l'a utilisé récemment. Chez moi. Peut-être même pendant que j'étais là. Putain.

Et elle voudrait que je reste de marbre ?

Cette pensée fait l'effet d'une bombe dans mon caleçon. Je me masse le crâne tout en essayant de me focaliser sur les faits plutôt que sur l'afflux de sang dans mon entrejambe. Ce n'est clairement pas le moment de songer au sexe.

— Si tu étais moins bordélique, ça ne serait jamais arrivé, argué-je.

Je tourne les talons, mais sa réponse claque dans mon dos.

— Quel est le rapport ?

— Fais ton lit, la prochaine fois. Ça m'évitera ce genre de découverte.

Le temps de lui faire face, Cassie enchaîne.

— C'est prouvé scientifiquement que ne pas faire son lit est meilleur pour la santé.

— Mais bien sûr. C'est un truc de feignasse, tu veux dire.

— Il y a des acariens dans tous les matelas. Aérer ses draps permet à l'humidité de s'évaporer, et la lumière du soleil les tue naturellement.

— Je rêve. T'as vu ça où ?

— Sur TikTok.

Je la dévisage d'un air perplexe alors qu'elle m'explique ça en pointant son gode dans ma direction. Les lèvres pincées, je hoche la tête.

— Quoi encore ? lâche-t-elle, irritée.

Elle me toise en croisant les bras sur sa poitrine. J'ai soudain l'envie de la voir rougir à nouveau. Juste une petite fois.

— Vingt centimètres. Je suis épaté. J'espère que tu prends ton pied avec ça.

Prise de court, elle bégaie quelque chose, la bouche entrouverte avant de lever les yeux au plafond.

— Sors, Bill.

Mes iris restent scotchés sur la manière captivante qu'ont ses lèvres d'articuler son ordre. L'image de sa langue qui roule d'une commissure à l'autre s'imprime sur mes rétines tandis qu'une vague massive de sang se dirige droit vers mon entrejambe. Le corps sous tension, je me détourne d'un mouvement brusque pour que Cassie ne se rende compte de rien. Je dois fuir cette pièce le plus vite possible.

— T'as dix minutes pour finir de te préparer.

Je ne sais même pas si elle a acquiescé. Trop pressé de quitter cet endroit, je ne me retourne pas. Je franchis le seuil de la porte, bien décidé à me tenir loin d'elle pour la journée. J'ai beau avoir choisi le célibat, je reste un homme. Un homme qui n'est pas insensible au charme que dégage Cassie Rodriguez. Un homme désormais incapable de la regarder sans arrière-pensée.

12

DÉRAPAGE CONTRÔLÉ

Bill

— West est parti de chez lui. Il ne va plus tarder.

Quand je réapparais dans le salon avec mon téléphone à la main, Jake a le cul enfoncé dans le canapé. La bonne nouvelle, c'est qu'il a enfin daigné enfiler un t-shirt.

J'approche de Kiwi pour lui passer la laisse autour du cou pendant que Cassie, elle, joue distraitement du piano. Maintenant que j'ai retrouvé la raison, j'évite de diriger mon regard vers elle. Elle appuie sur des notes blanches, écoute le son qui s'en échappe, puis recommence.

Petit à petit, je reconnais la mélodie. Une partition que je pensais disparue depuis le temps est posée sur le pupitre. Curieux, j'approche pour voir ça de plus près et mon cœur se serre douloureusement.

Passacaglia de Handel et Halvorsen. C'était le morceau préféré de Manille.

— Je croyais avoir balancé cette partition, déclaré-je à voix basse.

— Elle était sous cette pile de magazines, m'explique-t-elle en désignant la table basse du salon. Pourquoi tu voulais la jeter ? C'est une belle musique.

— Tu connais ?

— Oui, mais je suis nulle pour déchiffrer les portées.

Elle se penche pour essayer de lire le document, puis elle se tourne vers moi.

— Tu sais jouer ?

Plutôt que de lui répondre, je reproduis les premières lignes et elle se met à rire.

— Qu'est-ce qu'il y a ? lui demandé-je.

— Je ne devrais même pas être surprise. Tu frôles la perfection au hockey, tu es un génie en économie appliquée et tu maîtrises le piano. Y a-t-il un domaine dans lequel tu n'excelles pas ?

Y a-t-il un domaine dans lequel tu n'excelles pas ?

Ces mots se répètent en boucle dans mon esprit. Un frisson remonte le long de mon échine. Ce qu'il se passe en mon for intérieur est loin d'être agréable. J'esquisse un sourire qui n'en est pas vraiment un et Cassie détaille mon visage défiguré par un mélange de peine et de nostalgie. Comment pourrait-elle comprendre qu'elle vient de mettre le doigt pile à l'endroit où ça fait mal ?

— Il y a un problème ?

— Non. C'est juste que… j'ai déjà eu cette exacte conversation avec quelqu'un d'autre.

— Ah oui ? C'est marrant. Avec qui ?

— Ça n'a pas d'importance. Ce n'est pas le moment de jouer de toute façon, il faut qu'on descende. On va finir par être en retard.

Je referme le couvercle du piano d'un geste brusque qui fait sursauter les deux Rodriguez par la même occasion. Cassie m'observe avec de gros yeux ronds et je feins de l'ignorer. Je fonce en direction de l'entrée pour enfiler ma veste sans un regard en arrière. Voir une femme assise devant ce piano, c'est trop dur pour moi.

Un quart d'heure plus tard, Weston démarre le moteur de sa Toyota Camry. Un puissant ronronnement fait vibrer l'habitacle tandis que je ronge mon frein. Décidément, ce n'est pas une bonne matinée pour moi. Installé sur la banquette arrière de sa caisse, je me demande ce que je fous là.

Ce n'était pas comme ça que les choses étaient censées se dérouler. Premièrement, j'aurais dû récupérer ma Dodge chez le garagiste depuis deux jours. Deuxièmement, Weston est un motard très habile, mais un chauffeur exécrable. Je ne sais même pas comment il a fait pour obtenir son permis. J'aurais mille fois préféré conduire à sa place, mais il prend un malin plaisir à me torturer chaque fois qu'il doit m'emmener quelque part, ce qui arrive trop souvent à mon goût ces derniers jours. Et troisièmement, me voilà collé à Cassie pour laisser le côté portière à mon chien qui pleurait pour avoir la fenêtre. C'était ça ou l'avoir sur les genoux tout au long du trajet.

J'aurais dû y aller en bus. Je vais mourir ici, d'asphyxie, d'une crise cardiaque ou dans un accident, et je n'aurai même pas eu la chance de porter le trophée de la NHL dans mes bras.

— West, si tu nous tues aujourd'hui, je jure de venir te hanter, le menacé-je.

Il se marre au lieu de ralentir – le con ! On n'a pas parcouru cent mètres que je serre déjà les dents. Cassie, elle, ne prononce pas un mot, mais elle ne paraît pas très rassurée pour autant. J'ai même l'impression qu'elle croise les doigts. Enfin, je ne sais pas trop ce qu'elle fout. Je n'ose pas tourner la tête en direction de ses cuisses, là où ses mains sont calées.

Un sex-toy. *Putain. Je ne vais jamais m'en remettre.*

Je me concentre sur la route, les yeux dirigés à l'opposé du legging moulant de Cassie. Il fait un temps de merde, la chaussée est glissante, et tout ce que Jake trouve à faire dans cette situation, c'est pousser Weston à appuyer sur l'accélérateur. S'il connaissait aussi bien que moi les compétences de mon meilleur pote en conduite, il s'abstiendrait. Même Charlie refuse de monter avec lui, c'est bien pour ça qu'ils ont deux voitures.

— Le mec que tu confonds avec un as du volant est un danger public. Tu ne devrais pas l'encourager, Jake, sifflé-je.

— Qu'est-ce que t'as, Bill ? Tu flippes ? me chambre l'ado.

— Absolument pas. Je préfère juste rester en vie. Si tu veux tout savoir, West a fini dans un mur le mois dernier et il s'est pris un trottoir il y a quelques jours.

— Rabat-joie, murmure l'intéressé. Au moins, je vis à fond, moi.

Cassie ricane avant de valider ses propos.

— Totalement d'accord. Bill devrait apprendre à relâcher la pression.

— Les morts ne peuvent pas relâcher la pression, raillé-je.

— Ouais, mais ils se sont amusés avant. Tu devrais te laisser aller aux plaisirs de la vie. Ça peut être marrant, parfois.

Mon regard glisse vers ses mains pendant qu'elle sort son téléphone de sa poche.

— Content de voir que tu as fini par le retrouver. Je serais curieux de savoir où il était.

— Je préfère ne pas répondre à cette question, marmonne-t-elle. Et puis, je croyais qu'on ne devait plus jamais évoquer cet incident ?

Mon sourire s'agrandit de lui-même.

— Je ne me souviens pas avoir promis quoi que ce soit.

— Quel incident ? nous demande Jake dont les oreilles traînent. Cassie a encore fait des siennes ?

— Rien qui mérite ton attention, coupe sa sœur.

— Je trouve pourtant que vingt centimètres, ça mérite toute l'atten...

Elle plaque sa main sur ma bouche pour m'empêcher de finir ma phrase, puis m'envoie un coup de coude dans les côtes alors que je me marre comme jamais. J'éclate de rire et il n'en faut pas plus pour déconcentrer Weston. Il freine d'un coup sec pour éviter un piéton. Je me retrouve propulsé en avant malgré ma ceinture de sécurité. Je me retiens à ce que je peux pendant que Cassie s'accroche de toutes ses forces à mon bras.

— Tout va bien, derrière ? nous demande Weston en nous observant via le rétroviseur intérieur.

— Ouais, assure la brune. Juste un peu secouée...

Sa phrase s'arrête net. Ses yeux s'immobilisent sur ma main fermement agrippée à sa cuisse droite. Aucun de nous deux n'ose bouger. Weston poursuit sa route comme si de rien n'était, mais mon regard reste vissé à ma paume plaquée sur le corps de ma voisine.

Cassie s'est figée. Son attention entièrement rivée sur nos positions respectives, elle retient sa respiration. Ça fait quinze minutes que j'essaie d'éviter toute proximité physique avec elle et j'ai l'impression que le destin se fout de ma gueule. Comme si ce n'était pas assez difficile de me tenir à l'écart alors que mon corps désire clairement le sien.

Cassie est un fantasme bien trop réel.

Et surtout, bien trop proche.

Ma raison lutte contre cette soudaine lubie de « me laisser aller aux plaisirs de la vie », comme elle le dit. Ça paraît si simple quand elle en parle.

Je devrais peut-être...

La pulpe de mes doigts fourmille d'envie. Plusieurs idées germent simultanément dans mon cerveau et pas un instant je n'envisage de retirer ma main. Au contraire, la seule chose qui m'intéresse, c'est comment faire rougir ma sublime colocataire à nouveau. Si je m'écoutais, je remonterais mon index le long de sa cuisse. Je le laisserais glisser jusqu'à la partie la plus intime de son anatomie et je la rendrais folle.

Est-ce qu'elle aimerait ça autant que moi ?

Concentré sur le son fascinant de son souffle irrégulier, je ne réfléchis plus à ce que je fais. Seules les réactions de Cassie guident mes gestes. Je presse plus fort sur sa peau. Elle émet un soupir, quelque part entre le gémissement et la surprise, qu'elle tente de dissimuler aussitôt. J'adore ce bruit et il me tarde de l'entendre une nouvelle fois. Ma paume remonte plus haut et l'effet est immédiat. Elle resserre ses cuisses, emprisonnant ma main au passage. Je peux la voir se mordre les lèvres du coin de l'œil tandis que ses doigts crochètent les miens. Je n'arrive pas à savoir si elle me supplie d'arrêter ou si elle m'intime de poursuivre. Et tant qu'elle ne prononcera pas un mot, je continuerai. Alors, je remonte encore, juste pour le plaisir de sentir sa peau frémir à mon contact.

— Et du coup ? Tu n'as pas fini ta phrase. Vingt centimètres de quoi ? me demande Jake en se retournant.

Coupable, je dégage ma main en vitesse. Il ne faut pas que Rodriguez Junior nous voie. Je n'ai pas envie de répondre à ses questions.

D'ailleurs, je ne saurais même pas expliquer ce que j'étais en train de faire avec sa sœur.

Merde. Qu'est-ce que j'étais en train de foutre ?

Je me racle la gorge avant d'éloigner ma jambe de celle de Cassie. Il faut que je change de sujet.

— Ce n'est pas intéressant. En revanche, on pourrait parler du fait que tu as encore raté un de nos rendez-vous cette semaine, qu'est-ce que t'en penses ?

— Sérieux ? Quand ? s'étonne Cassie.

— Vendredi.

— Et vous ne m'avez rien dit ?

— Je croyais que tu étais au courant, répliqué-je.

Elle décolle brusquement son dos du siège pour attraper l'épaule de son frère.

— T'étais où ?

Comme je m'y attendais, ce dernier riposte aussitôt. Au moins, j'ai détourné son attention.

— Hé, détends-toi. J'étais à l'appart.

— Détends-toi ? répète-t-elle, outrée. C'est moi qui vais te détendre, tu vas voir.

Weston se tord de rire derrière son volant. Il me lance un regard complice par l'intermédiaire du rétroviseur et je soupire en réponse.

— C'est toujours comme ça avec eux ? me demande-t-il.

— Il y a des jours où c'est pire.

La belle brune reprend sa place pendant que Jake se lamente contre sa vitre. Je préfère mille fois ça aux questions indiscrètes. Sérieux, je ne sais pas ce qui m'est passé par la tête. Et le plus intrigant... c'est que Cassie n'a même pas essayé de m'arrêter.

— Et sinon, vous comptez rester combien de temps chez Bill ? les interroge Weston.

Jake se met à rire. Il nous désigne, sa sœur et moi, d'un signe de la tête.

— Jusqu'à ce qu'elle atteigne le seuil de tolérance de Bill, ce qui ne saurait tarder. Si tu penses que Cassie et moi on se prend souvent la tête, je t'assure qu'à côté d'eux, ce n'est rien. Ils se disputent tous les jours.

— Presque tous les jours, nuance Cassie.

Sa réplique m'arrache un sourire. Jake n'a pas tort. Il connaît bien sa sœur et, pour une fois, je n'ai aucune raison de les contredire.

— Impossible. Je n'ai jamais vu personne faire sortir Bill de ses gonds, commente West. À part dans un match de hockey. Là, je ne réponds plus de ses actes.

— Tout le monde a une limite à ce qu'il peut supporter, lance Cassie. Même Bill.

— Malgré tous tes efforts, tu es loin de l'avoir atteinte, me moqué-je.

Son regard pétille encore de désir quand il croise le mien. Elle m'observe un court instant sans prononcer un mot. Je n'ai pas la moindre idée de ce à quoi elle pense et le temps que j'essaie de décrypter les émotions qui passent sur son visage, elle se détourne pour répondre à la question de Weston.

— On a eu un gros dégât des eaux dans notre appart. On ne peut pas y retourner tant que tout n'est pas réparé. On a de la chance que Bill ait accepté de nous héberger.

— Je connais un bon plombier si vous en avez besoin. Je pourrais lui demander de passer chez vous, si ça te dit, lui propose Weston.

Les traits de Cassie se crispent. Durant quelques secondes, elle ne prononce plus un mot, comme si cette question la mettait mal à l'aise.

— J'en ai déjà trouvé un, c'est gentil. Il me faut juste un peu de temps. Je ne pourrai le payer qu'à la fin du mois alors ça freine les travaux.

— Ouais, je vois.

J'acquiesce à mon tour, même si sa réponse ne m'est pas destinée. Cassie se tourne vers sa fenêtre, comme pour fuir mes yeux trop curieux. Mais moi, je n'arrive pas à détourner la tête.

Quelque chose dans le regard soudain sombre de ma voisine de banquette m'inquiète. Une espèce de lueur triste qui apparaît chaque fois qu'elle évoque la fuite dans son appartement. Je peux comprendre que le sujet soit délicat, qu'elle ait honte d'avouer qu'elle est en galère niveau argent, pourtant j'ai de plus en plus l'impression que ce n'est pas le cœur du problème. Pourquoi cette femme au caractère bien trempé se laisserait-elle abattre par de simples dégâts matériels ? Il en faut bien plus pour l'atteindre, alors de quoi a-t-elle aussi peur ? Je ne vois qu'une conclusion possible. Cassie cache quelque chose de plus grave encore et je finirai par découvrir ce que c'est.

13

FAMILY BONDS

Bill

Chaque fois que je pose un pied dans l'allée pavée qui mène à la maison de Frank, j'éprouve une espèce de soulagement. Je me sens bien ici. Je ne saurais pas expliquer pourquoi, mais quelque chose de particulier se dégage de ce lieu. Qu'importe ce qu'il se passe dans nos vies, cet endroit est devenu notre refuge au fil des années.

Jake se triture les doigts en examinant la façade de l'énorme baraque dressée devant nous. C'est vrai que la taille de cette maison a de quoi surprendre, de prime abord. Elle est immense. Je me souviens avoir fait la même tête que lui, le jour où Frank m'a invité chez lui pour la première fois. C'était durant ma première année à l'université de Washington. Je venais d'intégrer les Huskies et lui était en troisième année. À cette époque déjà, il vivait seul la moitié de l'année, ce qui lui permettait d'organiser les soirées les plus folles. Ses parents possèdent une autre maison près de Miami. Ils ont fini par s'installer pour de bon en Floride et ils ont laissé cette maison à leur fils.

— Ne t'inquiète pas, Frank a un don pour mettre ses invités à l'aise, lancé-je au jeune hockeyeur.

Loin d'être rassuré, ce dernier hoche la tête sans savoir à quoi s'attendre. De mon côté, je ne me fais pas le moindre souci. J'ai la certitude que ça va matcher entre eux. Ils ont le même sens de l'humour, le genre à rire d'un rien. Ce qui me préoccupe davantage, c'est sa grande sœur qui marche cinq mètres derrière nous. Fait assez rare pour être souligné, elle n'a pas prononcé un mot durant les dernières minutes du trajet. J'en viens à me demander si c'est à cause de moi.

— Frank est prof de hockey à mi-temps pour les Krakens juniors. Tu l'as peut-être déjà croisé ? le questionne West.

— Non, ça ne me dit rien.

— Tu verras. Il est super sympa, déclaré-je en sonnant à l'interphone.

Un instant plus tard, la porte s'ouvre pour laisser apparaître un homme à la chevelure d'un blond presque blanc. Frank débarque sur son palier en chemise hawaïenne, short et tongs alors qu'un puissant vent souffle dehors. Il me tape dans le poing, puis fait de même avec Weston et Jake pendant que Cassie reste en retrait derrière nous.

— Alors c'est toi, le petit génie du hockey ? Enfin, le grand génie, je devrais dire. T'as abusé de la soupe, non ?

Son regard suit la carrure déjà imposante de l'adolescent de dix-sept ans et Jake, assez fier, sourit.

— C'est exactement ce que je lui ai dit la première fois que je l'ai vu, se marre West.

— Rassure-moi, Jake, ajoute Frank, t'es aussi doué à la Nintendo que sur la glace ? Parce qu'on a un rituel, ici. Personne ne mange tant que je ne vous ai pas mis la raclée.

Si Jake se détend aussitôt, ce n'est pas le cas de Cassie. Observatrice, elle paraît sur ses gardes comme si elle craignait qu'une catastrophe imminente ne survienne. C'est peut-être moi qu'elle fuit ? Si j'agis comme d'ordinaire, elle comprendra qu'il n'y a pas à être mal à l'aise. Après tout, ma main n'est restée accrochée à sa cuisse qu'une minuscule minute. Il n'y a pas de quoi en faire un drame. Ce n'était qu'un jeu insignifiant qui pourrait passer pour un accident, rien de plus.

— Relax, Wolfy, l'interpellé-je. Frank est un ami, pas un ogre qui s'apprête à bouffer ton petit frère.

En m'entendant prononcer son surnom, son visage se décontracte un peu. Enfin, juste l'espace d'une courte seconde. Quand le regard de Frank vient se poser sur elle, elle se referme comme une huître.

— Wolfy ? Comme Wolfy la Terreur ?

— Tu la connais ? m'étonné-je.

— Ce n'est pas parce que j'ai quitté les bancs de l'université que je ne m'intéresse plus à ce qu'il s'y passe. Mais j'avoue ne plus avoir entendu parler de Wolfy depuis plusieurs mois. Tu t'es blessée ?

Cassie grimace, gênée.

— J'ai dû arrêter de jouer en cours d'année pour raison financière.

Mes sourcils se froncent. *Raison financière, vraiment ?*

— Ah, c'est con, ça. J'ai assisté à plusieurs de tes matchs, tu étais douée.

Je ne peux m'empêcher de réagir. Comment se fait-il que Frank ait déjà vu Cassie porter les couleurs des Huskies et pas moi ? Je suis quand même plus jeune que lui et plus au courant de ce qu'il se trame à la patinoire de l'U-Dub, étant donné que j'y passe la majeure partie de mon temps libre en dehors de mes entraînements.

Je lui jette un regard suspicieux.

— Attends, tu ne nous as jamais dit que tu assistais aux matchs de l'équipe féminine.

— Chacun a ses petits secrets, réplique-t-il en haussant les sourcils. Et sinon, comment est-ce que je dois appeler cette jolie demoiselle quand elle ne tient pas une crosse entre ses mains ?

— Cassiopée, souffle Jake en ricanant.

Je bloque un instant sur le prénom qu'il a prononcé. Mon regard dévie vers la brune qui ne sait plus où se mettre. Nous nous tournons vers elle dans un même mouvement et les joues de Wolfy se parent de rose. Je réprime un sourire. Tu parles d'une terreur ! Elle est si facilement désarçonnée que j'en viens à me demander comment quelqu'un a pu lui attribuer ce surnom.

— Ca-Cassie, je préfère.

Elle décoche une petite claque en direction de l'arrière du crâne de son frère qui râle en retour. Leurs réactions suffisent à faire éclater de rire Frank et je sais que ce dernier les a déjà adoptés. Ça se voit à son sourire, il les adore. Il les invite à entrer pendant que West me retient sur le perron.

— Alors ?

— Alors quoi ? répliqué-je.

— On en est où ? Cassie Casse-couilles ou Cassiopée ? Parce qu'avec le regard que tu lui as jeté à l'instant, mon vieux, j'ai du mal à me situer.

— Arrête de déconner. Je ne lui ai lancé aucun regard.

— Oh que si.

Je le devance pour m'engouffrer dans le vestibule où ma sœur, Charlie, nous attend. Elle vient de croiser Jake et Cassie et le sourire qui étire ses lèvres est bien trop grand pour que ce soit normal. Je la connais trop bien. Elle me débarrasse de ma laisse et de Kiwi, l'air de rien, mais elle ne peut pas se retenir d'épier ma nouvelle colocataire par-dessus son épaule.

— Attends, chuchote-t-elle. C'est moi ou cette fille est hyper canon ?

Mes yeux roulent dans leurs orbites lorsque je l'entends s'extasier. C'est exactement ce que j'essaie d'oublier depuis ce matin. Je m'abstiens de valider, ce qui me vaudrait un long et douloureux interrogatoire de sa part. À la place, je préfère la technique de l'autruche : prétendre que je ne suis pas au courant.

— Quand West m'a dit que tu hébergeais les Rodriguez, je ne m'attendais pas à... ça !

— À ça quoi ?

D'un geste de la main, ma sœur désigne Cassie, dos à nous. Je m'estime chanceux que cette dernière ne remarque pas nos trois regards posés sur ses fesses, sinon je ne donne pas cher de nos peaux.

— Sois plus précise, déclaré-je d'une voix plate et dénuée d'émotions.

— T'es con ou tu le fais exprès ? se lamente-t-elle. On dirait que tu es aveugle.

— Ma vue fonctionne à la perfection, merci.

— Alors, tes yeux ne sont pas en face des trous ! Cette nana est magnifique.

— Je ne lui trouve rien d'exceptionnel.

— Quelle mauvaise foi !

Même moi, j'ai conscience que c'est un mensonge trop gros pour que quelqu'un puisse le croire. Il n'y a qu'à voir la façon dont mes pupilles ont tendance à glisser par inadvertance sur ses jambes pour savoir que c'est faux. Mais je m'en fous. Je ne l'admettrai pas. Ce serait me mettre dans d'énormes problèmes et j'en ai déjà eu avec Oliver vendredi lorsqu'il m'a trouvé bras dessus bras dessous avec Cassie. J'ai cru qu'il allait me virer sur-le-champ. J'ai de la chance qu'il se soit contenté de me rappeler de rester focalisé sur l'entraînement. Tout ce qu'il y a entre cette fille et moi est purement physique. Il existe une attirance indéniable entre nous, mais ça s'arrête là. Je n'ai pas envie que Charlie se fasse des idées. Flirter avec ma colocataire quand personne ne nous voit ? Pourquoi pas, ça peut être amusant. Mais m'afficher avec elle ? Jamais.

Ma sœur plisse ses paupières. Elle repousse ses cheveux châtains derrière son épaule, puis glisse vers moi en inclinant légèrement la tête. Ça sent l'embuscade.

— Quoi ? m'agacé-je.

— Tu sais, j'ai connu toutes tes copines, Bill. Toutes. Cassie est exactement ton genre de femme.

Comme si j'avais besoin qu'elle souligne cette évidence.

— N'importe quoi.

— Ne me mens pas, c'est flagrant ! Une belle peau hâlée, de longs cheveux noirs...

— Le physique ne fait pas tout. Tu oublies de parler de son caractère explosif, noté-je. On dirait Weston de mauvaise humeur, mais en pire.

L'intéressé m'adresse un doigt d'honneur tout en riant.

— Elle m'avait l'air plutôt avenante quand je l'ai saluée, élude ma sœur. Il serait peut-être temps d'envisager de...

Et voilà exactement ce que je voulais éviter. Il n'en faut pas plus à mes muscles pour se contracter. Me remettre en couple fait partie des sujets tabous que Weston et Charlie ont interdiction d'aborder.

— D'envisager rien du tout, coupé-je. Ce n'est pas le moment. On a des invités.

Des invités qui n'ont même pas conscience de l'existence de Manille.

Je ne tiens pas à ce qu'ils entendent parler d'elle. Cela m'obligerait à évoquer les circonstances de la mort de ma fiancée à voix haute et j'ai encore beaucoup de mal à le faire.

C'était si soudain. Trois semaines et tout était terminé...

La mine sombre, je tourne les talons. West et ma sœur ne me retiennent pas. Au contraire, ils gardent le silence pendant que je m'éloigne en direction du salon. Quand j'entre dans la pièce, Frank a déjà lancé les hostilités. Aujourd'hui, c'est sur Mario Kart qu'il a décidé d'affronter ses invités. Jake tient la deuxième manette et Emma, la nièce de Frank, la troisième. Ils ont l'air de bien s'entendre. En même temps, il n'y a rien d'étonnant là-dedans. Ces trois-là sont faciles à vivre, contrairement à la brune qui observe la scène depuis le fond de la salle. C'est tout elle, cette manie de rester distante, toujours sur la défensive. L'atmosphère est bien plus joviale ici que dans le vestibule, mais la bonne humeur ambiante ne nous atteint pas. C'est bien un des premiers points communs qui me frappent entre Cassie et moi. On passe notre temps à mentir aux autres, d'une manière ou d'une autre. Chacun à notre façon, on se force à faire semblant que tout va pour le mieux alors qu'on n'a qu'une envie, partir.

Je rejoins la salle à manger située en enfilade en marchant près d'elle et elle m'ignore, ce qui me convient très bien. Mon regard s'égare sur un cadre photo placé sur l'étagère. C'est un de mes souvenirs préférés avec Manille, le jour où je lui ai offert une énorme écharpe en laine car elle avait toujours froid. Je l'attrape du bout des doigts pour la mettre à plat, face cachée. Frank m'observe depuis le canapé. À son air surpris, je devine qu'il se demande ce que je fous. Je m'éloigne du meuble, les mains dans les poches, sans replacer la photo là où elle était. Je sais que Frank ne me posera aucune question à ce sujet. Il n'est pas du genre à forcer ses amis. Je n'ai pas envie qu'on me parle de Manille. Il y a des jours comme celui-ci où la moindre note jouée sur un piano vient raviver des blessures qu'on pensait enfouies. Des jours où on n'a pas le courage de raconter à deux personnes tout juste rencontrées les cicatrices douloureuses de notre vie.

Ma sœur débarque au même moment avec un plateau de boissons dans les bras. Le regard prudent qu'elle me lance me met mal à l'aise. Je lui tourne le dos pour ne plus la voir, mais je sens qu'elle n'est pas près de me lâcher. Elle dépose les bouteilles sur la table basse, puis elle rejoint Cassie. Son petit manège m'intrigue. Je la suis des yeux sans bouger de ma place.

— Est-ce que tu veux que je te fasse visiter ? lui propose-t-elle.

— Je ne sais pas trop.

Hésitante, la brune n'accepte pas tout de suite. Ses iris s'accrochent à la silhouette de son frère, comme si elle craignait de l'abandonner ici.

— Tu n'as pas de soucis à te faire, Cassie, déclaré-je finalement. Il ne lui arrivera rien.

— Qui a dit que j'étais inquiète ?

— Tes mains crispées, ton air peu affable. Ton corps parle pour toi. Tu as le comportement d'un hockeyeur stressé avant d'entrer sur la glace, sauf qu'il n'y a pas de match de prévu.

En réponse, elle m'adresse un sourire forcé dont elle a le secret et Frank rigole.

— T'inquiète pas, Wolfy. Je prends soin de ton frère, lui lance-t-il en nous entendant. Regarde comme il m'adore déjà.

Il ébouriffe les cheveux du jeune Rodriguez qui tente d'éviter sa main tout en essayant de ne pas dévier de sa trajectoire dans sa partie. Son kart finit par faire une embardée avant de terminer dans le décor.

— Cassie, c'est ta faute si je perds, là ! s'énerve Jake.

— Tu vois ? Qu'est-ce que je disais ? soufflé-je à la brune qui se renfrogne. Va visiter la maison et laisse-le tranquille.

— Ne fais pas attention à mon frère, déclare Charlie en lui attrapant le bras. On a appris à l'ignorer quand il est de mauvaise humeur.

— Je ne suis pas de mauvaise humeur. Je trouve juste Cassie trop protectrice.

— Moi, trop protectrice ? riposte l'intéressée.

— C'est l'hôpital qui se fiche de la charité, non ? ajoute aussitôt ma sœur. Tu n'as pas l'air de te rappeler toutes les fois où tu étais sur mon dos.

Foutue solidarité féminine.

— Si. Je m'en souviens très bien et je persiste à dire que j'avais raison.

— Je suis curieuse de savoir comment Bill se comportait avec toi quand tu étais plus jeune. Est-ce qu'il est tout le temps aussi... rigide ? lui demande Cassie en me gratifiant d'un sourire narquois.

Je grince des dents en entendant sa question. Il y a une différence entre être coincé et strict. Elle pourrait dire ouvertement que j'ai un balai dans le cul, ma réaction serait la même. C'est mal me connaître. Ce n'est pas parce que j'aime garder le contrôle sur ma vie que je suis *rigide*.

— Bill s'est toujours conduit comme un vieux loup prêt à bouffer ceux qui m'approchaient. Il faudra que je te raconte la fois où il a attendu mon premier copain avec une batte de baseball devant le lycée. C'était mémorable.

Je rigole malgré moi. Qu'est-ce que je m'étais marré, ce jour-là.

— Je suis sûr que Victor s'en souvient encore. En tout cas, il n'a jamais couru aussi vite de toute sa vie, déclaré-je, moqueur.

Quelques rires fusent autour de moi et je jurerais avoir vu Cassie se dérider l'espace d'une seconde.

— Bill, le loup solitaire. Ça te va bien comme surnom, me chambre-t-elle.

Je lui jette un regard blasé.

— Parle pour toi. Je n'ai pas l'impression d'être celui qui sort les griffes dès qu'on lui adresse la parole.

— Qu'est-ce que tu entends par là ?

Je sens dans sa voix qu'elle n'apprécie pas mon trait d'humour. Plutôt que de chercher le conflit, je laisse couler.

— Rien. Tu ferais mieux d'aller visiter la maison.

— Ou bien quoi ? Tu vas me dévorer si je ne t'obéis pas ? Ne me donne pas d'ordres, Bill.

— Fais comme tu veux.

Dire que je pensais qu'on était sur la bonne voie, tous les deux, depuis notre tête-à-tête sur la glace. Je me suis trompé. Quand on croit faire un pas en avant avec elle, on en fait trois en arrière. Piquée au vif, Cassie croise les bras devant elle et ses seins remontent légèrement sous la pression. Mes pupilles dérivent aussitôt vers sa poitrine avant de dévier in extremis. Mais il est trop tard. Charlie m'a vu et elle me fixe d'un air satisfait. Merde. Elle sait que je sais qu'elle sait.

— Quelle mauvaise foi, siffle-t-elle.

— Au lieu de raconter n'importe quoi, occupe-toi de notre invitée.

— Pourquoi tu ne t'en charges pas, toi ?

— Laisse-moi réfléchir un instant… Peut-être parce que je n'ai pas envie de mourir aujourd'hui ?

Cassie étire ses lèvres à la façon d'un *serial killer*. Ses cils papillonnent, pourtant aucune joie ne transparaît sur son visage d'ange. Ou de démon, je ne sais plus trop. Je sens qu'il vaut mieux que je me tire en vitesse. Je rejoins Weston assis sur le dossier du canapé. Kiwi se frotte à ses jambes avant que ma sœur ne l'appelle.

— Hachi, viens. On va se promener.

Mon traître de chien court se vautrer aux pieds de ma frangine.

— Mais oui, mon amour, maman va prendre soin de toi. Le méchant Bill ne te fait pas assez de câlins, c'est ça ? Pauvre animal.

— Hachi ? répète Cassie, perdue. Je croyais qu'il s'appelait Kiwi.

— Non, c'est une autre hérésie de mon frère. Et si tu veux mon soutien dans la guerre que tu mènes contre lui, il faudra que tu t'habitues à ce nom.

— Va pour Hachi.

De mieux en mieux.

Comme pour sceller leur nouvelle alliance, ma frangine vient taper dans la main de Cassie. Un vrai et franc sourire grandit sur le visage de ma colocataire. Si ces deux-là sympathisent déjà au bout de quinze minutes, je ne donne pas cher de ma peau.

— J'ai entendu, je vous signale, balancé-je alors qu'elles disparaissent dans les escaliers.

— Je n'aimerais pas être à ta place. Quand des femmes se liguent contre toi, t'es dans la merde en général, me confie Weston avant de se reconcentrer sur l'écran.

— Je survivrai.

J'enjambe le canapé pour me glisser entre Jake et la petite Emma qui vient de perdre sa partie.

— Tu me files ta manette ? J'ai besoin de passer mes nerfs sur quelque chose.

— Je te préviens, me chuchote-t-elle, Jake est un aussi bon tricheur que West et toi.

J'éclate de rire.

— Tant que ça reste dans un jeu vidéo, ça ne me pose pas de problème.

Les parties de Mario s'enchaînent et la matinée s'écoule sans encombre. Je passe la plupart du temps loin de Cassie et de ses yeux revolver. Par chance, Frank et ma sœur ont réussi à la décoincer. Je ne sais pas ce qu'ils lui ont raconté, mais elle se porte comme un charme. Du moins, quand je ne suis pas dans les parages.

Le repas se déroule sans accroc particulier, lui aussi, pourtant quelque chose me dit que les jours à venir seront difficiles. Je vais avoir du mal à vivre aux côtés de Cassie. C'est une certitude. Avec son caractère impulsif, sa façon de rester constamment sur ses gardes, et ses putains de fesses parfaitement rebondies, notre cohabitation pourrait devenir un véritable enfer.

Je pousse un long soupir en débarrassant le plat de frites. West m'adresse un regard curieux.

— Qu'est-ce que t'as ? On dirait que t'es au bout de ta vie.

— Ouais, tu as bien résumé la situation.

Il jette un coup d'œil dans le couloir pour vérifier que personne ne nous suit, puis il s'approche.

— Tu veux en parler ?

Je hausse les épaules et il poursuit.

— J'imagine que cette période ne doit pas être facile. Ça va faire bientôt faire un an qu'elle est partie.

— Ça, c'est le moins qu'on puisse dire, mais pour une fois, ça n'a pas de lien avec Manille. Il y a autre chose. C'est en rapport avec les Rodriguez.

— Rodriguez fille ou garçon ?

— Les deux.

— Et quel est le problème ?

— Je ne suis pas sûr de pouvoir leur faire confiance.

Weston m'interroge du regard et je lui déballe tous les faux pas que Jake et sa sœur ont cumulés en vingt et un jours. Les retards, les oublis de rendez-vous, la réputation de Cassie et mes doutes au sujet de sa ligne de conduite.

— Je ne compte pas gâcher ma carrière à cause d'eux, lâché-je finalement.

— Pourquoi est-ce que ce serait le cas ? Si Jake ne prend pas son parrainage au sérieux et qu'elle traîne avec des gars bizarres, c'est dommage pour eux, mais tu n'es pas fautif.

— Crois-moi, ça me concerne de près. De très près même.

— Ça sonne grave quand tu le dis avec cette voix.

Je hoche la tête avec lenteur. Je n'avais pas prévu de lui confier ma discussion avec notre entraîneur, mais je ne vois pas comment expliquer la situation actuelle sans le faire. Weston est mon meilleur ami depuis maintenant cinq ans. S'il y a bien quelqu'un à qui je peux en parler, c'est lui.

— Pour te dire toute la vérité, Oliver m'a reçu en entretien, il y a presque un mois. Il va me virer de l'équipe.

En entendant le ton sérieux de ma phrase, Weston se décompose. Son visage en perd ses couleurs. Sous le choc, il s'assied sur la table près de moi. Jouer ensemble dans la même équipe de hockey professionnel était notre rêve ultime et je suis peut-être en train de le briser sans le vouloir. Putain, je déteste ce sentiment de voir ma vie filer entre mes doigts tout en étant incapable de faire ce qu'il faut pour corriger le tir.

Weston garde les yeux rivés sur le sol, l'air grave.

— T'es sûr de toi ?

— Mes derniers matchs ne sont pas les plus brillants de ma carrière. Oliver comprend que l'année a été difficile, ce n'est pas le souci, mais il est temps, d'après lui, que je m'implique davantage dans le quotidien de l'équipe, ce que je ne fais pas assez. Il m'a confié le parrainage de Jake, comme une espèce de mise à l'épreuve. Si j'échoue...

— Il t'a dit mot pour mot qu'il voulait te virer ? insiste-t-il.

— Il ne l'a pas énoncé clairement, mais c'était sous-entendu. Sinon pourquoi est-ce que tu crois que sur la vingtaine de joueurs que comptent les Krakens, je suis le seul à avoir la charge de Jake ?

— Parce qu'il a confiance en toi ?

— Je ne pense pas. S'il avait foi en moi, je serais capitaine. Pas vice-capitaine.

— Pourquoi tu ne m'en as pas parlé avant ? J'aurais pu t'aider.

— Je me suis dit qu'entraîner un étudiant ne devait pas être si difficile. C'est vrai que je n'ai pas été au meilleur de ma forme cette année, mais je me croyais capable de gérer ça... Quoi qu'il en soit, je n'ai pas le droit d'échouer. Je dois absolument garder Jake et Cassie à l'œil pour éviter qu'ils gâchent tout.

Quelqu'un dépose bruyamment des assiettes derrière nous. Je sursaute.

— Je dérange, peut-être ?

Mon sang ne fait qu'un tour quand la voix de Cassie résonne dans la cuisine. Je me retourne vers elle, horrifié à l'idée qu'elle ait tout entendu.

— Je ne voulais pas vous interrompre. Je m'en vais.

— Personne ne te force à partir, réplique Weston pour la mettre à l'aise.

— Si je reste, je vais être obligée de demander à Bill pourquoi il doit nous garder à l'œil, mon frère et moi. *Spoiler alert*, ça risque de mal finir.

Elle sourit de ce genre de grimace à vous glacer le sang. Je suis sûr qu'elle a été *serial killer* dans une autre vie. Je ressens aussitôt le besoin de m'expliquer avant de finir embroché par la fourchette qu'elle tient dans sa main. Autant jouer cartes sur table avec elle, de toute façon, elle nous a entendus.

— Je parlais du parrainage avec West.

— Je vois... Et qu'est-ce que tu en disais ?

— Qu'il est temps que vous preniez ce contrat au sérieux. Si Jake merde, c'est ma carrière qui va en faire les frais. Donc oui, vous allez m'avoir sur le dos jusqu'à ce que je sois sûr que je ne perdrai pas mon poste.

Cassie se passe la langue sur les lèvres tout en acquiesçant. Je sens que sa réplique va être acidulée.

— Le contrat ne mentionnait aucun psychopathe et maniaque du contrôle. Je croyais que c'était une histoire d'entraide et de confiance mutuelle ?

— En matière de confiance mutuelle, vous avez encore des progrès à faire, raillé-je.

À côté de nous, Weston se tord de rire. Je lui jette un regard las. Je joue ma carrière et lui, il est plié en deux.

— Tu sais quoi ? riposte Cassie. Je n'ai pas de temps à perdre avec ça. Il faut que j'y aille. Je bosse dans moins d'une demi-heure.

Elle tourne les talons et je me retrouve seul avec Weston dans la cuisine avec la sensation qu'une tornade vient de nous passer dessus. C'est toujours comme ça avec Cassie. Elle chamboule tout en quelques phrases, puis elle se barre sans avoir réglé ses problèmes.

— Honnêtement, il ne me manquait plus qu'un paquet de popcorn. En tout cas, la cohabitation promet d'être houleuse, conclut West.

— Raison de plus pour que les Rodriguez retournent chez eux avant que la situation ne s'envenime.

— Mieux vaut qu'ils logent chez toi. Ça te permet de les avoir à l'œil. De cette façon, tu pourras t'assurer que Jake reste dans les rails. Et peut-être qu'au lieu de vous couler l'un et l'autre vous pourriez envisager de vous entraider ?

Il se tait un instant, puis m'assène un coup d'épaule. Il a le même regard que ma sœur quand elle a une idée en tête.

— Quoi ?

— Avoir une nana sous son toit, ça peut aussi avoir des avantages.

— Arrête, on dirait Charlie.

— Crois-en mon expérience. J'ai du flair pour ces trucs-là. Ça commence par le jeu du chat et de la souris et après vous vous roulerez des pelles dans les vestiaires de la patinoire quand personne ne vous verra.

— Ce qui ne risque pas d'arriver. Et ne me compare pas à ma sœur et toi. Ça me file la nausée, argh !

— C'est ce qu'on dit et paf ! Ça te tombe dessus sans prévenir.

— Je ne suis pas assez con pour sortir avec Cassie. C'est un aimant à emmerdes et je tiens trop à ma vie.

— Je ne parle pas de relation. Je parle de sexe. Il y a de la tension dans l'air entre vous, ça crève les yeux.

Je remue la tête pour réfuter ses propos. Nope. Mauvaise idée.

— Plus sérieusement, Bill... Tu n'es pas du genre à rester les bras croisés. Si tu crains que les Rodriguez ne soient pas fiables et qu'ils mettent en péril ta place dans l'équipe, prends les choses en main. Fais de Cassie une alliée plutôt qu'une ennemie. Passe un accord avec elle. Je ne sais pas moi, joue cartes sur table. Elle a l'air d'être une fille intelligente, elle comprendra.

14

MANIAQUE DU CONTRÔLE

Bill

Passe un accord avec elle. Joue cartes sur table.

Ça fait deux heures que je suis rentré. Je n'ai pas décollé de mon canapé un seul instant. Je repense à ce que Weston m'a conseillé tout à l'heure. Ce n'était qu'une phrase en l'air, mais je tiens peut-être un début de solution à mon problème. J'examine la feuille blanche que j'ai déposée sur la table basse. Je ne sais pas si je fais bien de suivre mon idée. Muni d'un stylo, je commence à écrire et, dès les premières lignes, cet accord me paraît ridicule. Tant pis, je continue.

J'hésite plusieurs fois à tout arrêter, mais je me dis qu'au point où j'en suis, je n'ai rien à perdre. On évolue sans filet, Cassie et moi. Si ce petit papier peut nous aider à faire en sorte que notre collaboration fonctionne, alors j'irai au bout. Parce qu'après tout, c'est bien de ça qu'il s'agit : un travail d'équipe entre elle et moi. Je lui offre le gîte et le couvert ainsi qu'une protection contre son ex, et en échange, elle fait en sorte que son frère ne rate plus jamais un de nos rendez-vous.

Simple. Efficace.

Comme pour un véritable contrat, je liste les quelques obligations auxquelles je pense, puis je repose mon stylo. Il ne me reste plus qu'à attendre que ma colocataire rentre. Je m'adosse aux coussins, les bras noués derrière la tête et, au bout de quinze minutes à fixer le plafond, je me relève. Je traverse la pièce pour aller récupérer mon portable laissé dans la cuisine. Il est 23 h 10, je n'ai reçu aucun message si ce n'est une vidéo débile partagée par Weston qui a au moins le mérite de me faire redescendre en pression l'espace d'une minute.

Mais le stress réapparaît rapidement. Chassez le naturel, il revient au galop. Cassie devait finir de travailler à 22 h et elle est plus qu'en retard. Je me mets à arpenter la cuisine de long en large tandis que les pires scénarios s'enchaînent dans ma tête.

Il pleut à verse dehors. Les rues sont mal fréquentées. Et si elle avait croisé Diego ou son pote ? Ou alors, peut-être qu'elle a décidé de ne plus jamais revenir à l'appart après notre dernière discussion ?

Je fixe mon téléphone en espérant qu'il commence tout à coup à sonner. Et comme je m'y attendais, rien ne se produit. Les chiffres continuent de défiler sur l'écran et pas une fois le nom de Cassie Rodriguez ne vient s'y afficher. Ça me rend dingue. Qu'est-ce qu'elle fout ? N'y tenant plus, je rejoins mon porte-manteau au pas de course. Il a dû lui arriver quelque chose. J'attrape mon blouson et j'ouvre la porte d'entrée à la volée.

Sur le palier, Cassie me dévisage avec de gros yeux ronds. Ses cheveux trempés collent à ses joues humides. Sa main est levée dans le vide comme pour saisir la poignée.

— Tiens, souffle-t-elle d'une voix sarcastique. Bill Croft qui sort en pleine nuit, voilà qui est exceptionnel !

Je fais un pas en arrière pour la laisser entrer, puis je referme la porte derrière elle. Mon regard reste collé à sa robe devenue moulante sous l'effet de la pluie. Ce n'est pas la tenue qu'elle portait en partant de chez Frank. Elle retire son trench pour l'accrocher au porte-manteau, puis elle se retourne vers moi. Elle est trempée de la tête aux pieds. À voir ses vêtements mouillés, j'imagine qu'elle a dû rentrer à pied.

— Où est-ce que tu étais ? lui demandé-je.

— Parce que tu penses que j'ai envie de te répondre ?

Je hoche la tête, vaincu. C'est de bonne guerre.

— D'ailleurs, tu n'étais pas sur le point de sortir ? reprend-elle.

— Non. J'ai changé d'avis.

— Ah oui ? Pourquoi ça ?

Je détaille sa robe noire, son décolleté plongeant, la fente le long de sa cuisse... ça ne ressemble pas à la tenue réglementaire de chez *Jack's diner*. Je secoue le crâne, agacé. Putain, j'étais là en train de me prendre la tête à l'idée qu'il lui soit arrivé quelque chose et elle, elle était juste partie faire la fête.

— Je n'en ai plus envie.

— Dommage, ça fait du bien de sortir. Ça aide à évacuer le trop-plein de tension, surtout quand ton coloc est aussi chiant.

Sa réplique m'est clairement destinée, mais je ne réagis pas. Ce n'est pas le moment de générer une nouvelle dispute. J'ai besoin qu'elle soit calme pour qu'on puisse avoir une discussion sérieuse, tous les deux.

— T'es tout seul ? m'interroge-t-elle. Jake est déjà couché ?

Elle balaie la pièce déserte du regard. Il n'y a que nous deux ici.

— Il dort depuis un moment, contrairement à moi. Je me suis demandé si ton ex ne t'avait pas enlevée à la sortie du boulot, ironisé-je.

— Très drôle.

— Je suis sérieux. La prochaine fois que tu as envie de faire la fête, envoie-moi au moins un message, que je ne reste pas à attendre comme un con dans le salon.

Cassie plonge son regard dans le mien. Je vois à son air hésitant qu'elle ne sait pas si je plaisante ou pas. Elle finit par soupirer.

— J'ai juste bu un verre avec ma collègue, Mia. Ce n'est pas un drame. Et puis, ce n'est pas comme si je t'avais réveillé. Je n'ai pas l'impression que tu es le genre de mec à dormir beaucoup. Personne ne t'a demandé de m'attendre.

— Tu ne connais pas la notion de responsabilités ? Je dis quoi à ton frère s'il t'arrive quelque chose ?

— Responsabilités ? Je n'ai jamais voulu faire partie de ta liste de boulets à traîner.

Cassie se baisse pour retirer ses escarpins noirs à talons. Elle se penche en avant et son décolleté plongeant se dévoile sous mes yeux. Incapable de détourner le regard, je serre les mâchoires. La vue imprenable sur le galbe de ses seins fait vriller mes neurones. Des images de ma main sur sa cuisse, le bruit de ses soupirs, refont surface dans ma mémoire. L'effet est immédiat. Une douce chaleur se répand aussitôt dans mes membres et je me mets à bander.

Fait chier. Ce n'était pas comme ça que les choses devaient se passer.

Consciente d'avoir capté mon attention, elle se relève avec une certaine assurance. Elle incline la tête sur le côté. Ses cheveux glissent sur son épaule, laissant entrevoir la petite étoile filante tatouée derrière son oreille. Mon regard stagne un peu trop longtemps sur son corps moulé à la perfection et mille questions me traversent l'esprit. Cassie est incroyablement sexy, elle le sait. Elle plaît aux hommes, elle en joue sans s'en cacher. Alors... où est-ce qu'elle est allée, habillée comme ça ? Avec qui ? Juste Mia ou y avait-il quelqu'un d'autre ? Je me passe la langue sur les lèvres en l'imaginant danser avec un inconnu pendant que je m'impatientais ici. Si j'apprends qu'elle était avec son ex...

— C'est drôle, murmure Cassie en esquissant un pas dans ma direction. Ça fait un moment qu'on se côtoie et je ne t'ai jamais vu profiter de la vie. Est-ce que tu préfères jouer au maniaque du contrôle ou est-ce qu'il t'arrive de t'amuser ?

Je lève un sourcil, soudain intrigué. Un sourire en coin étire les commissures de mes lèvres malgré moi.

— J'imagine que tu sais mieux comment t'y prendre que moi.

— Pour contrôler ou m'amuser ? ronronne-t-elle.

— Pour l'un et l'autre.

Pas après pas, Cassie approche avec malice. C'est fou comme le vert de ses yeux s'illumine quand elle est sûre d'elle.

— Tu veux que je te montre ?

Je me garde de réagir. Elle s'attend à ce que je l'envoie balader, que je la repousse comme je le fais d'ordinaire... Mais c'est mal me connaître. Ses actes ne seront pas toujours sans conséquences. Mon sexe durci dans mon jogging en est la preuve.

La balance est en équilibre. Je n'ai pas encore décidé de quel côté elle penchera. Laisser faire Cassie ou lui résister ? Cette question continue de me torturer de longues secondes tandis qu'elle fait glisser sa main tiède le long de ma joue. J'ai besoin de toute ma concentration pour faire abstraction de son regard brûlant rivé sur moi. Et ne parlons pas de ses lèvres d'un rouge carmin entrouvertes. Sa respiration agitée est un supplice si plaisant à écouter.

— Tu ne devrais pas..., grondé-je, l'air impénétrable.

— Pas faire quoi ?

— Approcher si près.

Elle me sourit en haussant les épaules. Ses iris captivants pétillent de malice. Cassie n'a que faire de mes mises en garde.

Elle avance avec prudence, sur la pointe de ses pieds nus. Tel un jeune prédateur encore en plein apprentissage, elle passe à l'action en se hissant à la hauteur de mes lèvres. Je réprime un rire moqueur. Ce qu'elle ignore, c'est que je n'ai rien d'une proie. Je suis un loup affamé qui se retient de la dévorer toute crue.

Si je me laisse aller, il ne restera plus grand-chose de cette belle robe noire. Sans oublier qu'il ne résulterait rien de bon d'une relation entre nous. Notre cohabitation, le parrainage de Jake, ses problèmes avec Diego... Manille. Il y a tellement de raisons de maintenir une distance convenable entre nos deux corps. L'attirance entre nous est indéniable, mais du sexe pour du sexe ? Mauvaise idée.

— On doit discuter, toi et moi, la rappelé-je à l'ordre.

— Tu es toujours si stoïque, Croft. Droit et implacable. Tu n'as donc aucune faille ? Qu'est-ce que tu caches derrière ces traits impassibles ?

Sa deuxième main vient encadrer mon visage et je la stoppe en plein vol.

— Arrête de jouer, Cassie. Parce que le jour où je répondrai à tes provocations, tu feras moins la maligne.

Elle rit. Ce son cristallin vibre contre mes tympans avant qu'une avalanche de frissons ne descende directement dans mon boxer. J'aime son insolence autant qu'elle m'agace.

— Est-ce une menace ou une invitation ? souffle-t-elle près de mon oreille.

Une tension plus qu'évidente crépite entre elle et moi. Le genre de tension qui monterait à la tête de n'importe quel homme.

— Une menace.

— C'est peut-être pour cette raison que je m'attire autant de problèmes, se moque-t-elle. J'ai un attrait inné pour le danger.

Je peux lire dans ses yeux toute sa détermination à me pousser à bout. Sa bouche s'immobilise tout près de la mienne.

Elle est là, à ma portée, et je peux sentir sa chaleur irradier contre ma peau. Quelques redoutables millimètres nous séparent. Si je les franchissais, ça n'engendrerait qu'une suite d'emmerdes sans fin. Résister à la tentation qu'elle incarne à la perfection ne m'a jamais paru aussi difficile.

Envoûtante sorcière...

Putain, je ne devrais même pas envisager de l'embrasser, mais les plus mauvaises idées sont parfois celles qui nous maintiennent vivants. Et ce soir, j'ai cruellement envie de sentir mon cœur battre plus fort.

En plein dilemme, le souffle tiède de Cassie sur ma peau est en train de me faire péter les plombs. Sa main libre s'égare sur mon torse. Je l'attrape à son tour, ce qui fait sourire cet irrésistible succube de plus belle. Privée de l'usage de ses bras, elle réduit la distance entre nous à néant. Dans un mouvement lent et grisant, elle saisit ma lèvre inférieure entre ses dents, puis elle tire délicatement dessus avant de la relâcher.

Avant même de réaliser ce que je fous, je l'ai plaquée contre le mur. Mon geste est si brusque que Cassie hoquette de surprise. Ses deux bras se retrouvent bloqués au-dessus de sa tête par ma paume qui les cloue à la paroi. Elle tente de lutter, mais j'ai plus de force qu'elle. Qu'elle le veuille ou non, elle est à ma merci, désormais.

Je maintiens sa mâchoire, colle ma bouche à la sienne sans douceur. D'abord surprise, ma partenaire se fige avant de se mettre à gémir contre ma peau. Nos langues s'élancent à la rencontre l'une de l'autre pour mieux se lier dans une danse inconnue et sauvage. Entre deux inspirations saccadées, Cassie repart à l'assaut avec le même entrain. Je me laisse aller à ses suppliques silencieuses. Mes doigts glissent sur sa nuque pour la rapprocher davantage. Nous ne sommes plus que fureur et passion enchevêtrées. Je malmène ses lèvres fébriles, les oblige à suivre mon rythme pendant que sa respiration joue à saute-mouton.

Le désir enfle entre nous. L'évidente tension sexuelle qui nous unit grignote peu à peu les limites que je me suis fixées. Les idées les plus folles envahissent mon esprit. Je me vois la déshabiller, je m'imagine la prendre sur la table et... *putain. Qu'est-ce que je suis en train de faire ?*

Je libère aussitôt ses bras qui retombent mollement le long de son corps sans la quitter du regard. J'ai envie de me jeter sur elle, de recommencer, pourtant je recule. Cassie, déboussolée, cligne des paupières. Sa respiration est encore anarchique. Elle me dévisage sans comprendre et j'esquisse un sourire en m'essuyant la bouche.

— Tu voulais une réponse ? Pour ma part, je préfère le contrôle.

Elle acquiesce, l'air de me dire : « bien joué » et je désigne le canapé derrière moi.

— Maintenant qu'on a fini de s'amuser, assieds-toi. Il faut qu'on parle.

Cassie frotte sa bouche rougie par notre baiser avant de dégainer ce sourire forcé que je commence à bien connaître. Elle soupire, mais consent à rejoindre le sofa avec nonchalance.

Je la suis jusqu'à la table basse, puis je m'installe sur le petit fauteuil face à elle. D'un geste lent, je fais glisser le stylo et la feuille vers elle.

— Il est temps qu'on discute, toi et moi.

— Est-ce qu'on peut d'abord évoquer ta notion de timing merdique ? Parce que généralement, ce n'est pas ce qu'on fait après avoir embrassé quelqu'un, me lance-t-elle d'un ton piquant, mais drôle.

Elle pousse un long soupir pendant que son regard se pose sur la table basse.

— Il est presque minuit. On ne peut pas voir ça demain ?

— Non. Et on aurait traité ça plus tôt si tu étais rentrée avant.

— Bon, qu'est-ce que Jake et moi avons encore fait ?

— Ce n'est pas de ça qu'il s'agit. Je veux parler de mes règles de cohabitation.

— Tes règles ?

— Ouais. Mon appartement, mes règles. C'est comme ça que ça marche.

— Pourquoi avoir besoin de les écrire ? Tu avais peur d'oublier ? se gausse-t-elle.

— Je préfère garder une trace, au cas où.

— Bonjour la confiance.

— La confiance n'est justement pas ton point fort. Moi, je voulais la jouer cool, mais on sait tous les deux que tu ne me rends pas la tâche facile.

Un sourire fier recouvre mes lèvres tandis qu'elle découvre mon magnifique contrat. Je me racle la gorge avant de déclamer :

— Commençons.

— T'as l'air tellement content de toi, siffle-t-elle.

— Tu n'as pas idée.

— J'ai l'impression que tu m'as tendu un piège.

— Maintenant que j'ai toute ton attention... Paragraphe un : tu rentres à des heures décentes ou tu préviens. Ce n'est pas un moulin avec accès libre, ici. Paragraphe deux : tu te débrouilles pour que ton frère soit assidu et ponctuel à nos rendez-vous. Je n'ai pas de temps à perdre avec un hockeyeur qui n'arrive même pas à se lever le matin.

— T'es sérieux ?

— Très. Paragraphe trois : vous faites votre part de ménage.

— C'est déjà le cas.

— D'ailleurs, si tu peux envisager de ranger ta chambre...

Elle ne relève pas mon commentaire, mais nous savons tous les deux ce que j'entends par là. Je n'ai pas oublié son foutu godemichet de vingt centimètres.

— Ah, et dernier point : tu sors Kiwi matin et soir.

— Hachi.

— Kiwi, c'est non négociable aussi.

Ses lèvres s'incurvent alors qu'elle repose la feuille devant elle.

— Très intéressant. On en reparle plus tard, d'accord ? Je file me coucher.

Insolente.

Elle se lève. Par réflexe, je lui attrape le poignet pour l'empêcher de partir s'enfermer dans sa chambre, ce qu'elle fait quasiment tous les jours depuis notre match l'un contre l'autre. Sa peau frissonne à mon contact et, en une seconde à peine, la tension sexuelle emplit à nouveau l'espace qui nous sépare.

Petite.

Mon épiderme picote, comme s'il était parcouru de décharges électriques. Mon cerveau m'envoie des images de Cassie nue sur mon canapé, le regard brûlant de désir.

Sorcière.

Je me fous une claque mentale. *Reste concentré, Bill. Montre-toi ferme. Joue cartes sur table. Sois franc.* Mais quand être honnête signifie dévoiler ses doutes et ses faiblesses aux autres, je ne suis pas à l'aise. Je ferme les paupières une courte seconde, puis je me lance. De toute façon, je n'ai rien à perdre.

— Il va falloir qu'on trouve un terrain d'entente Cassie, tu ne crois pas ? Ça ne fait même pas deux semaines qu'on vit ensemble et on se prend la tête à peu près toutes les dix minutes.

— Je te rassure, on ne fait pas que se prendre la tête. La preuve, il y a encore un instant.

— Peut-être, mais on ne peut pas continuer sur cette lancée. Il doit bien y avoir un moyen de nous entraider.

Elle ne répond rien, mais ses yeux osent enfin affronter les miens sans honte.

— Écoute, j'étais sérieux cet après-midi quand tu m'as trouvé avec Weston dans la cuisine. J'ignore quelle partie de notre conversation tu as entendue, mais il faut que tu comprennes que si le parrainage de ton frère se passe mal, je risque de perdre ma place chez les Krakens. Crois-moi, je ferai mon possible pour que Jake devienne joueur professionnel. Reste à savoir ce que toi, tu es prête à faire pour lui ?

— Jake est ma seule famille. Je donnerais tout pour lui.

— Alors le deal est simple. Tu fais en sorte que Jake soit assidu et je continue de vous héberger en contrepartie. Plus de mensonges entre nous. Marché conclu ?

— Marché conclu.

Je lui relâche le bras, pourtant elle ne recule pas. Elle plonge ses beaux yeux verts dans les miens et je réalise qu'il me suffirait d'un unique pas vers elle pour poursuivre notre baiser. Elle est si proche et si loin à la fois. Comprend-elle seulement ce que j'endure ? Un sourire triste se dessine sur mon visage. Je dégage une de ses mèches encore humides collées à sa joue, puis je lui caresse le menton du bout du pouce.

Cette fille a le pouvoir de détruire tout ce que j'ai de plus cher d'un simple claquement de doigts.

— Contrairement à ce que tu crois, ma vie n'est pas toute rose. Jouer pour les Krakens, c'est tout ce qu'il me reste. Je tiens vraiment à cette équipe, Cassie... Ne brise pas mon rêve.

Les commissures de ses lèvres s'étirent avec douceur.

— Une Rodriguez n'a qu'une parole.

— Alors, je compte sur toi.

Elle hoche la tête, puis s'éloigne un peu avant de s'arrêter à l'entrée du couloir.

— Bonne nuit, Bill.

— Bonne nuit, Cassie Jolie.

15

CAP OU PAS CAP

Cassie

Après une heure d'entraînement intense, je rejoins le banc des joueurs en sueur et épuisée. Mon idiot de petit frère frime. Il dérape près de moi en projetant des débris de glace par la même occasion.

— Très drôle, grogné-je avant d'épousseter ma tenue noire.

— Alors, qui est-ce qui s'avoue vaincue ? Reconnais-le. Je te surpasse.

— Même pas en rêve. Si je m'exerçais aussi souvent que toi, je te mettrais la raclée.

Bill, accoudé à la rambarde, nous accueille en levant un sourcil.

— Si vous avez assez d'énergie pour râler, c'est que vous n'avez pas tout donné. C'est reparti pour quatre tours de terrain.

Jake obtempère sans broncher, ce qui n'est pas mon cas. J'enjambe la balustrade, puis je m'assieds dessus en toisant le parrain de mon frère.

— C'est valable pour toi aussi, Cassie.

— Rappelle-moi depuis quand je suis censée suivre tes ordres ? lâché-je dans un mélange d'insolence et d'humour.

— Depuis que tu as accepté de participer à cet entraînement, j'imagine.

— Erreur. Je suis là pour donner du fil à retordre à mon petit frère, parce que tu es au repos musculaire pour la semaine.

Je pose un pied sur la terre ferme avant d'aller m'affaler sur le banc juste à côté. Je retire mon casque, puis tente de reprendre mon souffle, les paupières closes. Je ne le reconnaîtrai jamais à voix haute, mais cette session de hockey m'a vidée de mon énergie. C'est qu'il progresse, le petit Rodriguez ! Cela ne fait qu'un mois que ce parrainage a débuté, et l'entraînement commence déjà à porter ses fruits. C'est génial.

Un sourire satisfait sur le visage, je me repose en attendant que Jake finisse.

Au bout d'une courte minute, une voix féminine et mielleuse au possible me tire de ma quiétude. Elle marmonne quelque chose d'inaudible, puis se met à ricaner d'une manière insupportable. Il ne m'en faut pas plus pour rouvrir les yeux et tourner mon regard blasé vers Bill et la rousse qui lui tient compagnie. Elle est en train de lui offrir une des photos qu'elle vient de prendre de lui avec ce fichu Polaroïd qu'elle traîne partout avec elle. Quand elle remarque que je la fixe, Kylie me toise une seconde avant de poursuivre sa discussion avec le vice-capitaine des Krakens, l'air de rien. Entre nous, je sais qu'elle n'est là que pour son titre de joueur professionnel et sa belle gueule. Et ça me saoule au plus haut point parce qu'elle est magnifique, qu'elle est à la tête des cheerleaders et qu'elle pourrait bien avoir une chance.

— Alors, il paraît que le premier grand match de la saison aura lieu samedi ? déclare-t-elle.

Je me renfrogne sur mon siège. Kylie ne s'intéresse pas aux compétitions de hockey. Je suis sûre que quelqu'un lui a filé l'info.

— Effectivement. Ça va arriver vite.

— Si t'as besoin d'un peu de motivation, je peux demander à mon équipe de venir vous soutenir.

Non mais je rêve...

— C'est sympa. On ne refuse jamais des supporters supplémentaires.

J'attrape ma bouteille d'eau pour en boire une gorgée tout en tendant l'oreille.

— J'ai cru comprendre que tu n'avais pas le droit de t'entraîner aujourd'hui ? reprend-elle.

— C'est vrai. Je me repose au max pour être en forme samedi. Et toi, qu'est-ce que tu fais de beau cette semaine ?

— Oh, tu sais, rien de spécial. Les cours et le sport. C'est toute ma vie.

Je manque de recracher ma gorgée et toussote un « salope » qu'elle n'entend malheureusement pas, car elle s'éloigne déjà. Cette garce oublie de préciser quel est son passe-temps préféré : la chasse aux mecs les plus populaires du campus. Et son prochain casse-croûte porte le doux nom de Bill Croft. Rien que d'imaginer mon coloc en train de l'embrasser comme il l'a fait avec moi, quelques jours plus tôt, j'en ai la nausée. Ce n'était peut-être rien d'autre qu'un jeu de défi entre lui et moi, mais...

Argh ! Mes yeux s'accrochent à la main de Kylie posée sur le torse de Bill. Ce con ne la repousse même pas. Il se contente de décocher son sourire ravageur et je suis persuadée qu'il ne le fait même pas exprès. C'est une chose que j'ai remarquée avec lui. Malgré sa rigueur et sa sévérité sur la glace, Bill est solaire. Il attire les gens à lui naturellement.

Les rires de la rousse m'agressent les tympans. Je détourne la tête pour me focaliser sur Jake, qui a fini ses tours supplémentaires, lorsque mon téléphone se met à sonner. Je me dépêche de fouiller dans le sac que j'ai laissé traîner sur le banc. Quand je le déniche enfin, j'hésite à répondre. Je ne connais pas ce numéro. Ça pourrait très bien être Diego.

— Hé, Rodriguez, tu décroches ou je m'en charge ? me lance Bill.

Je fais non de la tête. Il sait très bien pourquoi je fixe l'écran au lieu de prendre cet appel. Au bout de quelques secondes à m'observer, il délaisse Kylie pour s'approcher.

— C'est qui ? me demande Jake de loin.

Je n'ai pas le temps de lui répondre, Bill se plante devant moi.

— C'est encore Diego ?

— Aucune idée.

— Passe-moi le téléphone.

Au lieu d'obéir, je ramène mon portable vers moi. La dernière fois, son intervention n'a fait qu'empirer la situation. Je n'ai pas l'intention de le laisser parler à ma place, mais Bill n'est pas de cet avis. Il se penche pour m'arracher l'appareil des mains pendant que mes yeux s'écarquillent. Avant que je n'aie pu prononcer un mot, il décroche. Mon regard reste vissé sur ses lèvres pour essayer de déchiffrer ce qu'il dit. Jake, curieux, vient s'asseoir à côté de moi. Même la rousse attend de savoir ce qu'il en est.

— Allô ? Ouais, c'est Bill. Toujours à la patinoire, pourquoi ? Ah ? OK, à tout de suite.

Il me redonne mon téléphone. Ma mâchoire manque de se décrocher. Dans mon esprit, j'imagine déjà Diego débarquer ici pour son coup de pression quotidien.

— Comment ça, « à tout de suite » ? Tu ne vas quand même pas...

— C'était Malcolm, me coupe-t-il pour mettre fin au suspense. Il veut te voir dans son bureau.

— Moi ? Ou Jake ?

— Toi.

— Pourquoi ?

— Aucune idée.

J'interroge mon frère du regard, il n'a pas l'air d'en savoir plus. S'il avait fait une connerie, il me l'aurait avouée avant que je ne la découvre. Il est loin d'être parfait, mais il ne ferait jamais rien qui me mettrait dans l'embarras.

— D'accord... Je range tout ça et j'y vais.

— Je ne peux pas venir avec toi, m'explique mon frangin. J'ai cours dans quelques minutes. Faut que je me magne.

— T'inquiète, je vais gérer.

Je me baisse pour détacher mes patins pendant qu'une boule d'angoisse grossit dans mon estomac. Bill s'éloigne pour récupérer une partie du matériel qu'on a utilisé et Jake prend la direction des vestiaires. Seule Kylie traîne encore trop près de moi à mon goût.

— T'imagines si le coach des Huskies a appris que tu fricotais avec la bande de Diego ? siffle-t-elle, telle une vipère. Tu dégagerais aussitôt.

— Si c'est le cas, je n'aurai pas de doute sur la provenance de cette rumeur. Et crois-moi, je viendrai m'occuper de la responsable en personne.

— Tu sais, Cassie... tu devrais arrêter de viser trop haut.

— Et pourquoi ça ?

— Ne te vexe pas, mais Bill est hors d'atteinte.

J'ai envie de lui cracher à la figure qu'elle se trompe. Je me retiens de lui avouer ce que l'homme qu'elle désire tant et moi avons fait, trois jours plus tôt, mais qui me dit que l'attaquant des Krakens n'agit pas comme ça avec toutes les filles qu'il croise ? Je ne le connais que depuis un petit mois. Même s'il n'a jamais ramené de femme chez lui depuis que j'ai emménagé, cela ne signifie pas qu'il n'en côtoie pas.

J'ignore la cheerleader. Je file ramasser les cerceaux restants et je suis Bill jusqu'au local à matériel, mon sac sur l'épaule, sans prononcer un mot.

Le blond se retourne finalement vers moi quand nous avons terminé de tout ranger.

— Arrête de faire la tronche, Rodriguez. Tu vas finir par avoir des rides prématurément. Malcolm n'avait pas l'air en colère. Pourquoi tu stresses ?

— Pour quelle raison me convoquerait-il, si ce n'est pas pour me faire la morale ?

— Une seule façon de le vérifier. Je t'accompagne si tu veux.

Je hausse les épaules avant d'accepter. De toute façon, si je ne le laisse pas venir, il ira directement poser la question au coach des Huskies. Ils se connaissent depuis tant d'années que Malcolm ne lui cachera rien.

Nous rebroussons chemin jusqu'au bureau où je m'étais planquée. Les mains moites, je toque à la porte entrouverte et une voix grave m'invite à entrer. Bill me suit de près avant d'aller taper dans le poing du coach.

— Alors, cette séance sur la glace ? nous demande le quinquagénaire.

— Terrible. Bill est exigeant et intransigeant, me moqué-je. Il ne laisse rien passer.

Le blond me jette un regard moqueur, mais ne répond rien.

— C'est la preuve que c'est un bon entraîneur ! confirme Malcolm. Je suis trop gentil avec les Huskies. Je devrais peut-être me montrer aussi sévère que Bill.

— Vous allez perdre la moitié de vos joueurs en cours de route, plaisanté-je. Je ne suis pas sûre qu'ils tiennent la cadence.

— Ce n'est pas faux. Si certains sont taillés pour la compétition, ce n'est malheureusement pas le cas de tous. En parlant de futurs champions, comment ça se passe avec Jake ?

J'adresse un coup d'œil à Bill pour le laisser répondre et il me sourit en retour.

— Bien. Il a fallu quelques séances pour qu'il comprenne qu'on n'était pas là pour jouer, mais il a pris le pli. Il n'a même pas râlé quand je lui ai imposé quatre tours supplémentaires.

— Jake a un énorme potentiel. Il faut savoir le motiver pour qu'il se donne à fond. Bon...

Malcolm marque une pause et ses yeux gris se posent sur moi. Mon pouls s'agite.

— Tu dois te demander pourquoi je voulais te parler.

Les traits tendus, je me contente d'acquiescer.

— Becky s'est blessée.

Ma bouche s'entrouvre de surprise.

— Elle s'est cassé la jambe. Il lui faudra au moins deux mois pour s'en remettre.

Je hoche la tête en silence pendant que Bill cherche à capter mon regard.

— Becky, c'est la fille qui occupe la place de centre depuis le départ de Cassie de l'équipe. Et je n'ai malheureusement pas le luxe d'avoir beaucoup de joueuses sous le coude. On a un gros match courant novembre et sa blessure sera loin d'être remise.

— Qui devez-vous affronter ? demandé-je.

— L'université de l'Utah. On ne peut pas y aller avec une débutante à ce poste.

— Ouch, murmuré-je. Effectivement... Ces nanas ne sont pas réputées pour leur délicatesse.

— Tu comprends donc pourquoi je t'ai appelée. J'ai besoin d'une hockeyeuse expérimentée. Tu penses pouvoir jouer avec nous ? Si ça peut t'aider, je peux discuter avec tes professeurs pour qu'on aménage ton planning.

— Je... je...

— Au moins pour ce match, insiste-t-il. Après, si tu préfères arrêter, ce sera à toi de décider.

J'hésite à accepter. D'un côté, la compétition me manque cruellement. Mon cœur se serre à l'idée de refuser sa proposition. Et de l'autre, j'ai conscience d'avoir abandonné les Huskies, l'année dernière. Je ne me sens pas légitime de jouer aux côtés de mes anciennes coéquipières. Je n'ai fait que les fuir, depuis. Je pousse un soupir. Bill m'observe. Curieux, il guette ma réponse. Une lueur danse dans ses iris ambrés. Je crois y déceler une pointe de fierté et il n'en faut pas plus à la flopée de papillons dans mon ventre pour s'éveiller. Bill finit par croiser les bras sur son torse dans l'attente de mon verdict. Il me jauge avec un air de défi sur le visage, j'ai l'impression qu'il n'attend que ça, me voir jouer.

— Alors, Cassie, cap ou pas cap ? lâche-t-il avec malice.

Je hoche la tête malgré moi. Juste pour le plaisir d'admirer cet éclat dans ses yeux une fois de plus. Juste pour avoir la chance de lui montrer ce que je vaux vraiment sur la glace.

— Super, déclare Malcolm. J'ai suivi de loin tes derniers entraînements. Tu n'as pas l'air d'avoir perdu en niveau. Je pense quand même que ce serait pas mal que tu assistes au moins à une ou deux séances avec les filles par semaine.

— D'accord.

— Tu me montres ton planning ?

Je dépose mon téléphone sur la table avec mon emploi du temps affiché en gros. Malcolm cherche dans son agenda quelques dates qui pourraient me correspondre et il en profite pour échanger un peu avec Bill.

— Alors, ça y est, le premier match de la saison approche ?

— Ouais, samedi.

— Tu te sens comment ?

Bill hausse les épaules.

— Mal. Comme avant chaque grand évènement. Je suis pressé de faire mes preuves, mais tu sais ce que c'est... La peur d'échouer ne nous lâche jamais vraiment.

— Allez, j'ai confiance en toi. Tu seras à la hauteur. Vide-toi la tête cette semaine, pense à autre chose et tout se passera bien.

Une pointe de culpabilité s'enfonce dans ma poitrine. J'étais tellement concentrée sur mes propres problèmes que je n'ai pas pensé au stress que doit endurer Bill ces jours-ci.

— Cassie, tu veux bien aller dans la pièce à côté ? Il y a deux gros cartons posés sur le sol, tout au fond. On a reçu les tenues avec les logos des nouveaux sponsors. Tu récupères deux uniformes complets, d'accord ?

J'acquiesce et je sors en laissant la porte entrouverte. Lorsque je reviens enfin, les bras chargés, la voix de Malcolm résonne à l'intérieur de son bureau. Je tends l'oreille, puis je me fige quand je perçois mon prénom dans la conversation.

— Qui t'a raconté ça ? Cassie n'a pas été virée de l'équipe.

— C'est vrai ? s'étonne Bill.

— Elle est partie d'elle-même. Aucune de ces rumeurs n'est fondée, sinon tu te doutes bien que je ne l'aurais pas recontactée.

— Pourquoi est-ce qu'elle a quitté le club, si elle aime tant le hockey ?

— Pour prendre un emploi en dehors des cours. Elle n'a pas de bourse, contrairement à Jake. C'est sa grand-mère qui paie ses études, mais elle est en fin de vie... et Cassie n'est pas son héritière directe. Elle essaie d'économiser.

— Qui va hériter, alors ?

Je retiens ma respiration. Je n'aborde jamais ce sujet douloureux. Jake et Malcolm sont les deux seules personnes à être au courant.

— Son père qu'elle ne fréquente plus.

— Je vois. Donc si Cassie ne bosse pas...

— Elle devra quitter l'université. C'est une fille courageuse. Elle doit gérer Jake en plus de leur avenir parce que personne d'autre ne le fera à sa place.

J'attends une minute que mon pouls se calme avant de retourner dans le bureau. J'évite de croiser le regard de Bill, de peur d'y apercevoir de la pitié, ou pire, du rejet. À mon grand soulagement, il ne dit rien et n'aborde pas le sujet.

— C'est bon, tu as tout ce qu'il te faut ? m'interroge le coach.

— Oui, je pense.

— Bien, on se revoit la semaine prochaine alors. Je compte sur toi.

— Ça marche.

Je quitte la salle la première, avec la liste des dates des entraînements. Bill me rattrape dans le couloir.

— Tu étais tellement pressée que tu en as oublié ta crosse.

— Ah, merci.

Je tends le bras pour qu'il me la rende, mais il la garde dans sa main.

— T'es un peu chargée. Je t'accompagne jusqu'aux vestiaires.

Je le remercie par un sourire discret et me remets en route.

— Alors ? me lance-t-il avec prudence. Tu penses quoi de la proposition de Malcolm ?

Je n'ai pas le temps de lui répondre. Des éclats de rire masculins résonnent dans le couloir. Quelques mètres plus loin, nous tombons nez à nez avec trois coéquipiers de mon frère : Joshua, George et Bryan. Ils nous tapent dans le poing en guise de salut et leurs regards s'attardent sur la tenue que je porte dans mes bras.

Un sourire illumine le visage de Josh.

— Alors, Wolfy est de retour ? Sacrée surprise.

— Juste pour un match. Ne t'emballe pas. Becky s'est blessée, répliqué-je.

— Aïe. Qu'est-ce qu'elle a ? demande Bryan.

— La jambe cassée. Elle devrait se remettre d'ici deux mois. En attendant, je prends le relais.

— On a hâte de te voir à l'œuvre.

— Merci. Bon, je vous aime bien, mais je dois me dépêcher. Il faut que je sois dans l'amphi d'ici trente minutes.

Ils acquiescent et je finis par m'éloigner, l'attaquant des Krakens toujours sur mes talons.

— Ah, au fait, Bill ! l'interpelle Joshua. T'es bien au repos cette semaine, non ?

— Ouais, pourquoi ?

— Ça te dit, une virée à l'entrepôt, ce soir ?

Merde.

Le visage inexpressif, j'essaie de cacher ma panique.

— L'entrepôt ? On parle bien de ce bâtiment désaffecté dans lequel ont lieu les plus grosses fêtes étudiantes illégales ? Ça existe encore ?

— Et comment ! Tu te joins à nous ? Ça pourrait être sympa, une sortie comme au bon vieux temps.

— Pourquoi pas. Tu m'envoies un message dans l'aprèm et on cale ça ?

Josh valide, puis Bill me rattrape en trottinant.

— Tu comptais aller à cette fête, toi aussi ? me lance-t-il.

— Aucune idée.

La vérité, c'est que ça fait des jours que je pense à cette soirée. Je sais de source sûre que les Devasco, la bande rivale à celle de Diego, y sera présente. Mais je n'avais pas prévu qu'un obstacle d'un mètre quatre-vingt-dix se dresserait sur mon chemin. Je ne peux pas avouer à Bill que j'y vais dans l'unique but de négocier la libération de mon appartement. Il est encore persuadé que Diego a causé un dégât des eaux chez moi.

Nous reprenons notre marche en direction des vestiaires des femmes et le vice-capitaine des Krakens s'arrête sur le pas de la porte.

— Tu n'as pas répondu à ma question tout à l'heure. Tu es prête à renouer avec l'équipe féminine ?

— Bof. J'ai gardé de bons contacts avec certaines filles, mais j'avoue que je fais mon possible pour ne pas les croiser, la plupart du temps.

— Mais t'as envie de rejouer, non ?

Un sourire s'affiche sur mon visage malgré moi.

— J'en meurs d'envie. Je ne veux pas rater cette opportunité. Je crains seulement que ça se passe mal.

Je sais que Bill fait partie de ces rares personnes qui crèveraient à l'idée d'être privées de hockey. D'une certaine façon, on a ça dans le sang, lui et moi.

Il se met à rire, je lui lance un regard mauvais.

— Quoi ?

— Si tu t'abstiens de sauter à la gorge de l'une de tes coéquipières, tout ira pour le mieux, se moque-t-il.

— Tu es hilarant, Bill. T'as bouffé un clown au petit déjeuner ?

— Et toi, tu manques de vitamine B ? Faut apprendre à te dérider.

Il appuie son index sur le pli qui barre mon front et je lui tape l'épaule en représailles.

— Je te signale que je sais me contrôler. Je n'ai jamais agressé un membre des Huskies. Si quelqu'un me gave, je percute un adversaire pour me défouler.

— Bonne tactique, admet-il. Moi, j'ai déjà frappé des joueurs de ma propre équipe.

J'abaisse la poignée en riant et je contemple la salle déserte. Ce n'est pas l'heure de l'entraînement du club féminin alors il n'y a personne. Bill passe la tête par l'entrebâillement par curiosité.

— Ça te rappelle des souvenirs ? lui lancé-je.

— Tu me croiras ou non, mais je n'ai jamais mis un pied dans le vestiaire des filles du temps où je jouais à l'U-Dub.

Je ne peux m'empêcher de me moquer. Je ne sais même plus combien de fois je suis allée faire un tour du côté des hommes.

— Et c'est moi qui vais vieillir prématurément ? T'es trop sérieux, Croft. Pas étonnant que tu sois si ennuyeux.

— Ennuyeux ? Tu as tout faux.

Au lieu de se braquer comme il a l'habitude de le faire, ses commissures se soulèvent légèrement, puis un rire franc vient franchir ses lèvres.

— Tu as l'air d'apprécier ta routine, pourtant.

— Et c'est la nana qui aime manger des nouilles chinoises sous un plaid en regardant *Vampire Diaries* tous les soirs qui ose me dire ça ?

— Qu'est-ce que tu as contre ma série ?

— Rien de spécial. C'est juste gnangnan.

— N'importe quoi. C'est tout le contraire. C'est intense, mais qu'est-ce qu'un mec comme toi y connaît ?

— Comment ça, comme moi ?

— En-nuy-yeux, articulé-je, tout sourire.

Je dépose mon sac sur le banc, puis je croise les bras sur mon large maillot de hockey noir en le détaillant des pieds à la tête. J'ai envie de l'emmerder un peu. Juste pour lui rendre la monnaie de sa pièce.

— Répète ça, insolente ? me menace-t-il en se marrant.

— Et qu'est-ce qu'il se passera si je le fais ? Tu m'obligeras à faire quatre tours de terrain ? De toute façon, tu n'as même pas le cran d'entrer, le chambré-je.

Bill jette un coup d'œil derrière son épaule dans le couloir avant de poser un pied à l'intérieur de la salle pour me contredire.

— Si tu veux braver l'interdit une fois dans ta vie, c'est l'occasion. Je t'assure que tu ne finiras pas en prison. Alors, à ton tour. Cap ou pas cap ?

— Tu crois que je suis le genre de mec qui n'a jamais enfreint les règles, pas vrai ?

— Est-ce que j'ai tort ? Prouve-moi le contraire.

— Je pourrais te surprendre.

Bill rigole en me suivant à l'intérieur. Une vague de chaleur se répand dans mon ventre quand je réalise que nous sommes seuls dans ce vestiaire. Juste un homme, une femme et une multitude de possibilités. Pour masquer ma fébrilité naissante, je commence à retirer mon équipement tout en lui parlant, comme je le ferais avec n'importe quelle coéquipière.

Sauf qu'il ne fait pas partie des Huskies et mon cerveau ne cesse de me renvoyer à l'esprit le fait qu'il a une paire de couilles entre les jambes.

— Vas-y, je suis tout ouïe. Quelle est ta pire connerie, Croft ?

— Joker. Si je te le dis, je risque d'être éjecté des Krakens et de finir en taule.

— À ce point-là ? Bon, ta connerie la plus stupide, alors ?

— Est-ce que... avoir accepté de t'héberger, ça compte ?

Je lui balance mon nouvel uniforme au visage et il éclate de rire. Il fait un rapide tour de la pièce, puis revient se planter devant moi. Ses iris brûlent ma peau partout où ils se posent. J'ignore l'effet ravageur qu'il a sur ma libido et je poursuis la conversation de mon mieux.

— Et du coup, cette soirée à l'entrepôt, tu comptes vraiment y aller ? l'interrogé-je.

— Ouais, je pense. Je n'ai pas d'entraînement cette semaine et j'ai envie de me vider la tête. Tu devrais te joindre à nous.

— Peut-être que je viendrai, qui sait ?

— Si tu as besoin d'un chauffeur, tu sais où me trouver.

— C'est sympa de proposer, déclaré-je avant de me mordre les lèvres.

Si je n'avais pas l'habitude de la serviabilité de Bill, j'aurais pu croire à une invitation.

Je finis de détacher mes genouillères, puis je retire mon large t-shirt noir devenu humide et froid. Juste vêtue d'un débardeur et d'un legging, je me lève pour aller prendre ma douche. Le joueur des Krakens, lui, n'a pas bougé d'un centimètre. Il m'observe depuis l'allée au milieu des casiers. J'attrape ma serviette et il me redonne ma crosse. J'avance pour la récupérer, mais plus j'approche, plus l'air entre nous se charge en électricité. Cette tension est si puissante que mes lèvres et ma peau se mettent à pulser d'une envie irrésistible.

Je rêve qu'il m'embrasse.

Bill dégage une mèche collée à ma joue par la sueur séchée et un raz-de-marée de frissons déferle sur mon corps. Son regard descend sur ma poitrine couverte de chair de poule avant de plonger à nouveau dans mes yeux. Sa mâchoire carrée se contracte légèrement, comme s'il luttait, lui aussi, contre ce besoin irrépressible.

— Cap ou pas cap ? chuchoté-je.

Il approche d'un pas. Il se tient si près, à présent, que ses lèvres frôlent les miennes. Mon attention est rivée sur l'écart presque inexistant entre nos corps et plus rien ne compte en dehors de cet espace vide. Il s'est réduit à d'infimes millimètres qui me rendent dingue. Mais l'implacable Bill Croft refuse de les franchir.

— Insolente, murmure-t-il, collé contre moi.

Sa main s'invite sur ma nuque et c'est tout mon être qui en est chamboulé. Sa bouche se pose fugacement sur la mienne, une trop courte seconde qui suffit à me donner le vertige. Lui, en revanche, ne laisse rien paraître. Ses traits sont plus détendus que les miens, son souffle, bien plus calme. Bill peut se montrer si frustrant, parfois. L'air que j'expire vient frapper sa joue tandis qu'il détourne la tête pour se pencher près de mon oreille. Ses dents s'accrochent en douceur à mon lobe. Il tire dessus avant de sourire.

— Sèche-toi, tu vas choper la mort.

Il rigole en tournant les talons et me laisse seule dans les vestiaires avec une envie brûlante de lui sur la peau.

16

L'ENTREPÔT

Bill

Je me faufile dans une foule compacte à grand renfort de coups d'épaule. Joshua, qui connaît mieux les lieux, marche devant pour ouvrir la voie. Rien n'a changé depuis la dernière fois que je suis venu, si ce n'est quelques trous supplémentaires dans la toiture. L'entrepôt, cet immense hangar abandonné au nord de Seattle, est réputé pour rassembler les plus grosses fêtes clandestines du coin. Il n'y en a pas souvent, afin de ne pas ameuter tous les flics des alentours, mais dès que les étudiants ont vent d'une date prévue, ils sont prêts à rouler des heures pour l'occasion. Certains viennent même des États voisins. Quand j'étais encore à l'U-Dub, on aimait bien traîner ici. Malheureusement, la fête ne durait jamais très longtemps. La police finissait par débarquer et on déguerpissait aussi vite que possible pour ne pas se faire choper.

Une casquette sur la tête pour éviter qu'on me reconnaisse malgré la pénombre et les fumigènes rouges, je lève les yeux vers les vieilles poutres métalliques qui retiennent la tôle ondulée. Ce bâtiment est sur le point de s'écrouler, mais personne n'en a rien à foutre. Tout le monde est trop occupé à se saouler et à se défouler sur une immense piste de danse improvisée pour s'en soucier.

— On va se poser par là, m'indique Josh en criant. George est venu plus tôt pour nous garder la place.

Je me hisse sur la pointe des pieds, le regard au loin. Son coéquipier est accoudé à une espèce de bidon en fer qui fait office de table. Après cinq bonnes minutes à lutter pour le rejoindre, nous atteignons enfin notre lieu de rendez-vous, près de la cloison. Le défenseur des Huskies nous accueille et je me retrouve avec une bière à la main avant même d'avoir salué ses compagnons de fête. Chacun d'entre eux a ramené sa propre réserve d'alcool et il n'y a pas à dire, les amis de Josh n'ont pas lésiné sur les quantités.

Je tourne sur moi-même pour découvrir les alentours. Mes potes, eux, discutent avec des filles qui traînent souvent à la patinoire. Je suis certain que Kylie est dans le coin, elle aussi. Elles sont toujours ensemble. Je la cherche, plus par curiosité que par envie, et je finis par la trouver bien trop rapidement à mon goût. Ce soir, elle est vêtue d'une mini-jupe d'un rose vif qui attire l'œil malgré la pénombre. Je me désintéresse d'elle pour admirer l'immensité de la salle. Mes yeux se posent sur des mecs qui portent les couleurs de l'ancienne équipe universitaire de Weston, les Red Hawks. C'est marrant, cet endroit regorge vraiment d'étudiants venus des quatre coins de la ville. En chemin, j'ai même reconnu quelques vieilles connaissances de fac. Je reprends mon analyse des lieux quand j'aperçois Kylie qui se faufile dans ma direction. Il ne lui a pas fallu longtemps pour me repérer, à croire qu'elle guettait mon arrivée. Elle marche droit vers moi, enroule son bras autour de mon cou et ses lèvres s'écrasent sur ma bouche. Avant que je n'aie le réflexe de riposter, le flash de son appareil photo m'aveugle. Je l'entends glousser malgré la puissance de la musique électro qui résonne dans le hangar. Elle agite sous mon nez la petite image carrée tout juste imprimée.

— Tiens, un souvenir de nous deux.

— Merci, sifflé-je.

Mon ton sonne plus décontenancé que cassant, mais je n'apprécie pas trop sa manière de faire.

— Si tu en veux d'autres, n'hésite pas à me faire signe.

Je prétends ne pas avoir compris son insinuation et je me tourne vers Bryan, qui s'avance à son tour.

— T'es pas venu avec Cassie ? m'interroge-t-il entre deux gorgées d'un mélange curieux.

— Non, pourquoi ?

— Pour rien. Je l'ai vue passer par là, il y a cinq minutes à peine. Comme vous êtes toujours fourrés ensemble, je pensais qu'elle te cherchait.

Je fixe aussitôt la direction qu'il pointe du doigt avec une sensation étrange dans l'estomac. Cassie est ici ? Elle ne m'a même pas dit qu'elle venait.

— Elle était seule ? osé-je demander.

— Aucune idée. Il y a tellement de monde, je n'ai rien vu.

— On se fout de ce qu'elle fait, riposte Kylie. Elle doit être trop occupée à s'amuser avec d'autres mecs. On n'a pas besoin d'elle pour passer un bon moment.

Sa main glisse sur mon épaule et je la dégage d'un coup sec.

— Et je n'ai pas non plus besoin de toi.

— Quoi ? Mais, je...

Je quitte la table avant qu'elle n'ait terminé sa phrase. Le temps de réaliser ce que je suis en train de faire, j'ai déjà traversé la moitié de l'entrepôt en direction de la pièce annexe qu'il désignait avec son index. Qu'est-ce que Cassie est venue faire ? Est-ce qu'elle est avec un homme ? *Avec ce connard de Diego ?*

Je pousse la porte avant d'être submergé par une affreuse odeur de shit qui flotte dans l'air. OK, je crois savoir où j'ai atterri... L'antre des dealers. Sympa. Je balaie la salle d'un regard perplexe jusqu'à tomber sur le dos d'une brune outrageusement sexy. Mes dents grincent devant cette scène déplaisante. Je reconnaîtrais entre mille la silhouette de Cassie, mais le mec assis qui chuchote à son oreille, lui, m'est inconnu. Mes yeux descendent davantage, s'arrêtent sur son mini short en cuir et sur la foutue main de cet homme posée de manière possessive sur sa hanche.

C'est quoi ce bordel ?

Et il y a encore quelques heures, Malcolm m'assurait que Cassie ne baignait dans aucune histoire de drogue ? Si c'est le cas, que fiche-t-elle entourée de ce genre de gars ?

J'avale la distance qui nous sépare pour saisir le bras de ma colocataire. Stupéfaite, elle sursaute en se retournant vers moi. Son visage se décompose.

— Tiens donc... comme on se retrouve, articulé-je devant ses yeux grands ouverts.

Elle cligne des paupières plusieurs fois, cherche ses mots, puis bafouille.

— Ah, je... T'es-t'es là ? Quelle bonne surprise !

— Arrête ton cirque.

Cassie se redresse de toute sa stature pour tenter de masquer sa panique apparente. Malgré ses talons hauts, elle n'arrive qu'au niveau de mon nez. Je ne suis pas dupe et elle non plus. Nous savons tous les deux qu'elle n'a rien à foutre là. Elle plonge son regard affolé dans le mien pendant que le mec à sa gauche s'agace. Son nouveau pote, bien trop âgé pour être étudiant, se lève à son tour.

— Y a un problème ? demande-t-il.

— Non, non, tout va bien, déclare Cassie. Mon ami passait juste me saluer.

— Ton ami ? relevé-je.

Elle me fixe, puis secoue la tête d'une manière imperceptible, comme pour me déconseiller de la contredire. Sa voix n'est plus qu'un murmure à peine audible.

— Pars, Bill. Ce n'est pas le moment. S'il te plaît.

Contrarié, je fronce les sourcils et décide de rebrousser chemin. Les poings serrés, je m'arrête sur le pas de la porte du hangar principal, dix mètres plus loin. Dans ma tête, l'image des iris vert-bleu de Cassie tourne en boucle. Ils sont teintés par cette lueur triste que j'ai déjà vue chez elle. Jusque-là, je ne l'avais aperçue qu'en présence de Diego. Je fais volte-face afin d'examiner la pièce bien plus exiguë que l'entrepôt. Je me rappelle ce que Kylie avait dit à propos de Diego. Il paraît qu'il est le dealer de Cassie, mais je n'y crois pas une seconde. La fille que je connais, cette joueuse de hockey impulsive et pétillante, n'a ni l'apparence ni le profil d'une droguée. Le problème est ailleurs.

Déterminé à avoir le dernier mot de l'histoire, je marche droit vers ma colocataire qui m'observe toujours depuis le fond de la pièce.

— Qu'est-ce que tu fous ? chuchote-t-elle quand j'arrive près d'elle.

— On avait dit plus de secrets entre nous.

— Tu avais dit plus de secrets, rétorque-t-elle, exaspérée.

— J'avais surtout promis de te garder à l'œil et c'est ce que je suis en train de faire. On s'en va.

— Attends ! Je ne peux pas partir. Je n'ai pas fini. Je...

Je lui attrape le poignet alors qu'elle tente de se libérer. Elle se débat de longues secondes et je consens enfin à ralentir.

— Quoi encore ?

Elle se met à jeter des regards frénétiques autour d'elle, comme si elle cherchait quelqu'un, puis elle lève les yeux au ciel.

— Et merde ! Il n'est plus là. T'es content de toi ? hurle-t-elle en enfonçant son index dans mon torse.

— Qui ça ?

— Le seul mec capable de me débarrasser de Diego.

Je tique sur ce nom. Je savais bien que ça avait un rapport avec lui.

— C'est ce que tu étais en train de faire ?

— Ça va t'étonner, mais oui ! J'étais sur le point d'arriver à mes fins.

— La prochaine fois, trouve une solution qui n'implique pas la main d'un inconnu posée sur ton cul.

— Elle n'était même pas sur mon... Tu sais quoi ? Tu n'es qu'un gros con, Bill ! lâche-t-elle avant d'essayer de repartir.

Je la retiens par le bras et elle râle plus fort quand je la rapatrie contre mon torse pour qu'elle arrête de me fuir. Son visage si parfait se retrouve à quelques centimètres du mien, mais ses yeux, eux, me lancent des éclairs à tout va.

— De si vilains mots sur de si belles lèvres, Cassie Jolie...

— Crois-moi, je peux faire encore mieux si tu ne me lâches pas tout de suite, trouduc !

Je pousse un long soupir en renversant la tête en arrière. Sans tenir compte de ses insultes, je la tire par le poignet à travers la foule.

— Tu as un tel don pour t'attirer des emmerdes... C'est fou. Allez, viens.

— Pourquoi tu n'es pas resté avec tes potes ? enrage-t-elle alors que je la traîne dans mon sillage. On dirait que tu préfères être seul, en marge du groupe, à rôder comme un putain de loup solitaire.

Je réprime un éclat de rire.

— C'est mon talent secret. Et tu sais ce qui arrive aux petites filles têtues et imprudentes qui se perdent dans des fêtes aussi sombres que celle-là ? Elles se font bouffer toute crue, enlever, violer et j'en passe. Je n'ai pas envie que tu subisses la même chose.

Je la ramène à notre table, puis j'attrape la bière que j'avais laissée sur le bidon, sous la surveillance de Josh. Cassie, énervée, me l'arrache des mains pour en avaler de grandes gorgées.

Je lui jette un regard blasé.

— C'est ma bouteille.

— M'en fous.

Joshua se marre en nous entendant pendant que Kylie fait la gueule.

— Ne vous prenez pas la tête, je vais en chercher une autre, déclare le joueur des Huskies.

Je le remercie, puis je pointe la chaise de bureau à moitié défoncée qui se trouve près de la table.

— Assieds-toi. J'ai dit que je te garderais à l'œil et je ne plaisantais pas.

— Tu peux me surveiller, mais tu ne peux pas m'obliger à faire ce que tu veux.

— On parie ?

Je prends place sur le siège avant de l'attirer de force sur mes genoux. Elle essaie de se relever, mais je la bloque en passant mes bras autour de sa taille. Après quelques secondes, elle soupire et un large sourire de vainqueur recouvre mes lèvres.

— Qu'est-ce que j'avais dit ?

— Tu sais que ce truc qui te sert de chaise va finir par casser et qu'on va se retrouver par terre ?

— Si tu bouges ton joli petit cul d'ici, la fête est terminée. Je jure que je te porte de force jusqu'à ma caisse et on rentre. Compris ?

Elle se marre en secouant la tête.

— Voyons, Bill, si tu voulais de la compagnie, tu n'avais qu'à le dire.

Je lève les yeux au ciel. Cette fille est impossible.

— Si j'étais en manque, je me serai tapé Kylie dans un coin de l'entrepôt après qu'elle a essayé de fourrer sa langue par surprise dans ma bouche, tout à l'heure.

— Tu déconnes, souffle-t-elle, mi-stupéfaite, mi-hilare.

Je sors la photo de ma poche pour lui prouver que je dis vrai et une grimace de dégoût s'affiche sur son visage.

— Je veux juste t'éviter les problèmes, Cassie. Tu devrais être contente que quelqu'un se soucie de toi. Plutôt que de râler, tu pourrais m'expliquer ce que tu fichais avec ce dealer ? D'abord Diego, puis ce mec-là... Je vais finir par croire que tu gères un trafic, toi aussi.

Assise de travers sur mes jambes, la belle brune se tourne vers moi. Elle me toise avec cet air insolent qui la caractérise si bien, puis se met à papillonner des cils.

— Qui sait ? Je bosse peut-être pour un cartel ?

— Si c'était le cas, tu ne serais pas fauchée, raillé-je.

— Pas faux.

Elle laisse fuiter un rire discret qui me fait supposer qu'elle se calme enfin. Seconde après seconde, sa respiration confirme mon hypothèse. Elle retrouve un rythme normal et ma prise sur son poignet se fait plus douce. Sans vraiment m'en apercevoir, je commence même à y dessiner de petits cercles avec mon pouce. Je me rends compte que j'y suis peut-être allé un peu fort avec elle. D'une certaine manière, Cassie et Jake sont sous ma responsabilité et quand on tient à une personne, on fait notre possible pour la protéger. Je ne laisserai rien lui arriver.

Après plusieurs minutes, Joshua refait son apparition avec une bière pour Cassie entre les mains.

— Ça y est, les autres sont là. Je suis tombé sur eux un peu plus loin, ils s'étaient perdus !

Au moins six étudiants débarquent à sa suite. Jimmy, des mecs de l'équipe, ainsi que quelques cheerleaders manquantes viennent s'installer près de nous. Au même instant, le téléphone de Cassie se met à vibrer dans sa veste. Je lui laisse suffisamment d'espace pour qu'elle puisse le récupérer et elle finit par me montrer son écran.

Jake : Salut, je ne rentre pas à l'appart. Je dors chez Frank.

Elle m'interroge du regard et je la rassure aussitôt.

— Frank est digne de confiance, tu n'as pas à t'inquiéter. En plus, Emma est sûrement avec eux.

— De toute façon, je préfère que Jake soit ailleurs qu'ici. Il est encore trop jeune pour ce genre de soirée, siffle-t-elle.

— Tu ne pourras pas le préserver toute sa vie, se moque Joshua. Il a beau être moins âgé que nous, il est quand même à l'université.

— M'en fous. Je veux qu'il reste loin de ça le plus longtemps possible.

Elle désigne d'un geste de la main tous les étudiants collés les uns aux autres sur la piste de danse. Alors qu'elle s'agite sur mes genoux, ses cheveux glissent sur son épaule, laissant visible ce petit tatouage au creux de l'oreille que je n'ai jamais vraiment eu l'occasion de détailler de près. Curieux, je me penche vers son cou. Elle frémit au contact de mes doigts froids, mais ne repousse pas ma main.

— Pourquoi une étoile filante ? lui demandé-je.

— Parce que ma grand-mère disait toujours que j'allais trop vite pour elle. J'étais une enfant pétillante et trop énergique qui passait son temps à courir dans tous les sens.

— C'est drôle. Ma mère me répète depuis des années que je suis l'étoile montante du hockey. Tu crois qu'il y a de la place pour nous deux dans le ciel ?

— Pas sûr, raille-t-elle.

Jimmy fait claquer sa bière contre la table. Je tourne aussitôt la tête vers lui, persuadé qu'il cherche à attirer notre attention. Le regard de fouine qu'il pose sur Cassie et moi ne présage rien de bon.

— Il paraît que vous avez fait un match l'un contre l'autre ? nous interroge-t-il. On m'a raconté que Wolfy a gagné. Alors, Bill, on se ramollit ?

— Il n'y a pas de vainqueur, le contredit Cassie. Bill n'a pas joué sérieusement. Il m'a laissée marquer.

— Donc, techniquement, on ignore toujours quel est l'astre le plus brillant entre toi et moi, soufflé-je à l'oreille de la brune. Est-ce qu'on peut dire qu'on est ex æquo ?

Elle se tourne vers moi, un sourire malicieux aux lèvres.

— Impossible. Tu sais ce qu'il se passe quand deux étoiles sont trop proches ? Elles entrent en collision. D'abord, leur chaleur augmente, petit à petit, puis... Boum ! Elles explosent.

Sa bouche ne se trouve qu'à quelques millimètres de la mienne quand elle me chuchote ces mots et, à cet instant, je me fiche de ce qu'elle me raconte. Je ne rêve que d'une chose : coller mes lèvres aux siennes. Mais je résiste. Il y a trop de monde autour de nous et je n'ai pas envie d'être la cible de tous les ragots demain matin.

— Du coup, vous deux... Vous couchez ensemble ou c'est plus sérieux que ça ? nous lance Jimmy.

— Nous deux rien du tout, coupé-je.

— Mais bien sûr. C'est pour ça que Wolfy est assise sur tes genoux.

— Je partage juste une chaise avec une connaissance. C'est interdit ?

— Si tu le dis.

Jimmy se retourne pour discuter avec deux autres filles pendant que Cassie lève un sourcil dans ma direction.

— Une connaissance ? C'est comme ça que tu appelles quelqu'un que tu as embrassé ?

— Tu voulais que je dise quoi ? Je n'ai pas envie que Jimmy découvre nos petits jeux.

— De mieux en mieux.

Vexée, elle se lève de mes genoux pour s'accouder sur le baril. Je la regarde avaler le contenu de sa bière, conscient des barrières que j'érige volontairement entre nous. Une relation entre elle et moi ? Ce serait une mauvaise idée. C'est frustrant, mais c'est ainsi. Je reporte mon attention sur Josh qui tire une chaise derrière lui afin de s'asseoir près de moi. L'air trop sérieux pour ce genre de soirée, il pose sa main sur mon épaule.

— Tu sais, je n'ai jamais trouvé l'occasion de te le dire et le moment est sûrement mal choisi, mais je suis désolé pour Manille. Je l'aimais bien.

Évidemment, les deux iris perçants de Cassie ne perdent pas une miette de notre conversation.

— Qui est Manille ? nous interroge-t-elle.

— Mon ex.

— Fiancée, ajoute Jimmy pour enfoncer le couteau.

Les yeux de ma colocataire s'ouvrent grand et elle s'étouffe à moitié avec sa bière.

— Donc, tu as été fiancé ? s'étonne-t-elle d'une voix cassée.

— Ouais.

— Et qu'est-ce qui vous a séparés, si ce n'est pas trop indiscret ?

— La vie... j'imagine.

Elle hoche la tête, pensive, pendant que Joshua me dévisage avec tristesse. Je me lève pour récupérer une bière à la cerise dans la glacière à proximité dans l'unique but de mettre fin au malaise. J'en descends la moitié d'une traite, puis je trouve une excuse bidon pour m'absenter un instant. Je n'ai pas envie de parler de Manille ce soir, et encore moins avec Cassie. Évoquer l'existence de la femme avec qui je prévoyais de passer ma vie en présence de celle avec qui je flirte ? Ça n'a aucun sens. Je refuse d'aborder le sujet. Et puis, à quoi bon ? Il n'y aura jamais rien de sérieux entre elle et moi. Je ne laisserai plus personne devenir aussi proche de moi.

Joshua vient m'interroger sur la saison de NHL qui débute. Je saute sur cette occasion. Je préfère mille fois parler hockey.

— Pas trop stressé ? me demande-t-il.

— Si, mais on apprend à gérer la pression avec le temps. Le tout, c'est d'occuper ses pensées avec autre chose pour ne pas se ronger les ongles en attendant le grand jour.

Alors que je suis en pleine conversation avec le gardien des Huskies, une des amies de Kylie vient se suspendre au bras de Jimmy.

— On s'ennuie, se lamente-t-elle. Vous n'auriez pas un jeu à nous proposer ?

Pim et Chloé, deux cheerleaders, approchent à leur tour. L'une d'elles s'accroche au bras de Josh, l'autre au mien.

— On pourrait pimenter la soirée ? nous demande Pim.

— Je suis sûr qu'on peut trouver une solution. Tout dépend de ce dont tu as envie, ma belle, déclare Jimmy d'une voix mielleuse.

Je me retiens de lever les yeux au ciel. Je connais ce mec depuis des lustres. Si j'étais une fille, je flirterais avec n'importe qui, sauf lui. C'est le genre de coéquipier qui ne se prive pas de couler les autres pour cinq minutes de gloire.

La femme aux traits asiatiques se penche vers son oreille, mais je n'ai aucun mal à déchiffrer ce qu'elle dit.

— J'ai envie de quelque chose d'intense. Une idée ?

— Un jeu d'alcool ou...

Jimmy agite sa boisson sous le nez de la brune aux cheveux courts. Aux gloussements de cette dernière, je comprends que le sort est scellé. Un soupir de désespoir m'échappe. Super. Le jeu de la bouteille. Une vive excitation passe sur les visages qui m'entourent, mais mon manque d'entrain ne tarde pas à sauter aux yeux de mes camarades de tablée. En quelques secondes, ils se mettent tous à me regarder comme le rabat-joie de service.

— Quoi ? T'as peur d'avoir oublié comment faire ? me ridiculise Jimmy.

Une longue plainte fuite de mes lèvres entrouvertes et les mots sortent tout seuls.

— Tu ne la fermes jamais ?

— Quoi ? Qu'est-ce que j'ai dit de mal ? C'était une simple question. Peut-être que tu manques d'entraînement.

— Si ça peut te rassurer, je n'ai pas besoin d'un jeu stupide pour embrasser une femme, lâché-je.

— Ah oui ? Et à quand remonte ta dernière fois ?

Je jette un coup d'œil à ma montre, puis je lui souris de toutes mes dents.

— Environ douze heures.

Instinctivement, mes yeux croisent ceux de Cassie. Nos regards s'arriment l'un à l'autre dans le plus grand secret. Personne n'est au courant que ma bouche était collée à la sienne, ce matin encore, et je regrette presque de ne pas avoir poussé ce petit tête-à-tête distrayant plus loin.

Jimmy feint de ne pas se sentir vexé, mais ça se voit aux flammes qui brillent dans ses iris bleus. Il l'a mauvaise.

— C'est comme le vélo. Ça ne s'oublie pas, se marre Joshua pour détourner l'attention. Bon, et sinon, on la fait cette partie ?

Le rouquin appelle quelques membres des Huskies qui zonent dans le coin et Pim fait de même avec ses copines. Au bout de cinq minutes, nous voilà à dix autour de la table. Par chance, Kylie est partie entre-temps, ce qui fait que nous sommes à parfaite égalité hommes-femmes. La bouteille se met à tournoyer. Alors que les premiers baisers s'échangent, je m'en veux d'avoir accepté de jouer. J'aurais dû me barrer pendant que j'en avais encore l'occasion, mais je n'avais pas envie de donner satisfaction à Jimmy.

Je relève la tête, le tour de Cassie approche. Je m'arrête de tapoter nerveusement la table. Je crois que ça fait quelques minutes que je le fais sans m'en rendre compte. Je me mordille l'intérieur des joues tandis que ma coloc saisit la bouteille. Dans un instant, elle aura les lèvres plaquées contre celles d'un des mecs debout autour de ce baril. Ça me fait chier d'avance. Rien ne nous lie, elle et moi, pourtant je déteste cette idée.

Les épaules de Cassie se soulèvent une dernière fois avant qu'elle ne bloque sa respiration. Son tour est lancé. Comme elle, je retiens mon souffle, le regard braqué sur le centre de la table. Petit à petit, la bouteille ralentit. Je calcule mentalement sa trajectoire et les battements de mon cœur accélèrent.

Elle a une chance de tomber sur moi. Elle a une chance… elle a…

Putain de merde.

Mes espoirs se brisent et la réalité me saute brutalement à la figure. Je vais voir Cassie embrasser un mec que je hais profondément. Je relève le menton vers la brune qui reste figée face au résultat, comme si elle refusait d'y croire. Ses paupières clignent de longues secondes sans qu'aucune réaction n'apparaisse sur son visage.

— Oh, pile entre Jimmy et Bill ! s'exclame Josh, visiblement très amusé par la situation.

Je ne le vois pas, mais je sens le sourire de cette enflure de Jimmy s'agrandir.

— Vous connaissez les règles, déclame le rouquin avec fierté. Quand le goulot s'arrête entre deux personnes, c'est la première sur qui il est passé qui est choisie. Allez, approche, Wolfy, qu'on montre à tout le monde de quoi on est capables.

La brune face à moi me dévisage un court instant, la mine défaite, puis elle secoue la tête.

— Ce n'est rien qu'un jeu, après tout.

Sa phrase me fait l'effet d'une claque. Abasourdi, je reste con quand elle se déplace jusqu'à son partenaire. Une colère sourde bout à l'intérieur de moi tandis qu'elle contourne la table. Le pire, c'est que je n'ai pas le droit d'ouvrir ma gueule. Je peux l'empêcher de traîner avec des dealers, mais face à ce baiser ? Je n'ai pas mon mot à dire. Alors, je subis en silence. Jimmy enroule ses bras autour de la taille bien dessinée de Cassie dès qu'elle est à portée de ses mains, faisant courir ses paumes sur son corps. Ce corps qui m'obsède et que je rêve de découvrir dans les moindres détails depuis des jours.

Il enfonce sa langue dégoûtante au fond de la gorge de cette magnifique brune et je dois serrer le bord du tonneau métallique entre mes doigts pour contenir ma rage. La mâchoire crispée, j'essaie de calmer ma respiration irrégulière. Une envie irrationnelle, mais ô combien plaisante me traverse l'esprit. Je rêve d'éclater sa tronche contre le sol, puis de le piétiner à coups de patin.

Je ronge mon frein, le regard braqué sur ce couple improvisé et les yeux de Cassie s'ouvrent soudain pour rencontrer les miens. Elle repousse le torse du connard qu'elle a tiré au sort, puis s'essuie la bouche d'un revers de la main. Je jurerais avoir vu ses lèvres s'incurver en un sourire quand elle s'est rendu compte que je l'observais. J'en suis certain. Elle se doutait de l'effet que ça me ferait… Et le pire, c'est qu'elle avait raison.

Cassie se replace à l'opposé de la table. Elle avale une grosse goulée de sa bière, puis reporte son attention sur la partie qui suit son cours. Josh embrasse Pim. Melvis a la malchance de tomber sur son coéquipier, Elen tire Matt au sort, puis Jimmy atterrit sur Pim. À les voir se peloter, je devine qu'ils attendaient ce moment depuis des lustres, tous les deux. Le rouquin et sa nouvelle conquête retournent à leur place initiale et c'est à mon tour de jouer. Si je me montre honnête l'espace d'un instant, de toutes les nanas présentes autour de cette table, il n'y en a qu'une sur laquelle j'ai envie de poser ma bouche. Une seule et unique femme qui m'attire au point de mettre à mal toute ma résistance et mes principes. Je lui adresse un dernier regard avant de commencer mon tour, et ce que je lis dans ses yeux me coupe le souffle. Il y a un je-ne-sais-quoi dans ses iris qui me fait aussitôt regretter de participer à ce jeu stupide. Un nœud enserre doucement mon estomac alors que la bouteille tournoie au centre du baril. La réaction de Cassie est immédiate. Elle s'éloigne de la table. Déboussolée, elle recule, percute une personne derrière elle, puis s'excuse en bégayant.

— Je..., murmure-t-elle d'une voix brisée. Pardon, j'ai une urgence.

Je la vois partir en courant. Mon cœur rate un battement à l'idée que ça puisse être ma faute. Je la suis du regard et avant de la perdre dans la foule, je fais la chose la plus insensée qui soit, je m'élance à sa poursuite pour la rattraper.

17

AIMER TE DÉTESTER

Cassie

Ma poitrine se serre douloureusement. J'essaie d'avancer, de quitter cet endroit, mais il y a trop de monde sur mon passage. Je me faufile aussi vite que possible entre les étudiants qui se déhanchent en lançant des cris joyeux. Je n'ai plus le cœur à la fête. Quelque chose s'est brisé à l'intérieur de moi. Sûrement mon ego de fille naïve.

Je me déteste de réagir comme je le fais.

Je marche sans un regard en arrière, persuadée que rien de bon ne m'arrivera si je m'attarde ici. Je veux seulement rentrer me coucher en espérant effacer cette soirée de ma mémoire. Je cumule les échecs cuisants. Si je reste un instant de plus dans cet enfer, je vais finir le cœur en cendres. Après un dernier effort, je franchis les doubles portes grandes ouvertes de l'entrepôt et je ne ralentis que lorsque la pluie fraîche atterrit sur mes joues.

Ce que je me sens idiote.

Tellement idiote.

Idiote d'avoir cru qu'*il* en aurait quelque chose à faire. Qu'*il* refuserait de participer à ce jeu minable ou encore qu'*il* m'empêcherait d'embrasser Jimmy. Et je me suis lamentablement trompée. Bill est juste resté à me dévisager, impassible.

Gros con !

Je le déteste.

Et pourtant, je ne peux m'en prendre qu'à moi-même. Je ne pensais pas que son manque de réaction aurait un impact si important sur mon comportement. Le moral au plus bas, je ravale ma fierté piétinée et je range aux oubliettes les papillons à peine éclos dans mon ventre. L'espoir, ce n'est pas pour les filles comme moi. Je déambule dans le parking, sous des gouttes de plus en plus fortes, sans savoir quelle direction prendre. Faut que je me tire d'ici. Je me sens pitoyable, tout ça parce que je suis incapable de regarder ce crétin de Croft poser ses lèvres sur une autre femme que moi.

De toute façon, le mal est fait. J'ai le tournis en y pensant. À l'heure qu'il est, le tour de Bill est passé et je n'ai pas envie de savoir sur qui la bouteille s'est arrêtée. J'avance sans entrain au milieu d'étudiants bourrés qui squattent devant l'entrepôt, puis je m'éloigne en direction de la route.

Je dois oublier que l'espace de quelques heures, j'ai cru à plus que de l'attirance entre nous.

— Attends.

Des doigts se referment sur mon bras. Je me retourne en poussant un cri. Bill se tient face à moi, la respiration rapide comme s'il venait de courir le sprint de sa vie. Je le dévisage, stupéfaite. Mes émotions doivent se deviner facilement parce qu'il plisse son front en voyant mes traits s'assombrir. C'est plus fort que moi, il me suffit de l'apercevoir pour que mon cœur se remette douloureusement à faire des siennes.

Il se redresse, soucieux.

— Hey, ce n'est que moi, murmure-t-il.

Mon regard perdu erre sur son visage pendant que j'essaie de comprendre ce qu'il fiche ici. Il devrait se trouver à l'intérieur avec ses potes. Pas dehors sous la pluie avec moi.

— Cassie ? m'interpelle-t-il.

Il m'étudie avec une inquiétude palpable qui me fait me sentir coupable. Et d'un autre côté, je ne peux m'empêcher de lui en vouloir. C'est stupide et égoïste de ma part, mais je regrette qu'il soit resté spectateur.

— C'était quoi ton urgence ? m'interroge-t-il.

Je hausse un sourcil.

— Comment ça ? Mon... urgence ?

— C'est ce que tu as dit avant de t'enfuir en courant.

Sa main tiède vient se nicher au creux de ma joue. Pour une fois, je la repousse. Toutes ces petites attentions qu'il a envers moi me troublent, elles me font croire à des choses qui n'existent pas. C'est juste sa manière de prendre soin des autres. Bill est comme ça, il protège tous ses proches sans se rendre compte qu'il peut les blesser par la même occasion.

— Il y avait trop de monde. J'avais besoin de prendre l'air.

— Vraiment ? J'ai... putain, tu m'as fait peur. Je t'ai perdue de vue dans la foule et j'ai flippé. Pourquoi est-ce que t'es partie ?

— Je viens de te le dire.

Un rire fuite de ses lèvres.

— Je parle de la véritable raison. Je commence à reconnaître quand tu mens.

Je remue la tête avant de lui sourire de mon mieux. À cet instant, j'ai tout sauf besoin de son soutien. Je refuse de devenir accro à sa présence, à ses paumes rassurantes posées sur mes joues. Si j'arrive à le persuader que je vais bien, il me laissera seule.

— Je suis juste fatiguée. Tu peux retourner à l'intérieur. Je vais rentrer à l'appart.

Mais Bill reste planté devant moi et mon cœur tambourine de plus belle.

Je déteste ce qu'il me fait ressentir.

— Menteuse, chuchote-t-il.

Son regard paraît concerné. Il semble aussi troublé que moi, pourtant il n'a aucune raison de l'être. Alors, pourquoi est-ce qu'il me donne cette impression insupportable de compter pour lui ? Il a été clair, ce n'était qu'un jeu. Ces baisers n'étaient rien d'autre qu'un stupide moyen de passer le temps.

— Et puis, qui va te ramener ? poursuit-il. Aucun taxi ne s'aventurera jusqu'ici et tous les étudiants que j'ai croisés ont au moins deux grammes d'alcool dans le sang. C'est mort. Si tu veux rentrer, pas de problème, mais je te raccompagne.

— Et Josh et les autres ? lui lancé-je.

— Parce que tu crois que j'ai envie de rester rouler une pelle à une parfaite inconnue ?

Bouche bée, j'observe Bill qui ouvre le chemin jusqu'à sa voiture garée un peu plus loin. Ses paroles me font l'effet d'une bombe. Il a passé son tour ? Je le suis en silence à proximité de sa Dodge Charger et je me pose contre la portière en attendant qu'il la déverrouille. Mon chauffeur finit par contourner son véhicule pour me rejoindre.

— Je ne compte pas lâcher l'affaire, Cassie. Je percerai tes secrets les uns après les autres si tu ne te décides pas à parler. Tu avais l'air malheureuse, ce soir, et je trouverai pourquoi.

Sa détermination me fait enrager. Même si j'agitais la vérité sous ses yeux, il ne verrait rien. Il n'a pas la moindre idée du tremblement de terre qu'il a provoqué en moi. Il ignore les émotions qui m'animent lorsqu'il se tient près de moi. À ses côtés, je ne contrôle plus rien. Toutes mes résolutions s'effondrent, ma carapace se fissure et chaque fois, mon cœur prend un sacré coup.

— À quoi ça t'avancerait de le savoir ? sifflé-je, amère. Tu mettrais ta cape de Superman et tu viendrais à mon secours ? Je n'ai pas besoin de ton aide, Bill. Les héros n'existent que dans les films.

— Pourquoi rien n'est simple avec toi ?

La pluie battante s'est invitée à la fête. Bill essuie d'un revers de la main l'eau qui dégouline de ses mèches blondes. Même trempé jusqu'aux os, il n'a pas conscience de l'effet qu'il me fait. Il est beau, tellement beau que ça en est douloureux... Agacée, je tourne la tête pour ne plus le voir. Il m'attrape les épaules pour me forcer à le regarder, mais je persiste à le fuir. La jalousie et la honte me rongent toujours de l'intérieur et tant que je n'aurai pas chassé ces sentiments de mes pensées, je serai incapable de lui faire face. Je dois réduire en miettes ces papillons qui s'agitent au fond de mes entrailles avant que mon cœur ne finisse en morceaux.

— Tu vas me rendre dingue, soupire-t-il finalement.

Il place ses paumes sur le toit de sa voiture, de part et d'autre de mon corps, me maintenant prisonnière.

— Qu'est-ce que tu fais ?

— Je corrige une erreur.

Je retiens mon souffle devant son torse qui se rapproche. Il se tient beaucoup trop près de moi. Son haleine aux notes de cerise vient buter contre ma joue. Je relève à peine le menton que, sans crier gare, sa bouche percute la mienne. Surprise, j'ouvre grand les yeux pendant que sa langue s'invite entre mes lèvres. Un amas d'émotions se fracassent dans ma poitrine. J'essaie encore d'appréhender ce qui nous arrive quand ses mains quittent la carrosserie pour se perdre sur mon corps. L'une s'accroche à ma nuque, l'autre glisse sous ma veste à la recherche d'un morceau de peau nue. Ses doigts se faufilent sous mon haut avant de se caler dans le creux de mes reins.

Je déteste ce qu'il me fait ressentir parce que je suis incapable d'y résister.

Alors qu'il malmène mes lèvres, j'y retrouve le goût de sa bière aromatisée. Même si je n'ai jamais été une grande fan d'alcool, cette saveur est addictive sur lui. J'enroule mes bras autour de ses épaules et il me plaque contre la portière de sa voiture. Ses mains calées sous mes fesses pour me maintenir contre lui, il m'est impossible d'ignorer la bosse présente dans son jean. Elle vient frotter contre mes cuisses nues et je peine à retenir un gémissement d'envie. Il pourrait me prendre sur ce parking, à la vue de tous, que je m'en ficherais royalement. Tant qu'il continue.

Bill plonge sa tête dans mon cou pour embrasser la zone érogène derrière mon oreille. Les yeux clos, je savoure ses baisers passionnés jusqu'à ce que des lumières rouge et bleu s'invitent au travers des membranes de mes paupières. Je sursaute et il fait de même.

— Putain, souffle Bill. Les flics arrivent. Monte.

Il libère mon corps avant de déverrouiller sa caisse en vitesse. Je m'exécute. Un instant plus tard, il démarre en trombe pour quitter le parking par une route secondaire. Je me retourne pour voir la dizaine de voitures de police qui se garent devant l'entrepôt, puis je me laisse glisser au fond de mon siège. Le souffle encore court après notre baiser, j'ai du mal à calmer le fracas de mon cœur.

— Tu crois que les autres vont avoir des problèmes ? m'inquiété-je.

— Non. Ils auront peut-être droit à un sermon, mais pas plus. De toute façon, les étudiants sont bien trop nombreux pour être interpellés.

— J'espère, soufflé-je avant de me mordiller nerveusement les lèvres.

Il me faut un moment avant d'oser lui jeter un regard à la dérobée. Lui et moi, quand on est sur la même longueur d'onde, c'est juste explosif.

— Tu as ta ceinture ? me demande-t-il alors que le moteur de sa Dodge gronde.

Je fais non de la tête. Ses lèvres se retroussent pour découvrir ses dents blanches alignées à la perfection.

— Alors tu devrais la mettre.

Il appuie sur l'accélérateur. Mon dos se retrouve collé malgré moi à mon siège, je lâche un cri de surprise. Je me dépêche de m'attacher tandis que Bill rigole.

— Tu conduis mieux que Weston ? demandé-je en retenant mon souffle.

— C'est une question ou une affirmation ? Parce que je n'aurais aucun mal à te prouver que je suis bien meilleur sur ce terrain-là.

Il se marre de plus belle avant de poser une main possessive sur ma cuisse. Mille interrogations s'immiscent dans mes pensées quant à la suite des évènements. Est-ce qu'il se comportera comme s'il ne m'avait jamais embrassée, de la même manière qu'après notre premier baiser, ou bien… ? Ma peau frémit sous sa paume qui remonte progressivement et je crois deviner un début de réponse. Les muscles de mon bas-ventre se tendent. Bill garde les yeux rivés sur la route qui défile à toute vitesse, mais son attention est ailleurs. Quelque part entre mes jambes et ma culotte. Je déglutis quand ses doigts s'attardent sur le bouton de mon short. La vitesse de sa voiture fait vibrer l'intérieur de l'habitacle, mais je suis concentrée sur un autre genre de danger : l'habileté extraordinaire de sa main droite. Je renverse la tête en arrière sous l'effet des petits ronds qu'il dessine à l'endroit le plus sensible de mon corps. Mes dents se plantent dans ma lèvre inférieure pour contenir les gémissements qui se bousculent dans ma bouche.

— Quelqu'un m'a dit ce matin que je suis ennuyeux, raille-t-il.

— Tais-toi et conduis, rétorqué-je entre deux respirations hachées. On va avoir un accident.

— Insolente.

Il poursuit sa délicieuse séance de torture, puis finit par retirer ses doigts, à mon plus grand regret, pour les reposer sur le volant. Il ralentit pour s'insérer dans la circulation du centre-ville pendant que je tente de calmer le feu qui ravage l'intérieur de mes cuisses. Quand nous atteignons son garage souterrain, je ne suis plus qu'un condensé d'hormones sur le point d'exploser et je prie pour que Bill soit assez serviable pour aller au bout de son petit jeu. Sinon, j'ai bien peur de ne jamais réussir à retrouver le sommeil en rejoignant ma chambre.

Bill coupe le moteur de sa voiture. Le regard amusé qu'il me jette pendant que je rattache le bouton de mon short me rend dingue. Il se penche vers moi, écarte mes cheveux en faisant glisser la pointe de son nez sur ma pommette.

— Pas la peine de te rhabiller, Cassie Jolie, murmure-t-il avant de sortir de l'habitacle. Je n'en ai pas fini avec toi.

Tendue comme jamais, je le rejoins et nous marchons en silence pour atteindre l'ascenseur. Ni lui ni moi ne posons des mots sur ce qu'il vient de se passer. Ni sur ce qu'il va probablement se passer, d'ailleurs. Mais je m'en tape. J'ai le bas-ventre en effervescence et un besoin impérieux d'être satisfaite. Les portes s'ouvrent enfin. Je m'engouffre à l'intérieur en essayant de paraître impassible, mais ça, c'est la particularité de Bill. Pas la mienne. J'ai le souffle agité rien qu'en me tenant près de lui, ce dont il a pleinement conscience. Je sens son regard perçant se promener sur mon corps, comme pour s'assurer de son emprise totale sur moi.

Même si Bill m'agace la plupart du temps, j'ai envie de lui comme je n'ai jamais désiré aucun homme auparavant. Mes lèvres fourmillent quand ses iris brûlants s'arrêtent sur ma bouche. La cabine commence à monter et sa main ne tarde pas à entrer en contact avec ma nuque. Dans un geste grisant, il me force à basculer la tête en arrière pour lui offrir un accès à ma gorge. La sensation qui se répand dans mon corps lorsqu'il embrasse ma peau est indescriptible. J'ai l'impression d'avoir attendu cet instant toute ma vie.

— Ce soir, tu es toute à moi, chuchote-t-il.

Son mètre quatre-vingt-dix m'oblige à me mettre sur la pointe des pieds. Je me suspends à son cou et il saisit fermement mes hanches afin de me hisser contre lui. J'enroule mes jambes autour de sa taille tandis que nous arrivons à notre étage. Trop occupé à titiller ma langue, Bill ne prend pas le temps de me reposer à terre. Il me porte sur cinq mètres, jusqu'à son entrée, puis essaie de déverrouiller sa serrure à l'aveugle. Le visage enfoui dans mon cou, un petit rire satisfait lui échappe quand il parvient enfin à accomplir sa tâche. Il écarte la porte d'un coup de pied, puis la referme d'une manière identique sans jamais lâcher mes lèvres.

Il me libère de sa prise, le temps de virer sa veste, et je l'imite, le souffle court.

— Et Jimmy a osé dire que tu ne savais pas embrasser ?

— C'est un connard qui n'y connaît rien, raille-t-il. Il ne serait pas capable de faire jouir une fille, même avec un mode d'emploi.

— Parce que toi, tu es doué pour ça ? le chambré-je.

— À toi de me le dire. Il paraît que j'excelle dans tous les domaines.

Il se met à rire avec malice avant de plonger à nouveau en direction de ma bouche. Nos gestes sont désordonnés, pressés. Rien ne compte plus que ce désir brut qui nous enivre. Il me guide jusqu'au canapé, puis retire son t-shirt. Il me tourne brièvement le dos et mes yeux s'accrochent aux formes sombres dessinées à l'encre sur ses épaules. Mes doigts partent à la découverte des deux ailes immenses qui lui noircissent le dos. Mais Bill ne me laisse pas le temps d'étudier son tatouage de plus près. Il me saisit par la taille pour me faire basculer sur les coussins et je succombe aux assauts répétés de sa langue.

Dressé au-dessus de moi, il me domine. J'ai tout le loisir d'examiner son corps sculpté à la perfection. Des épaules carrées et rassurantes, des muscles bien dessinés, résultats de multiples heures d'entraînement... Bill est incroyablement attirant. Il me retire mon short en cuir tout en laissant rouler ses lèvres sur mon ventre. Il finit par balancer mes vêtements sur le sol avant que ma main n'aille soulever l'élastique de son boxer. Un grondement rauque s'échappe de sa gorge quand j'attrape son sexe à pleine main. Mes doigts montent et redescendent en cadence, et il se tend en renversant sa tête sur le côté. Je suis subjuguée par l'effet que j'ai sur son corps. Moi qui le pensais insensible à ma présence...

— Tu vas me rendre dingue, Cassie Jolie. Est-ce que tu sais seulement à quel point tu m'attires ?

Il se penche pour m'embrasser avant de murmurer, sa bouche contre mon oreille :

— Tu es ma putain d'obsession.

Ce ne sont plus quelques papillons qui dansent dans mon ventre à présent, mais des milliers. Je tire sur sa nuque pour l'approcher davantage et il se jette sur mes lèvres avec une avidité que je ne lui soupçonnais pas. Je ne peux plus attendre, mon corps est en train de se consumer d'envie et, pour une fois, nos pensées se rejoignent. Il se penche pour attraper son jean, en sort un petit carré en alu contenant le préservatif. Il le déchire à l'aide de ses dents, l'enfile, puis me questionne du regard.

— Sûre ?

Mille fois oui. Je le lui confirme pendant qu'il rampe sur moi. C'est certainement trop rapide. Irréfléchi. Insensé. Peut-être qu'on le regrettera demain. Peu importe, ça m'est égal. Je pourrais faire durer les préliminaires, mais mon désir pour lui est si puissant que je le veux en moi le plus vite possible. Mes doigts s'emmêlent dans ses mèches blondes désordonnées et il s'insère entre mes cuisses. Il entre en moi en une lente et délicieuse poussée qui me fait perdre le nord. Je retiens mon souffle et le bout de son nez vient doucement caresser le mien. Mes ongles s'enfoncent dans son dos pendant que sa main s'accroche à mon sein.

Petit à petit, ses épaules se soulèvent au même rythme erratique qui anime ma poitrine. Je l'exhorte à accélérer la cadence et il rit dans ma bouche entre deux soupirs. Alors qu'il bouge de plus en plus vite, nous rapprochant irrémédiablement du plaisir, son regard plonge dans le mien. Je me perds dans ses iris un long instant, déboussolée par toutes ces sensations. Je sais que ça en est fini de moi. À chaque fois que ses yeux me chercheront, à chaque contact entre nos peaux, je le désirerai davantage. Parce que Bill Croft me fait éprouver exactement tout ce que je déteste ressentir avec un homme, et je deviens addict. Il est la drogue dont j'ai besoin.

Étourdie par cet entrelacs de sensations nouvelles, je m'accroche à ses épaules. Je sens le plaisir affluer dans chacune de mes cellules. Je le laisse enfler dans mes veines et conquérir mon être entier.

Alors qu'il accélère davantage, nous sommes emportés par les affres d'une passion violente qui nous dépasse, lui comme moi, et qui menace désormais de nous briser si nous manquons de vigilance.

18

L'ARENA

Bill

Le sol du Climate Pledge Arena tremble. Une onde de choc se propage sous mes patins, puis une deuxième suit.

La foule en délire s'agite dans les gradins dans une ambiance digne des plus grandes boîtes de nuit. C'est le premier match officiel de la saison de NHL et nous affrontons les Coyotes de l'Arizona.

Oliver, notre coach, arpente notre vestiaire de long en large depuis la fin de son discours. Il stresse. En même temps, qui parmi nous n'est pas angoissé à l'idée d'entrer sur le terrain ? Aucun Kraken ne tient en place et encore moins Cruse, notre capitaine. Il est en fin de carrière et, à sa mâchoire crispée, je devine les doutes qui l'animent. Ce n'est pas sa première compétition, mais c'est sa dernière chance de remporter la coupe de la NHL. À la fin de la saison, il raccrochera ses patins pour de bon, et je comprends ses craintes.

Je pose ma main sur son épaule d'une manière rassurante.

— On va tout donner, chef. Compte sur nous.

L'ombre d'un sourire se dessine enfin sur ses lèvres et je me tourne vers mes coéquipiers.

— Pas vrai, les mecs ? On va gagner cette coupe pour Cruse et on va défoncer ces putains de Coyotes. Qui est avec moi ?

Une vague d'approbations mêlée à quelques sifflements emplit aussitôt la pièce avant de se transformer en brouhaha. Cette cacophonie fait plaisir à entendre. Notre cohésion d'équipe nous donne du baume au cœur, exactement ce dont nous avons cruellement besoin avant une rencontre d'une telle importance.

D'une certaine manière, ça me rassure de voir que même si l'un d'entre nous a un coup de mou, on peut toujours compter les uns sur les autres.

Notre entraîneur nous fait signe de nous mettre en rang. Mon pouls s'agite. Comment faire abstraction de nos doutes dans un moment aussi crucial ? Je n'en sais rien. Avant, je ne me posais pas vraiment la question. Je fonçais tête baissée et je dégommais tout sur mon passage. Maintenant, les choses sont différentes. J'ai conscience de ne pas être infaillible et j'ai peur de merder davantage.

Et si je ne me montrais pas à la hauteur ?

Peut-être que c'est ma dernière saison, à moi aussi ?

— Concentre-toi juste sur ton jeu, Bill. Le reste, on s'en tape. Compris ? me chuchote West.

Ses yeux bleus teintés d'inquiétude se posent sur moi. Il devine sans peine le fond de mes pensées. Je lui ai parlé tellement de fois de mon manque de confiance en moi depuis la mort de Manille que je n'ai plus besoin de l'évoquer. J'acquiesce sans grand entrain avant de lui faire face. Ça fait cinq ans qu'il est à mes côtés. Cinq années qu'on affronte tout ensemble et ce match ne fera pas exception.

— Toi et moi contre le reste du monde ? lui demandé-je.

— Comme toujours. Et n'oublie pas le principal. Comme le dit Frank…

— Le plaisir se trouve dans les petites choses. Comme des adversaires pulvérisés contre le Plexiglas.

Il éclate de rire et je dépasse quelques-uns de mes coéquipiers pour me positionner à la place de vice-capitaine, la deuxième dans la file indienne. J'ai la boule au ventre, les jambes qui tremblent et les mains moites, mais je garde la tête haute. Entrer dans une enceinte aussi immense que celle de l'Arena est quelque chose d'assez solennel. Même si c'est loin d'être notre premier match dans cette gigantesque patinoire du centre de Seattle, j'en ai chaque fois des frissons.

Nous commençons à nous mettre en marche, je me dépêche de positionner ma gouttière de protection sur mes dents et d'enfiler mes gants. Au bout du couloir, une haie d'honneur formée par les membres des clubs juniors nous ouvre la voie jusqu'à la glace. Jake a reçu le privilège de lancer officiellement la partie aux côtés des arbitres. Il trépigne tellement d'impatience qu'il n'arrive pas à tenir en place. Ça me fait marrer.

Je lui tape dans le poing en passant, tout comme chacun de mes coéquipiers, puis un décompte commence et mon cœur se met à battre à cent à l'heure. Des projecteurs bleu turquoise balaient la glace au rythme d'une musique endiablée lorsque nous faisons notre entrée. Je talonne Cruse durant deux tours de piste en frappant ma crosse contre le Plexiglas pour faire du bruit et saluer la foule.

J'ose à peine lever la tête. Ça me fout le vertige chaque fois que je regarde vers les gradins. Le Climate Pledge Arena peut recevoir jusqu'à dix-sept mille personnes et je ne compte pas un siège de libre. Tous ces gens ici présents sont venus pour nous voir jouer. C'est juste dingue.

C'est le premier match de la saison, le plus stressant si on fait abstraction de la finale. Et entre nous, j'ai beau faire le malin, je suis mort de trouille à l'idée de tout foirer devant autant de monde.

Une fois la présentation de notre équipe terminée, nous rejoignons notre banc pour laisser entrer nos adversaires. Les lumières se teintent en rouge, la musique change, et je détourne la tête vers les tribunes VIP à cinq mètres derrière moi. Je cherche Cassie du regard, mais je ne la vois pas. À la place, j'aperçois Marc, un ancien pote de fac, qui me fait signe de la main. Il est assis près de Frank et Emma. Je poursuis mon inspection et je finis par trouver ma colocataire avec Charlie accrochée à son bras. Un mélange d'angoisse et d'excitation se lit sur leurs visages, mais elles ont l'air ravies d'être là. J'ai encore du mal à comprendre comment ma sœur a fait pour amadouer cette nana tout feu tout flamme. En tout cas, je suis content de voir qu'elles sont bien présentes, toutes les deux. Ça m'aurait stressé qu'elles ne soient pas dans les tribunes.

J'esquisse un sourire devant cette bande toute vêtue de bleu turquoise. Ils portent tous des maillots personnalisés aux couleurs des Krakens, sauf Cassie qui ne possède qu'une écharpe de l'équipe. Il va falloir que je lui trouve mieux que ça.

— Allez, les gars, c'est l'heure. Donnez tout ! nous lance Oliver.

J'enjambe la balustrade et je rejoins ma place d'ailier. Je suis du regard Jake, au milieu du terrain, accompagné de l'arbitre principal. Il lève le palet au-dessus de sa tête pour qu'il soit bien visible, puis le jette sur le point central.

Au coup de sifflet, le match est lancé. Je prends un shoot d'adrénaline puissant quand la rondelle se retrouve presque instantanément entre mes pieds. Je n'ai pas le temps de le réaliser que la partie a bel et bien commencé. Ce qui me force à bouger, c'est cette vague rouge d'ennemis qui fonce vers moi. Je m'élance en direction du but, conscient que trois Coyotes débordants d'énergie m'ont dans leur ligne de mire. Je patine aussi vite que possible, mais un défenseur me barre la route. Contraint de laisser tomber, je dégage le palet vers Weston. Malheureusement, ce dernier se fait bousculer par le numéro 62. Le projectile en caoutchouc lui échappe avant de rebondir et de terminer sa course entre les patins de nos adversaires.

Pas le temps de se lamenter, ce n'est que le début. Une deuxième opportunité de marquer se présente au bout d'une minute et se conclut par un nouvel échec. Weston décoche un grand coup dans le palet qui vient heurter le poteau. Nous en profitons pour interchanger avec la seconde ligne d'attaque pour reprendre notre souffle. Le hockey est un sport tellement éreintant qu'on ne peut pas jouer plus de cinq minutes d'affilée sans être épuisé.

— Le 62 et son copain, le 17, vont nous faire chier, commente Weston entre deux gorgées d'eau.

— Le 62 est une grosse brute. Il faut qu'on reste loin de lui. T'es rapide. Essaie de garder tes distances.

Il valide et j'ai tout juste le temps de tourner la tête en direction des gradins que c'est déjà à notre tour de revenir sur la glace.

En quelques coups de patins, je récupère le palet. Je fonce vers la cage, accompagné de Logan, notre joueur centre. J'ai besoin de West, mais ce dernier n'arrive pas à se débarrasser de Golden, le numéro 62. Il est coincé à plus de dix mètres de moi. On se retrouve à deux bleus contre trois rouges. Je repars aussitôt en sens inverse pour trouver une meilleure solution.

Faut rien lâcher.

Je suis suivi de près par une meute de Coyotes. J'accélère, puis je contourne le but par l'arrière. Ils me collent au derrière, ces cons. Je feinte et j'envoie la rondelle à un de mes coéquipiers au lieu de Weston. Nos adversaires tombent dans le panneau et patinent dans la mauvaise direction.

J'observe le palet qui revient, prêt à intervenir, quand une masse rouge me heurte de plein fouet. Je glisse sur deux mètres avant de me relever, puis je détaille le joueur qui vient de me rentrer dedans.

Encore ce foutu numéro 62.

D'abord, il s'en prend à Weston, puis maintenant à moi ? Je note.

Nos adversaires savent qu'ils doivent s'interposer entre West et moi pour casser notre duo, mais on a l'habitude d'être pris pour cible.

Je patine vers le banc pour échanger ma place avec un autre groupe d'attaquants et j'entends Cassie hurler.

— Bouge-toi, Croft ! Ne les laisse pas prendre votre palet !

Je lui fais signe de la main pour lui dire que j'ai bien compris le message et je me reconcentre sur le match. Ce joueur, Golden Tucker, commence à me casser les couilles. Nos défenseurs n'en peuvent plus alors que nous n'en sommes qu'au premier tiers temps. Ils subissent les assauts de l'équipe rouge, il va falloir trouver une solution.

Dès que je peux retourner sur la glace, je tente de distraire les attaquants adverses pour qu'ils arrêtent de mettre la pression à notre goal. Les Coyotes foutent des coups d'épaules à tout va pendant que le palet file en direction de notre but. Je serre les dents alors que l'un d'eux essaie de marquer. Putain, non.

— Quelle parade extraordinaire de Borowski ! s'écrie le commentateur dans le micro.

Je lève ma crosse pour féliciter notre super goal, puis je patine pour rejoindre ma position. Il protège son but comme un dragon couve ses œufs. Ça fait plaisir à voir.

Le palet revient vers moi un instant plus tard. Je l'intercepte d'un mouvement de mon bâton, puis j'examine les alentours. La voie est libre. Satisfait, je fonce droit devant. Je me concentre sur la cage, calcule mon angle de tir. Le goal me garde à l'œil. Je me tiens prêt à marquer et au dernier moment, je me retrouve projeté trois mètres en avant. Putain. Une masse rouge et noir passe près de mon corps alors que je me relève. Le numéro 62 revêt un sourire satisfait et je sens qu'à un moment ou à un autre, je vais me faire ce connard de Coyote.

West me fait signe qu'il doit souffler et nous interchangeons notre ligne d'attaque.

Le temps de boire un coup, d'ajuster mon équipement, et de vérifier que l'attention de Cassie est toujours rivée sur moi, c'est déjà l'heure de retourner sur la glace. Les minutes qui suivent se déroulent sensiblement de la même manière. Les Coyotes nous foncent dessus. On chute, on se relève et on leur rentre dedans dans une espèce de cercle vicieux, si bien que le jeu n'avance plus. Le premier tiers temps se termine par un nul entre les deux équipes. Le combat est serré, mais pas impossible à gagner.

— Ils ont un bon contrôle du palet, mais on est bien meilleurs sur le plan technique, nous assure notre coach durant la pause. Montrez-vous plus agressifs. On n'est pas là pour se faire des amis.

J'acquiesce et je le prends au mot. Golden est loin d'être mon pote et j'ai de plus en plus envie de l'envoyer s'éclater la face dans le plexi. J'avale une grosse gorgée d'eau et je ressors des vestiaires avec mon maillot en main. Charlie nous attend, West et moi, dans le couloir comme à son habitude. La différence, c'est qu'aujourd'hui, elle n'est pas seule. Cassie l'accompagne… et ma mâchoire se décroche presque quand je les vois discuter avec « Golden mon cul ».

J'en ai les dents qui grincent. Je reporte mon regard sur le joueur adverse qui s'éloigne. La brune a un sourire bien trop grand à mon goût. Je lui balance mon maillot à la figure pour faire disparaître sa joie.

— Je ne savais pas que tu craquais pour ce genre de branleur. Peut-être que j'aurais dû ajouter une clause supplémentaire dans nos règles de coloc ? Comme « ne pas fricoter avec un membre d'une équipe adverse » ?

Agacée, elle roule furieusement mon vêtement en boule.

— De 1, je ne « fricote » pas avec lui, de 2, j'ignorais qu'il jouait au hockey avant de le voir débarquer ici. Il est venu manger au *Jack's diner* ce midi, comment voulais-tu que je devine ? Et de 3, qu'est-ce que ça peut te faire ?

Mes dents crissent. OK, je l'ai sûrement mérité. Après notre nuit ensemble, je me suis barré pour mon entraînement matinal et nous n'en avons jamais discuté.

— Et c'est une raison pour lui faire les yeux doux ?

— Les yeux doux ? répète-t-elle, outrée.

— Si tu continues, on va finir par croire que t'es jaloux, me lance Charlie avant de se mettre à glousser.

Je secoue la tête avant que ma sœur ne se fasse des films. Je ne suis pas en train de marquer mon territoire, contrairement à ce qu'elle pense. Cassie peut s'envoyer en l'air avec qui elle a envie, mais pas avec un membre des Coyotes. Ou de n'importe quelle équipe adverse.

— Rien à voir. C'est une question d'image, rétorqué-je.

— Vraiment ? siffle Cassie.

— Ouais. T'es dans les tribunes côté Krakens. Si tu veux encourager Golden, tu t'es trompée d'endroit. Les sièges des supporters des Coyotes se trouvent à l'opposé.

Je la toise avec un air malin et elle m'envoie un regard blasé en retour.

— On en est là ?

— Absolument.

— Et je peux savoir en quoi ça te concerne ? Je ne crois pas que tu aies ton mot à dire.

— En plus, Golden est plutôt mignon, ajoute Charlie qui suit de près notre échange.

Sa phrase m'arrache une grimace. Comment ça, *mignon* ?

— On parle du même mec ? Il est dégueulasse. T'as vu ses dents de travers ? Il a reçu trop de palets dans la tronche.

Je suis certain que si ma sœur ne se tenait pas près d'elle, j'aurais droit à une flopée d'insultes dignes d'une Rodriguez. Au lieu de ça, Cassie garde son calme et me répond par une pique qui vient titiller mon ego d'homme.

— Les rumeurs disent qu'il est bon au lit, raille-t-elle.

Cette garce sait très bien où viser pour me faire réagir. Elle croise ses bras sur sa poitrine comme elle le fait chaque fois qu'elle est énervée. J'ai conscience qu'elle cherche seulement à avoir le dernier mot, mais je ne compte pas lui faciliter la tâche.

Surtout que maintenant, l'enjeu est devenu personnel.

— C'est comme ça que tu veux la jouer, Cassie ?

— C'est toi qui m'emmerdes. Moi, je n'ai rien demandé.

— Trop tard. La partie est lancée. On va voir qui de Golden Tucker ou moi bouffera la glace le premier.

— T'es sérieux ? Mais t'as quel âge, sept ans ?

J'ignore sa réplique. À ce stade, je m'en fiche royalement. Je pointe mon index dans sa direction.

— Retiens bien. Le 62 sera à terre pendant le deuxième tiers temps. J'ai une revanche à prendre sur ce joueur.

Je m'apprête à rejoindre le banc des Krakens et Cassie m'interpelle.

— Hé, Croft ! T'oublies pas un truc ? Il est à toi ce maillot.

Je me retourne vers elle, tout sourire, alors qu'elle me montre un morceau de tissu bleu turquoise floqué de mon numéro, le 11.

— Garde-le. Il est pour toi, sauf si tu tiens à encourager Golden.

Elle se mord les lèvres pour camoufler sa joie, mais je suis persuadé que ce cadeau la rend heureuse. Une poignée de minutes plus tard, je suis de retour sur la glace pour la reprise. Cassie a juste enfilé mon maillot et j'ai déjà l'impression d'avoir gagné le tournoi, pourtant le match n'est pas terminé. Je me fous une claque mentale avant de reporter mon regard sur le terrain. Le premier engagement est remporté par les Coyotes, ce qui fait monter le stress d'un cran.

Les tentatives de tirs s'enchaînent. Les joueurs filent dans toutes les directions dans une pagaille sans nom et rapidement, l'équipe adverse vient marquer le premier but de la rencontre. Ça me fiche un coup au moral, mais rien n'est jamais gagné d'avance. C'est bien connu.

Après la remise en jeu, la rondelle atterrit au bout de la crosse de Golden qui la perd en une fraction de seconde grâce à nos défenseurs. Lui, mignon ? N'importe quoi. Plus je le regarde, moins sa tronche me revient. Je file servir d'appui à Weston en bloquant toutes les tentatives du numéro 62, quitte à le faire chuter. Je le percute par le côté, en sandwich avec Weston, et je réceptionne le palet in extremis. Après un coup de patin pour désarçonner Tucker, je me rapproche du but. Je suis suivi de près par ses deux potes en rouge. J'attends qu'ils soient sur moi pour faire la passe à Weston, et ce dernier marque à son tour.

Génial ! Euphorique, je me jette sur lui pour le féliciter et il me rend la pareille.

— Qu'est-ce que t'as bouffé ce matin pour être remonté à bloc à ce point ? plaisante-t-il.

— Du coyote en bouillie.

Il se marre avant de me frapper le casque.

— Continue sur cette lancée. C'est bon de te voir comme ça.

Dans les enceintes, la voix du commentateur se met à hurler à son tour.

— Et nous assistons au premier but des Krakens de la saison ! Une belle action de Parker, sur une passe décisive de Croft. Ces deux-là sont inséparables !

Un grand sourire aux lèvres, je rejoins Oliver sur le côté avant de m'asseoir sur le banc pour une mini pause bien méritée.

— C'est génial les gars ! Continuez comme ça, nous félicite-t-il.

Je tourne la tête en direction des gradins où une ola célèbre notre but, et j'y aperçois Cassie dont les bras sont levés en signe de joie. Elle vit ce match à fond. À croire qu'un de ses rêves vient de se réaliser. Elle n'est pas encore au bout de ses surprises. Qu'elle garde les yeux grands ouverts, j'ai un pari à gagner.

Surtout que le numéro 62 continue à faire des siennes. Il s'en prend à notre précieux gardien et j'enrage. Je quitte le banc, prêt à en découdre avec lui. Je presse mes coéquipiers à sortir du terrain pour que je puisse y entrer avec Weston et Logan, étant donné que la règle consiste à interchanger nos places tous les trois en même temps.

Dès que je pose un patin sur la glace, je n'ai qu'une idée en tête : me faire ce putain de joueur.

La langue sur la commissure de mes lèvres, j'analyse la trajectoire de Golden. Il manque de peu de faire chuter Logan et je fais signe à West d'attendre avant d'intervenir. Ce dernier me dévisage sans comprendre ma tactique, quand soudain je m'élance à toute allure. Je remonte le terrain en direction du numéro 62 qui détient le palet et je me fracasse contre lui. Sous l'effet de la vitesse, il est projeté jusqu'à la vitre de protection et s'écrase dessus.

— Ça, c'est pour mon gardien, lui craché-je à la figure.

Golden, furieux, se redresse et balance ses gants sur le sol pour se battre. Mon sourire s'agrandit. Je savais qu'avec un tel tempérament, il allait chercher la bagarre. Grossière erreur, ce con vient de tomber dans mon piège. Si j'ai pris deux minutes de pénalité pour l'avoir envoyé dans la balustrade, il en reçoit cinq rien qu'en ripostant.

Son poing fuse en direction de mon visage. J'encaisse sans broncher et je réplique aussitôt. Il fait à peu près la même taille que moi, mais j'ai sûrement plus de hargne que lui. Le Coyote approche pour un nouvel assaut, les coups s'enchaînent entre nous et je finis par le faire chuter avant l'arrivée des renforts.

— *Five for fighting*[6] ! annonce l'arbitre à l'encontre de Golden.

La respiration hachée par le dernier poing reçu dans le ventre, je me redresse tant bien que mal, tout sourire. Weston se tient prêt à intervenir au cas où il me viendrait à l'idée de repartir à l'attaque, mais je crois que Golden a eu son compte. Il a plus de mal à se relever que moi et, surtout, il a arrêté de rire comme le gros connard qu'il est.

— Le numéro 11 des Krakens est déchaîné aujourd'hui ! commente le mec au micro. Il va écoper de deux minutes de pénalité.

Je réprime un sourire pendant que l'arbitre m'ouvre la porte en Plexiglas de la prison. Oliver lève les bras en signe de dépit, il trouve le jugement trop sévère, mais je m'en tape. J'ai vengé mes coéquipiers, Golden dégage du terrain jusqu'à la fin du tiers temps, et je me suis défoulé. Ça fait un bien fou. Je me sens survolté aujourd'hui. Je vais les bouffer tout cru.

---

[6] *Five for fighting* : phrase de rigueur pour punir de cinq minutes de pénalité un joueur ayant généré une bagarre.

Les rires fusent dans les vestiaires durant notre dernière pause. Oliver tente de me faire la morale, mais il est loin d'être convaincant.

— Lorsque j'ai parlé d'agressivité, je ne voulais pas t'inciter à fracasser des joueurs adverses, Bill. Mais ça fait un moment que je rêvais de voir Golden à terre. Continue comme ça. J'aime quand t'es aussi motivé.

L'ambiance est plus légère maintenant que nous sommes ex æquo avec les Coyotes. Je me pose tranquillement avec West jusqu'à ce qu'il ne reste plus que nous dans les vestiaires. Nous finissons par ressortir cinq minutes avant la reprise du jeu. Alors que nous poussons la porte du couloir, une voix m'interpelle.

— Tu sais que t'es grave, toi ? me lance Cassie dès qu'elle m'aperçoit.

Je fais signe à mon meilleur pote d'avancer sans moi. Charlie le cherche sûrement.

— Je te rejoins tout de suite, déclaré-je en ralentissant le pas.

— Ouais, c'est ça, petit cachottier. Tu me raconteras.

West se marre pendant que je rebrousse chemin. Je m'attends à ce que Cassie me fasse la morale après ce que j'ai infligé à son nouvel ami Tucker, pourtant elle a du mal à masquer sa joie.

— Tu l'as fait ! s'exclame-t-elle. Tu lui as fait bouffer la glace.

— J'espère que tu n'as pas loupé une miette du spectacle.

— Ça va, ta joue ?

— Un peu endolorie, mais je vais survivre.

— Tiens, pose ça dessus.

La canette de soda collée à mon visage, j'examine sa tenue avec un sourire en coin. Mes yeux remontent de son jean au vêtement floqué à mon nom qu'elle a enfilé sur son pull trop large.

Je ne peux m'empêcher de me sentir... chanceux ?

— Quoi ? m'interroge-t-elle.

— Tu portes mon maillot à merveille.

— Le bleu me va bien, il paraît.

— Ouais. Il fait ressortir tes yeux.

Je jette un regard derrière son épaule pour vérifier que personne ne nous voit, puis j'ouvre la porte de mes vestiaires.

— Ça te dit de visiter ? Je suis sûr que ceux-là, tu ne les connais pas.

— Effectivement... Tu vas avoir des problèmes si on me trouve ici ?

— Possible. Plus que cinq minutes de pénalité, en tout cas.

Cassie passe sa tête par l'entrebâillement. Je savais qu'elle rêvait de voir l'intérieur de l'Arena et je ne me suis pas trompé. Des étoiles dansent dans ses yeux. Je croise son regard émerveillé et ça provoque un truc indescriptible chez moi.

— Tu sais que t'es dingue ? murmure-t-elle.

— Et c'est un compliment ou...

— Aucune idée. Peut-être. Tu m'emmènes ici alors que c'est interdit, tu défonces Golden. Tu m'offres ce maillot. Je vais finir par te trouver... intéressant.

— Parce que tu en doutes encore ?

Cassie se mord les lèvres pour ne pas sourire et je relève la tête vers l'horloge murale.

— Bon, je suis le dernier de l'équipe. Faut que je me bouge.

— Je compte sur toi pour les démolir. Vous allez gagner.

Elle me montre ses doigts croisés, comme un vœu qu'elle formule pour la victoire des Krakens, puis elle fait un pas en dehors des vestiaires.

— Attends.

— Quoi ?

— Je connais un truc plus efficace pour nous porter chance.

Elle se retourne vers moi et, sans prévenir, je l'embrasse. Mes deux mains se referment sur son visage et nos langues se lient l'une à l'autre pendant qu'elle se suspend à ma nuque.

Au même instant, la voix de Weston résonne dans le couloir.

— Bill ? Magne-toi ou je gagne ce match sans toi.

Je dois faire preuve d'une grande volonté pour m'éloigner de Cassie. Je recule en riant et je me mets à crier pour que mon coéquipier m'entende.

— Pour que tu aies toute la gloire ? Hors de question !

Je dépose un dernier baiser, plus chaste, sur les lèvres de la jolie brune et je me dépêche.

West me jauge pendant que je prends place près de lui, derrière la balustrade. Il m'attend avec un sourire débile.

— Alors, ce baiser dans les vestiaires ? Il t'a motivé ?

Je le dévisage, étonné. Comment est-ce qu'il peut savoir ce qu'il s'est passé entre Cassie et moi ? Quand je me rends compte qu'il bluffe et qu'il n'a rien pu voir de là où il se trouvait, je lui balance un coup de poing dans l'épaule.

— Va chier, Weston.

— Moi aussi, je t'aime.

Il enroule son bras autour de ma nuque et j'essaie de me défaire de sa prise.

— Dégage, j'ai un match à gagner.

— Ah, ça, c'est le Bill que je connais ! Allez, viens. On a des buts à marquer et des filles à impressionner.

Il m'adresse un clin d'œil, enfonce sa gouttière dans sa bouche et nous nous élançons en même temps sur la glace pour le troisième et dernier tiers temps.

19

NO PAIN, NO GAIN

Cassie

— Allez, buvez plus vite !

Une vingtaine de personnes crient en cœur leurs encouragements à l'attention des deux vedettes du jour. Après l'effort, le réconfort ! C'est l'heure de la fête pour les Krakens. Leur capitaine se tient debout sur une table avec une bouteille de champagne dans chaque main. Il déverse le vin pétillant dans les bouches grandes ouvertes de Bill et de Weston, au centre d'un cercle formé par les joueurs. Ce soir, on ne célèbre pas seulement la première victoire de la saison, mais aussi les deux buts marqués par leurs deux attaquants exceptionnels.

Bill a sauvé cette rencontre et les foutus papillons qui ont élu domicile dans mon ventre se font un plaisir de me rappeler à quel point j'ai aimé le voir écraser ses adversaires.

Il n'y a pas photo. Entre regarder un match à la télé et le vivre, je préfère cent fois la deuxième option. Surtout quand le joueur en question fait chavirer mon cœur dans des vestiaires déserts au moment des pauses.

Je les observe avec un grand sourire avant de me retourner vers Charlie.

— Quel gâchis ! Il y en a plus par terre que dans leur ventre.

Elle rigole, puis porte sa boisson à ses lèvres.

— Je te rassure, il y a toujours du gaspillage dans ce genre de soirée. À un moment donné, ils seront tellement bourrés qu'ils finiront même par renverser les tables. Généralement, je trouve le moyen de partir avant que ça dégénère.

— Mais c'est le moment le plus drôle, répliqué-je en me tournant vers Frank qui s'approche.

Vêtu de sa sempiternelle chemise hawaïenne, il tire une chaise pour s'asseoir près de nous. À part lui et les membres de l'équipe, tous les autres convives portent encore des tenues bleu turquoise. Pour ma part, je n'ai pas retiré le maillot que Bill m'a offert et je me fais un plaisir de l'agiter sous le nez de toutes les filles qui osent le coller avec insistance. Depuis son but durant le troisième tiers temps, il est le célibataire le plus convoité de la ville. Je n'ai aucune envie de le voir rentrer avec une des blondes refaites des pieds à la tête qui lui tournent autour.

— Marc n'est pas venu à la soirée ? demande Frank à Charlie.

— Non, il avait un truc prévu avec sa copine. C'est déjà cool qu'il ait assisté au match. Ça fait toujours plaisir de le croiser.

— Ouais, depuis qu'il a abandonné ses béquilles et qu'il a repris le sport, c'est un autre homme.

Je sirote tranquillement mon cocktail lorsqu'une main se pose sur mon épaule. Le temps que je tourne la tête, Bill se laisse tomber sur le siège à côté de moi.

— Qui est-ce qui est un autre homme ? les interroge-t-il.

— Toi, quand t'as trop d'alcool dans le sang, se moque Frank. T'as déjà le visage rouge et les yeux brillants.

— Je n'ai bu que deux bières et un peu de champagne, je devrais pouvoir survivre.

— Un peu ? Une bouteille, tu veux dire.

— Cruse en a renversé les trois quarts par terre. Je crois que c'est lui le plus bourré de nous tous.

— Je vous rappelle quand même que votre prochain match est dans deux jours. Évitez de finir ivres morts, le sermonne Charlie.

Bill lève les mains en signe de reddition.

— Dis ça à ton petit copain. Il a enchaîné tellement de bières que j'ai arrêté de les compter.

Sa sœur quitte la table en poussant un long soupir et Bill en profite pour faire glisser sa paume sur ma cuisse, à l'abri des regards. L'expression impassible face à Frank qui nous fixe, je tâche de ne pas réagir, mais mon cœur s'emballe chaque fois que sa peau entre en contact avec la mienne.

— Hé, Bill !

Au même instant, un joueur des Krakens surgit de nulle part pour nous arroser de sa bière mise sous pression. Je me protège le visage des jets de mousse pendant que Bill essaie de chasser son coéquipier complètement torché.

— Qui est-ce qui a tout explosé, ce soir ? Qui est-ce qui va coucher, ce soir ? C'est notre champion ! chantonne-t-il avant de repartir aussi vite vers une autre table.

Bill se tourne vers moi, la main posée sur son front.

— Désolé pour ça. Ne fais pas attention à lui. Milan est le roi pour balancer des merdes de ce genre quand il est bourré.

— T'exagères, réplique Frank. C'est un mec sympa.

— Je n'insinue pas le contraire, je dis juste que sous alcool, il est loin d'être la chips la plus croustillante du paquet.

Frank se met à ricaner.

— Ça, c'est clair. Il n'est pas la tomate la plus mûre du potager non plus.

— Ni la capote la plus lubrifiée du tiroir apparemment, me moqué-je à mon tour.

J'essuie les gouttelettes tombées dans mes cheveux pendant que Bill se tord de rire sur sa chaise. Il se redresse finalement pour me taper dans le poing.

— Pas mal, pas mal. Je ne l'avais encore jamais entendue, celle-là. J'ai tendance à oublier que tu as du répondant.

— Je vais me chercher un autre mojito, annonce Frank. Quelqu'un veut quelque chose ?

Nous refusons sa proposition et il quitte la table la seconde d'après. Je l'observe pendant qu'il s'éloigne et Bill m'imite. Au bout d'une poignée de secondes, il se tourne vers moi, l'air intrigué. Son regard harponne le mien, réveillant des frémissements familiers au creux de mon ventre par la même occasion.

— On n'a pas eu le temps de discuter, toi et moi, depuis qu'on est partis de la patinoire, me lance-t-il. Qu'est-ce que tu as pensé du match ?

— C'était grandiose ! L'ambiance, le jeu des Krakens... tout était tellement parfait !

Le sourire qui déforme ma bouche est bien trop grand pour ne pas paraître ridicule, mais je m'en fous. J'ai tellement de choses à lui raconter.

— C'était quoi, ton moment préféré ?

— J'hésite. Ton but ? Quand tu as décidé de régler son compte à Golden ou encore la tête de ton coach quand tu t'es retrouvé en prison ?

Je me mords les lèvres lorsque je réalise que je n'ai cité que des instants dont il a été l'acteur principal. Heureusement, Bill ne relève pas mes propos.

— Moi, c'était la tronche du numéro 62 quand il a reçu mon poing dans sa face. Meilleure sensation au monde.

Il éclate de rire et, une seconde plus tard, mon téléphone posé sur la table se met à vibrer. Le nom de Diego s'affiche sur l'écran et Bill retire sa main de ma jambe pour attraper mon portable.

— Fais comme moi, n'y prête pas attention, soupiré-je.

Mais Bill ne m'écoute pas. Les yeux rivés sur la liste des appels qu'il fait défiler, il découvre les centaines de coups de pression quotidiens que je subis, jour après jour. Son front se plisse, sa mâchoire se crispe.

— Ton ex est un fou furieux.

— Diego n'a jamais été mon ex, rectifié-je. C'est juste un cinglé qui me pourrit la vie et je refuse qu'il gâche aussi cette soirée. Pose ce portable.

— Tu n'as jamais pensé à prévenir la police ?

— Pour qu'il vienne se venger ? Non merci.

Je lui ris au nez, puis je récupère mon appareil afin de le ranger au fond de mon sac. Je le fourre en vrac à l'intérieur et un papier en sort par la même occasion. *Fait chier*. Bill l'attrape malgré ses réflexes émoussés par l'alcool. Il a à peine le temps de poser ses yeux dessus que je le lui arrache des mains.

— Ce n'est pas l'heure de la lecture. Amuse-toi, Bill.

— Qu'est-ce que c'était, ce papier ?

— Rien d'intéressant. Une simple facture.

Je me mords l'intérieur des joues pour cacher ma panique naissante. Je fais envoyer mes courriers au *Jack's diner* depuis que je n'ai plus accès à mon appartement et comme je suis venue directement après le boulot, je n'ai pas eu l'occasion de ranger ma lettre dans ma chambre.

— Pourquoi est-ce que j'ai la sensation que c'est encore un de tes petits secrets, Cassie Jolie ? susurre-t-il en enroulant une de mes mèches autour de son index.

Sa main délaisse mes cheveux pour retrouver le chemin de ma cuisse, sous la table. Il la presse d'abord avec douceur, puis remonte avec plus de vigueur en direction de mon entrejambe. Ce geste m'arrache un soupir d'envie. Le numéro 11 sait exactement ce qu'il fait. Ce qu'il *me* fait. Je manque une respiration. Ce n'est peut-être qu'un jeu pour Bill, mais je ne ressors jamais indemne de nos tête-à-tête.

— Hé, Bill, Cruse te cherche ! lui lance mon frère de loin.

Je n'ai pas besoin de chasser sa paume. Ce dernier s'est déjà levé et il se penche vers moi en récupérant sa bière sur la table.

— Il n'y a pas plus doux mensonges que ceux que tu murmures à mon oreille.

Il décoche un sourire discret à mon attention, puis part avec Jake, l'air de rien. J'ai encore le cœur qui bat fort. Désormais seule, je m'octroie quelques instants de répit pour en calmer le tambourinement. Depuis quand est-ce que je réagis aussi fort à la présence d'un mec ? Ça ne me ressemble pas. Je plonge mon visage entre mes mains en inspirant fort. Lorsque je rouvre les paupières, Weston, bras croisés sur le torse, les traits espiègles, se trouve sur la chaise face à moi.

— Alors ? me questionne-t-il sans détour. Bill et toi, ça en est où ?

Mes sourcils s'arquent. La bouche entrebâillée, j'ai soudain conscience d'avoir l'air stupide.

— Co-comment ça ?

— Je vous ai observés, tous les deux.

Je masque mon étonnement de mon mieux tout en me creusant la cervelle. Bill et moi n'avons pas été si intimes que ça, ce soir. Mis à part un ou deux frôlements volontaires quand nous étions près l'un de l'autre, il ne s'est rien passé de probant. Alors, soit Bill s'est confié à son meilleur ami et il lui a tout balancé, soit West bluffe. Dans le doute, mieux vaut que je ne dise rien.

— Et qu'est-ce que tu en as déduit d'intéressant ? soufflé-je entre deux gorgées de ma boisson.

— Question délicate. Je ne sais pas encore quoi en penser. Votre cohabitation a l'air de bien se dérouler.

— On passe moins de temps à s'entretuer, si c'est ce que tu veux entendre. Pourquoi toutes ces questions ?

Il m'adresse un sourire mystérieux, puis s'avance sur la table pour que notre conversation reste privée.

— Je trouve Bill vachement joyeux ces derniers jours et... je l'ai vu poser ses mains sur toi pas moins de six fois ce soir.

— Ah, parce que tu comptes, en plus ? Je suis certaine qu'il se comporte comme ça avec toutes les filles qu'il croise. Surtout quand il a bu.

— Depuis Manille, il n'a jamais été tactile avec personne. Et quand je dis qu'il n'est pas tactile, je parle de deux à trois mètres de distance minimum avec la gent féminine.

Weston avale la moitié de sa bière et je l'imite avec mon cocktail en espérant qu'il ne remarque pas ma réaction. Je ne devrais pas être heureuse de l'apprendre, mais les commissures de mes lèvres se soulèvent toutes seules. Alors comme ça, Bill ne s'est pas remis de sa rupture avec son ex-fiancée et il commence enfin à changer ?

— Donc, je suis curieux..., reprend l'attaquant des Krakens. Vous couchez ensemble depuis longtemps ?

Je recrache ma piña colada et je bégaie comme une ado prise en flag en train de regarder son premier porno.

— Qu-quoi ? Comment ça ?

Frank débarque au même moment, son nouveau verre à la main. Il me tapote le dos pour m'aider à calmer ma toux et je le remercie entre deux inspirations difficiles.

— Quelle connerie est-ce que tu lui racontes encore, West ? plaisante-t-il. T'as failli la tuer.

Ce dernier ricane, puis décale sa chaise pour que son pote s'installe près de lui.

— Je demandais juste à Cassie la nature de sa relation avec Bill, déclare-t-il le plus normalement du monde.

— Ah, cool. Ça m'intéresse aussi.

Super…

— Moi, je dis que s'il ne se passe rien entre vous à l'heure actuelle, ça ne devrait pas tarder à arriver. J'ai du flair pour ces trucs-là, ajoute Frank.

— N'importe quoi, sifflé-je.

— On n'a qu'à faire un pari.

— Bonne idée, valide West.

— Sans moi.

— Qu'est-ce qu'il y a, t'as peur du challenge ? me chambre Frank.

Piquée au vif, je ne peux m'empêcher de les contredire.

— Moi ? Jamais. C'est quoi votre plan stupide ?

— Je te file cent dollars si tu es capable de traverser la salle pour embrasser Bill.

— J'ai le choix du moment ?

— Je monte de cent dollars si tu le fais maintenant, lance West avec un large sourire.

Charlie se pointe à son tour en nous demandant ce que nous fichons tous assis ici. Weston l'attire sur ses genoux avant de déposer un baiser dans son cou. Je ressens aussitôt une pointe de jalousie. J'envie ce lien unique qu'ils partagent tous les deux. Cette alchimie qui les unit est si belle à voir. Malheureusement, ce genre de relation de couple ne sera jamais pour moi. Même si Bill montre quelques signes d'intérêt, il ne semble rien attendre de plus entre nous. Par moments, je me demande ce qu'il répondrait si je l'interrogeais à ce sujet. Il me répète sans arrêt que j'ai des secrets, mais lui ne se confie jamais. Bill Croft reste un mystère entier dont j'ignore le fond de la pensée. Les rares fois où il m'a embrassée se comptent sur les doigts d'une main et cela n'a jamais eu lieu en public… à croire qu'il a honte de s'afficher avec moi.

Est-ce qu'un jour, il envisagera de se lier à une autre femme que cette fameuse Manille ? Ça me paraît peu probable. Il n'a pas l'air d'en avoir envie.

Et même en ayant conscience de ça, la fille naïve que je suis est incapable de lui dire non chaque fois qu'il pose ses paumes sur moi. Juste parce que je garde l'espoir que les choses évoluent.

— Alors, qu'est-ce que vous faites de beau ? Vous conspirez contre qui ? se moque Charlie.

— On vient de parier deux cents dollars que Cassie n'osera pas embrasser Bill dans les prochaines minutes, indique Weston à sa copine.

— Vous êtes sûrs qu'il est prêt pour ça ? s'interroge-t-elle. La période est peut-être mal choisie et...

— Tu as déjà vu Bill sourire autant qu'en présence de Cassie ? rétorque-t-il. Ça fait des mois qu'il ne riait plus de cette manière.

— Ce n'est pas totalement faux, mais je n'ai pas envie qu'il se sente brusqué.

— Rien ne l'oblige à laisser Cassie faire.

— Bon, après tout... Vous avez raison, soupire-t-elle.

Elle ouvre son portefeuille, puis fait glisser un billet sur la table.

— Je monte à trois cents si tu mets la langue.

— T'es sérieuse ? lui lancé-je, choquée.

— Quoi ? Ça m'intrigue depuis des jours. Je n'arrête pas de me demander si Bill a des vues sur toi. Au moins, tout le monde sera fixé.

Incrédule, je contemple l'argent posé devant moi et je me sens de plus en plus mal à l'idée d'accepter. J'aime beaucoup Bill. Je me suis attachée à lui ces derniers temps, c'est indéniable, mais de là à profiter de son mal-être pour me faire du fric ?

— Il était si dévasté après le départ de Manille ? me hasardé-je.

— Tu n'as pas idée. Elle était toute sa vie.

Blessée dans mon ego, je hoche péniblement la tête. J'ai de plus en plus l'impression que je ne serai jamais assez bien pour le numéro 11 des Krakens. Comment *moi*, je pourrais être à la hauteur d'une femme qu'il a aimée à ce point ? Je voudrais tellement comprendre ce qu'elle a de si spécial. Tout le monde semble l'adorer alors qu'elle s'est barrée... Pourquoi ? Mais poser la question reviendrait à admettre publiquement que Bill me plaît, et je ne peux pas. J'ai ma fierté.

— Alors, Cassie ? Qu'est-ce que tu décides ?

— Je ne suis pas sûre que ce soit une bonne idée.

Frank croise ses bras sur sa chemise hawaïenne à fleurs.

— J'ai foi en toi. Ne me dis pas que tu laisses tomber avant même d'avoir essayé ?

— Non, mais... Et si Charlie a raison ? Si Bill n'est pas prêt ?

— Quoi, tu te dégonfles ? ricane-t-il. Petite joueuse.

— Petite joueuse ? répété-je, scandalisée. C'est mal me connaître, les gars.

— Donc, tu acceptes ?

— Évidemment.

— Ça, c'est notre Cassie !

Frank me tend son poing pour sceller notre accord. Je tape dedans. West et Charlie l'imitent, puis je me lève d'un bond. Je me retrouve à quitter la table sans être certaine de mes prochaines actions. J'inspire un grand coup tout en me faufilant parmi les clients du bar. J'ai peur. J'en ai les mains qui tremblent. Je n'ai jamais approché Bill de cette manière en public et il y a une chance sur deux qu'il me rejette comme une merde si j'ose aller au bout. Je me ressaisis en pensant aux trois cents dollars dont j'ai cruellement besoin. Depuis quand est-ce que je flippe à l'idée d'embrasser un mec ?

Ce n'est qu'un baiser de plus. Ce n'est qu'un baiser de plus. Ce n'est qu'un...

Je débarque devant une bande de sept Krakens. La cible de mon pari, Bill, se trouve debout en son centre. Il me dévisage avec curiosité et il ne m'en faut pas plus pour me liquéfier sur place. Je bégaie quelques mots dénués de sens, puis au lieu de foncer droit vers lui, j'opère un demi-tour.

Qu'est-ce que je fous là ? Embrasser Bill contre de l'argent ? Je ne suis pas encore tombée si bas.

Je repars en direction de la sortie de secours quand sa main se pose sur ma hanche pour m'arrêter.

— Hé, où tu vas ? m'interroge-t-il. Tu voulais me demander un truc ?

— Rien d'important. Oublie.

Il plisse ses paupières, étudie mon visage avec sérieux.

— Tu n'aurais pas traversé la salle pour rien. Je t'écoute.

Plutôt que de me faire envoyer sur les roses, je joue franc-jeu avec lui. Entre nous, j'ai honte de mon comportement, mais j'essaie de sauver les meubles. Je ne suis qu'une gamine terrifiée à l'idée d'être repoussée par le seul mec qui lui plaît.

— Ta bande de potes vient de me mettre au défi de t'embrasser, lâché-je de but en blanc.

Bill lâche un petit rire.

— Les cons.

— C'était stupide. Désolée.

— Et donc, tu comptais repartir sans même essayer ? Ils vont te saouler avec ça pendant des semaines si tu échoues.

Je hausse les épaules avant de lui adresser un sourire contrit.

— Pas grave. Fais comme si je ne t'avais rien dit.

— Ce n'est qu'un pari. Ça ne signifie rien. Approche.

Son visage se ferme. Il pose sa main au bas de mon dos, colle ses lèvres aux miennes et mon cœur se fissure quand sa langue se fraye un chemin dans ma bouche. Il n'y a aucune alchimie dans cette étreinte. Il n'y a que deux corps qui se touchent par obligation. Mécaniquement.

Quelques sifflements retentissent autour de nous et je repousse le torse de Bill pour mettre fin à ce triste spectacle. Si les autres sont dupes, ce n'est pas mon cas. Je connais la vérité : ce baiser était faux. Vide. Déchirant. Et je viens de me prendre une claque monumentale en pensant que Bill révélerait au grand jour ce qu'il s'amuse à faire en secret depuis des jours.

J'avais tort.

— Merci de m'avoir sauvé la mise, murmuré-je avant de retourner à la table.

Je reviens victorieuse auprès de ses trois amis, mais le cœur en lambeaux. Si j'avais su que c'était ça, le lot à gagner, je me serais volontiers abstenue de jouer.

— J'ai remporté mon pari, déclaré-je avec le peu d'entrain qu'il me reste.

Tous les trois me dévisagent avec des yeux ronds. Je les fixe les uns après les autres.

— Quoi ? Qu'est-ce que... Ce n'était pas ce que vous m'avez demandé de faire ?

Charlie m'attrape la main et je lui trouve presque l'air ému.

— Tu n'as pas idée de mon adoration pour toi, Cassie.

Mes sourcils s'élèvent avant de se froncer. Pourquoi est-ce qu'elle semble si sérieuse ?

— Ah bon ? C'est... c'est sympa. Moi aussi, je vous aime.

— Autant que Bill ? lance West, malicieux.

Charlie décoche un coup de coude en direction de ses côtes et je réplique avant qu'il ne se fasse des films.

— Je vous arrête tout de suite. Je ne sors pas avec Bill. Loin de là.

Ma voix s'étouffe malgré moi dans ma gorge, mais personne d'autre que moi ne semble y prêter attention.

— Entre nous, je me fiche de ce que tu fais ou ne fais pas avec mon frère, me lance Charlie. Bill est décontracté, heureux. Ça ne lui était pas arrivé depuis longtemps. S'il ne t'appréciait pas, il ne t'aurait jamais laissée le toucher.

Le ventre noué, j'acquiesce, puis au bout d'une minute, je m'excuse auprès d'eux. J'ai besoin de prendre l'air. Je fends la foule jusqu'à atteindre l'issue de secours la plus proche et je me retrouve dans une ruelle à côté des poubelles. Une douleur sourde me broie le cœur. Voilà ce qu'on gagne à trop vouloir jouer avec le feu. J'ai tenté ma chance, le résultat est horrible. Je colle mon crâne au mur froid, pensant y trouver un peu de réconfort, et la porte du bar finit par s'ouvrir à nouveau. Je lance un coup d'œil à Jake qui m'examine depuis le seuil, puis je pousse un long soupir avant de reporter mon regard sur le sol.

— Qu'est-ce qu'il y a ? Tu n'es pas en train de t'amuser ? l'interrogé-je.

— Diego vient de m'appeler. Tu sais qu'il te reste moins d'un mois pour le rembourser ?

— Comment l'oublier ? ironisé-je.

— À ce stade, tu aurais déjà dû lui filer la moitié de la somme.

— On peut en parler demain ? Je n'ai pas la tête à ça...

— Tu ne peux pas toujours repousser la discussion. Et puis, c'était quoi, à l'instant avec Bill ?

— Ce n'était que le résultat d'un malheureux pari. Quoi que tu aies aperçu, considère que ça n'a jamais existé.

— Non, ça signifiait bien plus, Cassie. Tu penses peut-être que les autres ne remarquent rien, mais je te connais. Je vois la façon dont tu te comportes avec lui, ta manière de le dévisager quand il passe près de toi. Tu as changé depuis que tu l'as rencontré.

Ses mots résonnent dans mon crâne et une insidieuse douleur s'immisce dans ma cage thoracique. Je souris malgré la peine qui déchire ma poitrine.

— Personne ne change en si peu de temps, lâché-je, amère.

Et encore moins Bill.

— Tu dois arrêter ou ça va mal finir. Ce mec en or mérite mieux que nos mensonges.

Encore et toujours la même rengaine. Les mêmes problèmes pourris. Le même cercle infernal... La malédiction des Rodriguez.

— Tu sais très bien que je n'agis pas comme ça par plaisir, Jake. Je le fais uniquement pour toi.

— Alors, arrête de me protéger et laisse-moi assumer mes merdes.

— Pour que tu perdes tout ? Le hockey ? Ta carrière ? Il est hors de question que tu finisses en taule comme papa.

— Si c'est pour qu'on cesse enfin de mentir aux seules personnes qui se soucient réellement de nous, ça vaut peut-être le coup.

— Je ne le ferai pas et je t'interdis d'y penser. On ne gâchera pas tous nos efforts. On s'en sort toujours, on trouvera une solution.

Il secoue la tête, fait quelques pas dans la ruelle avant de se planter devant moi. Son regard est bien trop sérieux pour que notre discussion s'arrête ici.

— T'es en train de tomber amoureuse d'un homme trop bien pour toi, Cassie. Qu'est-ce que tu crois qu'il fera quand il découvrira tout ce qu'on lui cache ? Tu veux que je te le dise ? Il nous détestera.

— Il n'en entendra jamais parler parce que la situation sera résolue avant qu'il ne s'en rende compte.

— Ah oui ? Et comment ? T'as une solution miracle ?

Il patiente le temps que je formule ma phrase, mais je ne trouve pas quoi lui répondre. En réalité, je réfléchis encore à la manière de nous tirer de ce merdier sans fin.

— C'est bien ce que je pensais.

— Parce que tu crois que je n'ai pas conscience de tout ça ? Il n'y a pas un jour où Diego ne me rappelle pas son existence. Je n'en dors même plus la nuit. Qu'est-ce que tu veux que je fasse de plus ?

— Si tu ne comptes pas avouer la vérité à Bill, éloigne-toi de lui avant qu'il ne se mette à nous détester, Cassie. C'est tout ce que je demande.

La sentence fait mal, elle ne fait que meurtrir un cœur qui a déjà assez souffert pour la soirée. Je retiens mes larmes emplies d'amertume et je prononce cette phrase que je me suis juré de ne jamais lui dire.

— Tout ça, c'est ta faute, Jake.

Entre mes lèvres, ces mots sont comme du venin que je crache avec douleur.

— Tu nous as foutus dans la merde. Je t'avais prévenu pour Dylan. Je t'avais dit que ce n'était pas un mec fréquentable. Tu n'en as fait qu'à ta tête. Et malgré ça, j'ai accepté d'endosser la responsabilité de tes actes. Mais c'est ta dette, ton erreur, tes cinq mille dollars. Je me tue à la tâche presque tous les soirs pour rembourser l'argent et je ne t'ai jamais reproché quoi que ce soit durant tout ce temps. Alors, pour une fois que j'ai la chance de frôler le bonheur du doigt, ne me dis pas ce que je suis censée faire. Ne viens pas tout gâcher.

Quelque chose se brise dans le regard de Jake en même temps qu'un morceau de mon cœur s'arrache. Mon frère hoche la tête sans prononcer un mot, puis s'en va.

Un autre jour, je lui aurais couru après pour le rattraper. Je lui aurais promis que tout s'arrangera. Mais ce soir, j'en suis incapable. Je n'ai même plus assez de volonté pour retourner à l'intérieur de ce bar. Tout ce qu'il me reste de force et d'honneur, je le garde pour tenir debout. Les minutes s'égrènent dans un flou total. Ce n'est que lorsque la porte près de moi s'ouvre une nouvelle fois que je me permets de bouger. Du coin de l'œil, j'aperçois la silhouette familière de Bill qui se rapproche.

— Va-t'en, murmuré-je.

— Hey, tu t'es disputée avec Jake ? Il vient de me dire qu'il compte dormir chez Frank plusieurs nuits.

Je relève la tête vers lui, un sourire minable sur les lèvres. Pour une fois, je ne tente pas de cacher les larmes qui dévalent mes joues. À quoi bon ? J'ai le cœur défoncé.

— Ne perds pas ton temps avec moi. Cette soirée est en ton honneur.

Bill n'écoute pas. Il approche, me prend la main et j'hésite à le laisser faire. En essayant de me réconforter, cet homme ne se rend même pas compte qu'il remue le couteau dans la plaie. C'est ce que j'adore et je déteste à la fois chez lui, il a cette capacité inouïe de prendre soin des autres, même quand j'aimerais qu'il arrête.

— Tu pleures ? me demande-t-il en essuyant ma joue du bout de son pouce.

— Ça va passer. S'occuper d'un grand ado comme Jake, c'est parfois plus dur que prévu.

— Il t'en fait voir de toutes les couleurs, hein ? Tu as envie d'en parler ?

— Non. Laisse-moi, s'il te plaît.

Mon ton sonne plus sec que je ne l'aurais voulu, mais je n'y peux rien. Bill ne ressent rien pour moi et ça me détruit petit à petit. Au lieu d'insister, il se place face à moi. Son front se pose sur le mien pendant que ses doigts viennent caresser ma nuque pour m'apaiser. La douceur infinie de son geste contraste avec le baiser froid qu'il a échangé avec moi, tout à l'heure.

— Ça va s'arranger. Je dirai à Frank de discuter avec lui dès qu'il sera calmé. D'ici un ou deux jours, Jake aura tout oublié.

Je remue la tête. Pas cette fois. À l'heure qu'il est, mon frère doit me détester.

Bill embrasse délicatement mes paupières humides, effaçant les larmes qui s'y trouvent. Il attire mon visage vers lui et je repousse violemment son torse. Je réalise à quel point les paroles de Jake étaient vraies. Cet homme compte pour moi, mais l'inverse est faux. Du moins, pas comme je l'aimerais.

— Arrête. Je suis fatiguée de tout ça.

Il scrute mes traits avec inquiétude, puis se met à chuchoter comme on le ferait devant un animal blessé.

— Tout va bien.

Il approche à nouveau, colle son front au mien alors que j'inspire une grosse goulée d'air pour me donner du courage.

— Bill, attends. Il faut que je te dise quelque chose...

Sa bouche caresse ma pommette avant de descendre le long de ma joue, m'arrachant un misérable soupir d'envie.

— Chut, on en parlera demain, d'accord ? Laisse-moi te faire oublier tout ça, ce soir.

J'accepte d'un faible hochement de la tête tandis qu'il aspire mes lèvres entre les siennes dans un baiser dont je n'osais plus rêver. Le cœur lourd, je m'accroche à lui pendant que ses mains se faufilent sous mon t-shirt. Elles sillonnent mon ventre avant de s'égarer sur mes seins. La chaleur que dégage sa peau m'enlève tout bon sens. Alors que je devrais le repousser, sa langue part à la rencontre de la mienne. Il faudrait que j'éloigne son corps du mien, que je me défasse de ses bras au risque de tout bousiller entre nous, pourtant je le maintiens contre moi avec désespoir et égoïsme.

Je fais n'importe quoi.

Le pire dans cette histoire, c'est que mon frère a raison sur toute la ligne. J'en ai conscience. Je suis incapable de rejeter Bill. Parce que chaque fois que cet homme me touche, j'en ai le souffle coupé. Avec lui, mon cœur ne se met pas à battre à toute vitesse, il s'arrête. Le temps se fige. Et je n'ai qu'une envie... que les secondes cessent de s’écouler dans le seul but de pouvoir rester près de lui plus longtemps.

Je ferme les yeux et je m’accroche de toutes mes forces à l’instant présent. Je chasse toutes ces pensées aussi véridiques qu’invasives de mon crâne. Demain, le réveil sera brusque et la chute douloureuse.

Putain. Je suis amoureuse de Bill Croft et je sais que notre histoire ne peut que mal finir.

20

DE VILAINS PETITS MENSONGES

Bill

Quand j'ouvre les yeux, la lumière du jour filtre à travers les rideaux mal tirés du salon. Cassie dort près de moi. Je retire mon bras avec précaution avant de m'asseoir sur le canapé.

Qu'est-ce que j'ai foutu, hier soir ?

Je parcours la pièce du regard en me frottant le crâne. Mes souvenirs sont flous. Je ne sais même pas comment nous sommes rentrés. J'imagine que Frank – ou Charlie – a dû nous déposer. Au moins, je peux affirmer avec certitude que je n'ai pas couché avec Cassie. Nous portons encore tous les deux nos vêtements d'hier, ce qui tient du miracle, étant donné à quel point je me rappelle avoir eu envie d'elle. Dans un sens, il est préférable qu'il ne se soit rien passé. Non pas qu'elle ne me plaise pas, loin de là, néanmoins il vaut mieux qu'elle ne se fasse pas d'idées. Il n'y a rien de plus que de l'attirance entre nous. Je tiens à elle, mais je ne serai jamais capable de plus.

Je me lève pour jeter un œil à mon portable posé sur la table basse et Kiwi en profite pour venir se frotter à ma jambe.

— Merde, il est quasiment 10 h. J'ai oublié de te sortir, chuchoté-je en lui caressant la tête. On y va tout de suite.

Je file dans ma chambre pour enfiler un jogging. De retour dans le salon, je cherche de quoi laisser un mot à Cassie. J'examine les alentours jusqu'à tomber sur un papier tombé par terre. Je le déplie et il ne me faut qu'une seconde pour reconnaître la feuille qu'elle m'a arrachée des mains, hier soir. L'en-tête est exactement le même. Mon front se plisse malgré moi. Pourquoi est-ce qu'elle a refusé que je lise une simple facture d'eau ? Le montant est dérisoire par rapport à ce que je débourse pour mon appart.

Et puis soudain... ça fait tilt.

Le document date de fin septembre. Comment est-ce qu'elle peut payer aussi peu cher avec un dégât des eaux soi-disant monstrueux ? Mes yeux remontent tout seuls vers l'adresse indiquée en haut de la page et sans même m'en rendre compte, je la note déjà sur mon téléphone. Je repose le papier près du sac avant d'attraper la laisse de Kiwi et de sortir. J'ai l'impression dérangeante d'avoir été pris pour un con durant trop longtemps. Cassie est une véritable tombe. J'ai beau essayer de lui tirer les vers du nez, elle ne lâche aucune info. Il ne me reste plus qu'à aller voir ça par moi-même.

Dix minutes plus tard, j'ai traversé le pont qui mène au quartier universitaire. Mon téléphone à la main, je remonte la rue à la recherche du numéro douze quand Kiwi se met à aboyer joyeusement.

— Du calme, marmonné-je avant de relever le nez vers le bâtiment.

Quelqu'un en sort au même instant. Je me planque derrière une poubelle pour ne pas risquer d'être vu. Une silhouette familière traverse la route à la hâte. Jake Rodriguez. J'hésite à l'appeler, puis je me ravise. Je n'ai pas envie que sa sœur me tombe dessus en apprenant que je suis venu fouiner.

L'entrée de l'immeuble n'est pas verrouillée. Après un rapide coup d'œil sur les boîtes aux lettres, je monte les escaliers à la recherche de l'appartement qui m'intéresse. Le lieu est un peu vétuste, mais à part ça, tout semble... normal.

Ma mâchoire manque de se décrocher quand je débarque sur le palier des Rodriguez. Le numéro sur le mur me confirme que je suis au bon endroit, mais la scène à laquelle j'assiste m'arrache un hoquet de surprise. Putain. La porte n'est pas fermée et ce que je vois à l'intérieur est loin d'être rassurant. Les meubles près du vestibule sont complètement renversés. J'entre sur la pointe des pieds, puis je tends l'oreille. Il n'y a aucun bruit, mais merde, c'est quoi ce bordel ? On dirait qu'un tsunami a dévasté l'appart. Non. Et un dégât des eaux non plus, sinon tout serait trempé et il n'y a, comme je peux malheureusement le constater, pas la moindre trace d'humidité. En réalité, ça ressemble plus à un cambriolage ou à un squat. Effaré, j'examine les tags sur les murs, relève les quelques meubles qui n'ont pas été démolis. Je ne sais pas ce qu'il s'est passé ici. C'est pire que ce que j'imaginais. Je comprends mieux le regard terrifié de Cassie chaque fois que j'évoque son problème de fuite.

— Assis, Kiwi.

J'ordonne à mon chien de rester où il se trouve. Il y a des bouts de verre partout. C'est un des seuls coins de la pièce à peu près épargnés. Je pousse un long soupir en découvrant l'ampleur du désastre. À voir le nombre de clopes qui parsèment le sol, j'en déduis qu'une ou plusieurs personnes ont vécu dans le salon durant plusieurs jours. Reste à savoir ce qu'ils foutaient là. Je continue mon exploration et je finis par trouver ce que je pense être la chambre de Cassie. Je tourne sur moi-même, stupéfait. J'ai du mal à imaginer à quoi cela pouvait ressembler avant. Sur le mur, près de son lit, trois posters ont résisté au cataclysme qui a tout ravagé. J'approche pour mieux voir et j'esquisse un faible sourire qui disparaît bien vite, remplacé par de l'incompréhension. L'affiche du milieu est une photo des Krakens réalisée pour le magazine *Hockey passion*. Sur la partie basse, deux joueurs apparaissent en gros plan : le capitaine, Cruse, et le vice-capitaine, moi.

Et elle a osé se comporter comme si elle ne me connaissait pas le jour où nous nous sommes rencontrés ? La déception dépose un goût âpre sur mes lèvres. Des robes et des boîtes de maquillage sont éparpillées sur la moquette, tout comme une crosse de hockey explosée en trois morceaux. Je les ramasse avec le cœur lourd. Tant de questions hantent mes pensées. Alors voilà ce que Jake et Cassie vivent dans le plus grand secret ? Une colère sourde gronde en moi, je n'arrive pas à savoir à qui j'en veux.

Putain... Ni le frère ni la sœur ne m'ont fait assez confiance pour me parler de ce qu'ils endurent ? Ça fait un mois que je les côtoie tous les jours et personne ne m'a rien dit.

Blessé, je rabats les mèches qui me tombent dans les yeux vers l'arrière. Il va falloir que j'aie une conversation sérieuse avec les Rodriguez, même si ça signifie que je dois avouer ma venue ici.

Lorsque la porte de mon appart claque derrière moi, mon chien file tout de suite se planquer dans son panier. Il doit pressentir qu'une dispute va éclater, il cache son museau entre les coussins, et je ne fais rien pour le rassurer. J'y ai réfléchi tout au long du trajet de retour sans réussir à apaiser ma fureur. J'ai toujours essayé d'aider les autres de mon mieux et découvrir de tels mensonges, ça me bouffe.

D'un simple coup d'œil, je constate que Cassie n'est plus sur le canapé. J'entends ses pas dans le couloir. Je balance ma veste sur le porte-manteau et mes clés sur le buffet, puis je pars à sa rencontre. Je n'ai jamais été le genre de mec à tourner autour du pot. Si j'ai quelque chose à dire, je n'attends pas pour le faire. Généralement, j'y vais avec bienveillance, mais ce matin, je ne m'en sens pas capable.

— Salut, tu étais sorti avec Kiwi ?

— Ouais, craché-je.

— Je vous pensais perdus. Je crois que c'est la plus longue promenade que vous ayez faite, réplique-t-elle avec légèreté.

Je ne réponds rien. Elle avance d'un pas, puis s'arrête près du canapé, comme stoppée dans son élan. La tension qui nous unit d'ordinaire s'est transformée en une décharge électrique vive et douloureuse.

— Je t'ai envoyé un message pour te demander si tout allait bien. Je m'inquiétais, poursuit-elle.

— Je sais.

Elle se pince les lèvres, fronce les sourcils et je vois à son regard qu'elle comprend que quelque chose cloche.

— Il y a un problème ?

Sa voix s'est muée en un faible murmure qui ne me fait ni chaud ni froid. Un rire ironique s'échappe de ma gorge malgré moi. J'attrape la facture qui dépasse de son sac. Elle tressaille.

— Tu veux en parler la première, peut-être ? Ou c'est moi qui le fais ?

Son visage passe de la stupéfaction à la colère en un clin d'œil.

— Tu as fouillé dans mes affaires ? cingle-t-elle, outrée.

— Non, Cassie. Je n'ai pas fouillé dans tes affaires. Contrairement à ce que tu crois, j'ai été bien éduqué. J'ai trouvé ce papier par terre ce matin et je l'ai déplié pour voir de quoi il s'agissait.

Son regard horrifié remonte de mes mains à mes yeux.

— Je te repose la question. Tu veux m'en parler ou c'est moi qui le fais ?

— Ce n'est qu'une facture, Bill. Rien de plus.

— Tiens donc. Et la fuite d'eau gigantesque qui fait que tu ne peux plus dormir chez toi depuis des semaines, elle a disparu ?

— No-non. Elle... elle fera juste l'objet d'un autre document.

— Et tu oses me mentir en me regardant droit dans les yeux...

Un silence oppressant retombe sur la pièce. J'écrase le bout de papier sans douceur entre mes phalanges et d'un revers de la main, j'envoie valser le vase sur ma droite. Le visage caché derrière mes doigts tremblants, je n'arrive plus à masquer ma colère.

— Je suis trop con pour avoir cru qu'on était amis. Tu veux savoir où j'étais, toute la matinée ? Chez toi.

— Tu... quoi ?

— Tu as très bien entendu. Je suis allé chez toi, Cassie.

Une larme se décroche de ses cils pour aller s'écraser sur le parquet. Hier encore, j'aurais accouru pour la rassurer, mais aujourd'hui, mes pieds restent fermement ancrés dans le sol. Une distance à la fois physique et émotionnelle est en train de se dresser entre nous et elle en est la seule responsable.

— J'ai vu l'état de ton appartement. Est-ce qu'il faut que je te supplie de m'expliquer ce qu'il se passe ou tu vas enfin avoir la décence et le courage de me le dire toi-même ?

Mais Cassie demeure muette. Je pousse un long soupir, essaie de faire appel au peu de patience qu'il me reste. En vain.

— Je suis fatigué de ce petit jeu. Fatigué de poser toujours ces mêmes questions auxquelles tu ne réponds jamais. Je fais ce que je peux pour vous soutenir, Jake et toi, mais je n'ai pas l'impression que tu veux de mon aide.

Ses lèvres frémissent. Il lui faut quelques secondes pour réussir à articuler quelque chose.

— Ce-ce n'est pas ce que tu crois.

J'enfonce mes mains dans mes poches le temps qu'elle poursuive.

— Je dois de l'argent à Diego.

— Donc, c'est bien lui qui a démoli ton salon ?

Elle remue la tête.

— Non, c'est une bande adverse à la sienne, les Devasco. Ils m'ont vue aux côtés de Diego plusieurs fois et ils ont cru qu'on sortait ensemble. Ils ont un différend à propos des limites de leur territoire. Comme mon appart ne se trouve pas sur la zone de Diego, ils ont décidé de le squatter.

— Tu lui dois combien ?

— Cinq mille dollars.

— Cinq mille dollars ? répété-je, choqué. Et je peux savoir pourquoi une telle somme ?

Elle se mordille nerveusement les lèvres et j'attends ce qui me paraît un siècle qu'elle réponde à ma question.

— Jake a voulu aider un ami à lui, Dylan. Ce gars était empêtré dans une histoire de trafic de drogue. Mon frère l'a convaincu de tout arrêter. Son pote s'est barré sans rendre sa marchandise et c'est Jake qui a hérité de sa dette. J'ai passé un marché avec Diego pour qu'il le laisse en dehors de tout ça. C'est moi l'adulte, c'est à moi de le rembourser.

— Pourquoi ne pas avoir fait appel à la police ?

— Il en est hors de question. Jake est mineur. Ma grand-mère est sa tutrice légale, mais avec sa maladie, elle est considérée comme inapte à s'occuper de nous. Notre père est en prison. Si la justice s'en mêle, Jake pourrait avoir des ennuis et être placé quelque part, loin de moi. Adieu les Huskies et ses espoirs de carrière. Je refuse de gâcher la vie de mon frère pour une erreur qui n'était pas la sienne. Je trouverai une solution.

— Donc, tu comptes le rembourser ?

— C'est le but, oui. Mais loger à l'hôtel nous a coûté cher. Je vais être hors délai.

— Tu as jusqu'à quand ?

— Jusqu'au 10 novembre.

— Je vois... Je vais payer à ta place.

Je ne prends même pas le temps d'y réfléchir. La date approche à grands pas. Cassie n'arrivera jamais à récolter une si grosse somme en vingt jours.

— Tu ne me dois rien. Pourquoi tu m'aiderais ?

— Parce que je sais ce que c'est d'être l'aîné d'une fratrie. J'ai déjà failli à mes responsabilités avec Charlie par le passé et elle s'est retrouvée dans une situation merdique par ma faute. Et puis, ne rien faire, c'est accepter que ça continue. Je refuse de faire partie de ceux qui choisissent de garder le silence ou qui optent pour la facilité.

— Diego n'est pas digne de confiance. Je ne te laisserai pas être mêlé à ça.

— Je ne crois pas t'avoir demandé ton accord. Rappelle-toi que je risque mon poste chez les Krakens si Jake ne suit pas le parrainage jusqu'au bout.

— Je sais... et je suis désolée. Vraiment. Je promets de te rembourser jusqu'au dernier centime.

J'acquiesce, mais ce n'est pas l'argent qui m'inquiète. Cassie avait mille occasions de partager ses soucis avec moi et elle ne m'a jamais jugé digne de confiance. Merde quoi, j'avais l'impression d'être plus important que ça à ses yeux.

— Je ne comprends pas, soufflé-je finalement. Durant tout ce temps, tu m'as caché un truc aussi gros. Tu aurais dû m'en parler. Pourquoi tu ne l'as pas fait ?

— Parce que c'était le seul moyen que j'avais pour que tu ne nous détestes pas.

Son aveu est un poignard enfoncé en plein cœur.

— Et tu trouves que le résultat est mieux ?

Je plante mon regard abrasif dans le sien et j'y découvre de la peine. Mais ce n'est rien de comparable à ce que je ressens.

La trahison est l'une des choses que je hais le plus au monde.

— Est-ce que tous ces secrets valaient le coup ? lui lancé-je sans une once de gentillesse.

— C'est bien souvent la merde, dans ma vie. Et tu sais quoi ? Je suis obligée de faire avec. Parce qu'il n'y a personne d'autre que moi. Personne pour remplir le frigo. Personne pour s'occuper de mon petit frère si je ne suis pas là. Personne, Bill. Ne me reproche pas d'avoir préféré te tenir éloigné. Tu n'es pas à ma place.

Sa voix meurt dans sa gorge. Elle essuie une larme qui roule sur sa joue, me fixe un long instant, puis sourit, contre toute attente.

— J'imagine que c'est fini, alors ?

— Qu'est-ce qui est fini ?

— Ce qu'il y a entre toi et moi. Ça, déclare-t-elle pendant que son index fait l'aller-retour entre elle et moi. Notre cohabitation, notre… amitié.

— Tu m'as menti, les yeux dans les yeux, pas plus tard qu'il y a cinq minutes. Dans l'immédiat, je vois mal comment te le pardonner.

— Bien, souffle-t-elle.

Elle baisse la tête, le regard vissé au sol. Au bout d'une longue minute de silence, elle finit par tourner les talons et disparaît dans sa chambre.

Je ne la recroise pas de l'après-midi, je n'en ai même pas envie. Lorsque je rentre de mon entraînement le soir, elle n'est pas là. Je me laisse tomber dans mon canapé, entre les coussins qui portent encore son parfum. Des notes de vanille et de fleurs. Kiwi grimpe pour me rejoindre, ce qu'il fait tous les jours depuis l'emménagement des Rodriguez malgré mon agacement. Je le caresse de longues minutes, la boule au ventre, avant de me lever d'un bond. Je traverse le couloir jusqu'à la chambre qui jouxte la mienne. J'ai besoin de me rendre compte de mes propres yeux de la réalité de cette situation pourrie.

Je contemple la pièce quasi déserte. Tout est rangé, ordonné. Il ne reste plus qu'une valisette posée dans un angle ainsi que quelques-uns de mes cartons. Sur le lit, un unique petit mot de cinq lettres : merci.

Déboussolé, je m'assieds sur le matelas avec la sensation que le lien que j'avais noué avec Cassie s'est rompu pour de bon.

Un silence de plomb s'est abattu dans mon appartement au moment où elle est partie. Un silence à glacer le sang.

Ça y est, Cassie n'est plus là.

Comme elle l'a dit, c'est fini.

21

AMOR IN TROUBLE

Cassie

— Lâchez-moi, d'accord ? Pour une fois, faites comme si je n'étais pas présent et foutez-moi la paix.

Je ferme les paupières une longue seconde. Jake continue de s'époumoner en ramassant sa crosse posée à proximité. Je ne sais pas trop comment on en est arrivés là, lui et moi. Nous en sommes au point où il n'accepte même pas de m'adresser la parole. Ajoutons à ça le fait que son premier match important avec les Huskies a lieu en fin de semaine prochaine et nous obtenons un Jake Rodriguez qui ne supporte plus la moindre tension.

Est-ce que j'ai le droit de dire que c'est la merde ? Mon existence a pris une tournure radicale et dramatique. Ces treize derniers jours ont été un véritable calvaire, autant pour Jake que pour moi, j'imagine. Pourtant, je suis là à essayer de recoller les morceaux. Comme tous les matins depuis notre dispute, j'assiste à l'entraînement de mon frère avec l'espoir qu'il lèvera les yeux vers moi. Une dizaine de SMS envoyés, plus longs que mes rédactions pour le professeur Phineas, plusieurs appels restés sans aucune réponse. Rien n'a fonctionné, alors me voilà plantée à l'entrée du couloir dans le seul but de lui parler. *Spoiler alert*, vu la manière dont il vient de grogner sur ses coéquipiers et moi, c'est mal barré. Il a l'air de mauvais poil. Je ne peux m'empêcher de me sentir coupable. Si je ne lui avais pas balancé à la figure toute la colère que je ressentais sur le moment, tout serait différent. Jake ne se serait pas réfugié chez Frank et il ne me fuirait pas comme la peste.

Je pousse un soupir en évitant le regard lancé par Bill dans ma direction. C'est un autre sujet délicat que je ne suis pas prête à évoquer. À quinze mètres de moi, le joueur des Krakens empile les plots qu'ils ont utilisés durant leur séance.

J'agrippe mon sac rempli de livres et, après une grande inspiration, je me décide à quitter la patinoire à mon tour. Je n'ai pas cours avant une bonne heure, mais je ne me vois pas tenir compagnie à Bill non plus. Pour être franche, l'entraînement de Jake n'est pas la seule raison de ma présence sur le campus à une heure aussi matinale. Je suis retournée vivre dans mon appartement. Les douze nuits passées là-bas ont été plus que terrifiantes. J'ai barricadé la porte de l'intérieur, pourtant j'ai du mal à m'y sentir en sécurité.

Je frotte mes yeux fatigués, réprime un bâillement avant de prendre la direction de la sortie quand la voix de Bill claque dans mon dos.

— Alors, à partir de maintenant, ça va être comme ça entre nous ? On en est à se saluer de loin ? L'année scolaire n'en est même pas à la moitié. On va se croiser régulièrement et, tout ce que tu trouves à faire, c'est rester une heure, assise à côté de moi sans m'adresser la parole ?

— Bonjour, Bill. J'espère que tu vas bien. Il fait un soleil resplendissant, aujourd'hui, lâché-je sans entrain avant de me remettre en marche.

— T'es sérieuse ? Tu vas passer ton temps à me fuir ?

— C'est ce que je fais, là ? Parce que j'avais l'impression d'être en train de te parler.

Il enfonce ses mains dans les poches de son jogging gris avant de se placer en plein milieu du chemin pour me barrer la route. Des mèches blondes désordonnées glissent sur son front pendant qu'il se plante devant moi. Même dans ce genre de situation merdique, j'arrive à le trouver attirant. Mon cœur me rappelle par un vif pincement qu'il vaut mieux éviter d'y penser et je baisse les yeux pour ne plus l'avoir dans mon champ de vision.

— Le match de Jake est dans sept jours. Ce serait bien de régler votre conflit d'ici là. Je crains qu'il ne soit pas à son meilleur niveau, sinon.

— C'est ce que j'essaie de faire. Au cas où tu ne l'aurais pas remarqué, il refuse de m'adresser la parole. Frank dit qu'il commence enfin à s'ouvrir. J'espère qu'il acceptera bientôt de m'écouter.

— Je vois.

Ses yeux accrochent les miens et je les fuis aussitôt. C'est douloureux de savoir que l'homme dont je suis tombée amoureuse ne me pardonnera jamais mes mensonges. Je le ressens dans la distance qu'il maintient entre nous alors qu'il ne se trouve qu'à un mètre de moi.

— Bon, j'imagine qu'on se verra chez Frank, ce week-end, déclare-t-il d'une voix lasse.

— C'est possible.

Bill finit par baisser la tête à son tour et j'en profite pour partir en marmonnant un « salut » à peine audible. Je rejoins le couloir menant au hall d'un pas lent. Dehors, le temps est aussi terne que mon moral. J'atteins finalement le parking et je ne suis même pas étonnée d'y croiser Diego. J'ai l'habitude que le sort s'acharne sur moi. J'hésite à opérer un demi-tour, mais je me résous à rester où je suis. Je ne pourrai pas éviter cette confrontation toute ma vie et je suis fatiguée de fuir mes problèmes. Jake avait raison sur ce point, je passe mon temps à repousser les discussions à plus tard, ce qui ne fait qu'empirer le résultat.

Ce côté-là de la patinoire est très fréquenté. J'avance vers le grand brun à la peau mate qui m'attend de pied ferme. Même si je me persuade que je ne risque pas grand-chose, cela n'empêche pas l'accélération désastreuse de mon pouls. Plus les jours défilent, plus ce mec me fout les jetons. Menton levé, poitrine bombée, je me redresse de toute ma stature pour ne pas lui montrer qu'il m'effraie. Malgré mes efforts pour me grandir, il me dépasse d'une bonne tête. Un rictus fier que je rêve de lui faire ravaler apparaît sur son visage. Il se met à tourner autour de moi comme un putain de vautour qui guette les derniers instants de vie de sa proie.

— Tu es là pour ton coup de pression quotidien ? attaqué-je aussitôt.

S'il y a bien une leçon que la vie m'a apprise, c'est de ne jamais laisser son adversaire frapper le premier. Il lâche un rire antipathique au possible et ses doigts viennent s'entortiller dans les mèches les plus longues de mes cheveux. Une vague de dégoût se propage jusqu'au fond de mes entrailles. Je me décale d'un pas pour rester hors de sa portée, mais il se rapproche à nouveau.

— Cassie, Cassie, Cassie... Quand est-ce que tu comprendras que tu ne peux pas m'échapper ? Toi et moi, ça va finir par arriver.

— Dans tes rêves.

— Le temps est presque écoulé et je n'ai toujours pas vu mon fric.

— Tu seras payé avant la date limite, ne t'inquiète pas.

— Ah oui ? Où est-ce que tu as trouvé autant d'argent ?

— Ça ne te regarde pas.

Il recommence à former des ronds de plus en plus étroits autour de moi et sa proximité en devient gênante. Je recule à nouveau et, en réaction, il me colle davantage.

— Bientôt, je t'aurai remboursé jusqu'au dernier centime. Je n'aurai plus à te voir.

— Je suis sûr que je vais te manquer. Je trouverai un autre moyen de te faire revenir.

Il se penche près de ma bouche, je repousse violemment son torse pour l'empêcher de me toucher.

— Arrête !

— Elle t'a demandé de dégager, il me semble, tonne une voix dans mon dos.

Je n'ai pas besoin de vérifier de qui il s'agit. Mon corps le reconnaît avant même de l'apercevoir et un immense sentiment de gratitude m'envahit. Bill s'avance. Sa posture menaçante fait peur à voir. Le regard incendiaire vissé sur Diego, il me force à reculer en s'interposant entre le dealer et moi.

— Approche-la et tu es un homme mort, compris ?

Dressé de toute sa stature, il est aussi grand, voire plus, que son interlocuteur.

— Reste en dehors de ça, Croft. Ce n'est pas ton problème, le prévient Diego.

— Maintenant si. Cassie et Jake sont sous ma responsabilité, alors tu as intérêt à te tenir loin d'eux ou je t'éclate la tête contre le bitume.

— Tu ne m'avais pas dit que tu avais un chien de garde, Cassie, raille le brun aux cheveux rasés sur les côtés.

— Ferme-la, Diego, reprend Bill. Tu ne la regardes pas, tu ne lui parles pas, tu ne la touches pas. C'est clair ?

— Tout de suite les grands mots ! J'étais juste en train de discuter avec elle. Je lui rappelais gentiment qu'il ne lui reste que quelques semaines pour me rembourser.

— Elle est au courant. Tu lui dis tous les jours. Maintenant, barre-toi avant de prendre mon poing dans la gueule.

Diego n'a pas l'intention de lui obéir. Au contraire, ses lèvres se retroussent sur ses dents parfaitement alignées. Ils se toisent l'un et l'autre de longues secondes dans un duel de regards oppressant, quand le visage du brun s'illumine soudain. Son index se met à faire l'aller-retour entre Bill et moi.

— Attends, attends. Vous deux… Non ! C'est ton petit copain, Cassie ? Est-ce qu'il est au courant que tu me dois cinq mille dollars ?

— Ce n'est pas mon petit…

— Oui, je le sais, me coupe Bill. Tu auras bientôt ton fric, alors arrête de la faire chier ou j'appelle les flics.

— Oh, mais serait-ce une menace ? Essaie et vous plongez tous avec moi.

— Ne le mêle pas à notre histoire, Diego. Bill ne t'a rien fait.

— Payez-moi et je disparais. C'est aussi simple que ça. Et surtout, *Amor*, n'oublie pas ce qu'il t'arrivera si tu ne respectes pas le délai. Ce n'est pas parce que tu as ramené ton caniche de compagnie que notre accord change.

— Je… Oui.

Ma bouche s'entrouvre. Je bégaie devant le regard interrogateur de Bill. Je cherche mes mots, réfléchis à la meilleure façon de formuler ma phrase, mais je n'ai pas le temps de lui expliquer. Ce salop de Diego le fait à ma place et je prie intérieurement pour que le hockeyeur ne me déteste pas davantage.

— Oh, ne me dis pas que tu ne lui as rien dit ? Petite cachottière. C'est la partie la plus croustillante de l'histoire. Bill sera bien déçu quand il apprendra ce que tu m'as promis si tu n'arrives pas à me filer l'argent.

— Ne fais pas ça, soufflé-je.

— Quoi ? Tu ne veux pas que j'en parle ? Je pensais qu'il n'y avait pas de secrets entre vous.

L'air fier, il pivote vers le hockeyeur placé devant moi et je me vide de mes couleurs.

Putain, non.

— Si Cassie ne me paie pas, elle se donnera à moi. Tout entière, articule-t-il en détachant les syllabes. Et crois-moi, j'ai hâte que ça arrive.

Une veine se met à pulser furieusement sur les tempes de Bill. Il esquisse un pas en avant.

— Pose ta main sur elle et tu es un homme mort. Tu m'entends ?

— Menace-moi encore et je vous fais tous cou...

Trop tard.

Diego n'a pas le temps de finir sa phrase. Le poing de Bill fend l'air et va s'écraser contre son visage dans un craquement sinistre. Oh non ! Je crois que Bill vient de lui péter le nez. Son adversaire recule, les mains plaquées sur ses narines pour empêcher le sang de couler.

— Toi, t'es dans la merde. Tu ne sais pas à qui tu as affaire, hurle-t-il.

— On se retrouve ici mercredi à la même heure. Je te file ton fric et tu dégages pour de bon.

— Vendredi soir, articule-t-il entre ses doigts.

— Impossible, c'est le match de Jake, déclaré-je.

Diego essuie son visage d'un revers de la main, puis pointe son index dans notre direction.

— Vendredi prochain, 21 h, sur le parking arrière. C'est non négociable. Si vous n'êtes pas là, je considérerai que notre accord ne tient plus. Ah, et je veux des petites coupures.

Bill accepte à contrecœur, mais je vois bien qu'il contient sa rage. Il bout à l'intérieur. Diego nous tourne le dos pour se barrer et soudain, mes jambes se mettent à flancher. Je me retourne vers Bill, à la fois dévastée et reconnaissante de ce qu'il vient de faire. Nos regards s'ancrent l'un dans l'autre, réduisant en poussières les miettes de mon cœur.

— Je n'aurais pas dû te mêler à ça. Je suis désolée. J'avais raison de ne pas t'en parler.

La main plaquée sur mes lèvres, je tente de masquer l'émotion qui m'étreint. Bill n'a pas l'air de réaliser la gravité de ce qu'il vient de faire.

— C'est moi qui ai proposé de t'aider. J'assume mon choix.

— Tu crois vraiment qu'il va oublier que tu l'as frappé ?

— Qu'est-ce que tu veux qu'il me fasse ?

— Diego n'est pas du genre à se battre à la loyale. Il n'a pas tes valeurs, Bill. Il vit de coups bas et de poignards plantés dans le dos. J'ai peur de ce qu'il pourrait te faire par pur esprit de vengeance.

— C'est gentil de t'inquiéter, mais je suis assez grand pour veiller sur moi. Un simple merci suffira.

— Merci...

Il m'observe de longues secondes durant lesquelles aucun de nous deux ne parle. Il finit par inspirer avec force, comme si s'adresser à moi lui coûtait.

— Avant que je parte, j'aimerais savoir une dernière chose...

Je relève le menton, prête à répondre à n'importe laquelle de ses questions. Ses iris dorés se teintent d'une inquiétude palpable.

— Tu comptais vraiment coucher avec lui, si tu n'avais pas rassemblé l'argent ?

— Non. J'essayais juste de gagner du temps.

— Tu réalises ce que tu lui as promis ?

Coupable, je ne baisse pas les yeux pour autant. Bien sûr que je le savais. Je l'ai compris dès l'instant où Diego a commencé ses insinuations malsaines.

— J'aurais tout fait pour éviter que ça se produise.

Bill hoche la tête, mais son regard demeure anxieux.

— Tu devrais mieux prendre soin de toi, Cassie. Un jour, il t'arrivera quelque chose de grave et je ne serai pas là pour te tirer d'affaire.

Il m'adresse un dernier coup d'œil, puis s'éloigne en direction du parking. Je l'observe disparaître à l'intérieur de sa voiture quand, tout à coup, mon téléphone se met à sonner. C'est Charlie, la sœur de Bill.

— Allô ?

— Salut, Cassie. Je te dérange ?

— Non, pas du tout. J'ai tout mon temps, répliqué-je, surprise par son appel.

— Dis-moi, t'es dispo après-demain ? On improvise une soirée en petit comité chez Frank. On hésitait à la maintenir à cause de Bill, puis on a changé d'avis. C'est en l'honneur de Manille.

Le nom de l'ex-fiancée de Bill flotte un instant dans mes pensées.

— Co-comment ça ?

— J'imagine que tu es au courant..., commence-t-elle.

J'écoute ce qu'elle a à m'annoncer et notre discussion me paraît lunaire. Mon cerveau n'arrive pas à suivre. Les infos s'enchaînent si vite que j'en ai la tête qui tourne. Charlie met fin à notre conversation, mais je ne réalise toujours pas ce qu'il se passe. Je range mon portable dans ma poche en fixant, impuissante, la voiture de Bill qui quitte le parking.

Dimanche, je suis invitée à une fête en l'honneur de Manille.

Manille, l'ex-fiancée de Bill.

Manille qui est morte il y a un an.

22

MA BONNE ÉTOILE

Bill

J'enfouis ma tête sous l'oreiller, feignant de ne pas voir qu'il est plus de 19 h sur mon réveil. Je me sens nauséeux. Je n'ai pas dormi de la nuit, j'ai passé la journée à essayer de rattraper mon sommeil et je suis épuisé. Je n'ai pas envie de sortir de ce foutu lit.

Mon téléphone se met à sonner. Comme si Weston pouvait lire dans mes pensées, il m'envoie un message pile au bon moment.

Weston : Tu as besoin que je vienne te chercher ou tu gères ?

Indécis, je fixe l'écran durant quelques secondes. J'hésite entre me laisser mourir ici et prétendre que j'ai la crève ou me bouger. Même si ça me coûte, je finis par choisir la deuxième option. Je dois bien ça à Manille.

Bill : Ça va le faire. On se rejoint là-bas.

Je m'assieds sur mon lit, le regard perdu dans le vide. La soirée commence à peine et j'en déteste déjà chaque minute. C'est le genre de jour qu'on n'a même pas besoin de noter dans le calendrier. Mon cerveau et mon cœur ont gravé cette date dans ma propre chair. Il m'est impossible d'oublier la douleur, l'absence qui me consument depuis le moment où ma fiancée a fermé ses paupières.

Assis sur mon lit, je jette un coup d'œil au carnet ouvert sur mon bureau. Si j'en avais la force, j'écrirais un message à son attention. Je lui dirais que je me rappelle son visage et son rire comme si c'était hier. J'évoquerais nos meilleurs souvenirs, mais rien de ce qui me vient à l'esprit ne mérite d'être inscrit sur ces pages. Ce soir, mes pensées sont pessimistes et moroses. Je ne suis plus sûr de grand-chose en ce moment. Je doute de tout. De moi, surtout. Manille, elle, parvenait à faire briller les autres, à révéler le bon en eux. J'ai tellement besoin d'elle pour me montrer le chemin, et elle n'est plus là. Il n'y a que ce silence assourdissant et moi dans ce putain d'appart.

Exténué par les récents évènements, je me frotte le crâne. J'ignore comment je vais réussir à survivre aux prochaines heures. Il faut que je le fasse. Même si je déteste parler de Manille parce que ça ravive ma peine. Même si ça me semble insurmontable. Même si Cassie sera présente, ce soir. Ça va le faire.

Je plisse fort mes paupières, comme si ce geste suffisait à faire disparaître l'image de Cassie, mais ça ne marche pas. Cette belle brune aux iris turquoise est partout. Que j'aie les yeux fermés ou ouverts, elle habite chacune de mes pensées. Ça fait deux semaines qu'elle a quitté cet appartement et je ne m'en remets toujours pas. D'une certaine façon, le chaos qu'elle semait sur son chemin avait quelque chose de rassurant. Il comblait le vide omniprésent de mon existence. Son insolence pimentait mon quotidien, quant à son sourire, à ses lèvres douces et chaudes...

J'enfouis mon visage entre mes mains. *Putain.*

Tétanisé par la direction que prennent mes pensées, je me fige. Je ne devrais pas ressentir ça. Je ne devrais pas songer à elle de cette manière et encore moins un jour comme celui-ci. Coupable, je file me préparer avec l'espoir que mon esprit soit trop occupé pour se concentrer sur mon ancienne colocataire.

Une heure plus tard, après avoir retardé au maximum le moment fatidique, je débarque enfin chez Frank. La voiture de Weston est déjà garée dans l'allée, ce qui signifie que je suis le dernier à me pointer. Étant donné que Jake et Cassie squattent ici depuis plusieurs jours, il ne reste que moi sur la liste des invités. Je pénètre dans le jardin, accompagné de Kiwi, qui secoue la queue. C'est une deuxième maison pour lui. Pour moi aussi, d'ailleurs. Sauf qu'aujourd'hui, j'ai l'impression d'avoir été condamné au pilori. Le cœur lourd, je frappe à la porte et c'est West qui vient m'ouvrir. Il m'accueille d'un sourire amical, puis m'assène une tape sur l'épaule. Il sait à quel point il m'est difficile d'affronter le regard des autres quand il s'agit d'évoquer Manille.

— Si tu étais arrivé plus tard, tu aurais pu échapper à la quiche qu'a cuisinée Charlie. Dommage pour toi, elle a tenu à t'en laisser, plaisante-t-il.

Je grimace et rapidement, mes pommettes s'étirent toutes seules.

— Elle a un goût si terrible ?

— Pour une fois, ce n'est pas si mal. Le problème, c'est que ta sœur a fait cramer le plat. Cassie a lutté pour ne pas recracher sa part. Tu aurais vu sa tête, c'était hilarant.

Mon sourire s'estompe quelque peu quand il prononce son prénom. Je ne sais même pas ce que je dirai aux Rodriguez lorsque je me retrouverai face à eux. La dernière fois que j'ai aperçu Jake, il claquait la porte des vestiaires. Quant à sa sœur, on ne peut pas dire que les choses se soient déroulées d'une meilleure façon. Je n'ai oublié ni la bagarre sur le parking ni ce stupide accord qu'elle a passé avec ce connard de Diego.

Mes poils se hérissent au souvenir de notre discussion. Elle et ce mec, ensemble, dans un même lit ? À quoi est-ce qu'elle pensait ?

Quand j'entre dans le salon, tous les invités sont déjà assis à table et le plat de résistance est servi. Frank m'a laissé une place en face de Jake, juste à côté de Cassie. Je salue tout le monde d'un bonsoir collectif et je m'installe sans faire d'histoires. Ça ne fait pas longtemps que les Rodriguez partagent nos vies, mais ils sont parfaitement intégrés à notre bande. Les conversations vont bon train, même si j'évite d'adresser directement la parole à ma voisine. Le repas se déroule sans accroc, puis nous finissons par débarrasser. Je me précipite sur une pile d'assiettes pour avoir une raison de m'isoler dans la cuisine et c'est là que je l'aperçois. Le visage de Manille.

Dans le coin de la pièce, Frank a installé cette photo d'elle que j'aime tant, celle avec l'écharpe. Une vingtaine de bougies sont dispersées tout autour. Je détaille de loin l'espèce de petit autel sûrement aménagé par ma sœur. Je reconnais les quelques peluches que ma fiancée lui avait offertes. Je réalise alors que, vu l'emplacement de cette table, tous les invités présents ont déjà eu l'occasion de la voir. Je n'ai jamais eu le courage de parler de Manille aux Rodriguez et je crois que je ne pourrai plus esquiver le sujet, désormais.

Déstabilisé par cette prise de conscience, je sens les assiettes me glisser des mains. Je poursuis ma route jusqu'à la cuisine avant de tout casser, puis une fois que je me suis acquitté de ma tâche, je m'arrête. J'entends la voix de Cassie plus loin. Sans trop savoir pourquoi, je me mets à la suivre. Elle se trouve à l'angle du couloir en compagnie de Charlie. Toutes les deux me tournent le dos. Les bras croisés, je m'appuie contre le mur sans même essayer de me cacher.

— Donc, elle était malade, c'est ça ? demande la brune.

— Oui. Elle a eu un cancer fulgurant du cerveau, lui confirme ma sœur. Imprévisible et dévastateur. Il y avait de multiples tumeurs qui grossissaient de manière anarchique. Les médecins ne pouvaient rien y faire, c'était déjà trop tard.

— Elle n'avait jamais eu de symptômes avant ?

— Pas vraiment. Elle avait juste un mal de crâne qui ne passait pas, puis elle a été prise de vertiges et elle fait un malaise. Bill l'a conduite aux urgences, elle n'est jamais ressortie de l'hôpital.

Je ne sais pas vraiment pourquoi Cassie choisit ce moment précis pour se retourner vers moi, à croire qu'elle a senti ma présence. Son regard surpris s'attarde sur mon visage fermé. Elle entrouvre la bouche pour bredouiller quelque chose que je n'écoute pas vraiment. Mon attention est rivée sur l'éclat de ses yeux pers si captivants. Pourquoi est-ce qu'elle me paraît être la plus triste de nous deux ?

— Ah, Bill, je ne t'avais pas vu, s'étonne Charlie. Je... j'expliquais à Cassie que... Enfin, tu feras ça mieux que moi. Je vous laisse en discuter tranquillement. Je crois que Frank a besoin de moi.

Je sais que ce n'est qu'un prétexte bidon, mais je ne relève pas. Ma sœur s'éloigne dans le couloir pendant que je reste à ma place, mes iris plongés dans ceux de la brune à cinq mètres de moi. J'ai le plus grand mal à décrypter les émotions qui m'animent à cet instant précis. Plusieurs sentiments se battent dans ma poitrine. La colère face à ses mensonges, la joie de la retrouver, l'inquiétude, l'incompréhension... Tous liés par une irrépressible envie de la prendre dans mes bras pour chasser les larmes qui perlent au bord de ses cils. Et pourtant, rien de ce que je ressens à cet instant n'est aussi fort que l'amertume créée par son manque de confiance en moi.

Un long silence s'installe entre nous jusqu'à ce qu'elle se mette à rire à voix basse. Ce son, habituellement si joli, se colore d'une pointe de désespoir.

— Tu vas me trouver stupide. Tu sais ce que j'ai cru, tout ce temps ? me lance-t-elle. J'étais persuadée que Manille t'avait quitté. Je me sens idiote à un point que tu ne peux même pas imaginer.

Ses yeux cherchent à fuir les miens tandis qu'un pli d'inquiétude vient déformer son front.

— Bill, j'ignorais que... Je suis désolée. Terriblement désolée pour ce que tu as enduré.

— Tu ne pouvais pas le deviner, soufflé-je enfin.

— Tous les signes étaient là. Pourtant, je n'ai pas compris. Si j'avais su, je n'aurais... Je n'aurais pas...

Ses mots me retournent l'estomac. Sans connaître la suite de sa phrase, j'ai la conviction qu'elle regrette tout ce qu'il s'est passé entre nous et ça me bousille un peu plus. Je me mords l'intérieur des joues pour contenir ma colère, cependant rien ne peut stopper ce trop-plein d'émotions.

— Parce que si tu en avais eu conscience, les choses entre nous auraient été différentes ? craché-je.

— Quoi ? Non ! Enfin, je n'en sais rien. Je me serais peut-être montrée plus raisonnable.

— Je ne veux pas de ta pitié, Cassie.

— Ça n'a rien à voir avec de la pitié.

— Bah tiens... Qu'est-ce que c'est, alors ?

— De la peine.

— De la peine ? répété-je. Tu m'as menti tellement de fois que j'ai du mal à te croire.

— Tu n'es qu'un con, Bill, lâche-t-elle à voix basse. Au cas où tu l'aurais oublié, Jake est le dernier membre de ma famille qu'il me reste. Je sais mieux que personne ce que ça fait, de perdre des proches. Maintenant, si tu veux te persuader que je suis la méchante de l'histoire, libre à toi de le faire. J'ai l'habitude de passer pour celle qu'on déteste.

Sur ces mots, elle s'en va. Son départ est loin de me laisser indifférent. Je la suis des yeux avant de tomber sur Weston, debout à quelques mètres de nous. J'ignore depuis combien de temps il se tient là, à nous observer. Je ne l'ai même pas entendu approcher.

— Bill ? On peut se voir un instant ? me demande-t-il.

Je ne bouge pas tout de suite. Mon cerveau est trop occupé à regarder la sœur de Jake se barrer et à analyser l'effet que ça me fait.

— Bill, insiste West.

Je peine à décrocher mes yeux de la silhouette de Cassie, mais je consens à le suivre.

— J'arrive.

Il m'invite à entrer dans le deuxième salon. Au moment où je franchis les portes, je le prends de court. J'imagine bien les raisons qui le poussent à vouloir me parler en privé et je n'ai pas envie qu'il me fasse la morale.

— Ne me dis pas que j'exagère.

— Ce n'est pas le terme que j'allais utiliser, mais l'idée est là. Tu vas trop loin avec Cassie.

— Tu ignores tout, argué-je.

— Alors, éclaire-moi. Le Bill que j'ai vu ce soir ne te ressemble pas. Tu as passé la totalité du repas à la traiter comme si elle était inexistante, puis l'autre à te prendre la tête avec elle.

— Elle m'a menti sur tellement de sujets que la liste serait trop longue à établir.

— Je ne sais pas de quoi il s'agit, mais elle avait peut-être ses raisons, non ?

— Ouais, mais ça n'efface rien. Le mal est fait.

— Ça sent le discours du mec rancunier, ce que tu n'as jamais été. Qu'est-ce qu'il s'est passé ?

Je me laisse chuter sur le canapé, puis je ferme les yeux.

— Je n'en sais rien, soufflé-je. Pour la première fois depuis longtemps, j'avais l'impression que tout allait pour le mieux dans ma vie. Je me sentais bien avec elle, et d'un coup tout s'est mis à partir en vrille.

— T'es amoureux de Cassie.

Je rouvre une paupière pour le dévisager comme s'il venait de balancer la plus grosse connerie au monde.

— C'est une question ? Parce que si c'est le cas, tu as oublié que c'est impossible.

Weston devrait avoir conscience que je ne pourrai jamais me lier avec une autre femme que Manille.

— Sois franc, ça crève les yeux. Tu l'as embrassée ? En dehors de ce qu'il s'est passé au bar, la dernière fois, je veux dire.

Je grimace.

— Ça se pourrait, lâché-je dans un soupir.

— Vous avez couché ensemble ?

J'hésite à tout lui confier, de toute façon, au point où j'en suis...

— Ce n'était qu'un moyen comme un autre de libérer la frustration accumulée.

Je prononce cette phrase sans être tout à fait convaincu moi-même. Je sais bien qu'il y avait – qu'il y a toujours – cette petite étincelle entre Cassie et moi, mais je ne peux pas la laisser se transformer en brasier. Je n'ai pas le droit de penser à cette possibilité.

— C'est physique entre nous, rien de plus, continué-je. Mon corps réagit au sien et après autant de temps passé célibataire, les pulsions sont juste plus fortes.

Beaucoup trop fortes.

— Tu m'as tout l'air d'être dans la merde, mon pote. T'es dans le déni.

— Ça n'aurait jamais dû se produire, et encore moins à quelques jours de l'anniversaire de la mort de Manille.

— Pourtant, c'est arrivé. Et il n'y a rien de mal à ça.

— Si, je me sens nul. J'ai l'impression d'avoir trahi Manille et je ne parviens même plus à parler à Cassie sans m'énerver.

— Le *timing* était peut-être pourri, mais vous êtes deux adultes consentants. Ça fait un an, Bill. Tu as le droit de recommencer à vivre. C'est ce que Manille aurait aimé pour toi.

Quelqu'un frappe à la porte.

— Je peux entrer ? nous demande Charlie, timidement.

West lui fait signe d'approcher et, l'instant d'après, ma sœur me tend une enveloppe.

— Qu'est-ce que... ?

Je baisse les yeux sur le papier, mon nom y est inscrit. Mes sourcils se froncent tandis que mon cœur se serre. Putain. C'est un mot de Manille. Je reconnaîtrais entre mille sa façon si particulière d'incliner les lettres vers la droite. Je me suis toujours demandé comment elle s'y prenait pour écrire de cette manière sans se tordre le poignet.

— Comment c'est possible ? murmuré-je, les doigts crispés sur le document.

— Quand Manille a su... qu'il n'y avait plus rien à faire, elle a voulu te laisser un dernier message. Sa seule condition était que j'attende un an pour te la donner.

— Tout ce temps...

— Crois-moi, j'ai failli craquer un nombre incalculable de fois. Dès que je voyais que tu n'avais pas le moral, j'avais envie de foncer chercher cette lettre. Et ça y est, le moment est venu.

— Un an, soupire Weston. Ça n'a pas été facile tous les jours, mais tu l'as fait.

Je hoche la tête, perdu et à la fois tellement reconnaissant. Même dans les pires instants de son existence, Manille pensait à moi. Elle était le genre de femme à faire passer les autres avant elle. Le genre de femme que j'admirerai toujours.

— On te laisse la lire tranquillement. On sera dans le salon si tu as besoin de nous, m'indique ma sœur avec un sourire sincère.

Les yeux fixés sur le blanc immaculé de l'enveloppe, j'acquiesce. Avec prudence, je détache le rabat à l'arrière. Je prends soin de ne pas abîmer ce cadeau, c'est sûrement le plus précieux qu'on m'ait jamais offert.

Mon amour,

J'ai longtemps réfléchi à la manière de commencer cette lettre. J'ai d'abord pensé à l'humour, puis à un ton plus sérieux, et je n'ai toujours pas réussi à trancher, alors je vais juste écrire ces quelques lignes comme elles viennent.

Depuis une semaine, on me prépare au pire. C'est drôle d'évoquer ça avec toi alors que je suis encore là... Tout le monde s'assure que je ne souffre pas, que je ne manque de rien et, malgré l'étrangeté de la situation, je n'ai jamais été autant choyée que maintenant. Toi, tu passes tes nuits sur cette horrible chaise à mes côtés pour veiller à mon confort. À l'heure actuelle, tu te retournes pour la centième fois afin d'essayer de trouver une position agréable. Je ne te remercierai jamais assez pour ton amour. Il me donne la force d'écrire ces quelques phrases dans un de mes rares moments de lucidité, quand les médicaments ne m'assomment pas trop. Tant de questions se bousculent dans mon esprit. Plus les jours défilent, plus je me demande comment ce sera pour vous, dans un mois, un an... ?

Tout le monde s'occupe de moi, m'aide à accepter mon départ, mais comment font ceux qui restent ? Existe-t-il seulement une manière de se préparer à affronter le vide ? J'y pense sans arrêt depuis quelques heures, à la peine que je vais engendrer. Et je suis désolée de te faire subir ça.

Tel que je te connais, tu as dû te reprocher de mille façons différentes ce qu'il m'est arrivé. Que ce soit clair, si c'est le cas, arrête tout de suite. Ne porte pas cette culpabilité sur tes épaules, elle ne t'incombe pas. Tu n'y es pour rien. Personne n'y est pour rien. Et si j'avais l'opportunité de recommencer ma vie, sache que je ne changerais ni le début ni la fin, parce que j'ai eu la chance de croiser ta route.

Tu es ce que j'ai de plus précieux. Je veillerai sur toi, toujours.

Les jours où tu seras triste, imagine-moi en train de te regarder de là-haut, avec un verre de ce punch que j'aime tant (pas celui de ta sœur, il est horrible :)).

Alors, souris, Bill. Si ce n'est pas encore fait, accepte que tu ne puisses pas tout contrôler. Parfois, des obstacles insurmontables se dressent devant nous, la vie est faite ainsi, et c'est ce qui la rend si belle et imprévisible. J'ai confiance en toi, tu les franchiras les uns après les autres parce que tu es un battant. Tu es le seul et unique Bill Croft.

Suis ta bonne étoile et, surtout, sois heureux, Bill.

Je t'aime.

Les yeux humides, je refoule une larme. Je reste assis là, un temps indéfini, à observer ce bout de papier comme si Manille allait tout à coup se matérialiser devant moi. Vingt minutes s'écoulent, peut-être plus, je n'en sais rien. Le cœur fendu en deux, je lis et relis son message tellement de fois que je parviens presque à entendre le son de sa voix dans ma tête.

Il me faut du courage pour refaire mon apparition dans le salon. Conscient des regards braqués sur moi, je me pose sur le petit fauteuil aussi discrètement que possible. Weston et Jake sont installés sur le grand canapé pour jouer à la console. Ces deux cons préfèrent me fixer plutôt que de s'intéresser à leur écran.

— Je vais bien, assuré-je. Vous pouvez arrêter de me dévisager de cette manière ? Vous êtes flippants. J'ai l'impression de tourner dans un mauvais film d'horreur.

— Quoi ? T'aimes pas que je te mate ? se marre West avant de remettre en marche la Nintendo.

— Dans les vestiaires, si, mais pas en public. Je ne voudrais choquer personne, répliqué-je pour l'emmerder.

Malgré mon trait d'humour, je vois bien que personne n'est dupe. Leur inquiétude est facilement décelable. Avachi sur les coussins, les bras croisés derrière mon crâne, je fais mon possible pour me comporter comme si tout allait pour le mieux. Mais ce n'est pas vrai. Je vais tout sauf bien. Les paroles de Manille tournent en boucle dans ma tête et plus les minutes défilent, plus le nœud présent dans mon estomac se resserre. J'essaie de faire abstraction des yeux de Charlie qui ne cessent de se poser sur moi toutes les dix secondes. Avec un caractère réservé comme le sien, elle n'osera pas m'interroger au sujet de la lettre. Je pivote vers elle, les lèvres retroussées.

— Dans sa lettre, Manille a dit que ton punch était horrible.

— C'est de notoriété publique, ajoute Frank en riant. Tout le monde sait qu'on peut mourir en consommant un truc préparé par ta sœur.

Charlie rigole, puis secoue la tête.

— Je suis un génie incompris. Vous n'avez juste pas le palais assez raffiné pour apprécier mon talent.

J'esquisse un faible sourire, content d'avoir détourné l'attention de moi l'espace d'un instant, puis je me fige. Ils ne sont que quatre dans la pièce.

— Où est Cassie ?

— Elle est partie pendant que tu lisais la lettre de Manille.

— Elle vous a dit où elle allait ?

— À ton appart, j'imagine. Elle était fatiguée à cause de ses heures sup au restau.

Le front plissé par une soudaine inquiétude, je me tourne vers Frank sans comprendre.

— Attends... Cassie ne dort pas ici ?

— Non, pourquoi ? Tu voulais qu'elle reste chez moi ce soir ?

— Je croyais que... Putain, je suis trop con.

Furieux contre moi-même, je me lève d'un bond.

— Trop con pour quoi ? s'enquiert Weston.

— J'ai un truc à régler, je vous laisse Kiwi.

J'attrape mon manteau avant de me précipiter jusqu'à ma voiture. Je démarre en trombe pendant que je tente de joindre Cassie sur son portable. Évidemment, elle ne répond pas.

Comment j'ai fait pour passer à côté d'une information si énorme ? J'étais tellement persuadé qu'elle logeait chez Frank depuis notre dispute qu'il ne m'est pas venu à l'idée de lui demander confirmation.

Les bips retentissent dans les enceintes de ma caisse et je commence à stresser.

— Allez, décroche !

Je tombe sur sa messagerie une nouvelle fois. J'enfonce l'accélérateur pour rejoindre au plus vite le quartier universitaire. Si Cassie ne dort ni chez Frank ni chez moi, je ne vois qu'un seul endroit où elle aurait pu se rendre. *Putain, je n'y crois pas !* Ça fait quatorze jours qu'elle vit dans un appartement démoli, insalubre, dangereux, et je n'ai rien remarqué.

Une bouffée de colère me monte aux joues quand je me gare.

Par chance, je trouve une place pile devant l'entrée de son immeuble. Je fonce à l'étage sans m'arrêter et il ne me faut que quelques secondes pour atteindre son palier. Je me mets à tambouriner avec force à sa porte.

— Cassie, c'est Bill. Ouvre.

Je réitère le même geste plusieurs fois d'affilée jusqu'à ce que j'entende des bruits à l'intérieur. Je patiente deux longues minutes avant qu'elle apparaisse enfin sur le seuil. Elle me scrute, le visage défait, les yeux tristes, et je me sens perdre pied à la voir si mal.

— Qu'est-ce que tu fais ici ? marmonne-t-elle.

— Tu ne peux pas rester là, c'est dangereux.

— J'ai sécurisé l'appart, riposte-t-elle.

Je tire sur la poignée pour découvrir tous les débris de meubles qu'elle a entassés derrière pour coincer la porte.

— C'est ça, ta « sécurité » ?

— C'est plutôt efficace pour l'instant. Ça fait deux semaines que je dors ici et je ne suis pas encore morte.

Je me prends la tête entre les mains. J'hallucine. Comment est-ce qu'elle peut envisager d'y passer la nuit dans ces conditions ? Les mecs qui ont squatté son appart peuvent revenir n'importe quand.

— Pourquoi tu n'as rien dit ? lui hurlé-je dessus.

— Parce que personne ne m'a posé la question.

Sa franchise m'arrache une grimace. Sa phrase est aussi douloureuse que du sel versé sur une plaie béante. Je dégage les mèches qui me tombent sur le front, puis je souffle un grand coup pour faire redescendre la pression. J'ignore qui d'elle ou moi se sent le plus mal.

— Je pensais que tu dormais chez Frank, avoué-je. Si j'avais su que tu viendrais te réfugier dans cet appart, je ne t'aurais jamais...

— Tu ne m'aurais jamais quoi ?

— Je ne t'aurais jamais laissée partir. Putain, rentre avec moi, Cassie. Je ne supporte pas de te voir rester ici.

Elle secoue la tête. Ses cheveux noués en un chignon défait s'agitent dans le mouvement. Des mèches folles glissent sur sa nuque, là où son tatouage en forme d'étoile filante est gravé sur sa peau. *Suis ton étoile.*

Je ferme les yeux pendant que mon cœur tambourine dans ma poitrine.

— S'il te plaît, Cassie. Viens avec moi.

Une larme roule sur sa joue et c'est un morceau de mon âme qui s'écrase avec elle sur le sol.

— Je suis désolée, Bill.

— Ne sois pas bornée.

— Tu l'as dit toi-même. On ne peut plus continuer sur cette lancée. Ça ne fonctionne pas. On se fait du mal, l'un et l'autre, même sans le vouloir. Alors, imagine quand on en viendra à se détester pour de bon ?

Son regard est si triste qu'il me faut un instant pour encaisser le coup.

— On trouvera un moyen de cohabiter.

— Comme quoi ? Une nouvelle liste de règles ?

J'avale le mètre qui nous sépare et m'arrête à quelques centimètres de ses lèvres.

— Si nécessaire, oui.

— Tu sais tout aussi bien que moi que c'est impossible. Ça ne fonctionnera pas. Je suis trop insolente pour ça. Trop impulsive, trop...

Ne supportant pas cette distance entre nous, je tends ma paume vers son visage. Sa peau frissonne quand je la frôle. L'air qu'elle expulse vient se mêler à celui que je respire et, en une fraction de seconde, je me retrouve avec les mains sur ses hanches et son corps collé au mien. Désespérée, Cassie se met à rire.

— C'est exactement de ça qu'il s'agit. Tu comprends, maintenant, pourquoi c'est impossible ? On s'attire trop de problèmes. On est comme ces deux étoiles dont on parlait, l'autre fois. Quand elles s'approchent trop près... elles explosent. Et je n'ai pas envie de réduire ta vie en un champ de ruines. Alors non, je ne reviendrai pas. Bonne nuit, Bill, et merci d'être venu t'assurer que j'allais bien.

Elle repousse doucement mon torse, puis referme sa porte d'entrée dans un silence sinistre. Il me faut plusieurs minutes pour réussir à bouger du palier, et davantage de temps pour accepter de monter dans ma caisse. S'il lui arrive malheur, je ne me le pardonnerai jamais. Je reste de longues minutes à observer les alentours. À chaque nouveau piéton qui passe à proximité, mon pouls s'emballe. Et si quelqu'un venait lui faire du mal ?

Je réalise peu à peu que je suis incapable de rentrer chez moi. Mes mains refusent de se poser sur le volant. Je ne parviendrai jamais à démarrer cette voiture si Cassie ne se trouve pas à l'intérieur. Je ne bougerai pas d'ici. J'y passerai la nuit, et toutes les suivantes s'il le faut, éveillé, pour m'assurer qu'elle ne risque rien.

23

POKER FACE

Cassie

Les yeux baissés sur le sol, j'évite de croiser le regard du numéro 11 des Krakens. Il range le matériel qu'il a utilisé avec Jake ce midi pendant que moi, j'essaie encore de comprendre comment nous avons pu nous éloigner à ce point. Cette fois, nous sommes dans une impasse, lui et moi. J'ai vraiment l'art et la manière de gâcher les relations.

Je retiens une lamentation entre mes lèvres lorsqu'une ombre fait son apparition.

— Alors, t'es en pleine révision ? me lance Weston, par-dessus mon épaule. Les premiers exams démarrent bientôt.

— Crois-moi, je préfère ne pas y penser et faire comme s'ils n'existaient pas.

— Pas sûr que la technique de l'autruche soit la meilleure, mais chacun son truc. Perso, j'ai toujours détesté étudier.

— Ne m'en parle pas. Si ce n'était pas pour obtenir un diplôme, j'aurais déjà jeté l'éponge. J'ai l'impression de lutter pour garder la tête hors de l'eau, en ce moment.

— J'en connais un autre qui est dans le même cas, ces derniers jours. D'ailleurs, tu ne saurais pas pourquoi il paraît si déprimé ?

— Aucune idée.

Pas besoin d'être un génie pour deviner de qui il me parle. Bill. Par réflexe, je cherche aussitôt à repérer le hockeyeur dans les alentours. Lorsque je le trouve enfin, je détourne aussi vite la tête. Je feins de ne pas remarquer ses cernes profonds et son visage creusé, même si ces éléments m'ont sauté aux yeux dès que je l'ai croisé à la patinoire. Je me force à m'intéresser à autre chose, comme à la présence de Kylie qui photographie des joueurs, avant que le brun à côté de moi ne soupçonne quelque chose.

Trop tard pour ça. Je sens l'attention de West dévier lentement dans ma direction. Son regard perçant dardé sur moi m'arrache une grimace.

— Vous vous êtes encore engueulés, c'est ça ?

— On se prend la tête tous les deux jours. Je ne vois pas ce que ça change, nié-je.

— Pas faux. N'empêche, je me demande ce qu'il a. Il m'inquiète.

— C'est pour ça que tu assistes à la séance ? Ça fait un moment que tu n'es pas venu.

— Exact. Bill ne se comporte pas comme d'habitude.

— Pourquoi tu dis ça ?

— Il a loupé les quatre derniers entraînements matinaux au Kraken Iceplex. Ça ne lui est jamais arrivé de rater une session en cinq ans.

— Sérieux ?

Une pointe de culpabilité m'oppresse la poitrine. Bill est le genre d'homme droit dans ses bottes qui ne ferait jamais faux bond à son coach et encore moins à son équipe. Il place l'honneur et la loyauté au-dessus de tout. Je ne peux m'empêcher de me dire que ses actes ont peut-être un lien avec moi. Et d'un autre côté, ce serait me donner trop d'importance à ses yeux. Bill tient à moi, je n'en doute pas une seconde, mais mes sentiments sont loin d'être réciproques.

— Je vois que tu n'as pas plus d'infos que moi, soupire Weston. C'est peut-être à cause de la fête en l'honneur de Manille, je n'en sais rien. Bill est une vraie tombe, il a toujours eu du mal à se confier. C'est dommage, je pensais que toi, tu aurais une réponse à m'apporter.

Je hausse un sourcil sans comprendre.

— Pourquoi moi plus qu'une autre ?

— Je me demande bien pourquoi. Peut-être parce qu'il se passe un truc entre vous ?

Je pivote vers lui, suspicieuse.

— Qu'est-ce que tu entends par là ?

— Que je sais tout, lâche-t-il, telle une grenade dégoupillée. Bande de dépravés.

Ma bouche s'ouvre si grand qu'il se fout de ma gueule sans même s'en cacher.

— Tu vas gober les mouches, Cassie.

— Bill t'a tout raconté ?

Il me gratifie d'un sourire malicieux pendant que je secoue la tête. Super.

— Je suis son meilleur pote, ne sois pas étonnée. Et puis, on se doutait que ça finirait par arriver. Je suis juste déçu d'avoir parié si peu avec Jake et Frank. J'aurais pu me faire une fortune.

— De mieux en mieux. Vous êtes vraiment des crevards. De toute façon, ce n'était que l'histoire d'une seule nuit. Considère ça comme un sujet clos.

— Quoi ? Mais attends, je n'ai même pas eu les détails ! Comment c'est arrivé ?

— Parce que tu crois que je vais tout te raconter ? Tu te fous le doigt dans l'œil jusqu'au coude.

— T'es pas sympa, Cassie.

— Tu n'as qu'à questionner le traître qui t'a tout balancé. Moi, je dois essayer de parler à Jake avant la fin de sa pause. Il passe son temps fourré chez Frank. C'est ma dernière occasion de le voir avant son match d'après-demain.

J'abandonne Weston dans les gradins quand les Huskies débarquent au complet en bas des marches. Le nez baissé, mon frère traîne en queue de peloton. Il vient de terminer ses exercices sur la glace avec Bill et, après dix minutes de repos, il s'apprête à enchaîner avec l'entraînement collectif. Je ne sais pas à quoi il rêvasse avec ce visage éteint, mais ça me fend le cœur de le voir si mal. Je repense à notre complicité passée, à nos éclats de rire malgré la précarité de notre situation durant ces trois dernières années. Comme j'aimerais retourner à cette période où tout était si simple entre nous deux.

Je bouscule quelques personnes afin de me faufiler jusqu'à lui, puis je tire sur son bras pour attirer son attention. Il sursaute, pivote sur ses patins. Dès qu'il m'aperçoit, son regard s'assombrit. Et cette tristesse, je sais que c'est moi qui l'ai causée.

— Hé, Jake, t'as un instant ?

— Ce n'est pas le moment, Cassie. Malcolm nous attend sur la glace.

— Ça ne prendra que quelques secondes. Je dois vraiment te parler.

Il esquisse quelques pas en s'éloignant, puis s'arrête finalement.

— T'étais où, dimanche soir ? me demande-t-il après quelques secondes d'hésitation.

— Comment ça ?

— Bill est parti comme une furie pour aller te chercher. Je me suis dit qu'il y avait un truc pas net, alors j'ai proposé de ramener Kiwi à son appart. Quand je me suis pointé là-bas, il n'y avait personne.

— J'étais chez *abuelita*, avoué-je à voix basse.

Ses yeux s'ouvrent grand. Sa mâchoire se crispe légèrement. Peu à peu, ses iris du même bleu vert que les miens se teintent d'inquiétude.

— Ne me dis pas que tu as dormi chez nous ?

Je hausse les épaules.

— Si. J'y vis depuis plus de deux semaines, maintenant.

— Et la bande des Devasco ?

— Ils ne sont pas revenus. J'imagine qu'ils se sont lassés de squatter un endroit en ruines.

— T'es dingue, soupire-t-il. Ça pourrait mal finir. Est-ce que Bill est au courant ?

— Oui.

— Tu lui as dit ? Et il t'a laissée faire ?

— J'ai suivi tes conseils, je lui ai tout raconté. Et crois-moi, ça ne lui a pas beaucoup plu. Écoute, Jake, je m'en veux pour l'autre soir.

Il se retourne pour vérifier où en sont Malcolm et ses coéquipiers, puis consent enfin à me regarder droit dans les yeux.

— Je t'accorde une minute.

— Tu avais raison sur toute la ligne, après le match de Bill. J'ai tout nié en bloc. J'étais en colère et ça n'avait rien à voir avec toi. Je n'avais pas envie de t'écouter me dire tout ce que je savais déjà et je suis désolée de t'avoir parlé comme je l'ai fait. Tu es juste arrivé au pire moment possible.

— Pourquoi ça ?

Je hausse les épaules, c'est un aveu difficile à faire, mais après ce que j'ai fait endurer à mon frère, je lui dois bien la vérité.

— J'avais le cœur brisé.

— Le cœur brisé ? répète-t-il. À cause de Bill ?

Mes lèvres s'étirent en un triste sourire.

— Que veux-tu, dans la vie d'un Rodriguez, rien ne se passe jamais comme on l'a prévu. Il ne tombera jamais amoureux de moi, tu avais raison. Mes mensonges n'ont pas été sans conséquences. Maintenant, il faut juste que je l'accepte.

— Ce mec est raide dingue de toi, Cassie. Tu verrais comment il te cherche du regard dès qu'il te perd de vue.

— Détrompe-toi. Je passe plus pour un boulet à traîner qu'une femme avec qui il pourrait sortir. Quoi qu'il en soit, j'ai été franche avec lui.

— Il sait pour notre dette ?

— Oui. Je lui ai tout avoué. L'histoire avec Dylan, la guerre entre Diego et les Devasco... Il est même allé dans notre appartement.

— C'est mieux comme ça.

— Peut-être. Encore une fois, je suis désolée, Jake. Pour ce que je t'ai dit. Je ne le pensais pas.

— Je sais.

— Hé, Rodriguez, tu te bouges ? lui lance Dawson, son capitaine. On commence par des exercices à trois.

— J'arrive, réplique-t-il avant de m'adresser un dernier regard. Il faut que j'y aille. Malcolm est stressé à cause du match. Il est hyper lourd.

— Pas de raison de s'inquiéter, vous allez gérer.

Je lui montre mes doigts croisés et il sourit pour la première fois depuis des jours. Heureuse d'avoir enfin pu lui dire ce que j'avais sur le cœur, je retourne m'asseoir près de Weston. Ce dernier ne perd pas une seconde pour revenir à la charge.

— Alors, on en était où de notre conversation ? Il me semble que tu t'apprêtais à me raconter dans les moindres détails comment Bill et toi en êtes arrivés à coucher ensemble.

Je me tourne vers lui, un immense sourire aux lèvres.

— Tu veux que je te fasse un dessin ? Je pensais que tu étais assez grand pour connaître ce genre de choses. Il faut un homme, une femme et...

Il ricane dans sa barbe tout en suivant Bill de loin.

— Je sais, merci. Ce qui m'intéresse c'est le cheminement. À quel moment vous vous êtes dit : « tiens, et si on baisait ensemble ? Ça pourrait être marrant ! »

Je lève les yeux au ciel en poussant un long râle d'exaspération.

— En quoi c'est important ? Et puis, je croyais que ton pote t'avait tout dit ? lui lancé-je, amusée.

— Je sais juste qu'il y a eu rapprochement physique entre vous. Je n'ai eu aucune info sur le pourquoi du comment.

— Parce qu'il faut une raison ? m'étonné-je.

— Au cas où tu ne l'aurais pas remarqué, Bill n'est pas du genre à coucher avec la première fille qu'il croise et, tu peux me faire confiance, ce ne sont pas les demandes qui manquent.

— Il n'y a rien entre lui et moi, le coupé-je, la voix trop aiguë pour cacher mon trouble.

Mais c'était naïf de croire que Weston se contenterait de cette réponse. Il m'adresse un sourire rassurant.

— C'est lui qui te l'a dit ?

— Non, c'est un peu plus compliqué que ça. J'ai tiré mes propres conclusions.

— Bill a tendance à toujours être sur ses gardes.

— Un vrai loup solitaire, je sais. Il montre assez les crocs pour que je saisisse son caractère.

— Tu as tort. Un loup veille au bien-être de sa meute, quitte à mettre ses besoins de côté pour s'assurer que les autres ne manquent de rien. Tiens, d'ailleurs voilà le mâle alpha qui se dirige droit vers nous, commente-t-il en se marrant.

L'ensemble de mes muscles se tend. Je n'ai plus adressé un mot à Bill depuis qu'il s'est pointé sur mon palier dimanche soir. Désormais, je ne sais plus comment agir en sa présence.

Vêtu d'un sweat à capuche et d'un jogging noir qui le rendent incroyablement sexy, Bill nous rejoint en quelques enjambées. Il s'installe sur le siège à ma gauche. Le regard dirigé droit devant pour que personne ne remarque mon agitation, je ne lui prête pas la moindre attention, ce qui n'empêche pas mes neurones de surchauffer. De toutes les places disponibles dans cette patinoire, pourquoi faut-il qu'il s'asseye pile à côté de moi ? La rangée entière est libre, les gradins ne comptent qu'une vingtaine d'étudiants.

— Alors, tu as pu sonder un peu Jake ? l'interroge West. Il a l'air en flip total pour la rencontre d'après-demain.

— J'ai essayé de le rassurer au mieux. Il n'y a aucune raison qu'ils perdent contre les Black Bears. J'avoue que ça a de quoi effrayer comme premier match de l'année, mais ils ont le niveau. Et puis, même s'ils se font battre, une défaite ne signifie pas qu'ils sont nuls.

— Il est stressé à ce point ? demandé-je sans le regarder. Je n'ai pas vraiment eu l'occasion de lui parler du match.

— C'est normal d'être angoissé. Ça m'aurait plus inquiété qu'il ne le soit pas. C'est plutôt bon signe, en général.

— Putain...

Weston se fige. Surprise par son intonation, je tourne la tête dans la même direction que lui.

— Tu reconnais ces mecs ? souffle-t-il à Bill.

Le blond se penche en avant pour mieux voir, puis ses traits se pétrifient à leur tour. Intriguée, je tente de comprendre de qui ils parlent. Deux hommes d'une quarantaine d'années viennent de faire irruption à la patinoire et ils marchent vers Malcolm. Les joueurs, en plein brief, n'ont pas encore commencé l'entraînement, ils se trouvent toujours près des bancs, à quelques mètres de nous.

— Oh merde. Qu'est-ce qu'ils foutent là ? s'inquiète Bill d'une voix si basse que je l'entends à peine.

— Vous les connaissez ? leur demandé-je.

— Oh que oui, ce sont des flics. Ils sont généralement appelés pour fouiller les vestiaires lorsqu'il y a une suspicion de trafic de drogue dans l'équipe, m'informe Weston. On a eu droit à leur visite quand on faisait partie des Huskies et je peux t'assurer qu'ils ne se déplacent jamais pour rien.

— Donc… ils viennent fouiller les joueurs ? articulé-je péniblement.

À cette prise de conscience, les battements de mon cœur s'accélèrent. Je le sens mal.

— C'est fort probable.

Bill s'est déjà levé pour interpeller Jake qui rapplique aussitôt.

— Jake… chuchote-t-il. Dis-moi que tu n'as rien de compromettant dans ton sac parce que si c'est le cas, c'est le moment de passer aux aveux.

— Quoi ? Comment ça ?

— On parle de drogue, lui expliqué-je. Des flics vont venir vérifier vos affaires.

— Je ne touche pas à cette merde, moi. Je suis *clean*.

Les menaces de Diego refont surface dans ma tête. Il veut nous faire couler avec lui. Jusqu'à présent, je pensais à une phrase lancée en l'air, sous le coup de la colère, mais à présent, je crains le pire. La police ne viendrait pas pour une simple visite de courtoisie. Mes yeux rencontrent instinctivement ceux de Bill. Nous n'avons pas besoin de parler à voix haute pour nous comprendre. Il acquiesce et, aussitôt, je me lève.

— Je… je reviens.

— Fais vite, me souffle-t-il.

Je n'attends pas la fin de la discussion entre les agents et Malcolm pour me précipiter dans le couloir. Les doigts croisés pour éviter que la poisse me tombe dessus, je cours aussi rapidement que mes jambes le peuvent. S'il y a la moindre chance que quelqu'un ait glissé de la drogue dans le sac de Jake afin de lui nuire, je la trouverai. Après un bref coup d'œil pour vérifier que la voie est libre, je pénètre dans les vestiaires le plus discrètement possible. Pas de temps à perdre, je renverse les affaires de mon frère sans cérémonie. Je secoue ses vêtements, fouille chaque recoin ou doublure décousue. Au bout d'une courte minute, je remets le tout à l'intérieur… jusqu'à ce qu'il ne reste plus qu'un petit sachet d'herbe sur le sol.

Merde. C'était vrai.

Un frisson d'effroi remonte le long de mon échine quand je le ramasse. Je l'enfouis rapidement dans ma poche, le cœur battant à vive allure. Je reprends le chemin de la sortie avec une horrible sensation. Si Diego est réellement derrière ce traquenard, à quoi faut-il nous attendre pour son prochain coup ?

Je m'apprête à quitter les vestiaires quand j'entre en collision avec le torse d'un homme. Surprise, je relève la tête vers Bill qui ne me regarde même pas. Son attention est dirigée ailleurs, vers l'extrémité du couloir.

— Qu'est-ce qu'il y a ? demandé-je, affolée.

— Ils arrivent. Il faut qu'on bouge.

Sa main emprisonne mon poignet. Je me mets à courir derrière lui pendant qu'il m'attire dans le local à matériel à quelques pas de là. La porte se referme sur nous sans le moindre bruit, nous plongeant dans la pénombre. Il ne reste plus que le signal vert indiquant l'issue de secours pour nous éclairer. Mon cœur s'emballe de plus belle. Impossible de savoir si ces battements frénétiques sont le résultat du sauvetage in extremis de mon frère ou l'effet qu'a Bill sur mon corps. Me retrouver en tête à tête avec lui me trouble plus que j'aimerais l'avouer.

Bill pose son oreille contre la paroi afin d'écouter ce qui se dit dans le couloir. Je m'avance avec l'intention de l'imiter, mais il m'interrompt avant que je ne l'atteigne.

— J'ai entendu les policiers citer le nom de Jake, m'indique-t-il.

— Tu déconnes ?

— Non, il aurait été balancé par une fille qui fréquente la patinoire d'après ce que j'ai compris. T'as trouvé quelque chose ?

— Je... ouais. Ça.

Je sors le petit sachet contenant quelques grammes de shit et Bill soupire en le fourrant dans sa poche. Son corps frôle le mien, ce qui n'était pas arrivé depuis, il me semble, une éternité.

— Je le garde. Je risque moins gros que toi si on me trouve en possession de cette merde sur le campus.

— Tu crois que c'est un coup de Diego ?

— Jake n'avait aucune raison de mentir. Il aurait pu se faire virer. C'est forcément un piège tendu par quelqu'un d'autre et qui, à part Diego, lui en veut ?

— Personne.

— La bonne nouvelle, c'est qu'on a évité l'expulsion de ton frère.

Je pousse un long soupir de soulagement quand je réalise à quel point le drame était proche. La main plaquée sur mon cœur pour en apaiser les battements anarchiques, je ferme les paupières.

— Ça va ? s'enquiert Bill.

— Juste le stress qui redescend.

La paume de Bill vient se caler contre ma mâchoire. Son pouce se dépose sur ma joue avant de la caresser avec une douceur infinie. Tous les sentiments que j'enfouis depuis des jours refont surface en l'espace d'une microseconde. L'électricité se met à crépiter sur chaque centimètre carré de ma peau tandis qu'une tension familière grimpe peu à peu entre nous. J'inspire pour ne pas trahir mon calme apparent, mais chaque seconde qui passe est une véritable torture. Je lutte pour apaiser le chaos dans ma poitrine. Or, mon foutu cœur n'a que faire de mes ordres.

Rester loin de Bill est difficile. Bien plus difficile que ce que j'avais imaginé.

Putain ce que je l'aime. J'aime chacune des facettes de sa personnalité. Son côté protecteur et doux, ses airs de maniaque du contrôle, son charisme, sa loyauté... Je me mords la lèvre inférieure alors que des tonnes d'idées sur ce que nous pourrions faire dans ce local à matériel désert me viennent en tête. Je finis par relever le menton vers l'homme devant moi. Il semble soumis au même dilemme insoluble que moi. Je lis la souffrance dans son regard mordoré et je ne résiste pas à l'envie de m'approcher.

— Pourquoi tu perds ton temps avec moi, Bill ? Je ne suis qu'une menteuse, après tout, murmuré-je.

— Je n'ai jamais eu l'impression de perdre une seconde auprès de toi. Même si je n'aime pas qu'on me prenne pour un con, je comprends les raisons qui t'ont poussée à agir comme ça.

Je hoche la tête. Quelque part, la vérité contenue dans sa phrase me fait mal... Et en même temps, elle me donne de l'espoir.

— Tu tiens à moi ? me demande-t-il enfin.

Surprise par sa franchise, je cille.

— Moi, est-ce je tiens à toi ? Non, lâché-je à voix basse. Comment est-ce que ça pourrait être possible ? Je te déteste. Je te déteste depuis le premier jour où j'ai croisé ton regard à la patinoire.

Son bras glisse dans mon dos pendant que sa main se niche au creux de mes reins.

— Et tu me mens depuis ce même instant. D'abord pour couvrir ton frère, ensuite en prétendant que tu ne me connais pas, alors que tu as un poster de moi dans ta chambre.

— Tu-tu l'as vu ?

Il sourit et sa bouche vient se nicher contre mon lobe, me faisant hoqueter de surprise.

— Les mensonges te vont si bien, Cassie Jolie, mais je commence à savoir les repérer. Tu veux savoir comment je sais que tu ne me détestes pas ? Je le vois à ta respiration qui se trouble dès que je t'approche. Je le devine aux frissons qui recouvrent ta peau quand je te touche et à ton cœur qui bat à cent à l'heure. Regarde comme tes lèvres m'appellent. Tu as envie de moi, même si tu prétends le contraire. Tu peux m'ignorer autant que tu le veux, je n'y crois pas une seconde.

À ces mots, sa bouche percute la mienne. Je suis incapable de le repousser, je n'en ai même pas l'envie. Un gémissement s'échappe de ma gorge alors que sa langue s'enroule autour de la mienne. Dans un geste désordonné, Bill me hisse sur une pile de matelas en mousse. Ses mains se perdent sur mon ventre et mes jambes viennent enserrer ses hanches. Ses baisers sont divins, la pression de ses doigts, grisante. Il ne m'en faut pas plus pour lui accorder l'accès total au reste de mon corps. Je renverse la tête sous l'effet du plaisir pendant qu'il dévore mon cou en le suçotant sans retenue. Ses dents s'enfoncent dans ma chair tendre et je sais déjà qu'il y dépose son empreinte. Comme un signe d'appartenance.

— Si tu continues à marquer ton territoire, murmuré-je sur le ton de la menace, je vais finir par croire qu'il y a plus que du sexe entre nous.

Il riposte en attrapant ma lèvre entre ses dents, puis tire dessus.

— Pas d'inquiétude, je ne suis pas du genre à tomber amoureux.

Et mon cœur se morcelle un peu plus.

Aïe.

Au même moment, la porte du local s'ouvre.

— C'est bon, vous pouvez sortir de là ! Ils sont loin...

La face choquée de Weston apparaît dans l'interstice. Je rabats mon t-shirt pour couvrir mon soutien-gorge.

— Oh merde ! s'exclame-t-il avant de refermer aussitôt. Désolé, je ne pensais pas que je dérangerais.

Bill pousse un soupir avant de tirer d'un coup sec sur son sweat pour se rhabiller.

— Dommage, on s'amusait bien, souffle-t-il près de mon visage en riant.

J'esquisse un sourire de façade en me recoiffant, mais je n'ai plus qu'une envie : fuir le plus loin possible pour sauver ce qu'il me reste d'amour-propre. Je m'apprête à sortir, mais il m'arrête juste avant.

— Je suppose que tu ne comptes toujours pas rentrer chez nous ?

J'éprouve un vif pincement au cœur. J'aimerais tellement considérer cet endroit comme chez moi. Je crois que Bill ne réalise pas la portée de ses mots. Ils n'ont assurément pas la même signification pour lui que pour moi.

— Il faut bien que je réapprenne à vivre dans mon appart, expliqué-je. Et puis, l'histoire avec Diego sera réglée après-demain, donc...

— Message reçu.

— On se retrouve au match, j'imagine.

— Ouais, à après-demain.

Je franchis le seuil du local devant un Weston goguenard, puis je hâte le pas pour sortir d'ici.

Il y a des moments dans la vie où tout se déroule pour le mieux. Des moments parfaits qu'on aimerait voir se prolonger à l'infini. Mais tout le monde sait que la perfection n'est pas de ce monde. Pas pour moi, en tout cas. Dans les abysses où je vis, ce n'est pas comme ça que les choses se passent. Dans mon univers, il n'y a que l'obscurité omniprésente. La lumière de la surface n'est qu'une vaine illusion, à l'image de son amour inaccessible.

24

L'EFFET BOULE DE NEIGE

Bill

La mâchoire de Jake se crispe à l'image du reste de son corps. Équipé de la tête aux pieds de sa tenue aux couleurs des Huskies, il paraît bien plus imposant que d'ordinaire.

Il est l'un des plus baraqués de son équipe, ce qui est étonnant pour son jeune âge. À le voir, on ne dirait pas qu'il n'a que dix-sept ans, et c'est dans des moments tels que celui-ci que je me rends compte que sa grande taille est trompeuse. Sous ses apparences d'étudiant de deuxième ou troisième année, ce n'est qu'un gamin apeuré qui a besoin d'être rassuré.

Je pose une main réconfortante sur son épaule pendant que le reste de ses coéquipiers finit de se préparer. Certains font les cent pas pour s'occuper l'esprit, d'autres essaient de relâcher la pression en déconnant, mais ils ont tous un point en commun : aucun n'arrive à cacher son appréhension.

— Tu es prêt. Ça va le faire, chuchoté-je pour que notre conversation demeure privée.

— J'étais au lycée quand j'ai participé à mon dernier match. Là, le jeu est d'un autre niveau.

Un sourire fier se dessine sur mes lèvres.

— Crois-moi, ce niveau est encore bien inférieur au tien. Pour quelles raisons est-ce que tu aurais décroché ce parrainage si tu n'étais pas à la hauteur ? Je supervise tes entraînements depuis plusieurs semaines, je peux t'assurer que tu as un potentiel énorme. Il y a eu une cinquantaine de candidatures et la tienne est sortie du lot. Il n'y a pas de hasard. Pas un mec de cette équipe ou de celle des Black Bears ne t'arrive à la cheville.

— C'est ce que tu dis... Et si je merdais ?

— Tu vaux le coup, Jake. Et si vous ne gagnez pas, eh bien ce n'est pas grave. Il y aura de nouveaux matchs, d'autres saisons à venir. Combien de rencontres est-ce que tu crois que j'ai perdues ? La défaite n'est qu'une égratignure. Elle ne t'empêche ni de marcher ni d'avancer.

Il se tait un instant, puis s'adresse de nouveau à moi, perplexe.

— Si tu es si confiant, pourquoi est-ce que t'as l'air sur le point de clamser, toi aussi ?

Je réprime un grognement. Je ne pensais pas qu'il s'en rendrait compte. J'essaie de masquer mon propre stress depuis ce matin, mais Rodriguez Junior a visé dans le mille. Je me masse la nuque en songeant à ce qui m'attend d'ici une petite heure. L'échange de fric avec Diego. J'ai planqué mes liasses de billets dans ce sac que je trimballe partout avec moi et j'ai l'horrible certitude que ça va mal se passer. Je n'ai pas l'habitude d'être aussi fataliste, mais j'ai bien cerné ce gars. Son aversion pour l'échec et son mépris des autres sont autant de raisons de me méfier de lui. Je redoute notre confrontation. Le plus difficile sera d'arriver à le rejoindre sur le parking sans attirer l'attention de toute la bande présente dans les gradins. Si Cassie est au courant, ce n'est pas le cas de Weston, Charlie, Frank ou encore de la petite Emma.

Diego me paraît si imprévisible que j'en ai la boule au ventre. C'est étrange comme la vie évolue. Il y a quelques années, j'en voulais à Weston de m'avoir caché la vérité à propos de ses problèmes de fric et me voilà en train de faire la même chose, exactement de la même manière que lui, dans le seul but de protéger mes proches.

— C'est à cause de Cassie ?

La voix de Jake me sort de mes pensées. Je me redresse d'un mouvement brusque en l'entendant prononcer ce prénom si familier. Sa crosse m'échappe des mains, je la rattrape au dernier instant.

— De quoi ?

— Que tu te sens mal.

— Pourquoi est-ce que ce serait sa faute ? Même si ta sœur est douée pour s'attirer des ennuis, elle n'est pas responsable de tous mes malheurs, plaisanté-je.

Ma piètre tentative de dérision tombe à l'eau quand ma voix s'étrangle dans ma gorge. Jake, soudain gêné, fixe ses patins un long moment avant d'oser me faire face à nouveau.

— Désolé de ne pas t'avoir avoué la vérité concernant notre… problème de fuite. Je sais qu'on n'a pas été honnêtes avec toi.

— Ne t'inquiète pas, le coupé-je. C'est du passé. Concentre-toi sur le match à venir, c'est le plus important.

— Facile à dire. J'ai l'impression d'être un moins que rien dans tous les domaines. Je vous attire des ennuis. Je me sens nul au hockey et Cassie ne peut même pas compter sur moi.

— Chaque chose en son temps. Tu ne peux pas résoudre tous ces problèmes d'un coup. Va botter le cul aux Black Bears, je m'occupe de tenir Diego à distance. Quant à ta sœur, elle est assez grande pour prendre soin d'elle-même.

Il hoche la tête en silence avant de m'interroger du regard.

— Tu sais qu'elle est amoureuse de toi ?

Ses mots ont du mal à se frayer un chemin dans mon cerveau fatigué par toutes ces nuits blanches à veiller en bas de l'immeuble des Rodriguez.

— Qui ça ? Ta sœur ?

Il ne prend pas la peine de me répondre et se contente de me fixer. Les muscles de mon visage se crispent alors que mes doigts viennent enserrer le manche en carbone de sa crosse. Une brûlure lancinante irradie dans ma poitrine. Il doit faire erreur. Cassie ne peut pas m'aimer. Elle me l'a confirmé deux jours auparavant. Entre nous, il n'y a rien de plus que du flirt. Notre relation est quelque peu tumultueuse, assurément charnelle, et trop souvent conflictuelle, mais il n'a jamais été question de sentiments. Je me persuade d'avoir raison, cependant le sérieux de Jake me pousse lentement à douter.

— T'es sûr de toi ? soufflé-je.

— Ouaip. À un point que tu ne peux même pas imaginer. Je ne l'ai jamais vue aussi éprise d'un mec.

Je ferme les paupières, ravale le douloureux soupir qui me bloque la respiration tandis qu'une bouffée de panique me fait suffoquer.

Putain. Non. Pas ça.

Une chape de plomb tombe sur mes épaules. Cette révélation aurait rendu n'importe quel homme heureux. N'importe quel homme, sauf moi.

— Bon, allez les gars ! C'est l'heure d'aller bouffer des oursons en guimauve ! lance Malcolm aux Huskies. Ne vous fiez pas à leur carrure. Rappelez-vous que sous leur carapace, les Black Bears sont mous à l'intérieur. Vous n'allez en faire qu'une bouchée.

Quelques rires fusent autour de nous et Jake détourne enfin son attention de moi. Il se lève du banc, puis récupère ses affaires. Je le suis dans le couloir d'un pas traînant. Je n'arrive pas à oublier ce qu'il vient de me confier. Cette vérité me pèse. Plusieurs étudiants se plaquent contre les murs pour laisser passer les joueurs de l'U-Dub. Perdu dans mes pensées, je me fraye un chemin au milieu de la haie d'honneur quand je bute dans Kylie. Son appareil photo placé devant le visage pour immortaliser le moment, elle ne m'avait pas vu. Elle fait son possible pour m'éviter depuis que je l'ai envoyée paître à l'entrepôt, ce qui me convient parfaitement. Je n'ai toujours pas digéré le coup du baiser. Je la contourne pour rejoindre les Huskies au bas des gradins. Après quelques derniers conseils balancés à l'arrache comme un coach le ferait avant l'entrée de son boxeur fétiche sur le ring, je laisse Jake entre les mains de Malcolm. J'ai le palpitant qui fait des siennes. Entre ce match qui m'angoisse et la venue de Diego, je ne me suis jamais senti aussi déstabilisé.

Je me redresse de toute ma stature pour ne pas donner l'impression de subir et j'accompagne l'équipe jusqu'à son banc. La tête levée, les épaules dégagées, j'avance tant bien que mal. J'ai beau avoir la sensation de foncer droit dans le mur, il m'est inenvisageable de fuir mes responsabilités.

Une promesse est une promesse, j'ai donné ma parole.

— Ça y est, ton padawan est prêt ! s'exclame solennellement Weston en examinant la ligne parfaite formée par les joueurs en blanc et violet. J'en aurais presque la larme à l'œil. T'as pas trop la pression ? Ce n'est pas moi qui vais sur la glace, mais je me sens aussi stressé qu'eux.

— Ne m'en parle pas. J'ai l'impression de revivre mon premier match à l'université. Je me souviens avoir dégueulé mon repas juste avant.

— Tu veux un câlin ?

Il me décoiffe les cheveux d'un geste amical et je chasse sa main en râlant.

— Va chier, West.

— Quoi, t'as peur que Cassie ne te trouve plus à son goût ? se moque-t-il. Ne t'inquiète pas, je crois qu'elle est complètement sous le charme du célèbre Bill Croft.

Triste piqûre de rappel que je ne relève pas. Si Weston apercevait ne serait-ce qu'un frémissement de ma part, il comprendrait aussitôt que quelque chose cloche et je n'ai pas envie de subir son interrogatoire maintenant. Contrairement à moi, il sait détecter quand les autres vont mal. C'est une qualité que j'admire chez lui. Le coup de sifflet va bientôt retentir, de toute façon. D'ici cinq minutes, son attention sera rivée sur le match et je pourrai recommencer à me morfondre en silence.

Mon regard parcourt les alentours jusqu'à se poser sur Oliver, le coach des Krakens. Mon estomac effectue un looping douloureux. Il est venu constater de ses propres yeux les progrès de son petit protégé et je sais que, par la même occasion, c'est moi qu'il jugera. Si Jake le déçoit, j'en ferai les frais.

— Comment tu as trouvé Jake dans les vestiaires ? s'enquiert West. Il avait l'air pâle tout à l'heure.

— Il a la nausée et il est persuadé d'avoir oublié comment patiner.

— Ahahah, c'est vachement rassurant. Je suis sûr que ça va aller, il faut juste qu'il se fasse confiance.

— Il a intérêt, je mise tout sur lui.

— T'inquiète, ça va le faire. Oliver ne se basera pas sur un seul et unique match, me tranquillise Weston. C'est bien pour ça que le parrainage se déroule sur une année scolaire complète.

J'ai beau être du même avis que lui, je ne me sens pas mieux pour autant. Je relève le nez vers les gradins juste derrière nous. Cassie se trouve au premier rang. Debout, elle surveille son frère de loin. Ses bras pendent le long de ses cuisses. Ses mains sont crispées et ses doigts croisés pour porter chance aux Huskies. Je détaille son visage concentré, sa manière de se mordiller nerveusement les lèvres quand, soudain, sa tête pivote dans ma direction. Ses yeux s'arrêtent sur moi et je me détourne aussitôt, horrifié. La phrase de Jake me revient en pleine face avec la puissance d'une gifle.

Putain. Elle m'aime.

J'inspire un grand coup alors que le départ du match est donné. Je porte ma montre à hauteur de mes yeux. Il me reste désormais quarante minutes avant le rendez-vous fatidique. Nous serons à la fin de la deuxième période de jeu, ce qui sera parfait.

Je me reconcentre autant que possible sur la glace. Les actions s'enchaînent à une vitesse folle. Les deux équipes sont au coude à coude durant une bonne partie du tiers temps. Jimmerde récupère enfin le palet et l'envoie à Carlos, Carlos se le fait arracher par un grand mec de deux fois sa taille. Alex vient à sa rescousse, puis fait la passe à Jake qui remonte la patinoire et marque à la onzième minute de jeu. J'esquisse un sourire satisfait pendant que West me secoue par les épaules.

— Tu vois, je te l'avais dit ! T'as fait du bon boulot avec lui.

Mais nous n'avons pas le temps de nous réjouir. L'équipe adverse n'a pas apprécié le but. Ils reviennent à la charge avec une unique cible : Jake. Durant les cinq minutes qui suivent, Rodriguez Junior s'en mange plein la figure, le pauvre. La première période prend fin avec un léger avantage pour les Huskies. Je passe l'intégralité de la pause dans les vestiaires à briefer Jake et ceux qui en ont besoin, puis je reprends ma place près du banc. Conscient que les iris de Cassie effleurent souvent mon dos, je me force à ne jamais me retourner. Il vaut mieux pour nous... *pour elle*, qu'on arrête notre dangereux petit jeu avant que l'un de nous ne finisse blessé.

Le match reprend et mon angoisse augmente d'un cran quand les Black Bears égalisent.

Merde. Je m'attrape le crâne entre les mains tandis que le visage de Jake se vide de ses couleurs.

— Allez, rien n'est encore perdu ! crié-je à son attention. Reste concentré !

Il me fait signe qu'il m'a bien entendu, puis recommence à patiner. J'observe, impuissant, le ballet incessant des joueurs qui s'entrechoquent, se doublent quitte à faire chuter leurs adversaires quand je me rends compte de l'heure qu'il est.

Plus que cinq minutes avant le rendez-vous.

Mon cœur se met à tambouriner.

— Je reviens dans un instant, soufflé-je à Weston.

— Où est-ce que tu vas ?

— Je dois te faire un dessin ? J'ai bu trop de café.

— Ah... Magne-toi, tu vas rater le meilleur.

Je m'éclipse aussi discrètement que possible en direction du couloir, puis j'emprunte la sortie de secours. Je préfère être en avance qu'en retard, ça me permet de voir les problèmes arriver plutôt que d'attendre qu'ils me tombent dessus.

Quand je pousse la porte, il fait nuit noire dehors. Ce côté de la patinoire est souvent plongé dans l'obscurité. Il n'y a qu'un lampadaire situé à une vingtaine de mètres de là pour éclairer les environs. C'est à peine si on distingue le contour des arbres. Je n'attends pas Cassie, je file en direction du parking inutilisé au coin du bâtiment. J'avais promis de la rejoindre à l'entrée principale à 21 h précises et je lui ai menti. Cette sale manie a fini par déteindre sur moi à force de la fréquenter, mais je préfère qu'elle reste loin de la bande de dealers.

Les doigts serrés sur la lanière de mon sac, je cours en silence dans la pénombre quand quelqu'un m'interpelle.

— Je vois que tu n'as pas oublié notre rendez-vous, marmonne Diego.

Le grand brun aux cheveux rasés sur les côtés se tient debout, le dos collé au mur. Les bras croisés sur sa veste en cuir, il m'observe d'un œil bien trop confiant. Mes yeux descendent jusqu'à l'objet long et sombre placé près de ses pieds et je peine à déglutir. *Merde.* Ce connard a amené une putain de batte de baseball avec lui.

— Impressionnant. Tu as eu les couilles de venir tout seul ? me lance-t-il.

— C'est à toi que je devrais poser la question. Tes chiens de garde ne sont pas de sortie ?

— Est-ce que j'ai l'air accompagné ?

Un rictus en coin déforme sa bouche lorsqu'il lève les bras. Prudent, je tourne sur moi-même pour observer les alentours. Il fait trop sombre pour apercevoir quoi que ce soit. De toute façon, maintenant que je suis là, je n'irai nulle part avant d'avoir réglé cette histoire. Je me plante devant lui, les mains enfoncées dans les poches.

— Avec toi, je me méfie.

— Tu as bien raison.

— La drogue dans le sac de Jake, j'imagine que c'était ton idée ?

— Mon petit avertissement vous a plu ? Je te l'ai dit, je peux vous faire couler d'un simple claquement de doigts si j'en ai envie. Au moins, tu sais à quoi t'en tenir, maintenant.

— Qu'on en finisse rapidement, sifflé-je. Récupère ton fric et barre-toi.

Je lui tends le sac contenant ce qu'il m'a demandé et, un grand sourire aux lèvres, il refuse de le prendre.

— Sors l'argent, m'ordonne-t-il.

— Quoi, tu ne sais pas compter ?

— Va te faire foutre.

Il saisit la batte posée à ses pieds avant d'avancer d'un pas. Mon regard reste accroché à son arme et, déjà, une dizaine de scénarios possibles s'établissent dans mes pensées. Je pourrais la lui arracher pour me défendre. Et après quoi ? Je le tabasse avec et il se venge sur Cassie ? Mauvaise idée.

— Fais ce que je te demande et arrête de perdre du temps, Croft. Compte le fric.

J'obtempère avec patience malgré l'envie pressante de lui botter le cul. Une fois tous les billets en main, je lui tends à nouveau les liasses. Dans mon dos, un flash illumine la scène, comme un vif éclair blanc éblouissant, mais aucun coup de tonnerre ne retentit. Je pivote sur mes talons pour découvrir, horrifié, plusieurs silhouettes cachées dans la pénombre. L'une d'elles se détache de l'obscurité. Elle avance vers nous, une batte dans une main, et un objet que je ne distingue pas dans l'autre.

Mon cœur se met à tambouriner furieusement dans ma poitrine.

— Qu'est-ce que…

Une affreuse certitude s'impose à moi. Je viens de me faire rouler.

— Je savais bien qu'on pouvait faire affaire, tous les deux. Tu veux que je te dise un truc, Croft ? T'es un bon gars, mais quelque chose me déplaît chez toi. Tu te mêles toujours de ce qui ne te regarde pas et, ça, ça me reste en travers de la gorge.

— Tu m'as pris en photo ?

Il ne répond pas. À la place, un rire mauvais retentit dans tout le parking.

— Est-ce que tu m'as pris en photo ? articulé-je plus fort.

Un mec que je ne connais pas s'approche d'un pas assuré. Son sourire est le reflet exact de celui de Diego. Menaçant et narquois au possible. Il tend un petit carré en papier à son chef qui l'agite entre ses mains. Il ne me faut qu'une seconde pour reconnaître de quoi il s'agit. Kylie m'en a suffisamment montré ces derniers temps pour que je sois sûr de moi à cent pour cent.

J'avais raison.

Putain, je savais que les choses allaient mal tourner.

— Je garde juste un souvenir de notre tête-à-tête. Au cas où il te viendrait à l'idée de me mettre des bâtons dans les roues à l'avenir.

Telle une danse répétée à l'avance, ses deux potes m'encerclent. Concentré sur leurs mouvements autour de moi, je ne bouge plus d'un centimètre. J'évite de penser aux battements frénétiques de mon sang contre mes tympans pour n'écouter que le bruit de leurs pas sur le béton.

— Je déteste les mecs qui se croient meilleurs que les autres. Je voudrais te rappeler une chose, Croft, les réputations sont éphémères. Elles se font et se défont aussi facilement qu'un petit sachet de shit retrouvé par hasard dans un vestiaire. Fais gaffe à toi, ton tour pourrait venir plus vite que prévu.

Diego recule. Quand il lève la main, c'est comme s'il avait autorisé les démons de l'enfer à se déchaîner sur moi. Je ne distingue plus rien si ce n'est un amas d'ombres. J'entends les coups siffler à mes oreilles, je sens leur impact sur mes épaules et je ne riposte pas. Si je le fais, Cassie et Jake pourraient en subir les conséquences.

Ce n'est que lorsqu'une voiture se trompe de parking que mes agresseurs s'arrêtent enfin. Ils déguerpissent. En un clin d'œil, il n'y a plus personne. Je me relève tant bien que mal tandis qu'un filet de sang s'écoule de mon arcade. Par chance, c'est le seul coup que j'ai reçu en pleine face.

Connards.

Au lieu de rentrer à la patinoire, je prends le chemin de ma caisse. Je ne peux pas y retourner dans cet état. Je marche aussi vite que possible jusqu'à ma Dodge dont les rétroviseurs ont été éclatés et la carrosserie rayée, puis je m'engouffre à l'intérieur, tremblant de rage.

Je refuse de tout perdre ce soir.

25

GRAVITÉ ET ATTRACTION

Bill

Mon téléphone, posé sur le siège à côté, n'arrête pas de sonner. Le nom de Cassie Jolie s'affiche sur mon écran avant d'être remplacé par ceux de mes potes. On dirait qu'ils se sont tous passé le mot pour m'emmerder jusqu'au bout. Je ne suis pas d'humeur à leur parler. J'ignore leurs appels et je me concentre sur la route malgré les vertiges qui me font tourner la tête.

L'échange avec Diego est terminé, pourtant cette foutue boule au ventre ne m'a toujours pas quitté.

Cette photo n'était que du bluff, pensé-je. *À cette distance, dans le noir, personne ne me reconnaîtra.*

C'est ce que je me répète pour me rassurer, mais une part de moi connaît l'esprit perfide de ce dealer. Vu sa façon de harceler Cassie, il y a fort à parier qu'il ne me laissera pas tranquille, et il est hors de question que je cède à un quelconque chantage.

West : Si tu ne décroches pas, je jure de contacter les flics dans la minute.

Arrêté au feu rouge, j'abaisse les yeux pour lire son SMS, puis je lui envoie un message vocal pour lui dire que je le rappelle d'ici cinq minutes. Ce n'est qu'en arrivant à mon appart que je prends le temps de le faire. Je le regrette presque aussitôt, car son accueil est loin d'être chaleureux.

— Putain, t'es où ?! hurle-t-il quand je décroche enfin. Ça fait trente minutes qu'on t'attend. Oliver fait la gueule parce que tu t'es barré au pire moment et Jake était en panique.

— Désolé, soufflé-je en me massant le crâne. Je suis rentré. Je me sentais mal.

— Sérieux ? Merde. Tu vas mieux ?

— Bof.

— Tu veux que je te passe Oliver pour lui expliquer ?

— Non, laisse tomber. Je lui en parlerai plus tard.

Il se tait un instant, ce qui me permet d'entendre le brouhaha du match derrière lui.

— Cassie aussi est super inquiète, reprend-il. Elle te cherche partout.

— Dis-leur que je suis juste rentré chez moi.

— OK... T'es sûr que ça va ?

— Ouais. J'ai vu mieux, mais ça passera. Qui a gagné ?

— L'équipe adverse.

— Fait chier.

Je pousse un long soupir avant de raccrocher. Je laisse tomber mon portable sur le canapé, puis je me mets à déambuler dans mon salon. Dire que je suis en colère serait un euphémisme. Je suis si furieux que je suis incapable de réfléchir avec lucidité. Mes pensées s'agitent dans tous les sens, je n'arrive même plus à me concentrer. Entre le risque de perdre ma place chez les Krakens et cette putain de photo prise par je ne sais qui, j'ai la haine.

Je m'arrête, hors de moi. D'un revers de la main, je balaie tout ce qui se trouve sur la table à manger. Kiwi, apeuré par mon boucan, se barre dans un coin de la pièce. J'ai les doigts qui tremblent, du sang séché sur l'arcade, et le cœur à vif.

Non, rien ne va. Ma vie est sens dessus dessous.

Je trace en direction de la cuisine pour y récupérer une bière. Je la colle à mon front un moment avant d'en avaler le contenu en une longue gorgée.

J'ai beau faire de mon mieux, ce n'est jamais suffisant. Et je n'en peux plus.

Je referme la porte du frigo d'un geste brusque, puis je retourne dans le salon. Ce soir, j'en veux à la terre entière. J'en veux à Cassie de toujours se mettre dans le pétrin, j'en veux à mon coach de ne pas comprendre ce que j'endure, et putain, je me trouve stupide de péter un câble alors que j'ai moi-même choisi d'aider les Rodriguez en connaissance de cause.

La vérité, c'est que je suis prêt à tout pour leur sécurité. *Sa* sécurité. Quitte à faire passer son bien-être avant le mien. Je me sens pitoyable au point d'en avoir le ventre noué et la respiration difficile. Je déteste ma vie actuelle. La mâchoire serrée, j'inspire doucement par le nez, mais la rage qui bout en moi refuse de s'estomper. Au contraire, plus j'essaie de me raisonner, plus elle s'amplifie. Et c'est plus fort que moi. Mon poing fuse en direction de la porte dans un craquement sinistre. Je décoche un second coup, puis un troisième alors que le bois se fissure sous mes doigts endoloris. Quand je me calme enfin, il ne reste plus qu'un trou béant au milieu de la planche.

Au même instant, des clés tintent dans la serrure. Je pivote sur mes talons pour faire face à une Cassie inquiète et il me faut quelques clignements de paupières pour réaliser que ce n'est pas une hallucination. Je peux lire l'angoisse dans ses yeux, je peux deviner l'accélération de son pouls. Plus elle approche du centre du salon, plus la panique la gagne. Il n'y a que des morceaux de porte éclatée à mes pieds, à l'image de ma vie actuelle.

— Qu'est-ce que tu fous là ? déclaré-je d'un ton aussi froid que sec.

— Je... je me faisais du souci. Tu t'es volatilisé. On devait aller voir Diego ensemble et tu as juste disparu.

— Si c'est ce qui t'inquiète, j'ai rempli ma part du marché. Diego a eu son fric.

Elle agite la tête, ses longs cheveux bruns légèrement ondulés viennent danser au bas de son dos.

— Tu ne répondais pas aux appels. J'ai cru qu'il t'avait fait du mal... Merde, Bill, j'ai eu peur pour toi ! s'énerve-t-elle.

Elle avance davantage. Son regard se charge de peine quand elle découvre le sang sur mon visage.

— Qu'est-ce qu'ils t'ont fait ?

Elle lève la main en direction de mon arcade et je recule avant qu'elle ne me touche.

— Comment tu te sens ?

— Aussi bien que quelqu'un qui a reçu plusieurs coups de batte et qui a déçu son coach en supplément. À quoi est-ce que tu t'attendais ?

Mon ton est abrasif, pourtant elle continue à approcher. Ses yeux d'un vert turquoise vif cherchent à s'ancrer dans les miens, mais je ne lui facilite pas la tâche. Je ne veux pas qu'elle me voie dans cet état.

— Tu devrais te barrer, Cassie. Jake a sûrement besoin de réconfort.

— Je n'irai nulle part et mon frère se porte très bien. Il a peut-être perdu, mais il a marqué trois buts à lui seul. Il est loin d'être aussi déprimé que toi.

Je relève brièvement la tête dans sa direction, ce que je regrette aussitôt. Son regard est implorant. Durant une fraction de seconde, j'ai presque envie de céder à l'appel silencieux de ses lèvres.

— Je ne suis pas de bonne compagnie. Tu devrais partir.

— Oh, je vois que le loup solitaire est de sortie...

— Le loup solitaire, il t'emmerde, Cassie. Pas la peine de t'attarder avec moi.

— Je n'irai nulle part, alors, ne te fatigue pas à me rejeter. Je suis là, j'y reste. D'ailleurs, je compte dormir ici, cette nuit.

— Quoi, tu t'es lassée de ton appartement en ruines ? lancé-je, sarcastique.

— J'imagine que oui.

Ses sourcils s'arquent. L'inquiétude ne quitte pas un instant son visage. Je déteste avoir la sensation qu'elle devine mes émotions avec tant de facilité. Elle marque une pause avant de reprendre :

— Ce qu'il s'est passé ce soir est en partie ma faute. C'est normal que je sois présente.

— C'était ma décision, j'assume. Maintenant, je t'en prie, va-t'en avant que je dise quelque chose d'encore plus blessant.

Je détourne la tête pour mettre fin au lien entre nos regards et ses yeux trop curieux viennent se poser sur la porte derrière moi.

— Tu parles dans le vide, Bill. Je ne t'écouterai pas. Tu n'as pas l'air d'aller bien. Weston est inquiet, lui aussi. Il m'a dit que tu avais raté plusieurs entraînements, ces derniers jours. Tu sais que tu peux nous parler ?

Un rire fuite de ma gorge. Si seulement elle avait la moindre idée de la raison pour laquelle je n'arrive pas à me lever... Je passe chacune de mes nuits à veiller sur elle depuis que j'ai découvert qu'elle dormait à nouveau dans son appart. À défaut d'avoir réussi à la convaincre de rentrer chez moi, je la protège de loin. Je ne peux rien lui dire, parce qu'elle comprendrait ce que je ressens pour elle. Et je ne veux pas qu'elle l'apprenne. Personne ne doit être au courant.

— Tu n'es pas obligé de souffrir tout seul, Bill.

— Tu ne sais rien de moi, soufflé-je.

— Détrompe-toi.

Elle attrape ma main droite, en examine les phalanges rougies par les chocs successifs avant d'y déposer un baiser. Un simple contact avec ses lèvres suffit à fissurer les murs que j'érige entre nous depuis des jours. Les efforts que je dois déployer pour ne pas la prendre dans mes bras sont bien trop éprouvants pour moi.

— J'ignore peut-être ce que tu endures, mais je suis bien placée pour savoir ce que ça fait de tomber au fond du gouffre. J'y ai passé tellement de temps..., souffle-t-elle d'une voix désespérée. S'il y a bien une chose que je peux te promettre, c'est que même au plus bas, on peut trouver des raisons d'être heureux. Après tout, les créatures les plus belles dansent dans les abysses, non ?

— Il n'y a rien de beau à être tout seul dans le noir.

Sa main vient encadrer ma mâchoire pour me forcer à la regarder. Inconsciemment, j'incline la tête vers elle pour réduire la distance entre nous. Sans m'en rendre compte, au fil de ces dernières semaines, Cassie est devenue mon centre de gravité. Mon univers commence et se termine avec elle. Mon quotidien, mes problèmes, mes envies, mes fous rires... Tout tourne autour d'elle. Elle m'attire irrémédiablement alors que je devrais reculer.

Sa bouche s'incurve en un sourire brisé et pourtant magnifique. Trop occupé à l'admirer, je la laisse faire.

— Personne ne t'oblige à être seul, Bill. Tout est plus beau quand on est deux. Peut-être que tu as juste oublié le bien que ça fait d'avoir de la compagnie.

Ses lèvres caressent les miennes avec une telle douceur que j'en perds le fil de mes pensées. Son contact m'électrise. Tout s'embrouille dans mon crâne quand ses mains se posent sur mon torse. Je résiste de mon mieux, feignant de ne pas entendre les hurlements de mon corps qui ne réclame qu'elle. Je brûle d'envie de l'avoir contre moi, et pourtant, je la repousse.

Ses yeux tristes fuient les miens pendant que sa bouche articule faiblement quelques mots.

— Un véritable loup solitaire. Indomptable et glacial..., soupire-t-elle en reculant.

J'ai l'impression de mourir à petit feu. J'ai envie d'elle et je ne peux pas. Ça me tue. Je n'ai pas le droit. Mais putain... Cassie a juste le temps de s'éloigner d'un pas que déjà mes mains sont sur ses hanches pour la retenir. Ma conscience me hurle de la laisser partir, mais mon cœur refuse. Mes bras l'attirent contre mon torse. Bientôt, ma langue entraîne la sienne dans une explosion de sensations contradictoires. Ses paumes sur ma nuque, sa peau contre la mienne, je chute dans des abîmes vertigineux. Je me nourris de sa chaleur, comme si j'étais resté dans un lieu gelé durant des siècles et qu'une flamme, une étincelle de vie, apparaissait enfin. Douce, chaude et rassurante. D'un revers de la main, j'envoie valser tout ce qui se trouve encore sur la table derrière elle et je la hisse dessus. Un verre se brise, des livres s'écrasent sur le parquet et je m'en tape. Il n'y a que Cassie et cette furieuse envie de l'aimer qui comptent, désormais. Je manque d'air et elle est ma bouffée d'oxygène. J'ai besoin d'elle pour combler chaque espace vide de mon âme. Ma bouche envahit à nouveau la sienne. Je me concentre sur toutes les sensations qu'elle me fait ressentir pour ne pas laisser mon cerveau reprendre les rênes.

Essoufflée, Cassie finit par calmer notre baiser en reculant légèrement. Je l'empêche de bouger. Je refuse qu'elle s'éloigne parce que si elle le fait... Si elle le fait, ma raison me poussera à mettre fin à tout ça.

Je voudrais ne plus réfléchir à rien. L'avoir juste elle, tout entière, sans penser à l'après ou aux promesses que je brise.

Putain, ce que j'aimerais que les choses soient différentes.

Je l'embrasse plus fort quand sa main se pose sur ma bouche, marquant le brusque retour à la réalité.

— Bill, murmure-t-elle. Doucement, on a tout notre temps.

C'est à ce moment précis que je comprends que je n'ai plus le choix. Je dois lui expliquer pourquoi elle et moi, ce ne sera jamais possible. Si je ne lui dis pas, elle continuera à s'accrocher à un homme qui ne peut rien lui donner en échange de son amour. La peur étreint mon âme si fort que je titube en me redressant. Je me sens déchiré de l'intérieur à l'idée de lui faire mal. Je le vois dans les paillettes qui dansent dans ses beaux yeux verts, je le devine dans sa respiration saccadée, à la manière qu'elle a de m'admirer.

Enfin lucide, je recule jusqu'au mur pour être sûr que mes bras ne chercheront pas à la rattraper.

— Je suis désolé, Cassie. Je ne peux pas faire ça. Tu es la personne à laquelle je tiens le plus sur cette terre. Je ne veux pas te blesser, mais sache que je ne peux pas tomber amoureux de toi. J'en suis incapable.

Lentement, les traits de son visage passent de l'incompréhension la plus totale à une détresse profonde.

— Co-comment ça ?

— Je n'étais pas juste fiancé à Manille. Je me suis marié avec elle. Je ne peux pas la trahir.

Elle acquiesce en silence et mon monde s'écroule avec le sien quand elle part s'enfermer dans sa chambre.

Elle m'aime.

Et moi je viens de lui briser le cœur.

26

HOME SWEET HOME

Cassie

Jour sept post-drame

La paume plaquée sous ma joue, je scrute le graphique distribué par le professeur Phineas, la veille. Je n'y comprends rien et je ne m'en étonne même plus. J'ai beau fixer ce polycopié depuis près d'une heure, le mystère reste entier. Des termes comme l'offre et la demande, le PIB et l'inflation dansent devant mes yeux et se mélangent dans un chaos confus. J'en viens à penser que je débloque. Ce sac de nœuds de notions économiques est dépourvu de sens.

À défaut de terminer ce devoir – quoique commencer serait le mot le plus juste –, je délaisse ma feuille pour promener mon regard sur la salle à manger de Bill. Le chaos qui régnait dans cette pièce sept jours auparavant a disparu. En apparence, tout est rentré dans l'ordre. Bill a repris ses esprits, il suit désormais ses entraînements avec assiduité et est plus concentré que jamais sur la saison de NHL en cours. Il n'y a que mon cœur déchiqueté qui ne s'en est pas remis. L'avantage de vivre avec un hockeyeur professionnel qu'on n'a pas envie de voir, c'est qu'il n'est pas souvent à la maison en période de compétitions. Il passe l'essentiel de son temps au Kraken Iceplex, en déplacement, ou à la patinoire avec Jake, si bien que notre cohabitation se déroule plutôt bien. Enfin, si on peut parler de cohabitation quand nous passons l'essentiel de notre temps à nous éviter. Je croise les bras avant d'y plonger ma tête, comme si ce simple geste allait me protéger de cette situation merdique. En vérité, je pourrais très bien retourner dans mon appartement au lieu de m'infliger ça, mais je me suis fait une promesse à moi-même lorsque j'ai aperçu le visage de Bill couvert de sang par ma faute.

Quoi qu'il arrive, je ne le laisserai pas tomber.

Et même si c'est douloureux, je ne peux pas lui reprocher le fait de ne pas m'aimer.

Déprimée, je baisse à nouveau les yeux sur mon travail à rendre. La tristesse des derniers jours a laissé place à un sentiment de lassitude et de résignation. Tout me paraît fade. J'évolue dans un vide intersidéral et, étrangement, c'est bien la première fois que je parviens à ressentir quelque chose depuis la terrible annonce de Bill. J'imagine que mon aversion face à ce devoir maison est bon signe. Au moins, il ne me laisse pas indifférente.

De vagues souvenirs des cours de macroéconomie de l'année dernière me reviennent en mémoire. Le professeur Ramirez avait discuté en long et en large des théories de Keynes et de la politique monétaire. Même si je vois le rapport avec mon graphique, je n'ai pas la moindre idée de comment lier ces concepts entre eux.

La porte d'entrée s'ouvre tandis que je rassemble en un tas propre mes notes de cours éparpillées autour de moi. Je tâche d'ignorer le changement de rythme de mon pouls et la moiteur soudaine de mes paumes, mais c'est peine perdue. Je n'ai jamais connu une épreuve plus difficile que celle-ci. S'interdire d'aimer la seule personne que mon cœur désire ardemment.

— T'es toujours sur ton devoir ? me lance Bill en guise de salut.

Je hoche la tête pour ne pas avoir à lui répondre et il passe son chemin. Je pourrais l'interroger sur sa session d'exercices ou encore ce qu'il a pensé de leur match, deux jours auparavant. Mais non. À la place, je range mes affaires, puis je file m'enfermer dans ma chambre.

Comment pourrais-je tenir une conversation avec lui alors que je suis incapable de croiser son regard ?

Jour dix

Les heures défilent et se ressemblent plus ou moins. Après avoir passé quelques minutes à bosser sur le même devoir que les jours précédents, j'ai fini par laisser tomber. Un pot de glace vanille-macadamia sur mes cuisses, je m'autorise un épisode de ma série préférée. Kiwi a la tête placée sur mes genoux. Il couine quand il me voit enfourner une énorme cuillère dans ma bouche et un filet de bave coule sur ses babines.

— Ch'est pas pour les chiens, marmonné-je, la langue engourdie par le froid.

Il me dévisage avec cet air si mignon que je craque. Je fais glisser une petite goutte de glace sur mon doigt pour qu'il y goûte quand une voix claque dans mon dos.

— Prise en flag, déclare Bill.

Je me raidis aussitôt. Je ne l'avais pas entendu sortir de la douche. Il pointe un index accusateur en direction de Kiwi qui baisse le museau, coupable.

— Je ne dirai rien pour ce soir, mais c'est exceptionnel, poursuit-il.

Il jette un regard au bazar que j'ai laissé sur la table, puis enjambe le dossier du canapé pour s'installer à deux mètres de moi.

— Je vais rancher chuste après ma chérie, lui assuré-je la bouche pleine.

— T'es toujours bloquée sur le devoir de Phineas ?

— Che mec est un dingue. Cha n'a auchun chens.

— Si t'as besoin d'un coup de main, je peux t'aider.

Je lève mon pouce pour lui signifier que j'ai bien compris le message, puis je fais semblant de regarder la télé. Même si je recommence à lui parler, petit à petit, j'ai encore beaucoup de mal à le faire.

— Tu dois le finir pour quand ?

— Demain.

— Il est déjà tard, tu vas être crevée.

J'agite la tête et il m'arrache le pot des mains.

— Hé ! protesté-je.

Il réussit enfin à croiser mon regard et ne se prive pas de m'adresser un sourire victorieux.

— Mon frigo, ma glace, ma cuillère, souffle-t-il avant d'en avaler une énorme bouchée.

Frustrée, je mets *Vampire Diaries* sur pause, puis je lui envoie la télécommande sur les genoux. De toute façon, mon épisode se terminait.

— Tu peux changer de programme si tu veux, je dois continuer à bosser.

Je me traîne d'un pas lent pour rejoindre la place que j'ai désertée trop longtemps. Je me laisse choir sur ma chaise pendant que les mouvements de Bill attirent mon attention. Le temps d'éteindre la télé, il vient s'installer près de moi. Je le dévisage avec des yeux ronds.

— Qu'est-ce que tu fous ?

— Ça fait des jours que je te vois bloquer sur ce devoir. Je te file un coup de main. C'est ce que font les gens qui s'apprécient, non ? À moins que ton but soit d'échouer aux prochains examens ?

Je me mords les lèvres, ignorant de mon mieux l'oppression de ma cage thoracique. Je fais glisser ma feuille vers lui, ses doigts frôlent les miens en l'attrapant. Je me retiens de lever les yeux face à ma propre réaction. Je me sens si pathétique quand mon cœur s'agite de cette façon. Je serais prête à revêtir n'importe quel rôle pour rester près de Bill, et il n'en a même pas conscience. Amie, confidente, *sex friend*, élève... Peu importe.

Mais ça ne changera jamais la réalité. Il n'y aura jamais de place pour moi dans sa vie parce qu'il aime une femme avec qui je ne pourrai jamais rivaliser.

— L'économie est comme un puzzle géant. Il suffit de trouver le bon angle pour que toutes les pièces s'emboîtent, m'indique-t-il en lisant l'énoncé.

— Il faut surtout être suicidaire pour choisir cette matière.

Je force mes yeux à rester collés à ma feuille, évitant de penser aux frissons qui parsèment ma peau chaque fois qu'il se penche dans ma direction. Je dois me faire une raison. D'ici quelque temps, l'incendie qui me ravage le cœur s'éteindra et les flammes disparaîtront d'elles-mêmes.

Jour onze

— Putain, pourquoi tu ne m'en as pas parlé plus tôt ? C'était quand ? me questionne Jake alors que Bill se gare sur le parking de la patinoire.

— Il y a deux jours. Je t'assure qu'il ne s'est rien passé de grave. Je l'ai juste croisé dans les jardins de l'U-Dub.

— Et il a dit quelque chose ?

Bill, assis derrière le volant, me dévisage par l'intermédiaire du rétroviseur central. Je perçois son inquiétude rien qu'à sa façon de me fixer.

— Non, Diego n'a pas prononcé un seul mot. Il s'est contenté de m'envoyer le sourire le plus malveillant possible, puis il s'est barré.

— Tant mieux. On ne lui doit plus rien, réplique Jake en sortant du véhicule.

D'un point de vue extérieur, je valide ses propos, cependant je n'en suis pas si convaincue. Bill non plus, j'en mettrais ma main à couper. Il contourne sa Dodge pour récupérer son sac d'entraînement ainsi que celui de mon frère dans le coffre, mais il demeure soucieux.

— Putain, ça caille ce matin ! Ce n'est pas humain comme température, ronchonne Jake.

— L'hiver approche, réplique Bill, qui n'a pas l'air de percevoir le froid mordant.

Je rabats les pans de ma veste, enfonce mon nez dans mon écharpe tout en scrutant les quelques personnes présentes dans les alentours. C'est marrant, j'ai l'impression qu'ils nous observent tous.

— Tu ne t'entraînes pas, aujourd'hui ? me lance mon frère.

— Si, en fin d'après-midi. J'irai récupérer mes affaires à l'appart tout à l'heure.

— Ton match avec l'équipe féminine approche. Plus qu'une petite semaine à patienter.

— Ouaip.

Je lève la tête vers un groupe d'étudiantes emmitouflées dans de gros manteaux et plusieurs paires d'yeux curieux se dirigent sur moi.

— Qu'est-ce qu'elles ont ? râlé-je.

— Ah, ça, c'est l'effet Bill Croft. Mesdames sont jalouses.

— Pourquoi ?

— Parce que depuis que Bill nous dépose sur le campus en voiture, des rumeurs sur vous deux circulent. Les gens raffolent des petites histoires de ce genre. Un pro du hockey avec une étudiante, ça fait jaser.

— Sauf qu'il n'y a rien à raconter, sifflé-je.

J'ignore le regard appuyé du joueur des Krakens sur moi. Je lui tourne le dos aussi vite que possible pour ne plus le voir et je me mets en route. Bill me suit de près, ce qui est normal étant donné que nous allons au même endroit. Jake nous précède de plusieurs mètres déjà. J'accélère. Malheureusement, j'ai oublié de prendre en compte l'existence du foutu trottoir givré devant moi. Mon corps, déséquilibré, part en arrière. Bill me rattrape de justesse d'un bras autour de la taille.

— Un peu plus et tu t'éclatais par terre.

— Merci de me le faire remarquer, je ne le savais pas, ironisé-je.

Sa paume glisse jusqu'au creux de mes reins dans un geste si familier que j'en loupe une respiration.

— C'est bon, tu tiens sur tes pieds, maintenant ? me demande-t-il.

Mais je ne réponds pas. Trop occupée à lutter contre ces milliers d'aiguilles enfoncées dans ma poitrine, je garde les lèvres scellées. Ses doigts pressent doucement le bas de mon dos, il me rapproche de son torse pour me faire gagner en stabilité. Sa bouche s'entrouvre dans un soupir. Son regard captivant s'assombrit et j'y distingue avec une facilité déconcertante toute la peine qui le broie de l'intérieur. J'ai envie de le réconforter, de le garder contre moi.

Tout aurait pu être si simple entre nous, si évident...

— Tu peux me lâcher, déclaré-je d'une voix faible.

Ma phrase n'est qu'une supplique perdue dans le vent glacial de ce matin de novembre. À mon grand désarroi, Bill ne s'exécute pas tout de suite. À la place, son front vient se poser contre le mien pendant qu'il expire avec difficulté. Son souffle tiède bute contre ma joue. Je n'ose plus bouger. En plein dilemme, je lutte contre mon envie de le retenir près de moi. Je finis par détourner la tête pour qu'il ne remarque pas mon trouble, mais Bill a appris à me connaître, après ces quelques mois passés auprès de lui. Il me retient par le bout des doigts avec douceur pendant que son autre main s'égare sur ma joue.

— Tu n'as toujours pas envie d'en parler ? murmure-t-il.

— Non.

— D'accord.

Il n'insiste pas. Ses bras me libèrent de sa prise et, l'instant d'après, il est déjà parti rejoindre Jake.

Jour quatorze

Je feins de ne pas prêter attention à Bill lorsqu'il s'installe près de moi sur le canapé. Il a pris l'habitude de regarder la télé en ma compagnie tous les soirs, même si nous parlons peu. J'ose un coup d'œil discret dans sa direction. Il sort tout juste de la douche. Ses cheveux dégoulinent encore, l'humidité leur donne une couleur plus proche du châtain que du blond. Vêtu de son seul jogging gris, celui qui lui descend bas sur la taille en marquant divinement sa ceinture de muscles, il s'enfonce dans les coussins. Kiwi est placé entre nous deux, à l'angle du canapé en forme de L, et il ne voit pas d'un bon œil l'arrivée de son maître sur son territoire. Il escalade mes jambes pour se coucher davantage sur moi. Je lâche un petit rire tandis qu'il m'écrase.

— Tu ne te rends pas compte de ton poids, plaisanté-je en le grattant sous le ventre.

— Il croit encore qu'il est bébé, cet idiot.

La main de Bill rejoint la mienne pour caresser son chien. Au bout de cinq minutes, mon voisin de canapé se rapproche davantage pour se mettre à l'aise, puis me fixe d'un air étrange.

— Bon, sinon… On en est où ?

Je cligne bêtement des yeux. Que veut-il que je réponde à cette question ? Bill a beau me tendre la perche régulièrement dans le but de me forcer à me confier, je n'ai toujours pas le courage d'aborder ce fâcheux sujet.

— J'en sais rien. Au point mort ?

— Je parlais de la série.

— Ah.

— Damon a fini par avouer son amour pour Lana ?

— Elena, inculte.

— C'est pareil. Est-ce qu'ils ont avancé ?

— Pas encore.

— Eh bah, il devrait se bouger. Ça se voit comme le nez au milieu de la figure qu'il est raide dingue de cette fille.

— Parce que toi, tu sais remarquer ce genre de choses ? répliqué-je, amère.

— Ouais. Non. Peut-être pas, soupire-t-il. Je ne suis pas le plus doué pour disséquer le comportement des autres. C'est juste que là, c'est flagrant. Il la dévore du regard.

— Ça ne veut rien dire.

— Tu connais beaucoup de mecs qui dévisagent des nanas de cette manière ?

— Toi, tu m'as bien dévoré du regard pendant que Jimmy m'embrassait. Ça ne signifie pas que tu m'aimes pour autant, lâché-je soudain.

Je regrette aussitôt mes paroles. Heureusement pour moi, Bill ne tient pas compte de mon ton piquant. Un petit rire moqueur s'échappe de ses lèvres.

— Ce gars est une enflure. Toute personne dotée d'une raison se doit de surveiller ses mains baladeuses.

Quelque part, ses mots me font mal. Bien que Bill ne nourrisse pas les mêmes sentiments que moi, il ne peut pas nier ce qu'il y avait entre nous.

— C'est ça, ton excuse ? Tu n'as jamais été jaloux de Jimmy, ce soir-là, à l'entrepôt ?

— Moi ? Jamais de la vie.

J'accuse le coup de sa réponse en silence, puis je ramène le plaid contre ma poitrine. Coincée entre les gros coussins du canapé, je visse mes yeux sur l'écran plasma accroché au mur lorsque Bill revient à nouveau à la charge.

— Entre nous, tu aurais préféré que ce soit moi ? À la place de Jimmerde ?

— Évidemment.

L'ombre d'un sourire se dessine sur sa bouche, mais je ne lui laisse pas le temps de se réjouir.

— Ne prends pas la grosse tête. Jimmy a tendance à enfoncer sa langue dans la gorge des gens. C'est hyper désagréable.

— Donc, tu conviendras que je me débrouille mieux.

Je rigole face à son insistance et l'ambiance entre nous s'allège quelque peu. J'ai l'impression de retrouver notre relation chat-chien d'avant.

— Qui n'embrasse pas mieux que lui ? Même Kiwi serait plus doué. Hein, mon amour ?

Je dépose un baiser sur la truffe du labrador pendant que Bill éclate de rire. Il me pique un morceau de plaid, s'adosse au même coussin que moi, et je le laisse faire. Peu à peu, ses doigts délaissent la fourrure de son animal pour remonter jusqu'à mes longues mèches brunes qu'il entortille autour de son index. Je n'ose plus bouger de peur de rompre ce lien entre nous. Il replace les oreillers, puis passe son bras derrière ma nuque. Un frisson parcourt ma peau quand ses lèvres s'égarent sur le sommet de mon crâne. Les quelques papillons restants au fond de mon ventre tentent de se réveiller. Je les renvoie d'où ils viennent dans la seconde suivante. Bill est à mille lieues de partager mes sentiments. Comme pour me prouver que j'ai raison, je pose la question qui me hante depuis des jours. Les sons peinent à se former dans ma bouche tellement cela me coûte, mais je veux savoir, quitte à ce que ça me blesse davantage.

— Pourquoi tu n'as jamais rien dit, à propos de Manille et toi ?

Je n'arrive pas à prononcer le mot mariage à voix haute. Ce serait rendre ce problème encore plus concret que d'en parler ouvertement. Bill inspire profondément sans détourner une seule fois son regard de l'écran, mais au moins, il ne fuit pas la conversation.

— Personne n'est au courant, à part Frank. West et Charlie ne m'auraient jamais laissé faire si je les avais consultés. Je voulais lui offrir ce dernier souvenir avant la fin. Ça a toujours été mon rêve de fonder un foyer, d'avoir une famille, des gosses, un chien et une maison, déclare-t-il d'une voix faible. Manille n'était pas simplement ma petite amie. Elle était ma fiancée. La femme avec qui j'avais prévu de passer le restant de mes jours et elle est partie. Tous les projets que j'avais se sont écroulés. Je me contente de faire ce qu'on attend de moi, parce que je n'ai pas la moindre idée de comment combler ce vide. Et si je n'avais plus le hockey, je ne sais même pas à quoi ressemblerait ma vie.

— Je vois...

— C'est ma réalité. Et je suis désolé de t'entraîner là-dedans.

— Ne t'inquiète pas pour moi. Je vais bien.

Je me retourne légèrement pour lui adresser un sourire rassurant et il resserre sa prise sur mon cou afin de me rapprocher de lui.

— Tu es la plus mauvaise menteuse qui soit, Cassie Rodriguez, mais je te pardonne ce défaut.

Un rire franc s'échappe de ses lèvres, je l'imite sans m'en rendre compte.

— Et toi ? Tu ne parles jamais de ta vie, me lance-t-il.

— Qu'est-ce que je pourrais bien te raconter ? Notre mère est morte en donnant naissance à Jake et, à partir de cet instant, mon père est parti en vrille. Il a sombré dans la délinquance. *Abuelita*, enfin ma grand-mère, Teresa, nous a élevés, Jake et moi, durant quinze ans. Malheureusement, on lui a découvert un Alzheimer avec un début de démence il y a deux ans. Maintenant, elle vit dans une maison de retraite au nord de Seattle.

— Tu ne vas jamais la voir ?

— Non. J'aimerais bien, mais elle ne supporte pas d'avoir de la visite. Ça la rend hystérique, alors on a décidé, pour son bien, de ne plus y aller. J'appelle de temps en temps pour prendre des nouvelles.

— Donc quand tu disais qu'il n'y avait que Jake et toi...

— C'était vrai.

— Tu nous as nous, maintenant. Frank, Emma, Charlie, Weston et moi. On sera toujours là pour vous.

Sentant l'émotion me monter aux yeux, je me lève d'un bond du canapé.

— Tu sais ce qu'il nous faut ? Ce genre de conversation trop sérieuse mérite un remède à la hauteur.

Je me mets à fouiller dans le placard de la cuisine. J'en sors deux verres ainsi qu'une bouteille de vodka que je viens déposer sous son nez.

— Bonne idée.

Il nous sert avant de trinquer avec moi. Je vide mon récipient d'une traite et il fixe le liquide transparent contenu dans le sien.

— Il n’y a pas meilleure façon de terminer une journée pourrie, marmonne-t-il, l’air ailleurs.

— Pourquoi pourrie ? Il s’est passé un truc ?

À sa bouche qui se crispe, je devine que j’ai raison.

— J’ai croisé Diego à la sortie de la patinoire.

— Oh...

— Je ne sais pas ce qu’il compte faire, mais je sens que je vais douiller. Il m’a dit que je vais apprécier ma journée de demain.

— Pourquoi ? Il va se passer quoi ?

— Aucune idée.

Angoissée par ce qu’il vient de m’annoncer, je me blottis contre lui le temps de finir notre épisode. Je peux entendre son cœur battre à cent à l’heure dans sa poitrine. Une fois notre visionnage terminé, Bill propose de débarrasser pendant que je reste allongée en compagnie de Kiwi. Il s’éloigne dans la cuisine et soudain, le bruit du verre qui se brise me fait sursauter. Mon sang ne fait qu’un tour. J’accours aussitôt pour le rejoindre. Je le découvre debout au milieu des morceaux tranchants disséminés à ses pieds, les yeux écarquillés devant son téléphone.

— Qu’est-ce qu’il y a ? lui demandé-je.

Bill ne réagit pas, c’est à peine si je l’entends respirer. Seule sa main tremble. J’avance pour tourner l’écran de son portable dans ma direction et j’ai dû mal à comprendre ce que j’y vois. Les informations s’emmêlent. Weston lui a transféré un lien par message. Il s’agit d’un article de presse. J’en lis le titre, puis je me fige à mon tour.

Le numéro 11 des Krakens aperçu en plein trafic de drogue.

L’effroi s’infiltre dans chaque cellule de mon corps quand je détaille les deux images qui y sont jointes.

Bill ne semble même pas surpris. Il accuse le coup dans un silence glaçant.

— Comment c’est possible ?

— Ils ont pris une photo de moi pendant l'échange. J'ai vu le flash de l'appareil. J'espérais juste qu'il ne s'en servirait pas de cette manière.

Il me sourit, mais la panique gagne ses iris seconde après seconde. Si Bill n'avait pas accepté de rembourser Diego à ma place, si je n'avais jamais croisé sa route, si...

Putain.

Qu'est-ce que j'ai fait ?

— Ce n'est qu'un vulgaire magazine people, déclare-t-il platement.

J'ai la certitude qu'il dit ça pour me rassurer et ça ne fonctionne pas. Je réalise l'ampleur du drame que j'ai créé.

— Peut-être, mais...

La sonnerie de son téléphone m'interrompt. Il me montre l'écran avec le nom de son meilleur ami qui s'y affiche.

— West m'appelle, je dois décrocher.

Il sort de la pièce sans tarder. Je fais de mon mieux pour retenir mes larmes, mais je n'y arrive pas. Je me laisse glisser contre le placard, je m'écroule sur le sol, au milieu des bris de verre. Je serre le tissu de mon pull entre mes doigts, là, juste au-dessus de mon cœur qui se déchire. Une plainte s'échappe de mes lèvres. Bill va me détester et il aura toutes les raisons du monde de le faire. Je ne serai plus jamais capable de le regarder dans les yeux. Parce que tout ce qu'il endure est à cause de moi.

Je viens de ruiner sa carrière.

27

DRIVE ME INSANE

Bill

Bill Croft, l'un des attaquants phares des Krakens de Seattle, portant le numéro 11, aurait été aperçu en plein trafic de drogue dans un coin isolé de l'université de Washington, il y a deux semaines. Des photos de lui circulent sur les réseaux depuis maintenant quelques jours et font le buzz.

Les fans déçus ne comprennent pas pourquoi il n'a pas encore été évincé de la célèbre équipe de hockey de l'état de Washington.

En nuisant à l'image de marque de…

Weston passe sa main dans mon champ de vision. Alors que je déroule un énième article dont je fais l'objet, il m'arrache le téléphone des doigts. Ce cirque, cet enfer, dure depuis des jours et n'a pas l'air de vouloir prendre fin.

— Arrête de lire ces torchons. On sait tous que c'est faux.

— Peut-être, mais les gens dans les gradins, eux, ils l'ignorent.

— On se fout de ce qu'ils pensent. On connaît la vérité. Reste concentré sur le match, Bill. J'ai besoin de toi pour botter le cul aux Dallas Stars.

Je remue la tête.

— À quoi bon ?

— Oliver t'a soumis aux tests médicaux. T'es clean. Les flics n'ont rien contre toi, la photo était floue. On voit juste un mec avec une veste similaire à la tienne. C'est un simple magazine à scandales. Les rumeurs disparaîtront avec le temps.

— En attendant, je me suis fait huer en entrant sur le terrain.

— Je sais, mais tu leur donnes raison en culpabilisant et je ne crois pas que tu regrettes ce que tu as fait pour les Rodriguez. Je me trompe ?

— Je recommencerais s'il le fallait.

— Alors, relève la tête, Bill. T'es le mec le plus intègre que j'ai rencontré. Si nos fans n'ont pas conscience de l'homme en or que tu es, ils n'ont pas leur place dans nos gradins.

— C'est reparti, les gars, nous prévient Oliver. C'est le dernier tiers temps. On s'accroche, OK ? On est à égalité, il suffit d'un rien pour faire basculer le match.

Je me raidis sur le banc à l'idée de devoir retourner jouer, quelques-uns de mes coéquipiers m'encouragent d'une tape sur l'épaule.

— Prêt, Croft ? me demande notre capitaine.

— Bof. J'ai vu mieux.

— D'ici une semaine, les gens seront passés à autre chose. Ne te laisse pas abattre.

— Ouais...

Ma réponse est aussi peu convaincante que mon sourire factice. West m'adresse un regard appuyé, comme s'il voulait s'assurer que je ne le lâcherai pas maintenant.

— T'es avec moi ?

— Donne-moi une minute et j'arrive.

Il me rend mon téléphone et je découvre rapidement les derniers messages reçus. Notre match se déroule à quatre heures d'avion de Seattle, aucun de nos proches ne nous a accompagnés si loin. Je les imagine plantés devant la télévision, à suivre cette rencontre en direct. Je relis les SMS de Charlie et Jake qui ont promis de garder un œil sur Cassie. J'actualise une dernière fois mon fil de discussion et je suis forcé d'accepter qu'il n'y a aucun nouveau texto de sa part. Elle ne s'est plus manifestée depuis des jours. Dès l'instant où elle a découvert la publication du fameux article, dans ma cuisine, elle a pris ses affaires et elle est partie. D'après Jake, sa sœur s'est sentie si coupable qu'elle est retournée vivre dans l'appartement de sa grand-mère. Lui qui dormait chez Frank est rentré la rejoindre pour veiller sur elle.

Je pousse un soupir.

Elle me manque. *Terriblement.*

Je range mon portable dans mon casier avant de croiser les doigts en marchant. Comme si ce geste pour conjurer le sort pouvait arranger tous mes malheurs. Je feins de ne pas entendre les quelques personnes qui sifflent leur mécontentement quand j'entre sur la glace. Je m'efforce de fixer le palet à la reprise du match. Je me concentre de mon mieux sur l'action en cours. Je patine dans la zone d'attaque, en soutien à Weston qui contourne nos adversaires en cherchant une faille dans leur défense. Après deux ou trois minutes, je m'arrête.

Pour la première fois depuis des mois, je me demande ce que je fous là. Ma motivation frôle le zéro absolu. Je n'ai pas envie de jouer. Aveuglé par un projecteur, je détourne les yeux du match. Les milliers de personnes présentes dans les gradins ont le regard braqué sur nous. Sur moi. Certains s'interrogent sûrement à propos de mon comportement. Et en fait, je n'en ai rien à foutre.

Si elle n'est pas là pour m'encourager, je ne vois pas l'intérêt de me trouver dans cette patinoire.

Les commissures de mes lèvres s'étirent pendant que je tourne sur moi-même. La prise de conscience est aussi libératrice... que violente. Un joueur adverse me percute de plein fouet. Je me retrouve projeté en arrière, la tête la première. Je glisse sur un mètre, peut-être deux, puis mon corps s'immobilise enfin. Allongé en étoile sur le sol, je fixe le plafond avec une sensation étrange. J'éclate de rire alors que le visage de Weston apparaît dans mon champ de vision.

— Rien de cassé ? s'enquiert-il.

— Nope.

— Pourquoi tu te marres ? Tu as heurté la glace trop fort ?

Il m'aide à me relever et je réalise que ça fait des jours que je me prends la tête pour des broutilles. Je ne suis qu'un con. Il m'a fallu tout ce temps...

— Je viens de comprendre un truc dingue.

Le jeu a repris autour de nous, mais Weston n'y prête même pas attention. Il se contente d'être là pour moi, comme le fait un véritable ami.

— Je t'écoute.

— Je me contrefiche de ce que toutes ces personnes pensent de moi. La presse, nos supporters ou encore Oliver. J'aime le hockey de tout mon cœur. Ça me ferait chier d'être viré de l'équipe... mais ça n'est rien en comparaison du trou que j'ai dans la poitrine. C'est elle que je veux, West. Ça a toujours été elle.

— Cassie ?

— Cassie. Je me fous de tout perdre. Ce match, ma réputation ou encore ma place. Il n'y a qu'elle qui m'importe.

— Tu l'aimes ?

— Depuis le début.

Le fait de le dire à voix haute me procure une brusque montée d'énergie qui me prend aux tripes. Putain, c'était aussi simple que ça. Il me suffisait d'accepter mes sentiments pour elle.

— Tu sais quoi ? lancé-je à West en recommençant à patiner à ses côtés. Je ne peux pas rentrer à Seattle après une défaite. Alors, on va gagner ce putain de match. Tu m'aides ?

— Évidemment.

Il esquisse un large sourire avant de taper dans mon poing tendu.

— Toi et moi contre le reste du monde ?

— Toujours.

Quand je me gare dans l'allée qui mène à la maison de Frank, un mélange d'appréhension et d'euphorie m'enserre l'estomac. Je claque la portière de ma Dodge avant de me diriger vers le jardin. Il y a foule. Ça me rappelle ces soirées géantes que Frank organisait lorsqu'on était encore étudiants. Je souris comme un con en franchissant le perron. Je suis mort de trouille, mais merde ! Je suis heureux d'avoir fait mon choix. Enfin, si on peut parler d'une décision. Cassie était une évidence contre laquelle j'ai lutté bien trop longtemps.

— Toi, mon pote, t'es un putain de champion ! m'accueille Frank en m'écrasant entre ses bras.

Il me fait décoller du sol une courte seconde avant de me reposer par terre.

— Ce dernier but était ma-gni-fi-que ! Je n'ai même pas les mots ! Et ne parlons pas de ta reprise du palet en pleine volée ! T'es un dieu vivant, mec. Une légende !

Il m'invite à entrer et mon arrivée est acclamée par une bonne trentaine de convives. Je ne les reconnais pas tous à cause des jeux de lumière, mais ça me fait chaud au cœur. Je suis content de voir qu'autant de monde a répondu présent pour fêter la victoire des Krakens, malgré les pires rumeurs qui circulent sur mon compte. Je serre quelques mains avant de faire signe à Weston et Charlie.

— Toi ! s'écrie ma sœur, menaçante, quand elle arrive à proximité.

— Quoi, moi ?

Elle me frappe le dos à plusieurs reprises pendant que le mec qui lui sert de petit ami se marre. Bravo la solidarité masculine.

— Durant tout ce temps, tu ne nous as rien dit. Tu as osé garder tout ça pour toi et il a fallu qu'on apprenne que tu avais des ennuis avec une bande de dealers par la presse ? T'as pas honte ?

Je hausse les épaules sans me sentir le moins du monde coupable.

— J'imagine que maintenant, on peut dire que je vous comprends à cent pour cent, West et toi.

Elle se tourne vers son copain en secouant la tête.

— Et en plus, il a le culot de penser qu'on est quittes, ce con ! Tu ne sais pas à quel point on s'est inquiétés ces derniers temps pour toi ! On a vraiment cru que...

Trop heureux pour me laisser abattre, j'attends patiemment qu'elle finisse sa phrase, ce qu'elle ne fait pas. Son attention se perd quelque part derrière moi et je suis son regard jusqu'à tomber sur Cassie. Mon cœur s'arrête un instant de battre quand je l'aperçois. Elle est en train de se déhancher sur la piste de danse avec un verre à la main. Elle porte cette robe noire que j'aime tant ainsi qu'une courte veste en jean. Ses longs cheveux bruns ondulent dans son dos au rythme de ses pas. Un vif pincement dans la poitrine me fait réaliser à quel point elle m'a manqué. Je pense à ces innombrables minutes, à toutes ces journées perdues parce que je me mettais des barrières tout seul.

Charlie intercepte mon regard et se place devant moi pour me bloquer la vue.

— Je te préviens, Cassie ne voulait pas venir à cette soirée. Je l'ai saoulée à coup de téquila pour lui redonner le sourire. Ne gâche pas tous mes efforts. Ne la fais pas pleurer.

— Je n'en ai pas l'intention.

— Cette fille est un véritable trésor, me confie-t-elle. Si tu la rends malheureuse, tu auras affaire à moi.

— Je note.

— Bien.

— Bien ! Si tu n'y vois pas d'inconvénient, j'ai des choses importantes à faire.

Du coin de l'œil, j'aperçois ma sœur qui pince les lèvres. Elle essaie de dissimuler sa joie sans y parvenir.

— Hé, Bill, m'interpelle-t-elle. Est-ce que j'ai le droit de dire que j'avais raison depuis le début ?

— Non, ricané-je.

— M'en fous. Tu l'entendras quand même. J'avais vu juste. Elle est exactement ton genre de femme.

Je lui fais signe de se taire avant de me faufiler parmi les invités. Cassie se trouve au centre du salon en compagnie de quelques connaissances. Des joueurs de mon équipe ainsi que de celle de Jake dansent près d'elle.

Cassie, un bras en l'air, crie les paroles de la chanson diffusée par les haut-parleurs. Je réprime un rire. J'attends qu'elle me remarque et sa réaction est immédiate. Dès que ses pupilles croisent les miennes, elle lâche son gobelet sur le sol. Je peux deviner son monologue intérieur juste en détaillant les traits de son visage. Elle oscille entre stupéfaction, peur et incompréhension, de la même manière que mon rythme cardiaque. Mon pouls accélère au fil de ses changements d'émotion. Je ne peux pas oublier qu'il y a une chance sur deux pour qu'elle m'envoie balader. Quand je me plante enfin devant elle, une lueur de panique passe au travers de ses yeux. L'instant d'après elle éclate de rire. Son index tendu devant elle, elle me le plante dans les pectoraux comme pour vérifier que j'existe.

— Soit j'ai des hallucinations, soit le loup solitaire est sorti de sa tanière.

Elle approche en plissant ses magnifiques yeux, puis se redresse en faisant la moue.

— L'illusion est réaliste, mais tu ne peux pas être le vrai Bill.

Un rire sans joie franchit ses lèvres rehaussées d'un rouge foncé. Les paupières fermées, elle secoue la tête comme pour chasser une pensée déplaisante avant de tituber légèrement. Je la rattrape d'une poigne ferme sur son bras.

— T'es complètement ivre, hein ?

— Pas assez, il faut croire. Je tiens encore debout et j'ai toujours le cœur brisé.

Son aveu m'arrache une grimace. Je ressens aussitôt le besoin de la réconforter. Je réduis la distance entre nous à quelques pauvres centimètres qui me rendent dingue, puis je pose mon front contre le sien. Cassie inspire profondément avant de chercher à se dérober. Je la stoppe en enroulant mon bras autour de sa taille. Ses joues sont rougies par l'alcool, ses iris bien trop brillants et sa joie inexistante. Discuter avec elle s'annonce plus difficile que prévu.

— S'il y a une chance que tu sois le vrai toi, alors tu devrais t'éloigner, Bill, chuchote-t-elle d'un ton beaucoup trop sérieux. Je brise tout ce que je touche.

Elle sourit, pourtant des larmes scintillent dans ses yeux, à l'image d'une constellation dans un ciel trop sombre. Mes paumes rejoignent ses joues pour l'obliger à me regarder. L'électricité qui parcourt mes mains, cette attraction si évidente entre nous et mon foutu cœur qui bat la chamade... Comment j'ai fait pour passer à côté ?

— Tu te trompes sur toute la ligne, Cassie. Tu ne détruis rien. Au contraire. Tu veux une preuve ? Tu m'as réparé, moi.

— Je ne te crois pas, murmure-t-elle.

Elle recule, manque de se vautrer lamentablement en trébuchant et je la rattrape de justesse.

— Ma frangine est complètement cuite, siffle Jake en débarquant près de nous.

— Ouaip. J'imagine que je dois remercier Charlie pour ça. Ses cocktails ne sont peut-être pas les meilleurs, mais ils ont le don d'être mortels.

Il se penche pour aider sa sœur, qui repousse sa main d'un geste sec.

— Ça va, je n'ai pas besoin de vous. Il me faut juste un peu d'air. Il y a trop de monde, ici.

— Je devrais peut-être la raccompagner chez nous ? s'inquiète Rodriguez Junior.

— C'est mort, répliqué-je. Je m'en occupe.

— Sûr ?

— Je viens de passer trois heures à l'aéroport, quatre autres dans un avion, puis j'ai dû patienter deux heures de plus le temps que Charlie arrive à la convaincre d'assister à cette fête. Je ne laisserai pas filer ma chance.

Jake hoche la tête en essayant d'empêcher ses lèvres de se retrousser sur ses dents.

— C'est mal barré, mais tu as tout mon soutien, plaisante-t-il.

Il m'assène une tape sur l'épaule et je me retrouve seul avec Cassie, les bras croisés sur sa poitrine. Perplexe, elle continue de me dévisager. Je tire doucement sur sa main pour l'entraîner avec moi.

— Viens.

— Où est-ce qu'on va ?

— Prendre l'air. C'est bien ce que tu voulais, non ?

Elle ne bronche pas et se laisse guider jusqu'à l'entrée de la maison de Frank. Le porche est désert. Une pluie torrentielle s'abat sur le jardin, mais au moins, nous sommes à l'abri sur le perron. Je contemple les traits de Cassie, fascinée par le déluge, et lorsque j'ose enfin prononcer un mot, elle se jette sous la flotte. Le visage dirigé vers le ciel, elle garde les paupières fermées une longue minute, comme si elle voulait graver dans sa mémoire chaque goutte d'eau qui ruisselle sur sa peau.

Je descends les marches pour l'attirer à l'abri et quand ma paume frôle sa nuque, elle cesse de bouger. Dos à moi, Cassie demeure immobile. Je la force à pivoter face à moi. Ses cheveux mouillés collent à ses joues, je fais glisser mes doigts sur son visage pour ranger ses mèches derrière ses oreilles et elle tressaille à mon contact. Elle est si belle que j'en ai le souffle coupé. Lorsqu'elle rouvre enfin les yeux, j'y découvre la peine qu'elle camoufle depuis des jours, peut-être des semaines, par ma faute.

— Tu vas attraper froid, tu sais ? chuchoté-je.

Elle tremble de tout son corps, claque des dents, mais conserve le silence. Je l'attire dans mes bras pour la réchauffer, j'embrasse sa tempe par la même occasion avant de murmurer contre son oreille :

— Je ne veux plus jamais rester loin de toi. Tu me rends dingue, Cassie.

Je recule pour observer sa réaction. En entendant son prénom, un pli d'inquiétude se forme entre ses sourcils. Conscient que je dois saisir ma chance maintenant, je déballe tout ce que j'ai sur le cœur.

— Je suis fatigué de lutter contre mes sentiments. J'ai beau les refouler, faire comme s'ils n'existaient pas, ils reviennent plus forts à chaque fois.

Elle baisse la tête, évite mon regard et je comprends qu'elle a retrouvé sa lucidité.

— Ne me dis pas ça, souffle-t-elle. Ne me fais pas croire que ce que je ressens est réciproque.

D'un doigt, je soulève son menton et dès que nos regards se croisent, ils s'ancrent profondément l'un dans l'autre.

— Je n'ai jamais été aussi sûr de moi.

— Tombe sept fois, relève-toi huit. Je me suis toujours accrochée à ce proverbe, mais cette fois, je n'y arriverai pas. Je ne m'en remettrai pas. Alors, s'il te plaît, après tout ce qu'il s'est passé entre nous, ne me laisse pas espérer en vain.

Sa voix s'étrangle dans sa gorge lorsqu'elle termine sa phrase. Ses sourcils se froncent pendant que ma main se niche dans un geste naturel le long de sa joue.

— Je n'irai nulle part, Cassie Jolie.

— Bill...

— Je te demande juste de m'écouter, d'accord ? Ensuite, tu seras libre de prendre ta décision. Je te laisserai repartir de ton côté si c'est ce que tu veux, et je n'insisterai plus.

Elle hoche la tête. Je saisis ses deux bras pour les nouer autour de mon cou. Son souffle se répand sur ma nuque, réchauffant ma peau, enivrant mes sens.

Que je l'aime...

Je serais prêt à tout perdre tant que je l'ai, elle.

Alors que son corps est collé au mien, le désir cogne au plus profond de moi. J'ignore depuis quand Cassie habite chacune de mes cellules. Je la sens courir dans mes veines, vibrer dans mes poumons. Elle est partout à la fois, telle une étincelle de vie pétillante et chaleureuse que j'aimerais choyer pour l'éternité.

— Je ne regrette rien de ce qu'il s'est passé entre nous. Pas une seconde, pas un baiser, pas un moment en ta compagnie. Même si on me vire des Krakens, je ne changerai pas d'avis. J'ai lutté de toutes mes forces contre toi. J'ai rejeté chacun des sentiments que tu faisais naître en moi et je ne veux plus me battre contre ce que je ressens.

— Mais Manille ? murmure-t-elle, la voix éraillée par l'émotion.

— Elle aura toujours une place importante dans ma vie. Je ne l'oublierai jamais, mais elle n'est plus là. Toi, oui. Malmène mon cœur autant que tu le veux, Cassie. Il est tout à toi depuis longtemps.

Elle s'arrête de respirer avant de se mettre à bégayer.

— Je-je crois que j'ai trop bu. J'ai des hallucinations auditives.

Du bout du pouce, je caresse la petite étoile tatouée sur sa nuque et je plonge vers ses lèvres en riant.

— Non, tu as très bien entendu.

— Répète, murmure-t-elle contre ma bouche.

— Je t'aime, Cassie Rodriguez.

28

SHOW MUST GO ON

Cassie

Il ne reste que cinq minutes avant la reprise du match contre l'université de l'Utah et je n'ai jamais été si stressée. L'angoisse m'oppresse la poitrine. Le premier tiers temps s'est relativement bien déroulé, si on fait abstraction de quelques éléments anormaux. Qu'est-ce qui change de d'habitude ? La présence de la presse et la foule dans les gradins. Il n'y a jamais eu autant de monde à la patinoire pour une rencontre féminine. Dès que les rumeurs sur Bill ont commencé à proliférer au sein du campus, il y a eu un afflux considérable de curieux. L'U-Dub est devenu l'attraction locale du coin et je n'échappe pas aux ragots depuis que le vice-capitaine des Krakens et moi sortons officiellement ensemble. Je ne compte même plus le nombre de regards de travers qu'on me jette.

— Ne fais pas gaffe à ces idiots. Ça fait une semaine que l'article est paru et je me porte très bien. Tu sais ce qu'on dit. Si quelqu'un essaie de te rabaisser, c'est qu'il est déjà en dessous de toi. Garde à l'esprit que ceux qui ne t'aiment pas sont ceux qui te regardent le plus. Alors, fais-leur plaisir et offre-leur un spectacle dont ils se souviendront.

J'esquisse un large sourire alors qu'il m'envoie un clin d'œil.

— T'as envie de jouer au hockey, Cassie ? Joue au hockey. Ne les laisse pas te dicter leurs lois.

Il pose sa main au bas de mon dos dans un geste protecteur et ses pupilles s'égarent un instant dans les miennes. J'ignore comment il s'y prend pour me faire perdre la notion des priorités d'un simple regard, mais je pourrais rester dans ses bras durant des heures.

— Tu te sens comment ? m'interroge-t-il.

— Tendue comme un ressort.

— Vous êtes à égalité, 0-0. Relax. Vous pouvez changer la donne.

— Facile à dire. Les filles de l'Utah passent leur temps à me plaquer contre le plexi.

Un sourire salace s'affiche sur ses joues tandis qu'une lueur lascive éclaire ses iris.

— Moi aussi, j'aimerais te plaquer contre le plexi, Rodriguez. T'es trop stressée. Si tu veux, je connais une méthode de relaxation sympa. Ça se déroule dans les vestiaires. Juste toi, moi, et ce que je pourrais te faire avec une main.

Je me mords la lèvre avant qu'il ne se mette à rire près de mon oreille.

— Tu vois, ça ne t'a pris qu'une seconde pour oublier ces ragots.

La plupart de mes coéquipières sont désormais réunies près du banc et l'appréhension réapparaît de plus belle, ce que Bill perçoit aussitôt.

— Ça va bien se passer.

Je lève mes doigts croisés pour les lui montrer et il rigole.

— Qu'est-ce qu'il y a de drôle ? C'est ma méthode pour conjurer le mauvais sort.

Bill, dont la tête est collée à ma nuque, continue de se marrer.

— La dernière fois que je t'ai vue faire ça, c'était pour le match de Jake, et je ne veux pas te faire peur, mais les Huskies ont perdu.

Je m'éloigne de son torse, amusée. Il a faux sur toute la ligne.

— Je n'ai pas croisé les doigts pour que mon frère gagne.

Je me doute bien qu'il ne comprend pas.

— Quel était l'intérêt, alors ? raille-t-il.

— Ce jour-là, c'est toi que je voulais... et ça a parfaitement marché. Te voilà.

— Sorcière.

Son sourire s'élargit et, au bout de quelques secondes, une expression plus sérieuse vient ternir son visage. Le front soucieux, il reporte son regard droit devant lui.

— Je vais devoir m'absenter durant ton match. Ne t'inquiète pas si tu ne me vois plus.

Je lève un sourcil dans sa direction.

— Comment ça ?

— J'ai un truc à faire.

— Pourquoi est-ce que j'ai l'impression que tu ne me racontes pas tout ?

— Parce qu'il n'y a rien d'autre à savoir.

Le nœud déjà présent dans mon estomac se resserre davantage.

— Dis-moi que ça n'a aucun lien avec Diego.

Je n'arrête pas d'y penser depuis le début du match. Après la tentative du dealer de nuire à Bill, je crains son prochain passage à l'acte. J'ai peur qu'il s'en prenne à Jake ou à n'importe lequel de mes proches.

— Ça n'a rien à voir avec lui, promet-il.

— Je ne te crois pas.

— T'inquiète, je vais juste m'assurer qu'il ne te gâche pas ton heure de gloire.

Pendant qu'il chuchote à mon oreille, ses bras autour de mon cou, Malcolm nous fait signe d'entrer sur la glace. J'ai l'impression que des kilos de plomb viennent lester mon estomac.

— Mon heure de gloire ? répété-je, l'estomac au bord des lèvres. C'est faire porter bien trop d'espoir sur mes épaules.

— J'attends toujours de voir ce que vaut Wolfy la Terreur. Je compte sur toi, défonce-les.

Il dépose un baiser sur ma bouche avant que je ne place ma gouttière de protection. Ensuite, il va retrouver West. Je marche jusqu'à la limite entre le sol et la glace sans réussir à apaiser mes pensées. Mes anciennes coéquipières se tapent dans le poing pour se souhaiter bonne chance. Je les imite avec l'impression de n'avoir jamais quitté les Huskies. Elles m'ont accueillie à bras ouverts, comme s'il ne s'était pas passé sept mois depuis que je les avais lâchées.

— Prêtes, les filles ? nous demande Cathy, la capitaine. Ça risque de secouer. N'oubliez pas. On protège les attaquantes en priorité. C'est notre seule chance de marquer.

Nous acquiesçons de concert et l'instant d'après, nous voilà déjà en position pour la reprise du match. Je jette un rapide coup d'œil à ma bande d'amis installée au premier rang. Emma, assise à côté de Jake, agite un drapeau floqué du logo d'un chien-loup. Charlie et Frank crient quelque chose que je n'entends pas pendant que Weston et Bill sont accoudés le long de la rambarde. Ce dernier m'adresse un signe de la tête en guise d'encouragement, puis je reporte mon attention sur l'arbitre au centre du terrain.

Nous nous préparons à poursuivre ce face-à-face crucial contre nos rivales de longue date. Les gradins sont pleins à craquer de supporters qui hurlent leur excitation. Chaque bruit résonne de manière amplifiée dans mon casque. Je me concentre sur le son de mon propre souffle en essayant d'ignorer le tumulte extérieur.

Le coup de sifflet retentit, la rondelle est lâchée sur le sol. C'est parti.

Mes patins glissent sur la glace comme entraînés par une force invisible. Ma position de centre fait de moi la personne à bloquer coûte que coûte. En une minute à peine, je me retrouve coincée entre les deux mêmes joueuses en rouge et noir que lors du premier tiers temps. Génial. On me bouscule à grand renfort de coups d'épaules. Impossible de bouger. À chaque mouvement, elles m'imitent, me barrent la route. Je fais une première pause sur le banc pendant que Sarah se fait projeter violemment contre le Plexiglas à cause de la numéro 18. Ça ne fait que six minutes que le match a repris et il y a déjà de l'électricité dans l'air.

Le jeu est rapide, chaotique. Nos adversaires semblent être partout à la fois, je ne me souvenais pas qu'elles étaient aussi stratégiques, tout à l'heure. Leur coach a dû les briefer. Action, réaction. Gaby à ma droite agite sa main. Je lui confirme avoir compris le message. Une poignée de secondes plus tard, la ligne d'attaque se déploie sur la glace pour mettre en œuvre les tactiques minutieusement élaborées par Malcolm.

Déstabilisées, les filles de l'Utah n'ont pas le temps de se repositionner.

Le palet atterrit à deux mètres devant moi et je fonce. Mes coéquipières me soutiennent en couvrant mes arrières. Nous travaillons en parfaite synchronisation, si bien qu'une voie royale s'étend entre le but et nous. La tension monte, la pression aussi. Chaque mouvement est décisif. Les secondes s'étirent, puis j'aperçois la faille dans la défense adverse dont je rêvais. Sans réfléchir, je décoche un tir puissant. Mes yeux suivent sa trajectoire en priant pour qu'il trouve sa cible... et il frappe le fond du filet avec un bruit sourd.

Quand je rouvre les paupières, plusieurs bras m'enlacent. J'entends la foule en délire crier mon nom. Le commentateur confirme à son tour. J'ai marqué le premier but de la rencontre. Je me tourne vers Bill, dont le visage est radieux.

L'adrénaline pulse fort dans mes veines quand je reviens m'asseoir sur le banc pour reprendre mon souffle. Le match n'est pas terminé, mais pour l'instant, nous avons l'avantage. Nous sommes en bonne posture.

Par réflexe, je jette un coup d'œil autour de moi et je n'aperçois plus que Weston près de la rambarde. Il observe de loin la discussion entre Bill... et Kylie. Ils ont l'air bien trop proches physiquement à mon goût. Ma mâchoire manque de se décrocher quand je remarque la main de cette garce posée sur l'avant-bras de *mon* copain. Mais je n'ai pas le temps d'en voir davantage. Malcolm nous fait signe de retourner sur le terrain et l'instant d'après, Bill et la rouquine ont disparu. *Putain !* Je pivote sur mes patins pour essayer de les repérer, je ne les trouve pas.

La deuxième pause est annoncée quelques minutes plus tard. Je quitte la zone de jeu la première pour partir à la recherche de Bill. Après un rapide tour dans les vestiaires, je dois me rendre à l'évidence : il n'est plus là. Je me mets alors en quête de son meilleur pote avant de me rendre compte qu'il a disparu, lui aussi.

— Hé, Cassie ! m'interpelle Charlie.

— T'aurais pas vu Weston et Bill ?

— Ah, tu les as ratés de peu. Ils étaient dans les gradins il y a une minute.

— Vraiment ?

— Oui. Allez, ne t'inquiète pas. Ils ne doivent pas être loin. En plus, c'est bientôt la reprise. T'es prête à botter les fesses de tes adversaires ?

— Dans l'immédiat, ce sont celles de ton frère que j'ai envie de botter.

La sœur de Bill me raccompagne près de mon coach en riant et je constate qu'il n'y a plus qu'Emma pour garder la place dans les gradins. Frank et Jake se sont volatilisés, eux aussi. Les quatre mecs ont déserté en plein match. Sympa. Je ne sais pas ce qu'ils foutent, mais j'ai la haine. Je rejoins ma position au centre de la zone d'attaque avec une terrible envie de meurtre. Les muscles tendus, je traque le palet.

Je sens la colère monter en moi alors que mes patins griffent la glace à toute vitesse. Soudain, un choc brutal en provenance de la gauche me déséquilibre momentanément. Je tourne la tête pour voir qui a osé me frapper avec autant de force et je repère une joueuse adverse, un sourire narquois aux lèvres. Ma rage atteint son paroxysme. C'est elle. Amanda Baker, la numéro 18. La nana qui a déjà envoyé Gaby et Sarah au tapis vingt minutes plus tôt. Elle se montre agressive depuis le début du match.

Armée de ma crosse, j'ai une furieuse envie d'en découdre avec le monde entier. Je fonce vers l'avant, une rage bouillonnante au fond des tripes. Je bouscule les défenseuses qui osent se dresser sur mon chemin et je n'essaie même plus de les éviter. Fini la déconnade. Ils ont eu la Cassie gentille, ils vont avoir droit à la méchante. Quelqu'un perd le palet, je le récupère aussitôt. D'un tir puissant, je le propulse vers le filet, mais on me percute par l'arrière. Le son de la rondelle heurtant la barre transversale me reste en travers de la gorge. *Merde*. Je laisse échapper un cri de frustration en me retournant vers cette putain de numéro 18 qui m'a fait rater mon coup. Je la dévisage une longue seconde alors qu'elle m'adresse un rictus écœurant.

— Alors comme ça, il paraît que tu te tapes Bill Croft ? C'est de cette manière que tu as obtenu ta place dans l'équipe ? souffle-t-elle en collant son casque au mien.

J'esquisse un faible sourire tandis que la rage picote chaque centimètre carré de ma peau.

— Toi, t'es morte.

— C'est ce qu'on verra.

Elle rigole en repartant en sens inverse pour suivre l'action qui s'éloigne de nous. Heureusement, notre défense forme un mur infranchissable qui repousse chaque attaque ennemie avec précision. Le palet ne tarde pas à revenir dans notre direction. Le hic ? Il est au bout de la crosse d'Amanda.

Sans réfléchir, je me lance vers elle. Je n'ai pas besoin de mots pour lui faire comprendre ce que je pense de son jeu. Elle m'esquive une première fois, mais cette idiote ne sait pas à qui elle a affaire. Il est temps pour elle de découvrir pourquoi on me surnomme la *Terreur*. Je calcule ma trajectoire de manière à frapper fort et vite, puis j'accélère. D'un coup d'épaule parfaitement ajusté, je la projette violemment contre le Plexiglas. L'impact est si fort qu'il résonne dans la patinoire. Amanda tombe au sol, le visage tordu de rage et de douleur. Je jubile en me penchant au-dessus d'elle.

— J'ai oublié de te dire un truc sur Bill Croft. Il baise divinement bien, craché-je avant de poursuivre ma route.

Pendant un instant, je ressens une satisfaction aussi brutale que grisante. Mais cela ne me suffit pas. Je récupère la rondelle et je fonce vers le filet. Rien ne peut m'arrêter. Peut-être que ma vengeance n'était pas juste, mais sur la glace, c'est la loi du plus fort qui prévaut. Et ce soir, Wolfy est une louve prête à tout pour défendre sa meute.

— Victoire pour les Huskies 2-0 ! annonce le commentateur dans le micro quatre minutes plus tard.

Je félicite mes coéquipières par des accolades avant de me tourner vers les gradins. Bill, Weston, Jake, Frank m'attendent près de Malcolm. Je patine jusqu'à mon petit ami dont le sourire me fout des papillons au ventre. Je déteste déjà son air trop confiant parce que je sais que, quoi qu'il ait fait durant ce troisième tiers temps, je n'arriverai pas à lui en vouloir. J'enjambe la rambarde pendant qu'il s'écarte pour me faire de la place, puis je retire mon casque ainsi que ma gouttière.

— Vous quatre ! Vous n'êtes qu'une bande de cons.

— C'est sûrement mérité, se moque Jake.

— Est-ce que j'ai droit à une explication ?

— Tu as juste besoin de savoir que tout est réglé, réplique Bill.

— Tout ?

Il m'attire légèrement à l'écart sous les regards amusés de nos amis.

— Diego, l'article... Tout.

— Comment ça ?

— Grâce à tout ce petit monde.

— Il va me falloir plus d'explications parce que là, je ne comprends rien.

Il se penche vers moi. Sa bouche trouve mon oreille, m'arrachant un frisson.

— Je te donnerai tous les détails dès que je me serai occupée de toi dans les vestiaires. J'ai une soudaine envie de faire la fête.

— Tu oublies qu'ils sont blindés de monde, riposté-je.

L'air malicieux, il sourit en sortant une clé de sa poche.

— Il y a quelques petites choses que je n'ai jamais testées dans les douches des vestiaires des hommes. T'es partante ?

Mes bras s'enroulent autour de sa nuque et il m'attire près de lui.

— On pourrait instaurer une nouvelle tradition pour célébrer nos victoires, qu'est-ce que t'en dis ? ronronne-t-il en enfouissant son nez dans mes cheveux.

— Toi, tu traînes trop avec moi... Mais c'est d'accord. Marché conclu.

29

NE JAMAIS SE FIER À UN RODRIGUEZ

Jake

Le match entre les Huskies et l'université de l'Utah est en cours à l'intérieur de la patinoire. Je compte sur Emma et Charlie pour filmer les minutes que je loupe. Je suis dégoûté de rater une partie de la rencontre entre ces deux grandes équipes, mais comme le dit Frank : il faut ce qu'il faut. Tous les coups sont bons pour gagner.

Je passe à côté de Bill, qui se donne à fond dans son rôle de séducteur. Si Cassie le voyait faire des messes basses à Kylie, elle lui enverrait sans nul doute le palet en pleine poire. Le joueur des Krakens croise mon regard. Il est inquiet et il a toutes les raisons de l'être. Mais pour l'instant, tout se déroule comme je l'ai imaginé. Je hoche discrètement la tête, puis je poursuis ma route.

Qu'est-ce qui est plus important pour un sportif que sa propre carrière ? Rien, si ce n'est peut-être l'amour. Aucun étudiantathlète ne serait prêt à sacrifier son avenir pour une vulgaire histoire de jalousie et il en va de même pour la belle Kylie. Est-ce qu'elle préfère se fier à Bill ou se faire rayer de l'équipe de cheerleaders ? Le choix est vite vu.

Désolée, Cassie, mais la vie est faite d'imprévus et de revirements de situation.

Je n'aime pas particulièrement cacher des choses à ma sœur, mais Bill et Kylie doivent passer ces quelques minutes en tête à tête pour que mon plan fonctionne. Je m'empresse de rejoindre le parking par la porte de secours et mon téléphone se met à sonner. C'est Frank qui m'appelle pile au bon moment.

— Où en est le match ? lui demandé-je.

— Toujours 1-0 quand j'ai quitté les gradins. Et toi, t'en es où ?

— Dans le pré, comme prévu.

Une silhouette se détache de l'obscurité pour s'avancer vers moi. Mon pouls s'agite. J'ignore depuis combien de temps Diego se planque derrière ces arbustes, là-bas, mais je suis content de voir qu'il a répondu à mon message.

— Putain, le lapin est dans le pré, ajouté-je à l'attention de Frank.

— Quoi ?

— Le lapin est dans le pré.

— De quoi tu…

Je n'écoute plus ce qu'il me dit et j'éloigne l'appareil de mon oreille. Quelle idée pourrie, ce langage codé ! Je n'écouterai plus jamais Weston. Je réprime un soupir en rangeant mon portable à l'intérieur de ma veste. Je n'ai pas le temps d'entrer dans les explications, Diego s'approche de moi à grands pas, l'allure hautaine et nonchalante, les mains enfoncées au fond de ses poches.

— Tiens, tiens, tiens… Le petit Rodriguez. J'aurais dû me douter que ce serait toi, je pensais avoir affaire à ta sœur.

— Quoi ? T'es pas content de me voir ? J'ai utilisé son téléphone parce que je savais que tu ne résisterais pas à l'idée de la retrouver ici.

— Bien joué, se marre-t-il. Qu'est-ce que tu me veux ? Tu dois encore du fric aux mauvaises personnes et tu viens implorer mon aide ?

— Il se pourrait effectivement que j'aie besoin de tes services, mais pas pour les raisons que tu crois.

Un rictus apparaît sur son visage. Son regard se durcit légèrement et il finit par soupirer.

— Je n'ai pas de temps à perdre, Jake.

Je lui lance un sourire amical en masquant habilement mon anxiété. Après tout, je ne suis plus à un mensonge près. Si je devais compter le nombre de fois où j'ai joué avec la vérité dernièrement, je n'aurais pas assez de doigts. Même Cassie n'a pas idée de la quantité de bobards que je lui ai servie. Tous ces jours où j'ai prétendu bosser à la BU alors que j'étais en train de négocier avec les Devasco pour qu'ils nous rendent notre appart m'ont mené à cet exact moment.

À cet exact endroit, sur le parking arrière de la patinoire.

Dire que Cassie pense encore qu'ils ont arrêté de squatter chez nous parce qu'ils se sont... lassés. C'est ridicule. Pour quelle raison est-ce qu'ils ont quitté les lieux ? La réponse est simple : j'ai passé un accord avec eux et je suis sur le point de parvenir à mon but.

Je me redresse face à Diego qui doit faire plus ou moins la même taille que moi.

— T'es au courant pour ma sœur ?

— À quel sujet ?

— Elle sort avec Bill Croft, lâché-je dans un soupir. Je ne supporte pas ce type et j'ai cru comprendre que tu ne l'aimais pas non plus.

Il me jauge du regard, cherchant sûrement à percer la vérité. L'avantage avec ce genre de mec, c'est qu'ils pensent toujours être aux commandes. Pauvre con. S'il savait. Ici, c'est la jungle. Il y aura constamment plus gros prédateur que soi.

— Qu'est-ce que tu attends de moi, Jake ?

— Que tu m'aides à faire couler ce mec pour de bon. Ton petit coup avec la photo était nul à chier.

— Parce que tu peux faire mieux ? raille-t-il.

— Et comment ! C'est comme ton sachet de shit balancé dans mon sac, je ne sais pas ce que tu espérais. C'était aussi efficace qu'un pétard mouillé un 4 juillet.

— Tu as eu de la chance que Bill t'ait sauvé les fesses. J'étais à deux doigts de te faire perdre ta place chez les Huskies et de le faire dégager des Krakens.

J'écarte les bras, non sans une certaine fierté.

— Dommage pour toi, nous sommes toujours là.

— Bon, arrête de tourner autour du pot. J'ai des clients qui m'attendent.

— J'ai besoin de plusieurs sachets de poudre. Tu peux faire ça ?

— Et tu comptes me payer un jour ?

— J'ai un peu de fric sur moi.

— Qu'est-ce que tu veux faire avec ?

— Envoyer un connard en taule.

— Tu vas faire chanter Bill ?

— Ce n'est pas ton problème. Tout ce que je peux te dire c'est que je n'apprécie pas les fouille-merde. Je te file trois cents balles en avance et tu me donnes ce que je t'ai demandé en échange.

Je culpabilise à l'idée d'utiliser le fric que ma sœur a gagné en contrepartie de son baiser avec Bill, mais ce qu'elle ne sait pas ne peut pas la blesser. D'ici quelques heures, l'argent sera de retour à sa place initiale dans le portefeuille caché sous son matelas, ni vu ni connu.

Diego attrape mes billets avec empressement. Il les compte avant de les fourrer dans sa poche, puis relève le nez vers moi.

— Tu veux ta marchandise pour quand ?

— Je suis assez pressé. Le plus vite possible.

Mon interlocuteur regarde autour de lui pour vérifier que personne ne nous entend.

— Ce soir, 22 h, ici.

Je lui confirme que c'est bon pour moi avant de lui tourner le dos. J'ai du mal à masquer ma joie. Il est temps de passer aux choses sérieuses. Je retourne à l'intérieur de la patinoire et l'issue de secours s'ouvre toute seule. Bill, l'air déterminé à rétablir son honneur et celui de Cassie, me tient la porte.

— Tu penses que Diego a des soupçons ? m'interroge-t-il.

— Je ne crois pas. Dans tous les cas, on s'en fout. Les preuves sont là, expliqué-je en tapotant mon cœur, à l'endroit où se trouve mon portable. Et toi, de ton côté, tu as pu filmer la scène comme prévu ? T'es en direct, là ?

— Ouaip.

Il me montre son écran et je peux y apercevoir le visage de son interlocuteur. Un brun, barbu, au visage large. Bill met fin à son appel en visio, puis nous commençons à marcher d'un pas vif dans les couloirs de la patinoire.

— Tu es prêt ? me demande Croft à voix basse.

Je hoche la tête, concentré sur le plan que nous avons minutieusement élaboré durant ces derniers jours.

— Tu as réussi à convaincre Kylie de coopérer ? Elle va tout raconter ?

— Affirmatif.

J'étouffe un rire en voyant sa tronche. Il n'ose pas me parler parce qu'il se sait sur écoute. En même temps, je peux le comprendre. Il y a des choses qu'on peut dire à voix haute... et d'autres qu'il vaut mieux garder pour nous. Comme le fait qu'il s'agissait vraiment de Bill sur les photos qui ont circulé dans la presse.

Bientôt, nous serons débarrassés de cette raclure de Diego et la vérité éclatera au grand jour. Enfin, *notre* vérité.

Je pousse la porte du bureau de mon coach. Malcolm ne s'y trouve pas, mais il nous a filé les clés. Assis près de la table, j'aperçois Weston accompagné de deux hommes que j'ai déjà vus quelques semaines auparavant, ici même. Je ne sais pas vraiment pourquoi je me redresse de toute ma stature quand ils se mettent à me fixer. J'imagine que c'est l'effet qu'a l'insigne de police sur un Rodriguez. Ça doit être une espèce de réflexe héréditaire. Dans notre famille, on a toujours l'impression d'avoir un truc à se reprocher, même quand on se comporte correctement.

— Messieurs, les salué-je en m'avançant dans la pièce.

Ils se lèvent de leur siège pour me serrer la main et je rejoins Frank dont le téléphone portable est placé sur le bureau, écran visible. Je sors le mien à mon tour pour le poser à côté, puis j'interroge les deux flics.

— Je peux couper la communication ?

— Oui, c'est bon.

Je m'exécute en mettant fin à l'appel de Frank.

L'un des policiers, l'agent Keller, il me semble, me fait signe de m'asseoir sur la dernière chaise libre, près de Kylie.

Ça y est. C'est le moment pour lequel j'ai œuvré durant des semaines dans le plus grand secret.

Près de Frank, un homme maigrichon griffonne des trucs sur un bloc-notes à une vitesse impressionnante. Il s'agit d'un ami de longue date, un certain Nicolas quelque chose. Je ne le connais pas vraiment. Tout ce que je sais de lui, c'est qu'il est journaliste, et lorsque son récit paraîtra dans la presse d'ici quelques jours, ça va piquer fort. C'est l'avantage d'être Frank. Il est pote avec tout le monde. En plus d'organiser les meilleures fêtes qui soient, il a un réseau de malade. J'ai eu l'occasion de rencontrer Nico lors de sa dernière soirée et il a tout de suite adhéré à mon idée.

— Bon, les gars, souffle l'agent Keller. Vous nous avez réunis pour prouver que Bill Croft subit un véritable complot doublé de harcèlement de la part de Diego Martinez. Les actes que vous dénoncez auraient causé du tort à monsieur Croft et vous souhaitez rétablir la vérité. C'est bien ça ?

Bill, Weston, Frank et moi acquiesçons d'un même mouvement avant que le second policier ne prenne la suite.

— Bien. Nous avons le témoignage de mademoiselle Kylie Zucker, qui affirme que Bill n'est pas impliqué dans cette affaire. D'après ses dires, il ne s'agit pas de monsieur Croft sur le cliché pris avec son appareil photo lors du match de hockey entre les Huskies et les Black Bears, mais d'un homme portant des vêtements similaires. Diego aurait voulu duper les supporters de Bill dans le but de nuire à sa réputation en dévoilant cette fausse image sur internet. Plusieurs personnes ont effectivement confirmé avoir vu Bill dans les gradins ou dans les couloirs de la patinoire, ce soir-là, mais aucun témoin ne l'a vu sur le parking à l'extérieur. Ensuite, nous avons les diverses photos de ce Diego, collectées sur plusieurs jours par Jake, en plein trafic de drogue. Pour finir, nous avons désormais l'enregistrement audio et une vidéo qui prouvent que vous aviez raison. Avez-vous autre chose à nous dire ou nous avons fait le tour ?

Bill me questionne du regard. Il s'inquiète sûrement de ce que je pourrais leur avouer. Je pourrais mentionner les cinq mille dollars qu'il a perdus en aidant ma sœur, ou encore la manière dont je me suis retrouvé avec cette dette sur le dos, mais je choisis de me taire. Ce qu'il y a de bien avec les histoires, c'est qu'on peut les raconter de mille façons différentes. Après tout, l'omission n'est pas vraiment un mensonge, si ?

Ce qui compte, c'est que les flics croient notre version des faits.

— Je crois que vous avez tout, annoncé-je, sûr de moi. Il ne vous reste plus qu'à mettre la main sur Diego.

— On s'occupe du reste, nous indique l'agent Karel. Ce soir, à 22 h sur le parking, j'en connais un qui va avoir une belle surprise.

L'homme à la moustache adresse un coup d'œil à son collègue.

— Bon, je crois que tout est parfait ?

— Si vous n'avez plus besoin de nous, j'aimerais bien voir la fin du match, explique Bill.

— Pas de problème, allez-y. Si nous devons vous joindre, nous avons vos numéros.

Nous les saluons d'une poigne ferme avant de sortir dans le couloir. Kylie déguerpit sans prononcer un mot. Bill, lui, hâte le pas pour assister aux cinq dernières minutes de la rencontre, suivi de près par Weston et Frank. Nicolas ne nous accompagne pas. Je crois qu'il a encore quelques détails à voir avec les policiers.

Les mains enfoncées dans les poches, je les suis, le cœur léger.

Dans la vie, tout ce qu'il nous faut, c'est un groupe d'amis sur qui compter. Même s'ils ne sont pas de mon sang, ces trois hommes ont pris une place importante dans mon existence. Si on m'avait dit quelques mois plus tôt que je me découvrirais une nouvelle famille aux côtés de ces mecs, je ne l'aurais jamais cru. Je détaille leurs silhouettes qui s'éloignent avec bonne humeur. Weston a trouvé le courage d'appeler les deux flics auxquels il avait déjà eu affaire deux ans auparavant. Bill, lui, a convaincu

Kylie de mentir à la police. Elle a suivi Bill sur le parking, ce soir-là, et après sa déconvenue amoureuse, cette garce a pris une photo de la scène pour la donner à Diego et faire couler Bill. Si on apprenait qu'elle est de mèche avec ce genre de mecs, elle pourrait perdre sa place à l'université. Adieu, les cheerleaders, et bonjour, les problèmes. Frank a joué de ses contacts avec son pote journaliste et moi, j'ai passé le bon deal, au bon moment.

J'ai promis aux Devasco de faire couler Diego en échange de la libération de l'appartement d'*abuelita*. Désormais, j'ai rempli ma part du marché. Ils ne viendront plus nous emmerder.

Mes lèvres s'étirent toutes seules.

Il faut bien qu'un QI plus élevé que la moyenne serve à quelque chose. Je ricane en m'accoudant à la rambarde, le regard vissé sur ma sœur qui déboule vers nous, furieuse.

Entre elle et moi, je suis le plus gros menteur.

Ne vous fiez jamais à un Rodriguez, il vous dira tout, sauf la vérité.

ÉPILOGUE 1

Bill

Je toque à la porte d'une main moite. Mon cœur se serre un peu. C'est sûrement la dernière fois que je franchis le seuil du bureau d'Oliver. Il m'a convoqué ce matin à 8 h précises… alors me voilà.

— Entre, Bill.

Le dos droit, le menton relevé, j'abaisse la poignée. J'ai dit que j'allais assumer et je suis prêt à le faire jusqu'au bout, même si cela marque la fin de ma carrière.

L'homme qui a été mon coach au cours de ces deux dernières années me fait signe de m'installer sur le siège libre. Au lieu de lui obéir, je me contente d'avancer de quelques pas. Il me scrute d'un air impassible, mais je ne me démonte pas. J'ai surmonté trop d'épreuves récemment pour me morfondre aujourd'hui.

La vie ne s'arrête pas à la fin d'un contrat. Il reste encore mille possibilités. Mille rêves à réaliser.

— Avant de vous laisser commencer, je voudrais juste vous dire que j'ai conscience de ne pas avoir été le meilleur joueur, cette année. J'aime les Krakens autant que ma propre famille et, quelle que soit votre décision, je suis prêt à accepter les conséquences de mes actes.

Oliver, assis derrière sa chaise, les pieds sur son bureau, hausse un sourcil.

— Pardon ? De quoi est-ce que tu parles ?

Chose qui ne me ressemble pas, je bégaie devant son étonnement.

— Des-des raisons de votre convocation. Vous avez demandé à me voir au plus vite. Vous avez même essayé de me joindre plusieurs fois.

— Ah, je vois... Désolé pour le stress engendré, ça n'a aucun rapport avec ta place chez les Krakens.

Décontenancé, je cligne bêtement des paupières.

Oliver passe une main dans ses cheveux grisonnants coupés court avant de me sourire.

— Et moi qui croyais que tu étais le joueur le plus intelligent de la bande ! J'ai dû me tromper quelque part. Bill, pour quelles raisons est-ce que je devrais t'exclure, d'après toi ?

— Parce que je ne suis pas à la hauteur, tout simplement.

— Qu'est-ce qui te fait penser une chose aussi absurde ?

— Vous m'avez reçu en entretien avant le début du contrat de Jake. Vous avez insisté sur l'importance de mon implication dans la vie de l'équipe et vous avez même dit qu'il était temps que je me remette sérieusement au boulot.

Il me fait signe de poursuivre.

— De tous les joueurs du club, je suis le seul à avoir eu la charge de superviser Jake.

Il sourit, ce qui me perturbe quelque peu.

— Ce n'était pas une mise à l'épreuve, Bill. Je voulais juste que tu trouves un projet sur lequel te concentrer. On a tous conscience ici de la douleur qu'un décès peut engendrer. J'ai moi-même perdu ma femme il y a trois ans et le hockey m'a sauvé. Est-ce que tu crois que je suis prêt à te virer parce que tu as eu la tête ailleurs pendant deux ou trois matchs ?

— « Deux ou trois mois » serait plus juste.

— Si tous les membres des Krakens pouvaient jouer aussi mal que toi, on serait premiers des championnats. On a terminé cinquième au tournoi de pré-saison, ce qui est déjà mieux que les années précédentes.

Oliver se rassied correctement sur sa chaise en croisant les bras sur son torse.

— Bill, je ne t'ai pas sélectionné pour tes seules qualités sur la glace. Je t'ai choisi pour l'homme que tu es, pour ton énergie et tout ce que tu apportes aux autres. Ton soutien indéfectible, ta loyauté, ta générosité. Une équipe forte sur la glace, c'est bien, mais une équipe soudée, c'est mieux. Et tu ne t'en rends peut-être pas compte, mais tu es en partie responsable de la cohésion entre les Krakens. Pour rien au monde, je n'ai envie de te virer.

J'acquiesce, les lèvres pincées pour ne pas sourire, tandis qu'un fardeau invisible s'envole de mes épaules.

Putain. Je vais garder ma place.

— Alors pourquoi vous vouliez me voir ?

— Parce que je m'inquiétais pour toi. Entre ces articles dans la presse, l'anniversaire de la mort de ta fiancée, je me demande comment tu te sens.

Surpris, je rigole malgré moi. J'ignore mes yeux qui picotent et pousse un soupir de soulagement.

— Ça va. Ça va même mieux que jamais.

— Bien, parce que j'ai une bonne nouvelle pour toi.

Il attrape quelque chose dans le tiroir près de sa jambe, puis pose un journal sur la table.

— Voilà la raison de ta présence ce matin.

J'approche du bureau pour lire le gros titre : *un réseau de trafiquants stoppé grâce aux Krakens. Bill Croft, ce héros.*

Quand je réapparais enfin dans les gradins, mon sourire est bien trop grand pour que j'arrive à le masquer. Kiwi m'attend en bas des marches en compagnie de ma petite amie, de Jake et de Weston pendant que le reste de notre équipe commence à s'échauffer. À leurs sourires idiots, je comprends qu'ils étaient au courant depuis le début, ces traîtres.

— Vous m'avez laissé stresser pendant des heures et vous ne m'avez rien dit ? leur lancé-je pendant que mon chien saute comme un fou autour de moi.

— C'était marrant de te voir faire les cent pas en répétant ton discours, raille Cassie.

— Très drôle.

Notre capitaine patine jusqu'au bord du terrain.

— Bon, les mecs, c'est pour aujourd'hui ou pour demain ?

Weston a du mal à masquer sa joie, lui aussi. Il m'assène une tape sur l'épaule, puis fait signe à Jake de le suivre.

— Hé, le héros, m'interpelle Cruse, tu comptes te changer pour l'entraînement ou tu penses jouer en jean ?

Je souris comme un con.

— Le temps d'enfiler mon équipement et j'arrive.

Cassie franchit les quelques mètres qui nous séparent. Elle glisse sa main derrière mon dos, le regard perdu sur la silhouette de Cruse qui repart en sens inverse. Heureux, j'embrasse sa tempe en riant.

— Détourne les yeux, Rodriguez. Je n'ai pas oublié que tu as sa tête en poster dans ta chambre.

— J'ai aussi la tienne, je te signale, Croft.

— Tu ne devrais avoir que la mienne. Il serait temps que tu jettes l'autre. Je ne partage pas.

— Et qu'est-ce que tu comptes me faire, si je n'obéis pas ?

Son souffle change de rythme à mesure que mes lèvres roulent sur sa peau.

— J'ai plusieurs idées et je n'ai que quinze minutes devant moi.

Je lui prends la main pour la guider dans le couloir. Kiwi, qui est un habitué des lieux, ne bouge pas des gradins. J'attire ma copine dans les vestiaires avant de verrouiller la porte derrière nous.

Je ne me suis jamais senti aussi vivant qu'en cet instant. En fait, je n'avais rien compris. J'ignorais que tout pouvait être si simple entre nous deux.

Parce que Cassie est mon âme sœur. Elle est exactement comme moi. Elle protège ses proches avec rage et fera toujours passer les autres avant ses propres désirs.

Entre elle et moi, c'était couru d'avance. D'une certaine façon, je le savais dès le jour où nos chemins se sont croisés.

Au fond, qui peut mieux comprendre un loup solitaire qu'une louve esseulée ?

ÉPILOGUE 2

Cassie

Mes doigts glissent sur les touches blanches et noires du piano. J'écoute la mélodie qui s'échappe de l'instrument en grimaçant. OK. Si je suis franche avec moi-même, ma prestation est laborieuse. Je m'exerce depuis presque une demi-heure et mes progrès sont quasi nuls. Une vague d'agacement fait frémir mes lèvres. J'écrase le clavier du plat de ma paume dans un bruit désagréable pendant qu'une ombre se faufile derrière moi. La seconde d'après, Bill se positionne par-dessus mon corps, ses mains placées sur les miennes afin de me guider. La chaleur réconfortante de son torse se propage contre mon dos.

— Détends tes doigts, Rodriguez. Tu rateras toujours cette partie du morceau si tu ne relâches pas tes muscles.

Un râle de frustration s'échappe de ma gorge et je reprends depuis le début. J'essaie d'appliquer ses conseils au mieux, mais dès les premières portées jouées, ses lèvres trouvent le chemin de mon lobe.

— Recommence, susurre-t-il tandis que mon index ripe entre deux touches.

— Comment veux-tu que j'y arrive quand tu me fais ça ?

Il étouffe un rire dans mes cheveux, j'incline la tête sur le côté pour lui offrir mon cou dans son intégralité. Je me concentre sur ce délicieux supplice. Sa bouche descend encore lorsque je l'interromps.

— J'ai failli me faire avoir, Croft.

Ses dents enfoncées avec douceur sur ma peau, il grogne, mais ne me contredit pas.

— Pas de diversion. Je t'attends depuis de longues minutes. Qu'est-ce qui t'a pris autant de temps ?

— Rien d'intéressant. Un appel avec West, de la paperasse à remplir.

— Bon, prêt à passer aux choses sérieuses ?

— C'est la dixième fois que tu me le répètes depuis le début de la semaine, donc j'imagine que oui, ricane-t-il.

— C'est pour que tu aies le temps de te préparer psychologiquement. On ne va pas pouvoir garder ces cartons dans le salon toute notre vie. Ça fait des mois que je vis ici et je bute tous les jours dedans. J'ai un bleu plus gros qu'un palet sur la jambe.

— Vraiment ? Ce n'est pas plutôt parce que Jake t'a fait chuter comme une débutante sur la glace, hier ? se moque-t-il.

— Répète ça et tu es un homme mort, le menacé-je entre deux baisers.

— Si je décède, je n'aurai pas à trier ce qui se trouve à l'intérieur de ces fichus cartons, déclare-t-il en se redressant.

Je le suis jusqu'au coin du salon, près de la baie vitrée, où les trois dernières boîtes sont stockées. Aujourd'hui, ça fait exactement un an que je le connais, et ces caisses n'ont jamais bougé de cet endroit. Je devine aisément pourquoi il repousse cette corvée depuis si longtemps. Les souvenirs qu'il a entassés à l'intérieur sont toujours douloureux.

— OK, je m'y mets, soupire-t-il en s'installant sur le sol.

Je perçois son stress dans les irrégularités de sa voix. Je m'assieds face à lui, caresse sa cuisse avec un sourire rassurant.

— On peut le faire ensemble.

Il me tend le ciseau et je comprends que c'est à moi que revient la lourde tâche de commencer. Mes doigts tremblent légèrement à la peur de ce que je trouverai à l'intérieur, mais je sais aussi que Bill est assez fort pour surmonter cette épreuve. Lorsque l'on a rencontré la version la plus détruite de soi-même et qu'on a appris à l'aimer et à la réparer, plus rien ne peut nous résister.

Avec une grande prudence, j'extirpe les premiers cadres photo rangés sur le dessus. Un petit écrin à bijoux se trouve juste dessous. La boîte est parfaite pour contenir une bague. Une aiguille me transperce le cœur quand je réalise ce que c'est. Bill l'a sûrement utilisée pour faire sa demande à Manille. Je la prends et la pose sur le côté, feignant de ne pas y prêter attention.

À la place, j'étale les différentes photos sur le parquet pour les admirer. Bill avec sa première crosse de hockey, Bill avec Charlie, au lycée, Bill habillé en Harley Queen.

— C'était le carnaval, commente-t-il. On a trouvé marrant de se déguiser en personnages de DC Comics. On a tiré à la courte paille pour choisir notre personnage. Je te laisse deviner qui a perdu.

— T'es plus sexy en fille qu'en Joker.

— Merci du compliment, ricane-t-il.

Je poursuis ma découverte du contenu de la boîte jusqu'à tomber sur une photo de Manille. La même qui était affichée le jour de l'anniversaire de sa mort, quelques mois plus tôt. Je me lève pour la placer en évidence sur une étagère du salon pendant que Bill scrute le moindre de mes mouvements. Je reviens m'installer près de lui alors qu'une lueur à la fois triste et joyeuse brille dans ses yeux dorés.

— On ne peut pas laisser un si joli souvenir moisir au fond d'un carton. Cette photo est magnifique, elle mérite une place à la vue de tous.

Bill acquiesce en silence, puis glisse sur le sol pour s'asseoir derrière moi. Quand ses bras se referment sur mon corps pour me coller à son torse, je peux sentir son cœur se fracasser dans sa poitrine. Mon amour pour cet homme est si fort que j'ai de la peine pour lui. Il a dû tellement souffrir. Je clos mes paupières pour savourer notre étreinte. Nous restons comme ça une minute, peut-être deux, jusqu'à ce que sa main s'écarte enfin. Je la suis des yeux pendant qu'il se saisit du petit écrin laissé de côté.

— Tu sais, Cassie..., commence-t-il d'une voix basse et grave, j'ai longtemps pensé que mon cœur était mort en même temps que Manille, mais tu m'as prouvé le contraire.

Je loupe une respiration quand il ouvre la minuscule boîte sous mon nez. Je détaille le magnifique bijou serti d'une pierre bleue qui se trouve à l'intérieur.

— C'est une topaze, poursuit-il, soudain hésitant. Je me suis dit qu'elle irait bien avec tes yeux.

Mon pouls s'emballe. À tous les coups, j'ai mal entendu.

— Ce-ce n'est pas la bague de...

— Non. Elle n'en a jamais eu, elle n'aimait pas les anneaux. C'est la tienne.

Sous le choc, je n'ose plus bouger. Même si je ne vois pas son visage, je le sens sourire contre ma peau.

— Mon cœur t'appartient. À toi de décider ce que tu veux en faire.

Il attrape le bijou entre son index et son pouce pendant que mes doigts se croisent dans un geste devenu quotidien.

— Tu sais à quel point j'ai toujours rêvé de fonder une famille, d'avoir une maison. Un chez-moi. Et cet endroit ne peut exister que là où tu te trouves, Cassie Jolie.

Je le laisse glisser la bague autour de mon annulaire et sa bouche se dépose avec douceur contre ma joue.

— J'ose imaginer que ce long et éprouvant silence veut dire oui ?

Sous le coup de l'émotion, je suis incapable de formuler le moindre mot. Je me contente d'un hochement de tête avant qu'il ne resserre ses bras autour de moi.

— Je t'aime, Cassiopée Rodriguez.

— Je t'aime depuis plus longtemps encore.

Il se décale suffisamment sur le côté pour voir mon visage et ses traits s'illuminent.

— Tu pleures ? me lance-t-il, amusé.

— Une Rodriguez ne pleure jamais. J'ai juste une poussière dans l'œil.

FIN

À Marie et Pascal qui nous ont quittés en trois petites semaines.

Vous vivez à jamais dans mon cœur.

CHAPITRES BONUS DE *RED FALCON*

Pour les fans de *Red Falcon*, Aurore vous a concocté trois chapitres bonus, à dévorer ci-dessous ! Si vous n'avez pas encore découvert *Red Falcon*, nous vous invitons à ne pas continuer votre lecture pour ne pas vous spoiler ;)

1

RÉUNION DE FAMILLE

Charlie

— West, file-moi le palet ! Tu vois bien que je suis démarqué, râle Bill à quelques mètres de moi.

Un plaid sur les épaules, les genoux collés à ma poitrine, j'observe le match intense entre les Krakens de Seattle et les

Canadiens de Montréal. Si la partie était serrée durant le premier tiers temps, ce n'est plus vraiment le cas. J'ai toujours été une incorrigible optimiste, mais là, à cinq minutes du coup de sifflet final, les Krakens ne remonteront pas la pente. Ils sont en train de se prendre une véritable raclée... *et c'est bien fait pour eux !*

Les joueurs en bleu turquoise sillonnent le terrain dans tous les sens, tel un essaim d'abeilles qui aurait reçu une pierre en pleine ruche. Ils sont paniqués. Je ravale mon sourire naissant. J'en connais un qui ne va pas tarder à exploser... Weston s'impatiente de plus en plus et, rien qu'à imaginer mon père lui rabâcher cette défaite une bonne trentaine de fois dans la journée, je jubile.

Bill et West l'ont bien mérité.

On a tous notre fierté, chez les Croft. Surtout quand on a affaire à deux tricheurs aussi expérimentés que ces deux-là.

— West, qu'est-ce que tu fous ? C'est par ici qu'il faut aller ! s'écrie mon frère.

— Qu'est-ce que tu crois que j'essaie de faire ?

— À part te voir tourner en rond sur toi-même, j'en sais rien. Si tu veux te reconvertir en patineur artistique, c'est pas le bon moment.

— Très drôle. C'est pas ma faute s'il n'y a rien qui fonctionne.

Mon petit ami s'agite, secoue ses bras tout en s'énervant, mais rien n'y fait. Il avance à reculons.

— West, je te signale que tu dois marquer de l'autre côté du terrain, se marre Frank, assis juste devant moi. T'es sûr que tu connais les règles du hockey, mec ?

— C'est exactement la question que je me pose, réplique Bill, agacé. Au cas où tu ne l'aurais pas vu, RedFion, on est en train de perdre.

En réponse, Weston marmonne quelque chose d'inaudible dans sa barbe. On dirait que certains jouent leur vie sur cette patinoire. Lui qui déteste perdre est en train de bouillir de rage. Fidèle à lui-même, il ne se laisse pourtant pas démoraliser et remonte le terrain en marche arrière. Il effectue un demi-tour sur la glace, tente de récupérer le palet à l'aide de sa crosse, en vain. Son adversaire en bleu et rouge le percute de plein fouet, lui vole la rondelle en caoutchouc avant de glisser avec agilité jusqu'au but.

Un nouveau point de marqué contre les Krakens.

Aïe.

— Ah ! J'y étais presque ! s'indigne-t-il.

Je serre les mâchoires pour m'empêcher de rire tandis que Bill se met à jurer plus fort. C'est si plaisant de les voir fulminer que je ne m'en lasse pas. Et puis, ça pousse mon frère à penser à autre chose.

— Fait chier !

— 8-1 ! hurle Frank en se lançant dans une danse de la victoire endiablée. Dans vos dents, les Krakens !

Emma, sa nièce, assise sur la chaise à côté de moi, bondit sur ses deux pieds. Outrée, elle lève ses mains devant elle.

— Mais Weston, t'abuses là ! T'étais juste à côté ! J'ai misé dix dollars et ma portion de gâteau sur toi.

— Hé, j'aimerais bien t'y voir, mademoiselle je-sais-tout. Tu crois que c'est simple ? Ce truc ne marche pas.

— Ça n'a rien de difficile ! Tout le monde sait jouer à la console. Il suffit d'utiliser correctement son joystick, Einstein.

— Je ne veux rien entendre, c'est un complot contre ma personne.

— Je suis d'accord, commente Bill. On ne serait pas en train de perdre, sinon.

— Je vais aller soutenir l'équipe adverse, si ça continue, ronchonne Emma.

— Il est trop tard pour retourner ta veste, jeune fille, ricane son oncle. Ta part de gâteau est à moi.

— Techniquement, il reste encore une minute de jeu. Doooonc... je mise sur les Canadiens !

Il n'en fallait pas plus à mon père pour s'emballer. Lui qui n'a quasiment jamais touché à une console de sa vie est en train d'écraser son fils ainsi que Weston en une seule et unique partie. On va en entendre parler pendant des années...

— Voilà enfin quelqu'un de sensé dans cette pièce ! Alors, Parker, on fait moins le malin ? Il est où le sans-faute dont tu te vantais ?

— Je vous attends sur un vrai terrain pour la revanche, monsieur Croft, siffle-t-il entre ses dents, amer.

Je pouffe de rire et Weston tourne la tête dans ma direction au même moment. Je m'arrête de sourire alors qu'il plisse les yeux, suspicieux. Frank a fait exprès de lui filer la manette qui ne fonctionne pas dans le seul but de remporter ne serait-ce qu'une manche. Après quatre parties de cartes et divers jeux de société, Weston et Bill ont tout gagné, au grand désarroi de Frank et de mon père. Mais ces deux idiots ont oublié que je connaissais leurs petits penchants pour la facilité...

Note à moi-même pour l'avenir : ne jamais laisser Weston et Bill dans la même équipe, en dehors du hockey.

— Toi, traîtresse, tu sais quelque chose, souffle-t-il en me dévisageant.

J'ouvre de grands yeux, feignant la surprise.

— Moi ? Je ne vois pas de quoi tu...

— Crache le morceau.

— Jamais.

Je me penche dans sa direction, joyeuse.

— Alors, qu'est-ce que ça fait d'être pris à son propre jeu, tricheur ?

Il lâche un petit rire discret avant qu'un sourire éblouissant ne vienne illuminer son visage.

— Je le savais ! C'est un complot !

— Ça t'apprendra. C'était à moi de gagner la partie de poker. Tu me dois une victoire.

— Et moi, j'exige une revanche, murmure-t-il près de mon oreille. Toi et moi, dans dix minutes, dans un combat au corps à corps.

— Dans dix minutes ? ricané-je. Tu t'es déjà engagé à ramasser les feuilles dans le jardin avec mon père.

— Quelle idée stupide j'ai pu avoir…, soupire-t-il.

— Courage.

Il se mordille les lèvres pour se retenir de rire et je tapote son épaule en me levant.

— Bon, je vais voir si nos mères ne font pas cramer la dinde. Je ne sais pas ce que vaut la tienne en cuisine, mais il ne faut pas compter sur la mienne…

— C'est sûr que si elle est aussi douée que toi derrière les fourneaux, vous risquez de mourir intoxiqués, se moque Emma. Heureusement que je mange au restau avec mes parents, ce soir.

— Oh, ça va ! Tu ne vas pas me reprocher d'avoir fait brûler les spaghettis toute ma vie, si ? lui lancé-je.

— Pas que les pâtes. La viande aussi, marmonne Bill.

— Et le gâteau, complète mon père. À ce rythme, ce sera la première fois de ma vie que je perdrai du poids pour les fêtes.

Weston s'apprête à ajouter quelque chose à son tour. Je le fusille du regard et plaque ma main sur sa bouche avant qu'il n'ose prononcer un mot. Au cas où il l'aurait oublié, c'est en partie sa faute si la moitié du déjeuner a fini en cendres.

— Sache que je peux balancer des trucs, moi aussi. Et les choses que j'ai à dire sont nombreuses, le menacé-je.

— Ah ouais, t'es comme ça ? Œil pour œil ?

— Dent pour dent. À la guerre comme à la guerre.

— Allez, file avant que je ne me venge pour haute trahison.

Je m'exécute aussitôt. Je traverse le salon, puis je m'arrête sur le pas de la porte au son des éclats de rire qui résonnent dans mon dos. J'embrasse la pièce d'un regard attendri. Des décorations orange et or embellissent les murs. Emma a utilisé une bombe à neige pour dessiner des bonshommes de pain d'épices sur les vitres. D'après Weston, on dirait des hommes prêts à se faire écarteler. Il n'a pas tout à fait tort, mais qui suis-je pour juger ? Mes dons artistiques sont loin de faire l'unanimité.

Plus loin, Bill rit aux blagues de mon père. Il a l'air heureux, ce qui ne lui était pas arrivé depuis des semaines. Un sentiment de gratitude me réchauffe le cœur à l'image de ce feu ardent que Frank a galéré à allumer dans la cheminée. Qui aurait cru qu'un jour ma famille nous rejoindrait à Seattle et qu'on se rassemblerait tous ici pour fêter Thanksgiving ? Il s'est déjà passé un an depuis notre retour dans cette ville. Un an depuis que les garçons ont intégré l'équipe des Krakens. Le temps file à une allure folle, pourtant j'ai plus que jamais la sensation que l'avenir sera radieux. Un avenir facile et tranquille ? Sûrement pas. Mais doux, apaisant... Serein. Comme cette journée de fête passée avec ceux que j'aime, ça, j'en suis persuadée.

2

TOUTES LES BLESSURES MÉRITENT DE GUÉRIR

Weston

Les mains dans les poches, je sifflote en rejoignant la cuisine. Une agréable odeur de cannelle embaume l'air. Alors que je passe la porte, je suis certain d'une chose. Si ça ne sent pas le cramé, c'est que ma petite amie n'est pas dans le coin. Même si elle refuse d'accepter la vérité, c'est un fait largement établi, désormais. Charlie et une poêle dans la main, ce n'est pas compatible. Elle me tuerait si elle apprenait ce que je pense de ses recettes improvisées, mais c'est comme ça que je l'aime. Elle n'a pas besoin d'être douée en cuisine pour que je la trouve parfaite.

— Tu viens de rater ta copine, elle est montée à l'étage, m'indique ma mère.

Une manique dans la main, celle-ci entreprend de sortir de petits biscuits du four. J'attrape rapidement un torchon qui traîne dans le coin pour l'aider et elle me gratifie d'un de ses regards qui en disent long sur la joie qu'elle ressent à cet instant précis. Cela fait bien des années qu'elle n'avait pas fêté Thanksgiving en famille. Je crois qu'elle et moi, on avait tout simplement abandonné l'idée d'être heureux. Comme si le bonheur était réservé aux autres.

Mais cette période de nos vies est révolue.

Oui, ma mère est ravie d'avoir été conviée à ce repas. Et encore, je pense que ce mot est trop faible. Je le devine à ses iris pétillants et aux rides qui s'étirent au coin de ses yeux. C'est con, mais la voir comme ça suffit à me procurer tout le bonheur du monde. Ce petit bout de femme a affronté bien plus de malheurs que quiconque dans cette maison et pourtant, elle est radieuse. C'est sûrement son plus grand point commun avec Charlie. Elles font partie de ces femmes au courage inébranlable et au sourire permanent. Le genre de femme que je veux chérir et garder dans ma vie pour toujours.

— Si tu la cherches, je crois qu'elle est partie récupérer de quoi changer ma pompe à insuline, me chuchote ma mère en approchant.

J'acquiesce en l'aidant à disposer les gâteaux sur une grille. Entre elle et Charlie, ça a collé tout de suite. Ma mère a trouvé en elle son double et Charlie, elle, a reçu la douceur qui lui manquait dans sa propre famille.

Qu'on ne se méprenne pas. J'adore les Croft et, malgré quelques incompréhensions dans le passé, Charlie aime ses parents de tout son cœur. Même s'ils n'ont jamais su mettre des mots sur leurs sentiments, la communication entre eux est nettement meilleure. C'est leur manière d'être. Les démonstrations de tendresse, ce n'est pas leur truc… Contrairement à ma mère.

En tout cas, maintenant que je gagne bien ma vie en tant que joueur professionnel, j'ai pu l'aider à s'installer au nord de

Seattle, dans un appartement au calme. C'est ma petite fierté. Tant que je serai là, je fais la promesse qu'elle ne manquera plus jamais de soins ou d'argent.

— Tiens, on dirait que Bill te fait signe par la fenêtre, m'indique Élisabeth, la mère de Charlie. Il te montre son râteau.

Je relève le nez pour observer mon meilleur pote dans le jardin et ma mâchoire se décroche. *Oh le con !*

— C'est moi ou il a osé enlever son pull ? m'étonné-je.

Sa mère rigole en secouant la tête.

— C'est déjà un miracle qu'il l'ait gardé plus d'une heure.

J'avise d'un regard écœuré mon propre habit rouge et orange, tricoté main, paraît-il. Je termine ma tâche en vitesse, puis je délaisse la cuisine pour réparer cette injustice. Si je dois porter cette horreur digne de la famille Weasley, il n'y a pas de raison que Bill y échappe. Je cours chercher à quel endroit ce con a planqué son vêtement – facile : dans son sac de sport, près de l'entrée –, puis je sors de la maison, l'air triomphant. Après quelques pas sur la pelouse humide, je me fais un plaisir de lui sauter sur le dos pour le forcer à l'enfiler. Il gesticule, se débat et finit par me faire tomber dans un tas de feuilles mortes en hurlant de rire.

— Mais qu'est-ce que tu fous, West ? Tu ne vois pas que j'ai un râteau dans les mains ?

— Pas d'inquiétude. Si tu sais manier une crosse, tu sais manier ce truc, répliqué-je du tac au tac. Alors, c'est quoi ton excuse bidon pour me laisser porter cette horreur tout seul ? Et la solidarité ?

Je lui balance au visage son pull décoré d'un affreux dindon et il ricane de plus belle en désignant son père, derrière moi, d'un signe du menton. *Et merde.* De ce que j'ai retenu du précédent Thanksgiving passé à Denver, il s'agit d'une tradition familiale héritée du côté paternel… Et rien qu'à l'air blasé de papa Croft, je crois comprendre qu'il n'est absolument pas d'accord avec mes paroles.

— Enfin... Ce n'est pas une horreur si horrible, hein ? C'est même une horreur plutôt jolie quand on y regarde de plus près. Disons que c'est artistique. On finit par s'habituer à... à... ces couleurs vives et ces magnifiques arbres en arrière-plan.

— Allez, Parker. File-nous un coup de main au lieu de raconter des conneries, tranche beau-papa.

Je récupère à contrecœur le râteau qu'il me tend tandis qu'une rafale de vent me fait frissonner.

Rappelez-moi pourquoi j'ai promis d'aider à nettoyer le jardin ? Ah oui... l'esprit familial de Thanksgiving.

On ne m'y reprendra plus. Il pleut, la température avoisine les quatre degrés et... putain, je me les gèle ! Au moins, à la patinoire, j'ai l'équipement adéquat. Là, j'ai l'impression d'être à poil sous le regard insistant de beau-papa. Je m'empresse de m'éloigner le plus possible de lui avant de dire une nouvelle connerie, et je me mets au travail. L'automne s'est bien installé, un épais manteau de feuilles rouges tapisse le sol. On a du boulot.

— J'aurais aimé qu'il neige aujourd'hui, me lance Emma, pensive.

Sa capuche sur la tête, elle scrute le ciel. Frank l'a obligée à prendre l'air et elle semble aussi heureuse que moi de se trouver dehors, sous cette espèce de bruine désagréable. Je lève les yeux pour observer les nuages d'un gris duveteux et je soupire.

— Perso, pour l'instant je rêve surtout de soleil et de barbecues.

— Mais c'est trop beau la neige, pourtant ! C'est nul si on n'a que de la pluie.

— C'est vrai... Mais, tu sais quoi ? Il est tôt. Avec la nuit qui va tomber, le temps va se rafraîchir. Il reste une chance que ça arrive.

Emma me sourit de ce sourire qu'ont les gamins quand ils croient fort en leur rêve. Lorsque tous les espoirs sont encore permis. Inconsciemment, je tourne la tête vers Bill pour m'assurer qu'il va bien. Comme à son habitude, il intériorise ses émotions, mais j'ai appris à déceler ses fêlures avec les années. Ses rêves à lui se sont brisés d'une manière cruelle et il fait de son mieux pour avancer la tête haute. Il surmontera cette épreuve. Après tout, il a cru en moi quand j'étais au fond du gouffre, alors c'est normal que je lui retourne la pareille.

Toutes les blessures méritent un jour de guérir...

Des enfants jouent dans la rue. Attiré par le boucan qu'ils font, je les suis d'un regard amusé. Ils se rejoignent devant la maison de Frank, jettent quelque chose sur la chaussée, puis repartent en criant. J'ouvre de grands yeux lorsque je réalise ce que c'est. Une chaîne de pétards. À une dizaine de mètres de moi. En une fraction de seconde, les premiers commencent à exploser. Par réflexe, je lâche mon râteau pour me mettre à courir en direction de l'étage.

... mais certaines blessures ne guérissent jamais.

Pris de panique, je monte quatre à quatre les marches de l'escalier. Sans savoir où aller, je pousse les portes, les unes après les autres, et je finis par trouver celle que je cherche. Charlie. Elle est recroquevillée sur le parquet de la chambre d'amis et sursaute lorsqu'elle m'entend entrer.

Je glisse doucement vers elle, puis je m'agenouille près de ses jambes. Dans la pénombre, ses yeux scintillent. Des larmes accrochées à ses cils brillent comme des diamants dans l'obscurité.

Certaines plaies ne se referment pas, malgré le nombre de baisers qu'on y a déposé.

J'attrape sa main et je place ses doigts entre les miens. Comme elle ne bouge pas, je l'attire à moi pour l'asseoir entre mes jambes.

— Ça va ? murmuré-je dans un souffle.

Elle hoche la tête, essuie sa joue humide avant de se mettre à rire.

— Fausse alerte, déclare-t-elle à voix basse. J'ai cru que...

— Pas la peine de t'expliquer. Je sais.

Oui, je sais parfaitement ce que ça fait. Même si je n'en parle jamais, même si je n'ai pas connu les épreuves qu'elle a vécues, chaque détonation me rappelle ce jour où on a tiré sur elle. J'aurais pu la perdre pour toujours. Pourtant, elle est là, fragile, douce... et souriante malgré tout.

C'est Charlie tout craché. Elle est capable de rire alors que ses doigts transis de peur écrasent les miens.

Visible ou indécelable, chaque blessure, chaque cicatrice a une histoire à raconter et je n'échangerais les miennes pour rien au monde. Parce qu'elles font de nous ce que nous sommes. Elles sont la preuve de toutes les épreuves que nous avons surmontées. Tous ces obstacles que nous avons franchis. À notre manière, nous sommes tous des survivants.

Charlie est une survivante. Ma mère est une survivante. Bill est un survivant.

Je suis un survivant.

Je referme mes bras autour du corps de ma belle Charlie, place mon menton sur son épaule couverte de ce même pull horrible rouge et orange. Son cœur continue de battre fort dans sa poitrine, alors je cherche de quoi détourner son attention.

— Tu te souviens, la première fois qu'on s'est retrouvés dans cette chambre ?

Elle balaie la pièce du regard, puis hoche la tête.

— Comment l'oublier ? Je t'ai pris pour un *serial killer*.

— N'empêche, t'étais complètement parano.

— En même temps, qui cache un couteau derrière son dos ?

Ses épaules se secouent légèrement, au rythme de son rire naissant, avant qu'elle poursuive :

— Quand on y pense, c'était la première fois la plus improbable pour un couple. On a grillé pas mal d'étapes, toi et moi.

— Je ne suis pas d'accord, réfuté-je. Ça n'avait rien d'improbable. C'était écrit quelque part. Ça n'aurait jamais pu se passer autrement.

Charlie se retourne vers moi, un sourire en coin étirant ses lèvres.

— C'est vraiment toi qui as dit ça ?

— Il semblerait bien. Je crois que tu déteins sur moi.

— Qu'avez-vous fait de Weston Parker ?

— Il est parti sauver le monde.

— Ah oui ?

— Ouaip. Il est en train de cuisiner à la place d'une certaine Charlie Croft.

Sur ces mots, elle attrape l'oreiller posé sur le lit pour me le balancer à la figure. Je riposte aussitôt en lui saisissant les bras.

— D'ailleurs, il me semble qu'on a parlé d'une revanche et d'un combat au corps à corps, toi et moi.

Elle glousse alors que je la renverse sur le sol, mais une voix familière nous fait frémir. Celle de Bill.

— West, Charlie, vous êtes où ?

Il nous appelle à travers la cloison. Je me décolle de ma petite amie comme un ado pris la main dans le sac et pousse un long soupir de déception.

— C'est moi ou mon frère tombe toujours au mauvais moment ? se lamente Charlie en ajustant son pull.

— Tu l'as dit. J'adore Bill, mais il a l'art de débarquer quand il ne faut pas. C'est frustrant...

— Ouaf.

Un léger jappement se fait entendre au même instant. Je détaille la grosse caisse placée dans l'angle de la pièce pendant que Charlie se relève.

— Oh merde, j'ai failli oublier. J'étais venue voir Hachi.

Je la rejoins, puis j'examine l'animal dressé sur ses pattes arrière dans l'espoir qu'on le sorte de sa prison.

— Bill va flipper quand il découvrira ton cadeau, assuré-je.

— Je sais, mais il finira par s'y attacher. De toute façon, il est trop tard pour changer d'avis.

Des pas se rapprochent dans le couloir. Charlie écarquille les yeux alors que le chiot se met de nouveau à aboyer.

— Trouve une solution pour que Bill n'entre pas !

— Comme quoi ?

— Aucune idée. Ce que tu veux. Mais empêche-le de venir ici !

3

AIMER AUTANT QU'ON LE PEUT

Bill

Dans la vie, rien ne se passe jamais comme on le souhaite. De nos rêves de gamins aux yeux emplis d'étoiles à nos désirs d'adulte, il y a un véritable gouffre. On a beau tout prévoir de A à Z, on a beau essayer d'en contrôler chaque paramètre, il y a des choses sur lesquelles on n'a aucun pouvoir. Plus jeune, j'étais persuadé que tout était possible. Et maintenant ? Maintenant, je crois que j'ai grandi, tout simplement. J'ai toujours eu l'impression que j'étais seul maître de mon existence, et comprendre que ça n'a jamais été le cas, ça fait mal.

Je ne m'y ferai jamais.

— À quoi tu penses ? me demande Emma, assise en tailleur dans le canapé face au mien.

Je pousse un soupir discret en relevant la tête vers elle. Avouer la vérité à une enfant en ce jour censé être le meilleur de l'année, ce serait cruel. Alors, je fais ce qu'il faut. Je lui mens.

— Je pense à la pluie.

— Moi, je déteste ce temps, se lamente-t-elle. Weston dit qu'il y a une chance qu'il neige ce soir, tu crois que c'est possible ?

Je tourne la tête en direction de la fenêtre. Le soleil se couche à peine et le ciel a encore cette douce teinte orangée que Manille aimait tant. Je réfléchis un moment. Que répondre à ça ? On est en automne. Même si la température baisse de quelques degrés avec la tombée de la nuit, il ne fait pas assez froid pour que des flocons se forment. Est-ce que je dois le lui dire pour autant, quitte à briser ses espoirs ? Moi, si j'avais eu le choix, j'aurais préféré qu'on me mente. Qu'on m'assure que tout irait bien. Tout le temps.

Parfois, il vaut mieux un beau mensonge bien emballé plutôt que la vérité crue.

— Peut-être, déclaré-je finalement pour ne pas la décevoir. On verra bien.

Je m'enfonce dans le fauteuil avant de fermer les paupières durant quelques secondes. Mille pensées tournent en boucle dans mon crâne au point de me filer la migraine. Je ne me doutais pas que me forcer à sourire me pomperait autant d'énergie. Je profite du calme qui s'est installé dans la pièce pour tenter de me détendre un peu, puis je rouvre les yeux. C'est louche. Emma n'est plus là. De ma famille à Weston, sans oublier Frank, personne n'a voulu me laisser seul plus d'une minute, aujourd'hui. Je sens qu'il se trame quelque chose.

Est-ce que je vais aller vérifier pour autant ? Sûrement pas. Quelqu'un finira bien par revenir dans le salon à un moment donné. Et puis, West ne traîne jamais loin. Il s'inquiète trop pour moi.

Au moment où cette pensée me traverse l'esprit, sa tronche de cake apparaît dans l'entrebâillement de la porte. Qu'est-ce que je disais ? Il sait où et quand me trouver. C'est ça, avoir un meilleur ami. Je serai toujours présent pour ce crétin et l'inverse est aussi vrai. Dans les plus beaux matchs, comme dans les pires parties de cartes. Même s'il faut tricher, même si on s'engueule. Il est le partenaire idéal. Celui qui sait déchiffrer mes silences quand celle qui le faisait auparavant n'est plus là.

— Ne m'oblige pas à te botter le cul, me menace-t-il à peine entré dans la pièce.

— Qu'est-ce que tu veux, Wesfion ?

— Que tu bouges de ce canapé, Billy Boy. Ça fait plus d'une heure que t'es prostré ici.

— Qu'est-ce que t'as ? T'es jaloux ?

— Et pas qu'un peu. J'essaie de fuir ton père. Il est tout le temps sur mon dos.

Il se laisse tomber sur le pouf près de moi avant de m'adresser un sourire moqueur.

— Bon, sinon, il est où ton pull ?

— Disparu. Peut-être qu'il a brûlé dans la cheminée, qui sait ?

— J'aimerais pouvoir faire pareil, mais papa Croft me surveille, se marre-t-il.

Il promène son regard sur le salon, puis ses yeux reviennent tout naturellement se poser sur moi. Le sourire qu'il arbore ne me dit rien qui vaille.

— Et donc, ton but est de me coller aux fesses toute la soirée pour m'éviter d'être seul ? lui lancé-je, taquin.

— Exact. Je vais te coller aux pattes comme la puanteur au derrière d'un phacochère.

Je me retiens de me marrer. *Le Roi Lion* a toujours été mon dessin animé préféré et Weston le sait bien. Timon et Pumbaa sont les meilleurs personnages de l'histoire. Un peu comme lui et moi.

— T'es con avec tes répliques, me moqué-je.

— Je te retourne le compliment, mais je ne suis pas là pour te flatter. Allez, bouge. Je suis venu te chercher. Ta sœur a un cadeau pour toi.

— Il n'est pas tôt pour ça ?

— Si… mais disons que ce cadeau-là ne peut pas attendre.

Je me redresse et tique sur sa dernière phrase.

— Comment ça, « ce cadeau ne peut pas attendre » ?

Pour toute réponse, Charlie débarque avec un carton décoré d'un énorme nœud rouge. Emma lui ouvre fièrement la route. C'est donc pour cette raison qu'elle avait disparu. Derrière elle, mes parents, la mère de Weston ainsi que Frank s'avancent en groupe. Je commence à comprendre ce qu'il se trame ici.

— Surprise ! crie la petite blonde en laissant passer ma sœur.

Mes yeux font l'aller-retour entre ma famille et la boîte que Charlie dépose à mes pieds. Mon cœur loupe un ou deux battements. Quelque chose bouge dans le carton.

C'est quoi, ça ?

— Oh non, murmuré-je plus pour moi-même que pour eux. Vous n'avez pas fait ça ?

— Si, déclare Charlie, le sourire jusqu'aux oreilles.

Sa joie est si contagieuse que je l'imite sans le vouloir. Je me tourne vers Weston pour avoir sa version des faits.

— C'est un complot, me confirme-t-il.

— Depuis quand est-ce que t'es au courant ?

— Ahah, t'aimerais bien le savoir, hein ?

Avec prudence, je m'accroupis sur le sol, prêt à déballer mon cadeau. Aux faibles jappements que je perçois, je devine aisément ce qui se trouve à l'intérieur. Au fond de moi, les émotions se mélangent. Des émotions un peu trop fortes pour un mec qui déteste montrer ce qu'il ressent. Personne ne le sait, mais un de mes rêves se réalise aujourd'hui. Le problème, c'est que ce rêve… j'avais toujours imaginé le vivre d'une manière différente. Dans ma maison, avec une femme et des enfants. Pas tout seul. Pas comme ça. Hésitant, j'attrape le chiot qui est déjà bien plus gros que ma main. Mon Dieu ce qu'il gigote ! Je lâche un rire malgré moi tandis qu'il entreprend de me lécher les doigts.

— C'est un labrador, m'annonce Weston avec une certaine fierté.

Je lui jette un regard en biais. Le traître sait comment m'amadouer.

— Vraiment ? On dirait plutôt...

Difficile à dire, en fait. Les bras tendus loin de mon corps, je dévisage cette petite chose ronde aux poils beiges presque drus, qui gigote entre mes mains. Je n'étais pas prêt pour ça. Pas maintenant.

Qu'est-ce que je vais en faire ?

— Alooooors ? me sonde Emma. Il n'est pas magnifique ?

— Si, si.

— Je ne sais pas comment tu as fait pour ne pas tomber dessus. Charlie l'a caché dans la chambre d'amis depuis ce matin, poursuit-elle.

— Je crois que je n'ai jamais été doué pour découvrir les secrets des autres.

Comme pour me confirmer que j'ai raison, Charlie vient s'asseoir sur l'accoudoir de mon fauteuil tout en riant. Elle caresse la tête de la petite boule de poils pendant que j'essaie de visualiser toutes les responsabilités que cet animal va m'apporter. Il va falloir le sortir, le nourrir, l'occuper...

Toutes ces préoccupations doivent se voir sur mon visage, car ma sœur approche davantage, jusqu'à coller son épaule à la mienne.

— Bill, Hachi est juste un adorable chiot qui ne demande qu'un peu d'amour. Ça va bien se passer, me rassure-t-elle.

— Hachi ? répété-je, surpris.

— Oui, ça fait trois jours que je l'appelle comme ça. C'est mignon, non ?

Et ça fait tilt dans ma tête. Ça y est, je sais pourquoi ce chiot m'est familier, il ressemble à un...

— Kiwi. Son nom ne sera pas Hachi, mais Kiwi.

Charlie, bouche bée, me dévisage, outrée, et je souris de plus belle. Je connais son dégoût irrationnel pour ce fruit.

— Tu ne peux pas faire ça.

— Si je peux. À ce qu'il paraît, c'est mon chien.

— Non, tu ne peux pas. C'est un nom horrible.

Elle se tourne vers Weston, cherchant son soutien, et ce dernier hausse les épaules.

— Si, il peut et il l'a fait. Et je trouve que Kiwi, ça lui va plutôt bien.

— Merci pour la solidarité, West, siffle-t-elle en remuant la tête.

— K-I-W-I, épelé-je comme si je voulais que ce nom s'ancre dans mon esprit une bonne fois pour toutes.

Je pousse un long soupir avant qu'un grand sourire ne gagne finalement mes pommettes.

Ouaip. Y a pas à dire, la vie se fout bien de mes projets.

Est-ce que j'avais prévu de ramener ce truc poilu chez moi ? Absolument pas. Mais quand je croise ses petits yeux noirs et que je le vois remuer la queue, j'imagine que c'est un mal pour un bien. Il y a peut-être moyen qu'on soit heureux, tous les deux.

— Alors, qu'est-ce que tu penses de mon idée ? me demande finalement Charlie.

— Je ne sais pas. J'hésite entre vous montrer ma gratitude et vous hurler dessus. Mais j'ai un léger penchant pour la gratitude.

Elle m'adresse un sourire ravi. Un instant, j'ai l'impression qu'elle est tentée d'enrouler son bras autour de mes épaules, mais elle n'en fait rien. Je sens qu'elle aimerait le faire, mais on n'a pas l'habitude de ça, elle et moi. Même si on passe la plupart de notre temps libre ensemble, désormais, on n'a pas encore franchi cette barrière invisible, cette espèce de pudeur.

— Merci, soufflé-je finalement.

Les commissures de ses lèvres s'étirent. Elle hoche la tête avant de recommencer à caresser Kiwi.

Ça a toujours été comme ça, chez les Croft. On n'a jamais appris à dire aux autres ce qu'on ressentait. Dans notre famille, les mots sont maladroits, tout comme nos actes. Mais c'est aussi de cette façon qu'on s'aime. D'un amour inconditionnel... et un peu gauche. Il n'y a qu'à regarder mes parents, en retrait dans l'angle du salon, qui observent la scène sans oser s'y mêler. Je peux voir à leurs traits apaisés qu'ils sont contents pour moi, et ça me suffit.

Weston se fiche souvent de nous. D'après lui, les Croft ont un balai coincé dans le cul. Il a peut-être raison, mais je l'emmerde, ce petit con !

Ce ne sont pas les paroles qui comptent, ce sont les actes d'amour et ça... ça, je sais faire.

Je finis par poser ce chiot – *mon* chiot, j'ai du mal à le réaliser – sur mes genoux et celui-ci s'y couche comme si sa place s'était toujours trouvée là.

Ainsi va le monde. Des gens partent et d'autres entrent dans nos existences. Et même quand on ne croit plus au bonheur, la vie arrive encore à nous surprendre.

Troublé, je tourne la tête pour masquer les émotions qui menacent de déborder et un élément inattendu attire mon regard par la fenêtre. Je me mets à rire tout seul.

Ouais, la vie se fiche bien de nos projets ou de nos pronostics. En fin de compte, elle fait bien ce qu'elle veut. Quand elle veut. Et c'est peut-être ce qui la rend si imprévisible et si belle.

— Hé, Emma, regarde dehors. Il neige.

REMERCIEMENTS

Il est temps de rendre hommage à toutes ces formidables personnes qui ont contribué à transformer ce manuscrit en véritable livre.

Tout d'abord, un immense merci à mon éditrice, Caro. Elle est toujours partante, même quand je lui soumets une idée improbable de roman à une heure du matin.

À ma correctrice, Koko, dont les yeux de lynx ne laissent passer aucune coquille.

À mes bêta-lectrices, Hélène, Livia, Léa, véritables aventurières prêtes à m'accompagner, peu importe la direction que je prends. Vos retours sincères, vos critiques constructives et votre enthousiasme ont été une véritable source de motivation.

Un grand merci aux chroniqueurs, ces passionnés de lecture qui m'ont soutenue pour *Red Falcon* et qui, je le sais, seront encore présents pour la suite. Mayron, Lola, Audrey, Charlotte et tant d'autres, merci mille fois.

Enfin, à vous, lecteur.ices, merci de croire en cette histoire et en moi. Sans vous pour me pousser à aller au bout de mes idées folles, Bill et Cassie n'auraient pas eu droit à leur propre histoire.

Profitez d'offres exclusives et d'infos en avant-première
en vous inscrivant à notre newsletter :
www.plumesduweb.com/newsletter

Retrouvez toute l'actualité de Plumes du Web
sur notre site et sur les réseaux sociaux :
www.plumesduweb.com

www.facebook.com/PlumesduWeb
www.instagram.com/plumesduweb
twitter.com/PlumesduWeb
www.tiktok.com/@plumesduweb

ET

Découvrez dès maintenant de nouveaux horizons
avec deux autres histoires de notre

COLLECTION
RUBIS

AURORE PAYELLE

RED FALCON

Romance contemporaine

Weston Parker, attaquant de l'équipe de hockey de son université, est un paria parmi les étudiants. Depuis qu'il a été mis en cause pour l'agression de l'un de ses coéquipiers, plus personne n'ose l'approcher, sa réputation le précède.

Charlie, la petite sœur du capitaine des Huskies, vient rejoindre son frère Bill à Seattle pour sa troisième année d'école d'infirmière. Il est temps pour elle de faire table rase du passé, et de se reconstruire dans cette nouvelle ville. Pour Bill, une seule condition : qu'elle reste loin des membres de son équipe... et surtout loin de Weston.

Mais la curiosité, ce vilain défaut, pousse Charlie à braver tous les interdits pour découvrir ce que cache le hockeyeur.

Weston, impulsif et secret ? Charlie n'y croit pas un instant. Attirée par lui comme un papillon par une flamme, elle ignore les mises en garde.

Pourtant, fréquenter Weston pourrait s'avérer plus dangereux qu'il n'y paraît.

Autant pour son cœur que pour sa sécurité...

AYA ESTRELA

THE SOUTH GIRL

Romantic suspense (2 tomes)

Quand la princesse des quartiers sud de Chicago débarque dans l'université la plus prestigieuse du pays pour débusquer l'ignoble violeur qui terrorise les étudiantes, ça provoque forcément des étincelles...

Elvira Petrova, dix-neuf ans, tombe des nues quand l'avocate de la très renommée King's University lui fait une proposition des plus inattendues contre un « petit » service. Le deal est risqué, mais bien trop tentant pour qu'elle puisse le refuser. Et voilà qu'en échange de la remise en liberté d'Amon, son frère, elle doit accepter de traquer le responsable des horribles agressions perpétrées sur le campus.

Telle une apprentie détective, elle va se lancer à corps perdu dans cette enquête, entraînant ses voisins et membres de l'équipe de hockey dans son sillage. Et plus particulièrement leur capitaine qu'elle déteste, Abel Ryder.

Mais le temps presse, et Elvira va devoir faire des choix face à ses terribles découvertes. D'autant plus que l'étau se resserre autour de la jeune femme lorsque le coupable inverse les rôles et la contacte, faisant d'elle sa nouvelle proie.

Tic-tac, tic-tac...

« Que la partie commence, Détective Petrova. »

Imprimé en France par
CPI Bussière
en septembre 2024
N° d'impression : 2080068
Dépôt légal : octobre 2024
N° d'édition : 01